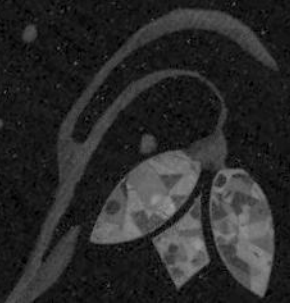

The Girl In The Tower

少女與魔馬

Katherine Arden
凱薩琳・艾登　穆卓芸——譯

謹以愛與感謝，將本書獻給父親和貝絲

目錄

第四部

家族系譜

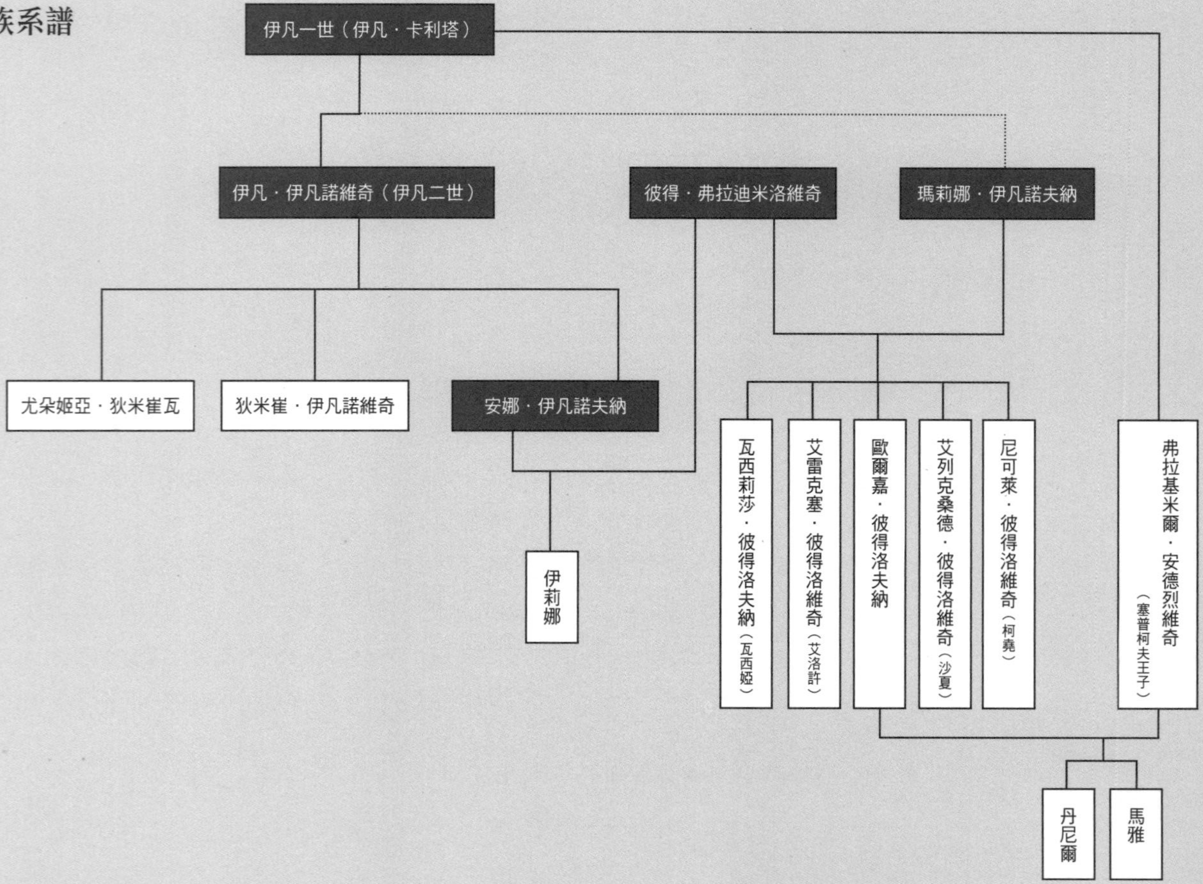

伊凡一世（伊凡・卡利塔）
伊凡・伊凡諾維奇（伊凡二世）
彼得・弗拉迪米洛維奇
瑪莉娜・伊凡諾夫納
尤朵姬亞・狄米崔瓦
狄米崔・伊凡諾維奇
安娜・伊凡諾夫納
伊莉娜
瓦西莉莎・彼得洛夫納（瓦西婭）
艾雷克塞・彼得洛維奇（艾洛許）
歐爾嘉・彼得洛夫納
艾列克桑德・彼得洛維奇（沙夏）
尼可萊・彼得洛維奇（柯堯）
弗拉基米爾・安德烈維奇（塞普柯夫王子）
丹尼爾
馬雅

人物介紹*

瓦西莉莎・彼得洛夫納　小名瓦西婭，擁有一頭烏黑的頭髮，湖綠的眼睛。

艾列克桑德・彼得洛維奇　小名沙夏，瓦西婭的哥哥。進入修道院後，世人尊稱艾列克桑德修士，光之使者。

歐爾嘉・弗拉基米洛娃　瓦西婭的姊姊。十四歲嫁給弗拉基米爾・安德烈維奇，成為塞普柯夫王妃，育有一女一子。

馬雅・弗拉基米洛夫納　歐爾嘉和弗拉基米爾的女兒。

莫羅茲科　霜魔的名字，羅斯民間傳說中的死神。

坎斯坦丁・尼可諾維奇　容貌俊秀的年輕神父，擅畫聖像，深得女士們的青睞。

狄米崔・伊凡諾維奇　伊凡二世逝後繼承王位，當今的莫斯科大公。

尤朵姬亞・狄米崔瓦　莫斯科大公夫人。

卡斯揚・路托維奇　來歷不明的波亞，身形壯碩，一頭紅髮。

＊編按：俄羅斯人的完整名字組成為「本名・父名・姓氏」。本書在表示全名時為「本名・父名」，其規則在於，加上父名，男女的字尾會發生變化。男性加父名，父名後加-vich，女性加父名則是-vna。因此，瓦西莉莎・彼得洛夫納，意思是「彼得的女兒瓦西莉莎」。

風雪遮天霧濛濛
平地吹起白漩渦
時而嘶吼如野獸
時而嚎哭像孩童
忽然掃過破屋頂
弄得茅草窸窣窣
又像深夜過路客
敲打家門和窗户

——普希金

前言

深夜裡，一名女孩騎著棗紅色的公馬在林中穿梭。這森林沒有名字，遠離莫斯科[1]，遠離一切，四周只聽得見雪的寂靜與霜樹的窸窣。

時近午夜，邪惡奇幻的時刻。雖然風雪肆虐，天空是面無表情的深淵，但女孩和公馬依然馳騁林中，毫不畏懼。

公馬下顎細毛覆著冰霜，兩腹也積了雪，但在那白雪點點的額毛下，一雙眼睛神色和善，兩隻耳朵開心地前後擺動。

馬蹄印子直達森林深處，隨即被新雪吞去一半。

忽然間，公馬仰頭停了下來。前方樹林之間出現一叢冷杉，樹幹彎折有如老人，羽毛般的枝葉交錯攀纏。

雪下大了，落在女孩的睫毛和她兜帽的灰色羽絨上。萬籟俱寂，只有風聲。

接著——「我找不到。」女孩對馬說。

公馬歪了歪耳朵，將雪抖掉。

---

1 莫斯科（Moskva）：現今的俄羅斯聯邦首府，十二世紀由尤里．多爾戈魯基王公創立，早期勢力遠小於弗拉基米爾、特維爾、蘇茲達爾和基輔。蒙古入侵後，在多名能力卓越、積極進取的留里克王公治理下，莫斯科才聲勢大起。

「他可能不在。」女孩遲疑地說，話聲落處漫起了陣陣細語，滲入林中。

不過，女孩的話語宛如召喚，冷杉林裡忽然冰雪瀉地，呀的開了一道之前沒看到的門，火光如鮮血噴出，灑在新雪之上。一間屋子赫然出現，狀似蜷縮輕喘的野獸，彎曲的長屋簷壓著木牆，風雪將爐火吹得忽明忽暗。

門後出現一道人影。公馬雙耳豎直，女孩身子一凜。

「進來吧，瓦西婭，」男子說：「外面很冷。」

第一部

1 雪娘之死

莫斯科隆冬剛過，萬千柴火濛濛裊裊飄向陰霾的天空。西方天色微光，東方濃雲堆疊如暮靄上的瘀青，眼看就要降下大雪。

兩條大河貫穿森林，劃開了羅斯的表皮，莫斯科城就在河的交口，覆滿松樹的小丘上，低矮的白牆守護著散布城中的陋屋與教堂，結冰的宮殿尖塔有如向天呼救的手掌。陽光退去，塔上高窗亮起火光。

一名盛裝女子站在高窗前，望著火光融入風雨欲來的暮色裡。在她身後，兩名女子坐在爐灶旁低頭做著針線活。

「這已經是歐爾嘉這一小時第三次到窗邊了。」其中一名女子壓低嗓子說。微光下，她雙手上的指環閃閃發亮，熠熠生輝的頭巾讓人忽略了她鼻上的瘤瘡。

侍女們聚在一旁點頭如花，奴僕們靠在冰冷的牆邊，布巾裹著的頭髮黯淡無光。

「這還用說嗎，達琳卡！」另一名女子說：「她在等她弟弟，那個怪修士。艾列克桑德修士已經去薩萊[2]多久了？我丈夫從初雪後就在等他了。可憐的歐爾嘉，只能在窗邊癡癡地等。唉，祝她好運。艾列克桑德修士說不定已經死在路旁的雪堆裡。」說話的是莫斯科大公夫人尤朵姬亞・狄米崔瓦。她的長袍繡滿寶石，玫瑰色的雙唇遮住了三顆蛀黑的牙，對著窗口尖聲道：「風這麼大，歐爾嘉，妳站在那邊會冷死的。艾列克桑德修士如果會來，早就該到了。」

「妳說得對，」歐爾嘉在窗邊淡淡答道：「謝謝妳教我要有耐心。我女兒應該能從妳身上學到不少王妃的處事之道。」

尤朵姬亞嘴角抽搐。她沒有孩子，歐爾嘉已經有一對兒女，而且復活節前就要生下第三個。

「那是什麼聲音？」達琳卡突然說道：「我聽見了，妳們聽到沒有？」

窗外風雪更大了。「那是風聲，」尤朵姬亞說：「沒別的了。妳真是蠢，達琳卡。」但她還是打了個哆嗦。「歐爾嘉，差人去拿點酒來。這房間太透風，冷死了。」

其實作坊裡暖得很，沒有窗，只有一道窄縫，還有爐火和眾人的體溫。不過——「沒問題。」歐爾嘉說完便朝侍女輕輕點頭，侍女立即走出房間，下樓踏進刺骨的寒夜中。

「我最討厭這種晚上了，」達琳卡說。她揪著長袍，抓了抓鼻子上的痂，目光從燭光掃向暗處又轉了回來。「**她**都在這種晚上來。」

「她？」尤朵姬亞語帶不耐說：「**她**是誰呀？」

「**她**是誰？」達琳卡反問道：「妳竟然不知道？」她一副高人一等的模樣。「**她**是鬼。」

歐爾嘉的兩個孩子正在灶旁大聲吵架，聽到這裡忽然安靜下來。尤朵姬亞哼了一聲，歐爾嘉在窗邊皺起眉頭。

「不可能。」尤朵姬亞說。她伸手拿了一顆蜜漬梅子，咬了一口優雅咀嚼著，接著舔了舔沾到糖蜜的手指。從那語氣聽來，她覺得這座宮殿根本不值得鬼來造訪。

---

2 薩萊：源自波斯文的「宮殿」一詞，是欽察汗國首府，原建於阿赫圖巴河岸，後來略往北遷。不少羅斯王公會赴薩萊朝貢，或領取可汗授予的封授狀。薩萊曾是中世紀數一數二的大城市，人口超過五十萬。

「我看過她！」達琳卡一臉受傷反駁道：「上回我在這裡過夜就看過她。」

羅斯的仕女閨秀一生都待在高塔裡，因此經常彼此造訪。丈夫遠行時，她們偶爾會留在女伴家過夜。歐爾嘉的宮殿整潔又熱鬧，因此很受青睞，尤其她懷孕八個月，更是足不出戶。

聽到這話，歐爾嘉皺起了眉頭，但達琳卡只想引人注意，急忙往下說：「那是幾天前剛過午夜的時候，冬至還沒過。」她彎身向前，頭巾顫巍巍歪向一邊。「我被什麼東西吵醒，但不記得是什麼了。有個聲音……」

歐爾嘉噗哧一笑，達琳卡瞪了她一眼。「我不記得是什麼了，」她重複一遍。「只曉得我醒來房裡安安靜靜，冰冷的月光從百葉窗的縫隙滲了進來。我感覺角落有聲音，可能是老鼠叫。」達琳卡壓低聲音。「於是我躺著不動，把毯子拉高，但就是睡不著。接著我聽見有人在嗚咽，就睜開眼睛，搖了搖睡在我旁邊的娜茲卡。『娜茲卡，』我對她說：『娜茲卡，去點燈，有人在哭。』但娜茲卡一點反應也沒有。」

達琳卡停下來，房裡鴉雀無聲。

「接著，」達琳卡往下說：「我看見一道微光，異端的光，比月光還冷，完全不像火光。那光愈來愈近……」

達琳卡又停下來，接著聲音變得很小：「然後我就看到她了。」

「她？誰啊？她看起來像什麼？」十幾個人同時發問。

「她和骨頭一樣白，」達琳卡輕聲說道：「嘴巴凹陷，眼睛像兩個黑洞，好像能吞沒全世界。她瞅著我，沒有嘴唇。我想尖叫，但出不了聲。」

作坊裡有人低呼一聲，其餘的人雙手緊握。

「夠了，」歐爾嘉從窗前回頭喝斥道，聲音劃破眾人莫名的歇斯底里。所有人惶惶不安地沉默下來，歐爾嘉說：「妳嚇到我的小孩了。」

這話不全然正確。她女兒馬雅拉長身體，兩眼閃閃發亮，兒子丹尼爾則緊抓姊姊直發抖。

「然後她就不見了，」達琳卡說。她想裝得若無其事，但沒成功。「我低頭禱告，接著就繼續睡了。」

她將酒杯舉到唇邊，兩個小孩盯著她看。

「很精彩的故事，」歐爾嘉說，話中帶著極細微的不悅。「既然講完了，讓我們說點別的故事吧。」

她走到爐灶旁坐了下來，火光在她的雙辮上舞動。塔外大雪飛落，但歐爾嘉沒有再朝窗外望，只是奴僕們關上百葉窗時，她肩膀還是微微一縮。

侍女又添了柴火，房裡登時和煦起來，滿室柔光。

「媽媽，妳可以說故事給我們聽嗎？」歐爾嘉的女兒馬雅喊道：「我想聽魔法的故事。」

眾人低聲贊同，尤朵姬亞怒目圓睜，歐爾嘉微微一笑。她雖然貴為塞普柯夫王妃[3]，卻是在遠離莫斯科、鬼氣陰森的邊疆荒原長大，因此時常講述北方的怪奇故事。城裡的仕女閨秀們只待過高塔、教堂和烘焙房，自然對這份新鮮感趨之若鶩。

3　塞普柯夫：現為莫斯科以南一百公里左右的城鎮，由狄米崔．伊凡諾維奇創立，並封給弗拉基米爾．安德烈維奇，目的在保護莫斯科南境。塞普柯夫直到十四世紀晚期才正式升格為市。歐爾嘉雖然是塞普柯夫王妃，卻住在莫斯科，因為當時塞普柯夫只有森林、一座堡壘和幾間小屋。但她丈夫經常在外，為大公掌理這個重要據點。

王妃望著她的忠實聽眾，臉上不再顯露剛才獨立窗前的悲傷。侍女們都放下了針線，蜷起身子坐在墊上殷殷等待。

高塔外狂風颯颯作響，無聲的大雪默默呢喃。高塔下傳來模糊的吆喝，最後一批牲畜被趕回了畜欄，躲避霜凍。乞丐們離開積雪的巷弄躲進教堂中殿，祈禱自己能活到明日。克里姆林[4]牆上的衛兵壓低帽子罩著耳朵，縮著身子站在火盆邊，王妃的高塔卻是溫溫暖暖，瀰漫著不出聲的期盼。

「那就豎起耳朵聽吧。」歐爾嘉說著，開始娓娓道來。

「從前從前，有一對樵夫夫婦住在大森林的小村落裡，丈夫名叫米沙，妻子名叫艾蓮娜，兩人非常悲傷，因為他們雖然努力祈禱，親吻聖像哀求，神卻從來不曾賜給他們孩子。夫妻倆生活艱困，沒有孩子幫助他們度過嚴冬。」

歐爾嘉摸了摸肚子。她的第三個孩子，那無名的小生命，在她子宮裡踢動著。

「有天早上，大雪剛剛下完，樵夫和妻子到森林砍柴。兩人砍柴堆柴，艾蓮娜隨手用推開的雪堆成一個雪白的少女。」

「那女孩跟我一樣漂亮嗎？」馬雅插嘴道。

尤朵姬亞哼了一聲。「她是雪做的耶，小瓜呆，又冷又硬又白的雪女孩，不過——」她打量了小女孩一眼。「肯定比妳漂亮。」

馬雅滿臉通紅，開口想要反駁。

「嗯，」歐爾嘉趕緊往下說：「雪女孩的確很白，而且僵硬，但個子高窕纖細，還有長長的辮子與甜美的雙唇，因為艾蓮娜將自己對女兒的幻想與愛都灌注在她身上了。」

「『老伴啊，』米沙望著雪女孩說：『妳終究還是為我們生了一個女兒。我們就叫她斯妮葛洛席卡[5]吧，因為她是雪姑娘。』」

「艾蓮娜笑了，只是眼裡噙著淚水。」

「忽然間，一道刺骨寒風掃過光禿禿的枝幹，霜魔莫羅茲科出現了，兩眼盯著樵夫夫婦和他們的雪女兒。」

「有人說是霜魔同情樵夫的妻子，也有人說是她在丈夫背後哭了，淚水落在雪女孩身上，而她的淚水帶有魔力，總之正當兩人準備回家，雪女孩的臉龐忽然浮現血色，眼眸變得烏黑深邃，接著就看到一個活生生的女孩光溜溜的站在雪中，朝老夫婦淺淺微笑。」

「我來做你們的女兒了，」她說：「如果你們肯收留我，我就會將你們當成父母侍奉。」

「老夫婦目瞪口呆，先是不可置信，隨即喜出望外。艾蓮娜哭著奔到雪女孩面前，牽起她冰冷的手，帶她回他們的伊斯巴[6]。」

「時光悠悠，斯妮葛洛席卡每天掃地、煮飯和唱歌，雖然有時唱的歌很怪，讓爸媽有點不安，但她很善良，做事又俐落，而且笑容永遠和陽光一樣燦爛。米沙和艾蓮娜覺得自己何其有幸，能有這樣一個女兒。」

「月升月落，轉眼到了隆冬。村子裡喜氣歡騰，雪橇鈴鐺叮噹作響，金黃蛋糕芳香四溢，到處

4　克里姆林：俄國大城市中央的宮城（外圍有城牆的建築群），雖然現在克里姆林專指俄國最有名的宮城，亦即莫斯科的克里姆林宮，但其實俄羅斯各大古城都有克里姆林。最早莫斯科只在克里姆林範圍內，後來慢慢延伸至城牆之外。

5　斯妮葛洛席卡：雪少女，俄羅斯童話常見人物，源自俄文的斯妮葛（sneg），意思是雪。

6　伊斯巴：農舍，木造小屋，通常有木頭雕飾，複數為伊斯比。

飄著香味與聲音。」

「村民們不時經過米沙和艾蓮娜的伊斯巴，雪女孩躲在柴堆後偷看他們。」

「有一天，一名女孩和一名高個子男孩牽手走過雪女孩藏身的柴堆。兩人微笑看著對方，臉上洋溢著雪女孩看不懂的喜悅。」

「斯妮葛洛席卡愈想愈不明白，卻又無法將他們的表情從腦中拋開。原本安然自得的她，心情開始悸動起來，在伊斯巴裡來回踱步，在樹下的雪地留下冰冷的足印。」

「春天來臨前的某一天，雪女孩聽見森林傳來悠揚的樂聲，是一名牧羊少年在吹笛子。」

「斯妮葛洛席卡聽得入迷，便悄悄朝牧羊少年走近。少年看見那雪白的女孩，女孩對他微笑，他感覺自己溫熱的心奔向了她冰冷的心。」

「幾週過去，牧羊少年戀愛了。霜雪消融，天空是清澈的淺藍，但雪女孩依然滿心苦惱。」

「『妳是雪做的，』她在森林裡遇到莫羅茲科，他曾經這麼警告她：『不可能愛了人還能長生不老。』冬天漸漸離去，霜魔愈來愈淡，最後只有在森林的最暗處，人才看得見他，但也以為他是冬青樹叢裡的一道微風。『妳生於冬天，永遠不會死亡，但只要碰了火就會喪命。』」

「然而，牧羊少年的愛讓女孩心生輕慢。『我為什麼要永遠冷冰冰的？』她反問：『你才又老又冷。我現在是有生命的女孩了，我要學習新東西，學習接近火。』」

「『妳最好待在暗處。』霜魔說完就走了。」

「春天將至，村民更常出門，採集生長在偏僻處的蔬菜。牧羊少年一次次來到斯妮葛洛席卡家的伊斯巴前，對屋裡說：『來森林裡吧。』」

「雪女孩會從爐灶旁的陰影裡出來，在暗處跳舞。即使如此，她的心依然是冰冷的。」

「積雪開始融化，雪女孩愈來愈蒼白，愈來愈虛弱，經常在森林深處哭泣。『求求你，』她對霜魔說：『我想跟人一樣有感覺，求求你答應我。』」

「『去問春天吧，』霜魔勉強答了一句。漸漸變長的白晝讓他變得更淡了，感覺像風，而不是話語。那風伸出悲傷的手指，輕輕拂過雪女孩的臉頰。」

「春天就像少女，既蒼老又永遠年輕，強壯的手腳纏滿鮮花。『我可以答應妳的請求，』她對雪女孩說：『但妳一定會死。』」

「斯妮葛洛席卡什麼也沒說，哭著回家躲在陰暗的角落裡，幾週都不肯出來。」

「但牧羊少年到她家來敲門。『親愛的，求求妳，』他說：『出來見我好嗎，我全心全意愛著妳呀。』」

「斯妮葛洛席卡知道只要她想，就可以永遠當個雪女孩住在伊斯巴裡。可是……她想到笛聲，還有愛人的眼神。」

「於是雪女孩換上藍白衣裳，笑著跑出屋外。陽光照在她身上，她亞麻色的頭髮開始滴水。」

「她和牧羊少年來到白樺林邊。」

「『吹笛子給我聽。』她說。」

「水滴得更快了，從她的手臂、手掌和頭髮不停滑落。雖然她臉色發白，血卻是暖的，一顆心也是。牧羊少年吹著笛子，斯妮葛洛席卡好愛他，她垂淚哭泣。」

「曲子吹完，牧羊少年伸手上前，想將雪女孩摟入懷中。但是雪女孩的雙腳融化了，身體不斷縮小，跌在潮濕的地上失去了蹤影。一道凜冽的霧氣飄向溫暖的藍天，白樺林邊只剩孤零零的少年。」

「雪女孩消失之後，春天為大地覆上一層薄紗，田野開出了小花。但牧羊少年在幽暗的森林裡等待，為失去愛人而哭泣。」

「米沙和艾蓮娜也哭了。『這只是魔法，』米沙安慰妻子說：『不可能永遠，因為她是雪做的女孩。』」

❄

歐爾嘉稍微停頓，女眷們竊竊私語，丹尼爾已經在她懷裡睡著了，馬雅則是頭靠著膝蓋。

「有人說斯妮葛洛席卡的靈魂一直在森林裡，」歐爾嘉接著說：「只要下雪，她就會活過來，在漫漫長夜愛著她的牧羊少年。」

歐爾嘉又停頓片刻。

「但也有人說她死了，」她哀傷地說：「因為這就是愛的代價。」

房間裡應該鴉雀無聲的，故事說得好就該這樣，但這回不是。歐爾嘉話聲剛落，女兒馬雅突然坐起身子大聲尖叫。

「妳看！」她喊道：「媽媽，妳看！是她，就在那裡！妳看！……不要——不要！妳不要——走開！」小女孩跌跌撞撞站了起來，茫然的眼裡閃著恐懼。

歐爾嘉順著女兒的目光轉頭一看，只見陰暗的角落裡白光一閃。不對，那只是火光。房裡一陣騷動，丹尼爾被吵醒，兩手緊抓著母親的薩拉凡[7]。

「那是什麼？」

「讓孩子安靜！」

「我就說吧！」達琳卡得意嚷道：「我就說真的有鬼！」

「夠了！」歐爾嘉怒聲道。

她的喝斥震懾了眾人，吵嚷平息下來，馬雅的抽咽在寂靜裡顯得格外響亮。「我想，」歐爾嘉淡淡說道：「時間晚了，大家也累了，還是服侍女主人去就寢吧。」這話是對尤朵姬亞的侍女說的，因為大公夫人已經快歇斯底里了。「只是小孩做惡夢而已。」歐爾嘉明快說道。

「不對，」尤朵姬亞冷冷回答，一副幸災樂禍的模樣：「不對，是鬼！大家都好怕。」

歐爾嘉朝貼身侍女瓦伐拉使了個眼色，說：「快服侍莫斯科大公夫人上床就寢。」瓦伐拉白髮蒼蒼，完全看不出歲數。她原本也盯著馬雅說的陰暗角落，但王妃一聲令下她立刻轉身，動作俐落沉著。應該是火光的緣故，歐爾嘉似乎看見瓦伐拉臉上閃過一絲哀傷。

達琳卡嘴裡唸唸有詞。「是她！」她不斷堅持：「小孩會說謊嗎？是鬼！是惡魔……」

「還有，記得讓達琳卡喝點酒，然後找修士過去。」歐爾嘉補充道。

侍女將嗚咽的達琳卡拖了出去，尤朵姬亞則是讓人陪著走出房間。騷動平息下來。

歐爾嘉回到爐灶旁兩個臉色發白的孩子身邊。

「真的嗎，馬祖席卡[8]，」丹尼爾抽咽道：「真的有鬼嗎？」

馬雅沒有回答。她雙手緊握，淚水依然在眼眶打轉。

「不要緊，」歐爾嘉柔聲道：「噓，孩子們，別怕，神會保護我們。走吧，該去睡覺了。」

---

7 薩拉凡：類似連身服或圍裙的女性服裝，有肩帶，穿在長袖上衣之外，直到十五世紀初才開始普及。我在《熊與夜鶯》和本書裡讓它提前問世，因為這類服裝特別容易讓西方讀者想起童話故事裡的俄羅斯。

8 馬祖席卡：直譯為「小母親」，俄文對母親的暱稱。

2 兩位聖徒

馬雅夜裡兩次尖叫吵醒了保母。第二次保母不夠聰明，打了那孩子一掌，馬雅立刻跳下床直奔特倫大廳[9]，飛鷹似的衝進歐爾嘉房裡，讓保母根本來不及攔阻。她躡手躡腳跨過睡著的侍女，上床瑟縮在母親身旁。

歐爾嘉沒有睡。她聽見女兒的腳步聲，感覺那孩子湊近時在顫抖。警覺的瓦伐拉在近乎漆黑的房裡看見歐爾嘉給她的眼神，立刻不發一語走到門邊要保母回去休息。保母氣沖沖的喘息聲在大廳裡漸行漸遠，歐爾嘉嘆了口氣，撫摸女兒的頭髮直到她平靜下來。等那孩子眼皮沉了，她才說：「說吧，馬莎。」

「我夢見一個女生，」馬雅輕聲說：「她有一匹灰色的馬。她很難過。她來莫斯科之後就沒有離開了。她想跟我說話，可是我沒聽，因為我很害怕！」馬雅又開始啜泣。「然後我醒過來，但她還在，沒有不見，只是她變成了鬼──」

「那只是夢，」歐爾嘉輕聲說道：「那只是夢。」

❄

破曉不久，她們就被前院的嘈雜吵醒了。

似醒猶睡之間，歐爾嘉試著回想自己剛做的夢：松樹迎風搖曳，她光腳走在土上，和兩個弟弟開懷大笑。但前院聲音愈來愈大，馬雅也身體一扭醒來了。於是村姑歐爾嘉再次被拋到腦後，消失無蹤。

歐爾嘉掀開棉被，馬雅坐了起來。歐爾嘉很開心那孩子臉上恢復了一點血色，昨夜的驚恐也被晨光驅散。前院的說話聲裡有一個她認得。「沙夏！」她喃喃道，幾乎不敢相信。「起來！」她朝侍女們喊：「外頭有客人！去準備熱酒，還有加熱澡堂。」

瓦伐拉滿頭白雪走進房間。她天還沒亮就起床去拿水和柴薪了。「你弟弟回來了。」她沒有用敬語，臉色蒼白緊繃。歐爾嘉心想，馬雅做惡夢吵醒她們之後，她應該就沒睡了。

和瓦伐拉相反，歐爾嘉覺得自己年輕了十歲。「我就知道再大的暴風雪也傷不了他，」她起身說道：「因為他是屬神的人。」

瓦伐拉沒有答話，逕自彎身準備替火添柴。

「放著吧，」歐爾嘉吩咐道：「去廚房確定爐灶都有通風，食物準備好。他一定餓壞了。」侍女們匆匆替王妃和她的兩個孩子更衣，但歐爾嘉還沒梳妝妥當，也還沒喝酒，丹尼爾和馬雅還沒吃蜂蜜粥，階梯就傳來腳步聲。

---

9 特倫：據信源自希臘文的特倫儂（teremnon，住處），和阿拉伯文的哈倫（harem，妻妾住的後宮或閨房）無關。既指舊俄仕女的住所（住家高樓層、廂房或獨棟建築，以長廊和宮殿裡的男官房相連），也泛指莫斯科大公國的仕女隱居制。由於中世紀莫斯科大公國史料缺乏，這個制度的起源不明，但於十六和十七世紀最為盛行，最後由彼得大帝正式廢除，讓婦女重返公眾生活。基本上，特倫是指仕女完全和男人分開起居，女孩會在特倫長大，直到嫁人才能離開。俄國童話常提到有位國王將女兒住處上了三乘九道鎖，可能就源自這個制度。

馬雅跳了起來，歐爾嘉皺起眉頭。這孩子臉上的歡快掩不住神色的蒼白，昨晚的惡夢或許還沒遠走。「沙夏舅舅回來了！」馬雅喊道：「沙夏舅舅！」

「妳去帶他過來，」歐爾嘉說：「馬莎——」

她話還沒說完，一道人影已經出現在微開的門邊，兜帽遮著他的臉。

「沙夏舅舅！」馬雅又喊了一聲。

「不對，馬莎，妳不可以對獻身上帝的人這樣喊叫。」保母喊道，但馬雅已經踢倒三張矮凳和一只酒杯奔到舅舅面前。

「願主與妳同在，馬莎，」那聲音沙啞而溫暖。「退後點，小姑娘，我現在滿身是雪。」他將斗篷與兜帽放到一旁，把雪抖掉，在馬雅頭上劃了十字，然後抱住她。

「願主與你同在，弟弟，」歐爾嘉在爐灶旁說。她語氣平靜，但臉上的光芒融去了所有寒冬。接著她忍不住補上一句：「你這個壞蛋，我好擔心你。」

「願主與妳同在，姊姊，」修士說道：「妳實在不必擔心，天父差我去哪裡，我就去哪裡。」他語氣嚴肅，但隨即露出微笑。「很高興見到妳，歐莉亞。」

他的修士服外緊扣著一件毛皮斗篷，兜帽後掀露出黑髮和剃度[10]的頭頂，黑色鬍鬚沾著冰柱微微晃動。他父親應該認不出他來了。當年的驕傲男孩已經長大，變得肩膀寬闊，沉著鎮定，步伐輕巧如狼，只有那清澈的眼眸（他母親的眼眸）沒有改變，依然和他十年前策馬離開雷斯納亞辛里亞一樣。

歐爾嘉的侍女們都偷偷看他。只有修士、神父、丈夫、奴僕和孩童能進特倫，但除了孩子之外通常都是老頭，沒有一個像他這樣身材高大、眼眸湛灰，還帶著遠方的氣息。

其中一名不知分寸的思春侍女不小心說得太大聲，對身旁夥伴說：「他就是艾列克桑德．佩列斯維特修士，光之使者艾列克桑德。妳知道，他就是——」

瓦伐拉甩了她一巴掌，讓侍女咬到了舌頭。歐爾嘉看了眾人一眼說：「我們到教堂去，沙夏，感謝主讓你平安歸來。」

「晚點再去，歐莉亞，」沙夏說完沉默片刻，接著說：「我從荒野帶了一名旅人回來，他病得很重，這會兒正躺在妳的作坊。」歐爾嘉皺眉道：「旅人？在這裡？很好，那我們去瞧瞧他。不行，馬莎。把粥吃完，小姑娘，吃完才准妳像瓶子裡的小蟲到處跑。」

❄

那旅人躺在爐灶旁的毛皮毯上，雪融得到處都是。

「弟弟，他是做什麼的？」歐爾嘉大腹便便無法蹲下，但用手指點了點牙齒，望著那氣若游絲的男子。

「他是神父，」沙夏一邊甩去鬍鬚上的雪水說：「我不知道他的名字。我兩天前在往莫斯科的路上看見他在遊蕩，病得胡言亂語。我生了火讓他身體暖和一點，然後就帶著他一起走。昨天暴風雪，我只好在雪裡挖一個洞穴躲避，原本今天也想待在那裡，但他病得更重了，感覺隨時會喪命。」

---

10 剃度：接受削髮儀式以示皈依信仰。東正教修士通常削去四片頭髮，形狀近似十字架。該教的隱修制度將皈依分成三級，長袍僧、十字僧和法衣僧（Rassophore, Stavrophore, the Great Schema），各以一種剃度方式代表。沙夏宣誓成為長袍僧，但猶豫要不要更進一步，因為十字僧必須立誓常居，也就是待在修道院裡不離開。

我想最好冒險帶他離開，別再繼續待在雪地裡。」

沙夏熟練地彎身湊到病人面前，掀去他臉上的布巾。只見神父眼眸藍得出奇，兩眼空洞地望著屋椽，身體骨瘦如柴，臉頰因發燒而滾燙。

「妳能幫幫他嗎，歐莉亞？」沙夏問道：「妳只要在修道院給他個房間，再給點麵包就好。」

「我不會這麼虧待他，」歐爾嘉說完轉頭迅速下了幾道指示。「只是他的性命掌握在神手中，我無法保證救得了他。他病得很重，男丁們會帶他去澡堂。」她打量了弟弟一眼。「你也應該去一趟。」

「我看起來有那麼冷嗎？」修士問道。老實說，他臉上少了冰雪遮掩，凹陷的顴骨與鬢角簡直令人怵目驚心。他甩去頭髮上最後一點殘雪，起身說：「澡堂晚點去，歐莉亞。我們先禱告，然後吃點熱的，接著我得去見大公。要是我回來沒先去見他，他肯定會大發雷霆。」

❄

教堂到宮殿的路有地板和屋頂，讓歐爾嘉和侍女可以舒舒服服去做禮拜。教堂蓋得有如精緻的珠寶盒，每尊聖像都鍍了金，燭光照得金箔和珠寶閃閃發亮。沙夏低頭禱告，燭火隨著他清朗的聲音搖晃顫抖。歐爾嘉跪在聖母面前，趁著別人看不見偷偷掉了幾滴悲喜交集的眼淚。

之後他們回到她的房間，坐在爐灶旁的椅子上。小孩被保母帶走，瓦伐拉吩咐侍女們去幹活。湯送來了，熱騰騰的。沙夏狼吞虎嚥，然後又要了一碗。

「出了什麼事？」歐爾嘉趁著沙夏喝湯時問道：「你為何在路上耽擱這麼久？別用服事上帝之類的話來搪塞我，弟弟，你不是會遲到的人。」

雖然房裡沒有別人，歐爾嘉還是壓低了聲音說話。特倫人多嘴雜，私下交談幾乎不可能。

「我去了薩萊一趟，」沙夏輕聲說道：「不可能一天來回。」

歐爾嘉瞪了他一眼。

沙夏嘆了口氣。

歐爾嘉等他開口。

「今年南方大草原的冬天來得早了，」沙夏拗不過了，只好說道：「我在喀山失去了一匹馬，接下來一週只得用走的。離開莫斯科第五天沒多久，我經過一個村落，全村都被燒毀了。」

歐爾嘉在胸前比了十字。

沙夏緩緩搖頭。「被搶劫了，韃靼人。他們擄走女孩，預備賣到南方當奴隸，其餘的人都被他們殺得一乾二淨。我花了好幾天才埋好所有死者，為他們禱告。」

歐爾嘉又緩緩比了十字。

「結束後，我就繼續上路，」沙夏又說：「但很快又遇到一個村子，一樣被火燒光了，下一個村子也是。」他愈說臉頰和下顎的線條就愈明顯。

「願他們安息。」歐爾嘉輕聲道。

「那些盜匪，他們很有組織，」沙夏往下說：「他們一定有據點，否則不可能一月還四處襲擊村莊，馬匹也比一般好，才可以不斷搶了就跑。」沙夏雙手使勁抓碗，湯都灑了出來。「我找過了，但怎麼也查不到他們的蹤影，只有焚毀的村莊和農人的說詞，而且一個比一個悲慘。」

歐爾嘉沒有說話。在他們祖父的年代，欽察汗國[11]全聽可汗號令，韃靼盜匪襲擊莫斯科公國一

---

11 欽察汗國：十二世紀由拔都建立的蒙古汗國，十四世紀初改信伊斯蘭教，全盛時期統治大部分現今東歐，包括莫斯科。

事根本前所未聞，因為公國向來是忠誠的附庸。但如今莫斯科不再那麼聽話、謹慎與忠誠，而且最重要的是欽察汗國也不再聽一人號令了。可汗一個換過一個，朝令夕改，將領們內鬥不斷，這種時候最是法外之徒的溫床，讓汗國所有人都深受其害。

「沒事的，姊姊，」沙夏誤會了歐爾嘉的表情。「別怕，莫斯科堅固得很，盜匪撼動不了它，父親在雷斯納亞辛里亞又天高皇帝遠。但這些盜匪必須剷除，一旦準備妥當我就會出發。」

歐爾嘉身體一僵，隨即克制住自己，開口問道：「出發？什麼時候？」

「等我召集好人馬就走，」他看見姊姊的表情，嘆了口氣說：「對不起，下回我會多待幾天，但這幾週我實在看到太多淚水了。」

真是個怪人，疲憊而仁慈，靈魂剛強如鐵。

歐爾嘉望著他。「沒錯，弟弟，你非去不可，」她語氣平平地說，耳朵尖一點的人或許聽得出她聲音裡的苦澀。「天父差你去哪裡，你就去哪裡。」

3 錢袋伊凡的孫子

宴會廳狹長低矮，光線昏暗，波亞們[12]像狗一樣或坐或趴圍在長桌前，莫斯科大公狄米崔・伊凡諾維奇則坐在廳尾，全身貂皮和橙黃羊毛，姿態雍容華貴。

狄米崔性情灑脫、胸膛厚實、活力充沛、自私、沒耐心、任性又仁慈。這位年輕王子的父親綽號「俊俏伊凡」，而他完全繼承了父親的英俊容貌，頭髮柔順、肌膚細嫩，還有一雙灰色的眼眸。

沙夏一進大廳，大公立刻起身高喊：「表弟！」珠貝帽下臉龐一亮。他大步上前，嚇著了一名侍從，這才想起自己的身分。他擦擦嘴巴，在胸前劃了十字，但手上的酒杯讓動作打了折扣。他匆匆放下酒杯，親吻沙夏雙頰，接著說：「我們都擔心你出事了。」

「願主保佑你，狄米崔・伊凡諾維奇。」沙夏微笑道。兩人小時候一起住在沙夏修行的處所，直到狄米崔成年才離開三一修道院[13]。

煙霧瀰漫的宴會廳裡全是男人的聲音，狄米崔正在分配野豬肉。陪酒的女人早一步被請走了，但沙夏還是在酒氣與肉的臊味裡聞到了殘留的體香。

他還感覺波亞們都盯著他看，心想他回來意味著什麼。

---

12 波亞：基輔羅斯貴族及後來的莫斯科貴族，地位僅次於王公（knyaz）。

13 三一修道院：謝爾蓋聖三一修道院，一三三七年由聖謝爾蓋・拉多涅茨基創立，位於莫斯科東北方六十四公里。

沙夏始終不明白，人為什麼要將自己關在污濁的房裡，將清新的空氣擋在門外？

狄米崔肯定看出表弟臉上的嫌惡。「去澡堂！」他立刻拉開嗓門道：「快去熱水，我的表弟累了，我和他想私下談談。」說完便親密勾住沙夏的手臂。「我也受夠了大吵大鬧，」他接著又說，不過沙夏半信半疑。莫斯科的喧囂和爾虞我詐讓狄米崔如魚得水，三一修道院對他而言始終太小也太靜了。「你過來！」大公朝總管大喊：「好好伺候這些賓客。」

❄

很久以前，蒙古大軍首次橫掃羅斯時，莫斯科還只是個剛冒出頭的簡陋集市，是欽察汗國占領羅斯後，在弗拉基米爾[14]、蘇茲達爾和基輔之外錦上添花的小地方。

光憑這點並不足以讓莫斯科躲過韃靼人的侵略，但莫斯科有精明的君主，面對遍地焦土的燒殺擄掠，他們立刻站到了征服者那一邊。

他們利用效忠欽察汗國來遂行自己的野心。可汗要求納稅，莫斯科君主立刻照辦，壓榨波亞們吐出錢來。龍心大悅的可汗不僅賜給他們更多領地，還將弗拉基米爾封授給他們，並頒賜大公頭銜。莫斯科的統治者就這樣愈來愈富，領土愈來愈大。

但莫斯科強了，欽察汗國卻弱了。可汗太子間的激烈鬥爭削弱了皇威，耳語也開始在莫斯科的波亞間流傳：韃靼人根本不是基督徒，可汗登基不到六個月就會被另一個傢伙取代，我們為何還要朝貢？為何還要屈居附庸？

狄米崔雖然膽大，卻也務實。他眼見薩萊動盪不安，明白可汗的朝貢紀錄肯定慢了五年，因此就悄悄不再進貢，將錢財扣著，並差他的好兄弟艾列克桑德修士到異教徒的首府去，打探動向。而沙夏則是拜託自己信賴的好友羅迪昂修士到雷斯納亞辛里亞，通知他父親戰火不遠的消息。

現在沙夏頂著寒冬從薩萊回來了，並且帶著自己並不想帶回的消息。

沙夏閉上眼睛，仰頭靠著澡堂的木牆，蒸汽洗去他身上的些許污垢，以及旅途的疲憊。

「兄弟，你臉色好難看。」狄米崔吃著糕餅開心說道，過量喝酒吃肉造成的汗水沿著肌膚簌簌滑落。

沙夏微微睜開一邊眼睛。「你變胖了，」他反唇相譏道：「你四旬齋時應該到修道院禁食兩週才對。」當年小狄米崔還在三一修道院時，齋戒日經常溜到森林裡偷宰兔子來吃。沙夏心想，從他的身材看來，這個老習慣可能一直沒改。

狄米崔笑了。眼睛不夠尖的人很容易被他的熱情魅力瞞過，見不到他目光裡的算計。這座王城的幼主很少能活到成年，而狄米崔的父親在他不到十歲時就過世了，因此他很早就學會看人要千萬謹慎，不可隨便信任。但在他成年離開修道院之前，艾列克桑德修士先是當了他的老師，後來又成了他的朋友。因此他這會兒只是咧嘴笑著說：「大雪下了一天一夜，我們除了吃還能做什麼？我連找個姑娘也不行。安德烈神父說我不准那樣做，至少得等尤朵姬亞幫我生了子嗣再說。」

大公仰身坐在長椅上，滿臉怒容接著說：「最好是有可能啦，那個不下蛋的老母雞。」他悶聲不響了一會兒，隨即又開懷起來。「但至少你回來了，我們差點就放棄希望了。告訴我，誰是薩萊的新主子？將軍們又有什麼打算？一五一十跟我說吧。」

沙夏飯吃了、澡泡了，現在只想睡覺，只要別睡地上就好。但他還是勉強睜開眼睛說：「春天

---

14 弗拉基米爾：羅斯大城之一，位於莫斯科以東一百九十公里，據稱創立於一一〇八年，許多古建築依然屹立至今。

之前不會打仗的，表哥。」

大公淡淡望著沙夏。「不會嗎？」這才像是大公在說話，語氣充滿自信而且不耐。他臉上的表情就是明證，說明他為何在位十年、歷經三次政變依然守著頭上那頂王冠。

「我去了薩萊，」沙夏小心翼翼說道：「還去了其他地方。我騎馬造訪遊牧部落，也跟許多人交談，不止一次遇到生命危險。」他停頓片刻，眼前再次浮現炙熱的沙塵、彷彿洗白的大草原天空和味道奇特的香料。和那金碧輝煌的異教徒首府相比，莫斯科簡直像手拙的小孩一天之內草草堆出來的泥巴堡。

「現在可汗確實像葉子一樣來來去去，」沙夏接著說：「在位六個月就會被叔叔、舅舅或弟弟給推翻。大汗[15]的子女太多了，但我認為那並不重要。將領個個擁兵自重，就算王室不穩，他們的權力依然不可動搖。」

狄米崔沉思片刻。「但你想想看！打贏確實很難，但只要贏了，我就能稱霸全羅斯，再也不用進貢給異教徒了。這難道不值得冒一點險，做出一點犧牲嗎？」

「的確，」沙夏說：「最後勢必如此，但這不是我唯一看到的消息。明年春天，你會有更近的麻煩找上門來。」

接著，艾列克桑德修士便一臉嚴肅，向大公提起焚毀的村莊、盜匪與遠方的烽火。

❄

艾列克桑德修士為大公表哥提供建言時，歐爾嘉的奴僕們則在為他帶回莫斯科的病人洗澡。他們替男子換上乾淨衣服，讓他待在告解神父專用的房間。歐爾嘉穿著兔皮鑲邊的長袍下樓看他。

房裡角落擺著火爐，剛升的火燃燒著，雖然還穿不透室內的幽暗，但歐爾嘉的侍女們拿著陶燈擠了進來，嚇得房裡的陰影全縮到一旁瑟瑟發抖。男子不在床上，而是匍匐在地板對著聖像禱告，披垂的長髮映著火炬的微光。

歐爾嘉身後的侍女個個拉長脖子竊竊私語，聒噪得連聖人都會回頭，男子卻不為所動。難道他死了？歐爾嘉匆忙上前，還沒碰到對方，神父就坐起身子在胸前劃了十字，隨即搖搖晃晃站起來。歐爾嘉瞪大雙眼，帶著一群凸眼姊妹不請自來的達琳卡則是低呼一聲，吃吃傻笑了起來。只見那男子長髮過肩，髮色金黃有如王冠，一雙濃眉大眼，瞳孔如風雪一樣藍，紅潤下唇是他稜角分明的臉上唯一的輕軟。

所有女人都看呆了，歐爾嘉最先恢復鎮定，上前說道：「神父平安。」

發燒讓神父的眼眸藍得發亮，汗濕的金髮糾結凌亂。「願主祝福妳。」神父答道，發自丹田的聲音讓燭火微微搖晃。他目光朦朧，似乎對不到她的眼眸，而是望向她身後，天花板附近的暗處。

「神父，我很敬佩您的虔誠，」歐爾嘉說：「還請您多為我代禱。但您現在務必回床上休息，這天冷可是會要人命的。」

「我的生死操在主的手中，」神父說：「最好——」他忽然身體一暈，瓦伐拉在他摔倒前一把扶住他。瓦伐拉比她外表看上去有力得多。她臉上閃過一絲嫌惡。

「把火升起來，」歐爾嘉朝奴僕們吆喝道：「快去熱湯，拿熱酒和毯子來。」

瓦伐拉嘀咕著將神父扶上床，接著拿了一把椅子給歐爾嘉。歐爾嘉重重坐在椅子上，其他女人

---

15 大汗：成吉思汗，其後代建立的欽察汗國統治羅斯兩百年。

全擠到她背後探頭張望。神父躺著不動。他是誰？又是從哪裡來？

神父眼皮微微掀動。「蜂蜜酒來了，」歐爾嘉說道：「坐起來喝吧。」

神父坐起身子喘著氣把酒喝了，一邊隔著杯緣望著她。「謝謝妳，歐爾嘉・弗拉基米洛娃。」喝完酒後，他這麼說道。

「是誰將我的名字告訴您的，巴圖席卡[16]？」歐爾嘉問道：「您又怎麼會生了病在林中遊蕩？」

神父臉頰肌肉隱隱一抽道：「我從雷斯納亞辛里亞來，妳父親的領地。我走了好遠的路，冰天雪地，天色又黑……」他氣若游絲，隨即打起精神。「妳和妳家人長得很像。」

雷斯納亞辛里亞……歐爾嘉忍不住追問：「您可以多說一點嗎？我弟弟妹妹過得如何？還有我父親呢？告訴我，我從夏天就沒他們的消息了。」

「妳父親過世了。」

房裡一陣沉默，火爐裡柴火的劈啪聲頓時清楚起來。

歐爾嘉啞口無言。父親死了？他連自己的孫子和孫女都沒見到面。**那又如何**？他這會兒應該很開心，終於和母親重逢了。可是——他從此長眠在自己心愛的寒冬大地，她再也見不到他了。「願主賜他安息。」歐爾嘉哀痛說道。

「我很遺憾。」神父說。

歐爾嘉搖搖頭，喉嚨一陣乾澀。

「喏，」神父突然將酒杯塞到她手中，開口說道：「妳喝點吧。」

歐爾嘉一飲而盡，將杯子遞給瓦伐拉，接著用袖子揩揩眼睛，努力穩住聲音問道：「他是怎麼過世的？」

「那是惡夢一場。」

「我要聽。」歐爾嘉說。

「好吧，」神父說道，語氣裡掩不住一絲憎惡。「他是因為妳妹妹而死的。」

房裡一陣低呼，所有人都好奇興奮了起來。歐爾嘉咬著臉頰。「所有人都出去，」她沒有提高聲音，只是淡淡說道：「達琳卡，麻煩妳了，回樓上去吧。」

仕女們嘀嘀咕咕，但還是聽話離開了，只有瓦伐拉留下來，免得日後蜚短流長。她雙手抱胸站到暗處。

「瓦西婭？」歐爾嘉啞著嗓子問道：「我妹妹瓦西莉莎嗎？她怎麼可能跟——」

「瓦西莉莎不信神又不順服，」神父說道：「她靈魂裡住著惡魔，我試著引她走回正道，試了很久，但還是失敗了。」

「我不懂——」歐爾嘉開口道，但神父靠著枕頭坐得更直一些，汗水聚積在他脖子的凹處。

「她看得到不存在的東西，」他低聲道：「她走進森林一點也不會恐懼。村裡所有人都在談論這件事，心腸好一點的說她只是瘋了，但其他人都認為她會巫術。她長大之後變得更像女巫，雖然沒有美貌，卻到處吸引男人的目光……」他話不成聲，但隨即打起精神。「你父親彼得・弗拉迪米洛維奇，他安排好送她進女修道院，擔心——擔心她的靈魂。」

歐爾嘉試著在腦中描繪她那怪裡怪氣、有著碧綠眼眸的妹妹變成神父所描述的女人，發現一點也不難想像。女修道院？瓦西婭？「我認得的那個小女孩絕對受不了被綁住。」她說。

---

16 巴圖席卡：直譯為「小神父」，對東正教神職人員的敬稱。

「沒錯，她拚命反抗，」神父附和道。「她說不要，說了好幾遍，最後趁著黑夜逃到森林裡，依然不肯順服。彼得・弗拉迪米洛維奇追了上去，還有安娜・伊凡諾夫納，她可憐的繼母。」

神父停了下來。

「然後呢？」歐爾嘉低聲問道。

「他們遇上野獸，」他說：「我們認為——他們說是熊。」

「熊？在冬天？」

「瓦西婭一定是跑進熊的洞穴了，女孩就是沒腦袋，」神父聲音變大。「我不曉得，我沒親眼見到。彼得救了他女兒，但他自己犧牲了，還有他可憐的妻子。一天後，瓦西莉莎依然瘋癲，偷偷逃走，從此再也沒有人聽到她的消息。我們只能假設她也死了。歐爾嘉・彼得洛夫納，她和妳父親都死了。」

歐爾嘉雙手掌腹摀著雙眼。「我曾經答應瓦西婭來跟我住。我或許也有責任，或許——」

「別難過，」神父說：「妳父親已經回到主的身邊，妳妹妹也得到報應了。」

歐爾嘉一臉驚詫抬起頭來，但神父湛藍的眼眸毫無反應。她心想自己是不是聽錯了，怎麼覺得他話裡充滿怨毒。

歐爾嘉穩住自己。「您冒著生命危險通知我這件事，」她說：「您想——想要我怎麼回報您？真抱歉，神父，我一直沒請教您的大名。」

「我叫坎斯坦丁・尼可諾維奇，」神父回答：「我不需要任何回報。我只想回修道院，為這個邪惡的世界禱告。」

4 骨頭塔領主

莫斯科天使長修道院[17]由都主教艾雷克塞創立，院長安德烈神父和沙夏一樣出身聖謝爾蓋的三一修道院，體型有如蘑菇矮矮胖胖、圓圓軟軟，臉龐好比縱情歡樂的天使，對世俗政治有著驚人敏銳的掌握，還有一張莫斯科三所修道院人人妒羨的餐桌。「貪吃的人無心愛主，」他曾輕蔑表示：「餓肚子的人也好不到哪裡。」

大公一放行，沙夏就直奔修道院。坎斯坦丁還在歐爾嘉的溫暖宮殿裡禱告，安德烈和沙夏已經在修道院的食堂裡（那時正好是齋戒日的進食時間）吃著卷心菜炒鹹魚一邊談話。聽完後輩的描述，安德烈嚼著食物沉吟道：「村莊被火燒了實在令人難過，但主自有其安排，這消息來得算快了。」

沙夏沒想到神父會如此反應，不禁困惑地豎起眉毛，緊絞著冷得微微顫抖的雙手，坐在木桌前沒有說話。安德烈不耐煩地接著說：「你一定要找大公出城，帶他一起去清剿盜匪。幫他找個漂亮女孩，只要別是他會想一起傳宗接代的對象就好。」老神父說得臉不紅氣不喘，一點也不害臊。他

---

17 天使長修道院：全名為艾雷克塞天使長米迦勒修道院，一般稱為朱多夫（Chudov）修道院，源自俄文「朱多」一詞，意思是奇蹟。該修道院於一三五八年由都主教艾雷克塞創立，以紀念天使長米迦勒於克洛薩（Colossae）讓一名啞女孩開口說話的奇蹟。

在皈依神以前是個波亞，生了七個孩子。「狄米崔的心定不下來，妻子在床上又取悅不了他，也沒有子嗣寄託希望，再這樣下去遲早會因為無聊而發瘋，對韃靼人或隨便某個部落宣戰。就像你說的，時機還不成熟，所以還是帶他去殺盜匪吧。」

「我會的，」沙夏將酒喝完，起身說道：「謝謝您的警告。」

❄

艾列克桑德修士的房間已經打掃乾淨，等他回來休息。窄床上鋪著一張上好的熊皮，房門對面的角落擺著聖母聖子像。沙夏在聖像前禱告良久，莫斯科城鐘聲齊鳴，異教徒的月亮高高升起在雪白尖塔上。

聖母啊，請保守我的父親、兄弟與姊妹，保守我在荒野修行的師父與我的主內弟兄。求妳不要為了我們尚未攻打韃靼人而憤怒，因為他們仍然太過強大、人數太多。求妳赦免我的罪，願妳赦免我。

燭光在聖母細長的臉上舞動，聖子彷彿在黑暗裡注視著他，眼神沒有一絲溫暖。

隔天早上，沙夏和其他修士一起去烏吞亞[18]，也就是晨禱。他在聖幛前彎低身子垂首禱告，接著隨即動身前往半埋在雪裡的銀白王城。

狄米崔．伊凡諾維奇雖然毛病不少，但懶散顯然不在其中。沙夏發現大公已經由一群年輕波亞陪著在前院舞劍，舞得興高采烈，雙頰紅如蘋果。來自諾夫哥羅德的鑄劍師傅很得大公寵愛，最近替他造了把新劍，劍柄刻了巨蛇。兩人——一位大公和一位修士——帶著不是很有把握的敬佩打量這把劍。

「這把劍能讓敵人心驚膽顫。」狄米崔說。

「等你用劍柄猛敲對方的臉，結果劍柄斷成碎片就知道了，」沙夏說：「你看這裡這麼薄——我說這裡——蛇頭和蛇身相連的地方。」

狄米崔又舉起劍柄看了看。「嘖，你打我試試看。」他說道。

「主會保佑你，」沙夏立刻說道：「但你要找人試，千萬別找我。」

狄米崔轉頭正想叫那個討人厭的波亞過來，但沙夏下一句話讓他立刻回頭。「你玩夠了沒？」修士不耐地說：「走吧，風雪停了，又有村莊要被焚毀了。你要和我騎馬去瞧瞧嗎？」

這時大門外傳來一聲高呼和一陣騷動，蓋過狄米崔的回答。兩人豎起耳朵。「聽起來有十幾頭馬，」沙夏揚起眉毛，用疑問的神情對大公說：「誰——」

狄米崔的總管跑上前來。「有位大領主來了，」他喘著氣說：「他說他一定要見您，還說帶了禮物來。」

狄米崔眉頭深鎖。「大領主？誰呀？我底下的波亞都沒亂跑，也沒有人打算要——好吧，讓他進來，免得他在門外凍死。」

總管轉身跑開，接著便聽見門樞的聲響劃破凜冽的清晨，一名陌生男子騎著栗色的公馬進大門，後面跟著一群家僕。栗馬前腳騰躍想要退開，但主人手一摸就安撫了他，隨即從馬背上下來，幾抹新雪跟著滑落。男子站在馬旁，環顧熱鬧的前院四周。

「嗯。」大公雙手插腰。波亞們放下爭執圍過來，眼睛盯著陌生來客在大公身後竊竊私語。

陌生男子看了看他們，隨即大步踏過雪地站在眾人面前，朝大公鞠躬致意。

---

18 烏吞亞：斯拉夫語，意思是東正教修道院的晨禱。是四次晚禱的最後一次，通常會調好時間，讓它在日出前結束。

沙夏打量了陌生人一番。對方顯然是波亞，虎背熊腰，衣著講究，黑眼眸長睫毛，露出的頭髮紅得有如秋天的蘋果。沙夏從來沒見過他。

波亞對狄米崔說：「你是莫斯科和弗拉基米爾大公嗎？」

「正是在下，」狄米崔冷冷回答，因為紅髮男子的語氣一樣無禮。「你是哪位？」

那雙驚人深沉的眼眸從大公身上轉向了他的表弟。「我叫卡斯揚．路托維奇，葛蘇達，」那人答道：「我的領地在莫斯科以東，離這裡兩週路程。」

狄米崔一臉不在乎。「我不記得朝貢者裡——你那地方叫什麼？」

「巴許亞科斯泰，骨頭塔，」紅髮男子答道。見眾人豎起眉毛，他又補充道：「我的父親很有幽默感。我小時候曾經連續三年飢荒，到了第三年冬天，他就給我們家取了這個名字。」沙夏看得出藏在卡斯揚虎背熊腰裡的驕傲。紅髮男子接著說：「我們一直住在自己的森林裡，從來不倚靠外人。但大公，我現在帶著禮物前來，以及一個請求，因為我的子民正備受威脅。」

卡斯揚話一說完便向家僕示意，只見家僕牽出一頭鐵灰色小母馬，漂亮得連大公都愕然無語。

「禮物在此，」卡斯揚說：「但願您的侍衛能款待我的人馬。」

大公打量母馬，但只說了一句：「威脅？」

「一群我們找不到的人，」卡斯揚義正辭嚴：「一群盜匪，放火焚燒我的村落，狄米崔．伊凡諾維奇。」

❄

大公將紅髮男子一行人請入接待廳後，便吩咐僕役給馬匹準備燕麥，帶紅髮男子的手下到營舍休息，然後和沙夏耐著性子，出於禮貌慢慢等候卡斯揚對著低矮的彩繪天花板啜飲啤酒。酒喝完後，卡斯揚擦擦嘴巴開口道：「起先只是傳聞，大約秋天前後，從失去家園的村民那裡聽來的消息。說有搶匪，還會放火。」他結實的手掌轉著杯子，目光飄向遠方。「但我沒有理會。鄉下總是有人鋌而走險，而且三人成虎，所以初雪一來，我就把這件事拋到腦後。」卡斯揚又停下來喝了口酒。「我現在知道自己錯了，」他接著說道：「所有人都在講火燒村莊的事，每天都有走投無路的農人來找我，幾乎每天，求我給他們穀物或保護他們。」

狄米崔和沙夏互望一眼，波亞和隨從都拉長了耳朵。「欸，」狄米崔坐在雕工精緻的椅子上，彎身向前對遠來的訪客說：「你是他們的領主，不是嗎？你沒有出手幫忙？」

卡斯揚抿著嘴，神色嚴厲說：「從初雪剛下到現在，我們追捕這群惡徒不止一次。我有聰明的手下、厲害的獵犬和高明的獵人。」

「那我不懂你為什麼來找我，」狄米崔打量訪客道：「尤其現在被我知道你的名字，就別想躲避進貢。」

「我來是因為別無選擇，」卡斯揚說：「我們完全找不到這群盜匪的半點蹤跡，頂多就是一個蹄印。除了火燒、哭號和全毀的村子，我們什麼也沒有找到。我的子民開始耳語，說這群盜匪根本不是人類，於是我只得到莫斯科來，」話到最後，他掩不住聲音裡的絕望。「即使我根本不想離開自己的地方。因為莫斯科城有戰士和屬神的人，而我必須為自己的子民求助。」

沙夏發現狄米崔一臉驚詫，完全沒能掩藏。「半點蹤跡都沒有？」他說。

「完全沒有，葛蘇達，」卡斯揚說：「也許這群盜匪真的不是人類。」

「我們三天內出發。」狄米崔說。

5 荒野之火

歐爾嘉沒有告訴弟弟父親的死訊，也沒有透露妹妹殞命的消息。沙夏眼前已經夠險惡，必須保持頭腦清醒才行。她心想，知道瓦西婭的死訊肯定讓他特別難過，他是那麼喜歡這個妹妹。

於是，沙夏前來道別那天，歐爾嘉只是吻了他，祝他此行順利。她給了他一件新的斗篷，還有一皮囊上好的蜂蜜酒。

沙夏草草收下禮物，一顆心早已朝荒野而去，想著盜匪和焚毀的村莊，以及如何拴住一位不想再當朝貢國的年輕王公。

「願主保佑你，弟弟，」歐爾嘉說，聲音再也保持不住平靜。別離對她並不陌生。她這個弟弟來去飄飄，有如夏日松林裡的輕風，而她丈夫弗拉基米爾也好不到哪裡。但她此刻想到父親和妹妹已經離去，再也不會回來，終究還是無法強自鎮定。**總是他們走，而我留下。**「記得時時為我禱告，惦記我。」

「願主保佑妳，姊姊。」他說。

❄

狄米崔一行人出城當天，大地一片蒼白，白色的雪和白色的陽光照在白色的高塔上。寒風嘲弄似的撩撥他們的斗篷與兜帽，狄米崔一身出征裝扮大步走進前院，俐落跳上馬背。「走吧，表弟！」他喊著沙夏。「天氣好，雪又乾，咱們出發吧！」馬夫們牽著繫了韁繩的馱馬，騎著雄駒的士兵也列隊等候，個個配了長劍與短矛。

卡斯揚的屬下插在狄米崔的部隊之間，感覺很是彆扭。沙夏心想他們面無笑容的表情下到底在想些什麼。卡斯揚默默坐在栗紅牝馬上，目光掃過人馬雜沓的前院。

大門嘎嘎開啟，所有人策馬出發。眾馬飛奔向前，沙夏躍上他的灰色牝馬圖曼[19]，跟在隊伍後頭踏入冷冽刺眼的寒冬。大門在他們身後轟隆關起。

莫斯科城逐漸遠去，最後只剩鐘聲在樹梢迴盪。

❄

儘管許多人受不了，但對頂得住的旅者而言，冬天才是北羅斯適合遠行的季節。夏天荒原只有小道和鹿徑，往往窄得難行馬車，又有淤泥淹過車軸。然而冬天，結凍的道路硬如鐵石，雪橇特能負重，冰凍的河川成了沒有樹木殘幹的康莊大道，路面寬闊又好判斷方向，不是南北，就是東西。

冬天河畔交通繁忙，除了依河而建、靠水吃飯的村莊，還有不少波亞興建的宅第，都預備善盡地主之誼，迎接莫斯科大公的到來。

東行首日，大公一行人向晚時分來到庫帕夫納[20]附近，在暮色中見到令人欣喜的火光。狄米崔差人要求領主設宴款待，當晚眾人飽餐一頓，大啖捲心菜和醃蘑菇派。

隔日清晨，大公告別了人煙，也告別了當晚有房舍落腳的可能。森林愈來愈密，路徑愈來愈不

19 圖曼：薄霧之意。
20 庫帕夫納：十四世紀羅斯城鎮，位於莫斯科以東廿二公里，現今屬於大莫斯科地區的一部分。

明顯，偶爾才會經過一兩個聚落。眾人白天趕路，傍晚在雪裡紮營，並派人徹夜守衛。

儘管如此，這一群騎士始終沒有見到野獸或飛禽，更別說盜匪的影子，直到第七天他們遇到了被焚毀的村莊。

圖曼最先嗅到煙味，嗤了一聲鼻子。沙夏伸手安撫他，隨即轉頭面對風的來向。「有煙味。」

狄米崔將馬停下。「我聞到了。」

「那裡。」兩人身旁的卡斯揚戴著連指手套舉手說道。

狄米崔匆匆號令，所有人立刻圍攏。這麼多人不可能不出聲音，乾雪在馬蹄下窸窣作響。

村莊已經被焚為灰燼，彷彿被巨大的火掌壓扁。起初村莊看來完全死寂、空蕩與冷清，但一棟教堂立在村中，幾乎沒有被火侵襲，一縷白煙從屋頂的破洞裊裊升起。

騎士們拔劍靠近，心想很快就會聽見呼哧箭響。圖曼轉頭看著主人，骨碌眼球閃著焦慮。村裡原本架了柵欄，此刻只剩一團煤渣。

狄米崔再次下令，幾人留守警戒，幾人去附近森林尋找倖存者，最後只留下他、沙夏和卡斯揚策馬躍過殘餘的柵欄，後面跟著幾名手下。

村裡屍橫遍野，焦黑一如焚毀的房舍，哀求般的焦掌和獰笑的骷髏凍結在死前的瞬間，連天生不擅傷感與多想的狄米崔也看得嘴唇發白。但他還是穩住聲音對沙夏說：「去敲教堂的門。」因為他們隱約聽見裡頭有動靜。

沙夏下馬走過雪地，用劍柄敲打教堂的門，同時高喊：「願主與你同在。」

沒有回應。

「我是艾列克桑德修士，」沙夏喊道：「不是盜匪，也不是韃靼人。我會盡力幫忙你或你們。」

門後安靜片刻，接著傳來一陣低語，大門隨即打開。只見一名臉龐瘀青的女子拿著斧頭出現在門口，旁邊站著一名渾身是血和灰渣的神父。兩人見到沙夏剃度的頭頂，確認他是修士之後，手上臨時抓起的武器微微垂下，但仍不敢放開。

「願主祝福你們，」雖然聲音哽在喉間，沙夏還是勉強擠出一句。「可以告訴我們這裡發生了什麼事嗎？」

「何必呢？」神父怒目圓睜，眼裡滿是蔑笑。「反正你們來遲了。」

❄

最後，那名女子還是開口了，只是能說的很少。盜匪破曉來襲，人數起碼上百，至少氣勢讓人如此感覺，馬蹄踩得細雪漫天。他們四處燒殺，幾乎所有村民不分男女都死於他們劍下，接著開始捕殺孩童。「他們把女孩抓走，」女子說道：「不是全部，但許多都被帶走了。其中一人負責看臉，把他想要的女孩擄走。」女子手裡抓著一條淺色小頭巾，顯然是孩子用的。她抬起頭來，目光顫抖望著沙夏說：「我求你為他們禱告。」

「我會的，」沙夏說：「我們會全力逮到這群盜匪。」

騎士們分了點食物給女子和神父，並合力為半焦黑的屍體搭了火葬柴堆。沙夏用豬油和亞麻布替倖存者舒緩灼痛，即使對某些重傷的村民來說，放手才是真正的慈悲。

隔天破曉，他們再次出發。

進入森林前，大公回頭嫌惡地看了焚毀的村莊一眼。「表弟啊，你要是見到死人就禱告，見到活人就餵，咱們冬天結束了都還在路上。你瞧，我們又耗了一天。麥穀全燒光了，這些人待在這裡沒有一個能熬過冬天，咱們停下來只是白費。」

狄米崔依然嘴唇發白。

沙夏沒有答話。

❄

接下來三天，他們又遇到兩個焚毀的村子。第一個村子的人殺了盜匪一匹馬，但盜匪立刻還以顏色，大肆屠殺村民並放火燒了教堂。倖存的百姓望著聖幛被燒成碎片與灰燼，「上帝遺棄了我們，」他們對沙夏說：「他們把女孩帶走了，我們只能等待審判到來。」

沙夏為村民祝禱，但村民只是兩眼茫然，於是他只能離開。

小徑很冷。或許根本沒有小徑。

第二個村莊徹底空了，所有人都走了，男女老幼、牲畜母雞，統統不見蹤影，剛下的雪掩沒了所有痕跡。

「韃靼人！」狄米崔站在飄著牲畜和濃煙餘味的村莊前啐了一口說：「就是韃靼人。你還能說我不該打仗，以神之名向這些異教徒復仇嗎，沙夏？」

「我們要找的是盜匪，」沙夏糾正道，一邊拍去圖曼鬃上的冰柱。「你不能因為少數人的惡行就向整個族群報復。」

卡斯揚沒有說話，隔天便向大公和沙夏告別，說他和手下要離開了。

狄米崔冷冷回道：「難道你怕了，卡斯揚．路托維奇？」

換作別人肯定勃然大怒，但卡斯揚只是沉吟不語。這些天來，騎士們已經冷到臉色慘白，只剩鼻頭和臉頰還有一點血色。誰是地主、誰是修士或衛兵根本分不出來，統統像是易怒的棕熊，裹在層層毛氈和毛皮裡。唯有卡斯揚是個例外，臉色依然和原來一樣白皙鎮定，眼神依然敏捷明亮。

「我不是怕，」卡斯揚淡然回答。這位紅髮波亞話很少，但懂得聽，握弓持矛的手又穩，就連愛挑毛病的狄米崔也不得不佩服。「雖然這幫盜匪更像惡魔而不是人，但我必須回去，我已經離開太久了。」他停頓片刻，接著說：「但我會帶另一批手下回來。只要您給我幾天時間，狄米崔・伊凡諾維奇。」

狄米崔一邊思索，一邊心不在焉撥去鬍鬚上的霧淞。最後他開口道：「這裡已經離三一修道院不遠。能夠在遮風避雨的地方睡一覺，對我手下有好處。我們就在那裡碰頭，我可以給你一週時間。」

「很好，」卡斯揚平靜說道：「我會沿河回去，路上到城鎮四處問問。那群惡鬼再怎麼也需要吃飯。我會召集壯漢，到修道院跟你們會合。」

狄米崔草草點頭。雖然他臉上幾乎顯不出疲憊，但面對灰燼、未知和漫無止盡的冰霜，連他也感覺到沉重。

「很好，」大公說道：「千萬別食言。」

❄

隔天破曉，卡斯揚和手下在水氣蒸騰的凜冽晨曦中告別了他們。耀眼陽光照得營火有如一道道殷紅、金黃與灰濛的橫幅。沙夏、狄米崔和大公的手下默默望著夥伴遠去，心裡莫名感到一股孑然。

「走吧，」大公打起精神說：「我們得提高警覺，修道院就在前面了。」

於是眾人繼續咬牙前行，精神愈來愈弱。雖然夜裡挖了壕溝，從火裡取炭埋入溝裡，然後睡在上頭，但長夜漫漫，白天又是狂風暴雪，天寒地凍長途跋涉讓馬都瘦得露出骨頭。沒有人在跟蹤他們，他們卻感覺被人盯著，令人心底發毛。

出發兩週後的破曉，他們終於聽見鐘響。

寒冬清晨姍姍來遲，太陽躲在濃濃白霧之後，日出只是顏色的轉換，從黑到藍到灰。東方天空剛出現顏色，樹梢就傳來了鐘聲。

憔悴的臉龐一張張亮了起來，所有人在胸前劃了十字。「三一修道院到了，」其中一名騎士對同伴說：「那裡是聖謝爾蓋的住所，絕不會有該死的盜匪及惡魔。」

馬首低垂，大公和手下一路縱隊穿越森林，比之前更提高警覺。雖然沒有人說出口，但所有人都隱隱有種感覺，歇息處就在眼前，馬匹已經累得磕磕絆絆，那些惡鬼或許終會出擊。

但林中一片寂靜，他們不久便出了森林來到一處空地，修道院就矗立在圍牆之後。

馬隊尚未全出森林，問話聲就已經傳來。問話人是牆頂守衛的修士。沙夏拉下兜帽作為回應，並且大喊：「羅迪昂修士！」

一臉森然的修士立刻笑顏逐開。「艾列克桑德修士！」他高聲大喊，隨即轉頭下達指示。修道院裡頭一陣喧鬧，接著吱嘎一聲，修道院大門緩緩打開。

一名目光清澈、鬍鬚如雪的老人倚著拐杖站在門口等候他們。雖然疲憊，沙夏還是立刻下馬，狄米崔也跟著照做。兩人沙沙踩著積雪走到老人面前，鞠躬親吻老人的手。

「神父，」沙夏對謝爾蓋．拉多涅茨基，全羅斯最聖潔的人說道：「很高興見到您。」

「孩子們，」謝爾蓋舉手為他們祝禱，接著說：「歡迎到修道院來。你們來得正是時候，邪惡正在作怪。」

❄

沙夏．彼得洛維奇，現在的艾列克桑德．佩列斯維特修士，十五歲那年來到三一修道院，對自己的虔誠、馬術和劍術深感驕傲。他無所畏懼，目空一切，但修道院的生活改造了他。三一修道院的修士生活在這片荒郊野外，自己搭建木屋，自己燒磚砌窯，自己種植蔬果，自己烘烤麵包。

沙夏的見習修士生活過得既匆匆又緩慢，一如所有的和平時光。狄米崔．伊凡諾維奇和修士們一起生活直到成年，個性驕傲躁動，教養良好，容貌俊俏。

他十六歲離開修道院成為莫斯科大公，而沙夏終於成了修士，開始遊歷四方。三年內他踏遍了全羅斯，遵循教規修築修道院，協助他人。旅途燒去了他的青春，當他回到莫斯科城時，已經是個沉著寡言、避戰但不畏戰，而且備受農民喜愛的男人。是農民給他取了這個名字。

艾列克桑德．佩列斯維特，光之使者。

沙夏遊歷回來後，曾打算回到三一修道院許下終身願，從此在荒野平靜度日，與森林、溪水和白雪為伴。但終身願包括長居一地，而沙夏發現自己還無法停歇，因為上帝呼召他啟程，但也可能是他血液裡的火苗作祟。世界如此遼闊，充滿危難，年輕的大公又需要表弟的建言。於是沙夏再次離開修道院，策馬佩劍諮議政事，遊歷羅斯，為人治療、給人建言、替人禱告。

但他心裡一直惦念著三一修道院。那是他的家。夏天耀眼，冬天昏藍，還有無邊的寂靜。

然而，這回當他走進柵門時，嘈雜卻像一堵牆擋在面前。房舍之間的雪地上擠滿了人與狗、雞與孩童，到處是柴火和喧鬧聲。沙夏雙腿發軟，轉頭一臉驚詫看著謝爾蓋。

老神父聳聳肩，沙夏這時才察覺神父眼圈發黑，步伐僵硬。他伸手攙扶，老神父沒有拒絕。

狄米崔走在謝爾蓋另一邊，說出了艾列克桑德修士心裡的話：「人真多。」

「他們八天前來到我們大門外，」謝爾蓋一邊說著，一邊用沒有攙著沙夏的手替左右遇到的人祝禱，還有人奔過來親吻他長袍的下襬。老神父朝他們微笑，但眼神裡滿是疲憊。「他們說是盜匪，但又不像盜匪，因為他們幾乎不喝酒，也不搶劫，只放火焚燒村落。他們打量每個女孩的臉，帶走他們想要的人。倖存者逃來這裡，連家園和村莊尚未出事的人也來了，尋求庇護。我無法拒絕他們。」

「我會叫人從莫斯科送糧食來，」狄米崔說：「還會差獵人過來，讓您餵飽這些人，然後我們會殺光那群盜匪。」

「我們得先把馬顧好，」沙夏想得比較實際。他瞄了精疲力竭的圖曼一眼，她還佇立在雪中。「然後再一起商量。」

❄

食堂低矮昏暗。凍原上的房舍都是如此。但和多數修道院不同，這裡有爐子和新火。沙夏感覺一道暖流貼上了他疲憊的四肢，不禁嘆息一聲。

狄米崔也嘆了口氣，但不是開心的嘆息，因為他見到桌上的食物。他想吃肥嫩的肉，最好放在熱爐子裡慢慢烤熟，但謝爾蓋向來謹守齋戒日的規矩。

「我們最好先加強這裡的圍牆，」沙夏喝完第二碗捲心菜湯，將碗推到一旁說道：「然後再去追捕盜匪。」

狄米崔老大不爽地把湯喝完，嘴裡啃著麵包和莓果乾嘟囔著說：「修道院是神聖的地方，他們不會攻擊這裡的。」

「也許，」沙夏說，薩萊之行的見聞還歷歷在目。「但韃靼人信的是異教神。不過話說回來，我想那群盜匪根本不信神。」

狄米崔將口中食物吞了下去，就事論事地說：「所以呢？這座修道院的牆很牢，而且盜匪就算愛偷愛搶，也不會在冬天圍攻一個地方。」但他臉上隨即浮現一絲猶疑。他喜歡三一修道院，以他膚淺又勇敢的一顆心愛著它，而且村莊焚毀的煙味依然在他鼻間飄蕩。

「天就要黑了，」大公說道：「我們先去看看圍牆。」

三一修道院的圍牆分成內外兩道，當初是用橡樹一椿一木慢慢搭成的，除非用攻城木或撞城鎚才破壞得了。不過，大門倒是需要加強。於是狄米崔下了指令，接著又要手下融雪挖土，裝成好幾大簍，並且吩咐別讓土結凍了，放在好拿之處以備滅火。

「好了，能做的都做了，」夜幕低垂時，大公說道：「咱們明天就派斥候出去。」

❄

但後來斥候並沒有出去。荒野徹夜大雪，隔日破曉天色灰濛，充滿危險。天才剛亮，一匹棗紅公馬就載著一名身材腫得詭異的騎士，踢踢躂躂走出森林。

「修士們，開門！讓我們進去！他們來了！」騎士大喊道，身上的斗篷應聲滑落。只見那身形詭異的騎士不是一人，而是**四個**，三個小女孩和一名年紀稍長的少年。

羅迪昂修士再度爬到牆上，從牆頂探頭察看。「你是誰？報上名來。」他問少年道。

「先別管這個了！」少年喊道：「我闖進他們營地，救了這幾個出來——」他揮手指了指三個女孩。「現在他們氣急敗壞追來了。就算你不開門，至少也讓這幾個女孩進去。你們不是屬神的人嗎？」

狄米崔聽到對話立刻爬上梯子探頭望向牆外。只見那少年騎士有著一張年輕清新的臉龐，明眸大眼，沒有鬍髭，顯然不是戰士，說話有著鄉下孩子的渾厚直率。三個女孩緊緊抓著他，半是凍壞了半是害怕。

「讓他們進來。」大公吩咐道。

棗紅公馬一進大門便停下腳步，修士們趕緊將門嘩啦啦地關上。騎士先讓三個女孩下馬，自己才跳下馬背。「她們凍壞了，」他開口說：「而且很害怕，最好立刻送她們去澡堂或爐灶旁，還有給她們吃飯。」

兩名村婦上前來帶走女孩，但女孩們仍抓著救命恩人的斗篷不放。沙夏大步走近。外頭的嘈雜讓他從教堂裡走出來，聽到了牆上最後幾句對話。「你見到那群盜匪？」他質問道：「他們人在哪裡？」

騎士目光飄向修士，綠色眼眸瞬間凝結，沙夏則像撞樹似的僵住不動。

他上回見到這張臉孔已經是十年前。雖然顴骨突出了一些，嘴唇也更飽滿，但沙夏還是一眼就認出她來。

就算遇到樹精，他也不會這麼驚訝。騎士目瞪口呆望著他，隨即臉龐一亮。「沙夏！」她歡聲大喊。

同一時間，沙夏也開口：「我的天哪，瓦西婭，妳怎麼會跑到這裡來？」

第二部

6 天涯海角

幾週前，一名少女騎著棗紅公馬來到冷杉樹林前，細雪紛飛沾滿了她的睫毛與馬的鬃毛。冷杉林裡有一間屋子，屋門開著。

一名男子站在門口，身後火光抹黑了他的眼眸，讓他臉上暗影幢幢。

「進來吧，瓦西婭，」那名男子說：「外頭很冷。」如果雪夜會開口，應該就是這個聲音。

少女吸了口氣正想回話，但公馬已經邁步向前。冷杉樹林枝葉交纏，少女無法再騎，只能挺著僵硬的身子下了馬，拖著半凍僵的雙腳踉蹌前進。一股劇痛竄上她的雙腿，少女緊抓著公馬的鬃毛才沒有跌倒。「天哪。」她喃喃說道。

話才說完，少女就踢到樹根，身體登時一斜，接著又絆到門檻，眼看就要仆在地上，幸好門邊的男子將她一把抓住，她才沒有跌跤。湊近了看，男子眼眸不再漆黑，而是淺藍到極點，有如晴天的冰原。「妳真是傻子，」男子扶她站好，頓了口氣說：「傻子加三級，瓦西莉莎·彼得洛夫納，但還是進來吧。」說完便讓她自己走。

瓦西莉莎——瓦西婭——再次開口，最後又決定放棄，像頭小馬搖搖晃晃跨過門檻。

那屋子就像某天夜裡一群冷杉決定變成房子，結果搞砸了的劣質品。雲層和斷續的月光在屋椽附近匯聚成一片烏青，儘管牆壁似乎相當牢固，地板上卻有枝葉的影子閃動搖晃。

但有件事不會錯，就是屋子另一頭有一座巨大的俄羅斯爐灶。瓦西婭有如盲人跌跌撞撞朝爐灶走去，脫下手套將手擺在火前。熱氣烘暖了她凍僵的手指，讓她不禁打了個哆嗦。爐灶旁立著一頭高大的白色牝馬，正在舔著鹽巴。她用鼻子輕輕推了推瓦西婭，跟她打招呼。瓦西婭臉頰貼著馬的鼻子露出了微笑。

瓦西莉莎．彼得洛夫納在她族人眼裡並不漂亮。個子太高了。長大後，婦人們對她的評語就是這個。高過頭了，簡直和男孩一樣。

而且嘴巴又像青蛙，她繼母惡毒地說，有那種下巴，哪個男人會想娶她？還有她的眼睛——其實，繼母找不出詞彙來形容瓦西婭的眼睛：又綠又深，而且分得很開。還有她那又長又黑、豔陽下卻會閃閃發紅的辮子。

「也許吧，她是不漂亮，」瓦西婭的保母應和道。她非常愛瓦西婭。「是隻醜小鴨。但她很能吸引別人目光，和她外婆一樣。」老婦人說到這裡總會在胸前劃十字，因為瓦西婭的外婆死得並不平靜。

瓦西婭的馬跟著她擠進屋裡，宛如主人般的環顧四周。在霜凍的森林裡跋涉幾個小時對他來說還不過癮。他立刻走到少女身旁。白馬是他母親，朝他輕輕噴了噴鼻息。

瓦西婭露出微笑，搔搔公馬的鬐甲。他身上沒有馬鞍，也沒有籠頭。「你做得很好，」瓦西婭喃喃說道：「我本來沒把握我們找得到。」

公馬得意地甩了甩鬃毛。

瓦西婭對公馬的自信與體力深懷感激，抽出腰間的匕首，彎身替他除去卡在馬蹄裡的殘冰。

一陣惡毒的寒風吹來，將門啪的甩上。

瓦西婭立刻直起身子，公馬哼了一聲。門關上了，暴風雪被擋在外頭，但地板上不知為何還是樹影搖晃。屋主面朝門口佇立片刻，接著轉過身來，頭髮上的雪花閃閃發亮，身旁環繞著一股和屋外紛飛大雪一樣的無聲力量。

公馬耳朵往後垂下。

「妳顯然得告訴我，瓦西婭，」那名男子說：「妳為什麼第三次冒著生命危險，在寒冬中跑到森林深處來。」他輕煙般的走過房間，走進爐灶暈開的光線裡。她終於看見了他的臉。

瓦西婭噓了口氣。屋主看上去是人，但眼神背叛了他。他頭一回走進那森林裡時，少女們是用另一種語言呼喊他。

瓦西婭心想，**你一旦開始怕他，就會永遠怕下去**。於是她挺直腰桿，卻發現自己答不出話來。悲傷和疲憊奪去了言詞，她只能站在原地，喉嚨抽動：她是闖入者，闖入一間不存在的屋子。

霜魔冷冷說道：「怎麼？是花讓妳不滿意嗎？這回妳想要火鳥？還是金毛寶馬？」

「你覺得我為什麼要來這裡？」瓦西婭被這麼一激，總算擠出一句話來。她這天晚上才告別了哥哥與妹妹，父親墳上的土在雪裡還沒結凍，妹妹無法抑制的啜泣一路跟她進了森林。「我在家裡待不下去了。村民私下都說我是『巫婆』，還有人一心想把我燒死。我父親——」她聲音顫抖。「我父親不在了，約束不了他們。」

「真慘，」霜魔無動於衷。「我聽過比這慘上一萬倍的遭遇，但會為此跑來我家敲門的就只有妳一個。」他彎身向前，火光打在他蒼白的臉上。「所以妳決定投靠我了？是嗎？決定在這個永遠不會改變的森林裡當個雪女？」

這問題半是嘲諷、半是邀請，充滿溫柔的揶揄。

瓦西婭滿臉通紅，慌忙後退說：「不可能！」她手開始暖了，但嘴唇依然不聽使喚。「我待在這間冷杉樹林裡的屋子做什麼？我要離開，所以我才從家裡出來。我要去很遠的地方。索拉維會帶我到天涯海角。夏天我會造訪宮殿、城市與河川，望著海上的太陽。」她解下羊皮兜帽，興奮得差點結巴，爐火照在她的黑髮上閃閃發著紅光。

霜魔見狀眼色一沉，可是瓦西婭渾然不覺。說話有如洪水決堤，讓她找回了舌頭。「是你讓我知道這個世界不是只有教堂、澡堂和我父親的森林，我想親眼瞧瞧。」她目光炯炯望向他身後的遠方。「我想看個夠，雷斯納亞辛里亞已經沒有我容身的地方。」

霜魔可能嚇到了。他轉身顯然想避開瓦西婭，有如橡樹殘幹一般重重坐到爐邊的椅子上，接著開口問道：「那妳來這裡做什麼？」他銳利的目光掃向天花板附近的黑影、有如雪堆的大床、俄式爐灶、壁掛和木雕桌。「我這裡沒有宮殿也沒有城市，更沒有海上的太陽。」

這下換她沉默了，臉上湧起一片緋紅。「等你給我嫁妝……」她喃喃道。

的確，那些東西還擱在角落：綢緞和珠寶雜亂堆著，有如蟒蛇的戰利品。他順著她的目光看了一眼，冷笑著說：「我沒記錯的話，是妳自己扔掉不要的。」

「因為我不想嫁人，」瓦西婭說道。這話說得連聲音聽起來都怪。嫁人，或當修女，或死掉。這就是女人的意義，不然她還能是什麼？「而我又不想向教堂乞討麵包，所以我是來問你——我可以帶一些金飾走嗎？」

莫羅茲科愣了半晌，接著彎身向前，手肘抵著膝蓋用不可置信的語氣說道：「過去從來沒有人敢不經我同意跑來這裡，結果妳跑來了，還要我給妳一點金飾讓妳上路？」

不對，她或許該說，不是這樣，不完全是。我離開家時很害怕，想要找你。你知道得比我多，而且之前對我很好。但她說不出口。

「好吧，」莫羅茲科說：「那些東西都是妳的。」他朝那堆財寶努了努下巴。「妳可以打扮成公主去天涯海角，還能將金飾繫在索拉維的鬃毛上。」

他見她沒有答話，便故作客套問：「妳需不需要一輛馬車？還是統統交給索拉維拖，像珍珠串一樣？」

瓦西婭緊抓著最後一絲尊嚴。「不用了，」她說：「我只需要能輕鬆帶著走，又不會引起盜賊注意的東西就好。」

莫羅茲科睜著淡藍眼眸冷冷從她蓬亂的頭髮掃到穿著靴子的雙腳。瓦西婭努力不去多想自己在他眼裡是什麼模樣：一個眼神空洞、臉孔蒼白骯髒的女孩。「然後呢？」霜魔沉吟道：「明天早上妳口袋滿滿的出發，然後立刻凍死？不是嗎？還是妳會撐個幾天，然後被搶馬的人殺死，或被迷上妳那雙綠眼的人強暴？妳根本不了解這個世界，就想去送死？」

「不然我還能怎樣？」瓦西婭開口反問，困惑疲憊的淚水湧上了眼眶，只是她不讓它們落下。「我如果回家，我的同胞會殺了我。那要當修女嗎？不要，我受不了。所以不如死在路上。」

「很多人都說死了痛快，結果真遇到就反悔了。」莫羅茲科說道：「妳真的想孤零零死在森林深處嗎？回雷斯納亞辛里亞吧，我保證妳的同胞會遺忘的，一切都會回復原狀。回家去，讓妳哥哥保護妳。」

不停被戳傷讓瓦西婭突然怒火中燒。她推開椅子再次起身。「我不是狗，」她吼道：「你可以叫我回家，但我可以不那樣做。你以為這就是我要的嗎？這就是我這輩子想得到的東西？一份王室嫁妝，還有替一個男人生兒育女？」

莫羅茲科坐著不比她高多少，但瓦西婭必須拚命穩住，才捱得了他淡漠銳利的目光。「妳講話簡直像小孩子。妳真以為這世界上有人在乎妳**想要**什麼嗎？連大公都無法想要什麼就有什麼，少女就更不用說了。妳出去只有死路一條，不可能活命，遲早而已。」

瓦西婭咬著下唇。「你以為我——」她正打算反擊，但公馬聽見她語氣裡的哀慟，終於失去耐性。他腦袋往前一伸，越過瓦西婭的肩頭，離莫羅茲科的臉只有一指寬，朝他齜牙咧嘴。

「索拉維！」瓦西婭喊道：「你在做什——」她試著將他推開，但公馬毫不讓步。

我要咬他，公馬說道。他尾巴左右甩動，一隻前腳刮著地板。

「他會把東西變成水，把你變成雪馬，」瓦西婭還在試著把他推開。「別傻了。」

「退開，你這個莽漢。」莫羅茲科勸公馬說。

索拉維還是不動，但瓦西婭說：「走吧。」他看了她一眼，不情願地咋了咋舌向她道歉，接著便掉頭走開。

僵持化解了，莫羅茲科輕嘆一聲。「唉，我不該這麼說的，」他再次頹然靠著椅子，語氣不再那麼凶狠。瓦西婭沒有反應。「可是——冷杉林裡的這間屋子不適合妳，上路也是。妳不應該還能**找到**這間屋子的，就算有索拉維幫妳，在妳——」他望著她的眼睛沉默片刻，隨即又說：「和妳同類在一起吧，那裡才是妳的世界。我把妳平安交回哥哥手上，熊睡了，神父也逃進森林裡，難道妳還不滿意？」他問到最後已經近乎悲傷。

「對，」瓦西婭說道：「我要去，我要離開這片森林去看世界，不計代價。」

屋裡一片沉默。接著霜魔輕輕笑了，不由自主的笑。「算妳行，瓦西莉莎・彼得洛夫納，我在自己家裡從來沒有被人反駁過。」

也該是時候了，瓦西婭心裡想，只是沒說出口。自從那天他一把將她抓上前鞍橋，不讓她被熊殺死，是不是有事情變了？什麼事情？他眼睛更藍了嗎？顴骨更明顯了？瓦西婭突然害羞了起來。屋裡再次沉默。一時間，疲憊似乎捲土重來，彷彿一直在等她鬆懈。瓦西婭重重靠著桌子穩住自己。

霜魔看見了。他起身說道：「今晚在這裡睡吧。白天出門勝過晚上。」

「我沒辦法睡，」她是說真的，儘管她得靠著桌子才站得直。她聲音裡透著一絲恐懼。「熊在我夢裡等著，還有敦婭和我父親。我寧願醒著。」

她可以聞到他身上的冬夜氣息。「這事我倒幫得上忙，」霜魔說：「讓妳一夜好眠。」

她遲疑不答，心裡又累又不敢信任他。他的手能讓人入睡，算是吧，不過卻是很奇怪的熟睡，和死相去不遠。她可以感覺他盯著她看。

「不會，」他突然說道：「不會。」他聲音裡的激動嚇了她一跳。「我不會碰妳。妳就睡吧，明天早上見。」

說完他便轉頭朝自己的馬低聲幾句。瓦西婭聽見馬蹄聲才想到回頭，但莫羅茲科和他的白牝馬已經揚長而去。

❄

莫羅茲科的僕役不是隱形人，不算是。瓦西婭有時眼角餘光會瞥見一點動靜或一道黑影，要是轉頭動作快點，還能隱約見到臉：有時如樹皮般爬滿皺紋，有時臉頰嬌紅如櫻桃，有時灰暗如蘑菇，而且怒目圓睜。但她怎麼也找不到他們。他們總是在一個呼吸或眨眼間一閃而過。

莫羅茲科消失後，瓦西婭目光迷茫頹坐著，僕役們端湯送菜，替她拿來了粗麵包、熱粥、乾掉的蘋果、一碗鮮豔的冬青果和冬青葉、蜂蜜酒、啤酒和冰得刺人的水。「謝謝。」瓦西婭對著長了耳朵的空氣說。

她耐著疲憊勉強自己多吃點，一邊將麵包屑餵給飢腸轆轆的索拉維。等她放下碗盤，這才發現僕役們已經將灶裡的炭都撈了出來，準備好了蒸汽浴。

瓦西婭立刻脫下濕衣服，膝蓋骨抵著灶磚鑽了進去。進到灶裡，她翻身仰躺，腹部沾滿灰燼，目光茫然望著上方。

冬天幾乎無法待著不動。就算坐在火旁也要顧炭火、攪濃湯和對抗（無止盡地對抗）糾纏不休的霜寒。但爐灶裡餘熱烘烘，蒸汽輕輕呼息，瓦西婭呼吸慢下來，愈來愈慢，直到身體動也不動躺在漆黑之中，心頭糾結的悲傷終於慢慢解凍。她睜眼躺著，淚水滑落鬢角，和汗水溶在一起。

熱到受不了，她光著身子衝出屋外，尖叫一聲撲進雪裡，直到全身顫抖才又回到屋裡。她趾高氣昂、充滿活力，自從天氣變冷以來頭一回如此靜定。

莫羅茲科的僕役留了一件睡衣給她，衣服又長又鬆又輕。她套上睡衣爬上大床，蓋著宛如吹雪的被子，立刻沉沉睡去。

❄

瓦西婭果然做了夢，而且不是好夢。

她沒有夢見熊，也沒有夢見她死去的父親和喉嚨被扯斷的繼母。她夢見自己漫無目的走在一個漆黑狹窄的地方，月光微微，空氣中飄著灰塵和冰冷的怒意。她走了很久，不時被自己的洋裝絆倒，而且一直聽見一名女子哭泣，可是怎麼也看不到她。

「妳為什麼哭？」瓦西婭喊道：「妳在哪裡？」沒有回應，只有不停的啜泣。瓦西婭似乎看見遠方有一道白色的身影，便匆匆上前。「等一下——」

白色身影回過頭來。

瓦西婭嚇得縮起身子。只見那個東西身白如骨，眼窩乾癟，一張過大的嘴又闊又黑，忽然張開沙啞說道：「不是妳！別來！走開！別理我！別理——」

瓦西婭摀著耳朵落荒而逃，隨即身體一震醒了過來，拚命喘息。她發現自己人在冷杉林的小屋裡頭，幾道晨光透了進來。冬日清晨的松香空氣冰冰涼涼刺著她的臉，但穿不透大床上的雪白被子。過了一夜，她體力恢復了。是夢，她喘著氣心想，只是一場夢。

馬蹄聲。一個長著鬍鬚的大鼻子湊過來磨蹭她鼻子。

「走開，」瓦西婭將被子拉到頭上，對索拉維說：「**快點**走開。你這麼大一頭動物，動作卻跟狗一樣，真是離譜。」

索拉維無動於衷，上下擺了擺頭，噴了一口氣在她臉上。白天了，他提醒她，快起床！他甩動鬃毛，牙齒咬住被子往下拉。瓦西婭想把被子搶回來，但遲了一步。她忍不住尖叫一聲，笑著坐了起來。

「白癡。」她嘴裡這麼說著，但還是下了床。她的辮子解開了，頭髮披垂在胸前背後。她腦袋清醒，身體輕盈，悲痛、憤怒與惡夢都變淡了，沉到了心底深處。她感覺自己可以趕走夢魘，可以對著美麗的晴朗早晨和斜斜射進屋裡照得地板星星點點的陽光微笑。

索拉維想起自己的身分，小踏步走回灶旁。瓦西婭目光隨他到了灶邊，喉嚨裡剩下的一點笑聲登時消失。莫羅茲科和白牝馬破曉前就回來了。

白牝馬默默嚼著秣草，莫羅茲科注視爐火，即使她下床了他也沒有轉頭。瓦西婭想到他那一成不變的漫長歲月，心想不知有多少夜晚他獨自坐在火邊，還是他其實都在荒野遊蕩，弄出這樣一個看似有屋頂、有牆還有火的住處只是為了取悅她。

瓦西婭走到爐邊，莫羅茲科轉過頭來，臉上的冷傲稍稍淡去一些。

瓦西婭突然滿臉通紅。她頭髮跟巫婆一樣亂，又赤著雙腳。霜魔可能也注意到了，因為他急忙撇開目光。「做惡夢了？」他問。

瓦西婭火了，氣得忘了害羞。「沒有，」她傲然答道：「我睡得好得很。」

莫羅茲科眉毛一挑。

「你有梳子嗎？」她問道，想轉移話題。

莫羅茲科似乎很詫異。她想他應該不習慣有訪客，更別說披頭散髮、飢腸轆轆又做惡夢的不速之客。但他隨即半笑不笑伸手朝地板抓去。

地板是木做的，當然是。刨平的黝黑木板。但當他直起身子，手裡卻拿著一把雪。他朝雪吹了口氣，雪立刻凍結成冰。

瓦西婭彎身湊近，看得入迷了。他拿著冰，修長的手指揉來捏去，好像那是黏土，臉上散發著異樣的光芒，是創造的喜悅。幾分鐘後，只見他手裡拿著一把梳子，彷彿鑽石做的，梳背捏成馬的形狀，結實的頸子披著長長的鬃毛。

莫羅茲科將梳子遞給瓦西婭，她感覺冰晶捏成的馬背上的粗毛刷過她長繭的指尖。

她左右端詳這把精巧的梳子。「它會斷嗎？」那東西在她手裡看上去是如此完美無暇，又冰冷如石。

莫羅茲科坐回椅子上。「不會。」

瓦西婭小心翼翼開始梳頭。梳子如水銀滑過她糾結的頭髮，將髮絲梳直。她覺得莫羅茲科似乎在看她，但只要朝他看去，他的目光總是盯著爐火。梳完頭髮，紮好辮子，用一小段皮繩固定之後，瓦西婭說：「謝謝。」話才說完，她手裡的梳子便融成了水。

瓦西婭怔怔望著空了的掌心，莫羅茲科說：「好點了。吃吧，瓦西婭。」

她沒看見僕役出現，但桌上已經擺著熱粥和一只木碗，蜂蜜和奶油讓粥泛著金黃。瓦西婭坐在桌前，舀了滿滿一碗熱粥，開始狼吞虎嚥，把昨晚的份補回來。

她一邊吃著，莫羅茲科問：「妳想去哪裡？」

瓦西婭眨眨眼睛。**離開這裡**就好。她沒想那麼遠。

「南方，」她緩緩說道。話才出口，她就知道自己想去哪裡了，心情頓時飛揚起來。「我想去沙皇格勒看教堂，還有去看海。」

「那就是往南了，」霜魔說道，語氣意外和善。「路很遠，別把索拉維操壞了。他比一般的馬強壯，但年紀還輕。」

瓦西婭有些驚訝地看了他一眼，但他臉上沒有半點變化。她轉頭朝馬看去。莫羅茲科的白牝馬怡然佇立，索拉維已經吃完秣草，外加一大把大麥，這會兒正朝桌邊靠，一眼緊盯著她的碗。她立刻大口扒粥，免得讓他得逞。

她沒有轉頭，看著碗對莫羅茲科說：「你可以陪我騎一小段嗎？」她話問得突然，才出口自己就後悔了。

「妳是說騎妳旁邊，弄粥給妳吃，夜裡幫妳擋雪嗎？」他像是被逗樂了似的說：「不要，就算有空我也不要。妳自己去闖蕩世界吧，旅人姑娘，自己去感受白日奔波和長夜漫漫，過個一週看看。」

「說不定我會愛上那種感覺。」瓦西婭不甘示弱回嘴道。

「最好不要。」

她不想回答，免得稱了他的意。她舀了一點粥到碗裡，讓索拉維舔拭。

「妳這樣餵他，他很快就會變成傳種馬。」莫羅茲科說。

索拉維耳朵後豎，但嘴巴沒停下來。

「他需要填飽肚子，」瓦西婭反駁道：「再說他路上很快就會消耗掉了。」

莫羅茲科說：「嗯，如果妳心意已決，我有一樣禮物給妳。」

瓦西婭順著他手指望去，只見桌下地上擺著兩只鼓鼓的鞍袋，但她沒有伸手去拿。「為什麼？我的嫁妝就擱在那個角落，而且一點金飾就夠我買路上需要的東西。」

「妳當然可以用妳嫁妝裡的金飾，」莫羅茲科淡淡答道：「如果妳想穿得像俄羅斯公主，騎著戰馬到陌生的城市，買沒見過的東西的話，當然可以。妳還可以穿著白毛皮和深紅長袍，這樣全羅斯的小偷都不愁沒飯吃。」

瓦西婭揚起下巴。「我喜歡綠色，不要深紅色，」她冷冷說道：「但也許你說得對。」她伸手去拿鞍袋，但忽然停下動作。「你在森林裡救了我一命，」她說：「還給了我嫁妝。我求你替我們趕走神父，你也做了。現在又給我東西。你想從我這裡要什麼，莫羅茲科？」

他似乎猶豫了，但只遲疑了半秒鐘。「偶爾想我，」他說：「當雪花蓮盛開、雪融的時候。」

「就這樣？」瓦西婭問道，隨即老實挖苦道：「我怎麼可能忘了你？」

「比妳想得容易多了，而且——」莫羅茲科伸出手。

瓦西婭嚇僵了，但他的手滑過她的鎖骨時，她的全身血液還是不爭氣地湧向了皮膚。她脖子上掛著一枚銀底座藍寶石，莫羅茲科手指伸到項鍊底下，將寶石輕輕托起。這寶石是父親給她的禮物，是保母死前交給她的。在她擁有的東西裡頭，這是最寶貝的。

莫羅茲科托著寶石，寶石發出冰藍的光芒照亮了他的手指。「妳答應我，」他說：「不論發生什麼，永遠戴著這個。」說完便鬆開項鍊。

他手指滑過的感覺似乎還在，留在她皮膚上。瓦西婭氣得不去理會。他畢竟不是**真實的**，只是黑色樹木與白皙天空的產物，是孤獨的、無法探知。他到底在說什麼？

「為什麼？」她問道：「這是保母給我的，是我父親送的禮物。」

「那東西是護身符，」莫羅茲科說道，感覺他很小心別講錯話。「或許能保護妳。」

「保護我什麼？」瓦西婭問道：「而且你為什麼要在乎？」

「我說了妳可能不信，但我真的**不希望**看妳死在某個山谷裡，」莫羅茲科冷冷回答，一陣刺骨的微風滲進屋裡。「妳不肯答應我嗎？」

「不是，」瓦西婭說：「我本來就會一直戴著。」她咬了咬下唇，隨即轉身有點太急躁地解開第一只鞍袋。

裡面是衣服，有狼皮斗篷、皮兜帽、兔毛帽、毛皮靴和內裡加了羊毛的長褲。另一只鞍袋裝著食物，有魚乾和烤硬的麵包、一皮袋蜂蜜酒、一把刀和一壺水。全是她在冰天雪地裡長途跋涉需要的東西。瓦西婭低頭望著這些物品，臉上的表情比她見到嫁妝裡的金銀珠寶還開心。這些東西是自由，是她瓦西莉莎・彼得洛夫納，領主彼得的女兒，永遠不會擁有的東西。這些東西屬於其他人，屬於更有本事、更奇怪的人。她抬頭看著莫羅茲科，臉上神采飛揚。也許這個人比她想得更了解她。

「謝謝你，」瓦西婭說：「我——謝謝。」

莫羅茲科微微點頭，但沒有說話。

瓦西婭毫不在意。兩只鞍袋掛在鞍上，瓦西婭從來沒見過這樣的馬鞍，只比加了墊的毛皮稍微厚一點。瓦西婭拿著馬鞍，還沒起身已經迫不及待喊起了索拉維。

❄

然而，替馬上鞍並不容易。索拉維從來沒套過馬鞍，連這種用毛皮充數的也沒裝過，而他顯然不大喜歡。

「你需要馬鞍啦！」瓦西婭追著索拉維在冷杉林外繞了幾圈，怎麼都搞不定，忍不住氣急敗壞對他說。這種本事還想當什麼勇敢無畏的流浪者？她心裡想。折騰這麼久，索拉維還是絲毫沒有套上馬鞍的意思。莫羅茲科站在門邊看著，瓦西婭感覺他看熱鬧的眼神一直黏在她背上，簡直都要穿洞了。

「你這樣子，要是我們連續幾週天天趕路怎麼辦？」瓦西婭問索拉維：「到時你和我都會皮開肉綻，再說不用馬鞍要怎麼掛鞍袋？那裡面也有你的食物，你難道想靠松針果腹嗎？」

索拉維嗤之以鼻，朝鞍袋瞪了一眼。

「很好，」瓦西婭咬牙切齒說：「你回去，我自己用**走**的。」說完便朝屋子走去。

索拉維衝上前擋住她。

瓦西婭瞪他一眼，想將他推開，但她推這一下對那副龐然身軀根本沒用。她雙手抱胸怒目橫眉瞅著他。「好吧，所以你想怎樣？」

索拉維望著她，又看了看鞍袋，接著垂頭喪氣說，唉，好啦。

瓦西婭替索拉維套上馬鞍，忍住不去偷瞄莫羅茲科的反應。

❄

那天早上，瓦西婭就出發了。陽光撥去了濃霧，照得新雪有如晶瑩細鑽。冷杉林外的世界感覺巨大而不定，有些恐怖。「我感覺自己一點也不像要遠行的人，」她朝莫羅茲科低聲坦承道。他們倆站在冷杉樹林外，索拉維整整齊齊套著馬鞍在一旁等待，臉上既是期待又是不滿，嫌惡自己背上的鞍袋。

「遠行的人通常都這樣覺得，」霜魔答道，接著突然雙手抓住她毛皮斗篷下的肩膀。兩人四目交會。「盡量待在森林裡，那裡最安全。避開村落，營火別生太大，遇到人就說自己是男孩。這世界對落單的女孩並不友善。」

瓦西婭點點頭，話語在她唇邊流連顫抖。她看不出他是什麼表情。

霜魔嘆息一聲。「祝妳旅途愉快。出發吧，瓦西婭。」

他將她推上馬鞍，瓦西婭低頭看他，發現他忽然不再像人，而是陰影聚成的人形，臉上帶著她無法理解的神情。

她又想開口。

「去吧！」他說著朝索拉維大腿一拍，公馬呼哧一聲，隨即和瓦西婭踏著白雪揚長而去。

7 旅人

於是，瓦西莉莎·彼得洛夫納——殺人者、拯救者和失怙的孩子——就這樣策馬離開了冷杉樹林裡的屋子。第一天感覺和冒險一樣，家鄉在後頭，全世界在她前方。時間慢慢過去，瓦西婭的心情從擔憂到飄然，失落與困惑的酸楚也拋到了腦後。沒有什麼阻擋得了索拉維堅定豪邁的步伐。半天不到，她不曾離家這麼遠過，每個山谷、榆樹和覆了雪的殘株對她都是新奇。瓦西婭策馬奔馳，冷了就下來步行，讓索拉維在一旁不耐地小跑跟隨。

白晝冉冉，最後冬陽終於西斜。

黃昏才剛過，他們便見到一棵巨大的雲杉，樹幹周圍堆滿雪。霜寒地凍，天色將雪染成藍色。

「這裡嗎？」瓦西婭下馬說道。她的手指和鼻子都凍得發疼，挺直腰桿才發現自己有多僵硬和疲憊。

公馬甩甩耳朵揚起頭說，聞起來很安全。

童年在荒野長大，每年有七個月冬天，瓦西婭很懂得在森林裡求生。但她想到寒冷冬夜只有她獨自度過，明天也是，後天亦然，原本愉快的心情剎時黯淡了一些。她擤擤鼻子。這是妳自己選擇的，她提醒自己，妳現在是旅人了。

暗影有如烏黑的手掌攫住森林，天色由藍轉紫，一切看上去少了幾分真實。「我們今晚在這裡紮營，」瓦西婭卸下索拉維的馬鞍，心裡不如語氣那麼自信。「我來生火，免得野獸來把我們吃了。」

她努力扒開樹旁的雪，直到她在枝葉下方挖出一個雪穴和一小片生火的土壤。暮靄一下就轉為黑夜，道地的北方景象。她還沒砍夠柴薪，天色已經全黑。星光微現，月亮還沒升起，瓦西婭照哥哥從前做給她看的砍了幾根樹幹，將它們插在雪中，讓熱反射到今晚的歇息處。

瓦西婭打從拿得動打火石就開始生火。但她這會兒得脫了手套才能生火，而她的手很冷。最後樹枝終於點燃，瞬間火焰熊熊，瓦西婭爬進自己剛挖的洞穴，雖然冷但還可以忍受。松針煮沸的水溫暖了她的身軀，黑麵包烤硬乳酪緩解了她的飢餓。雖然燙傷了手指，飯菜也焦了，但她還是完成了晚餐。她很自豪。

酒足飯飽、身暖體熱後，瓦西婭在火烤軟的土裡挖了一道溝，鋪上營火裡撿出的炭，再用松枝鋪在上頭。她裹著斗篷和兔毛襯裡的鋪蓋躺了下來，發現還蠻暖和的，心裡有些高興。索拉維已經在打瞌睡了，耳朵前後轉動，留意深夜林中的動靜。

瓦西婭眼皮沉重。她既年輕又疲憊，很好入睡。

這時她忽然聽見上方傳來笑聲。

索拉維猛地抬頭。

瓦西婭掙扎著站了起來，慌忙尋找繫在腰帶上的匕首。黑夜裡閃著光的是眼睛嗎？

瓦西婭沒有出聲，她並不笨。但她瞪大眼睛看著頭頂上方的雲杉枝幹，看得都流淚了，手裡的匕首又冰又卑微。

林中一片寂靜。是她的幻覺嗎？

接著笑聲又來了。瓦西婭悄悄後退，從火裡拿出一根燃燒著的樹枝低低舉著。

啪！她聽見一個聲音，接著又聽見**啪**的一聲，一名女子掉進杉樹下的雪堆裡。但又不像女子。因為她頭髮和眼睛都白得像鬼，皮膚色澤有如冬日的深夜，身上披著一件睡衣顏色的斗篷，但頭和手腳都光著。火光照紅了她可愛古怪的臉龐，而且她似乎一點也不怕冷。是小孩？大人？是**謝爾特**[21]，某個夜裡活動的妖精。瓦西婭鬆了口氣，卻也更提防了。

「是婆婆嗎？」她垂下火把，小心翼翼說道：「歡迎您過來取暖。」

那謝爾特直起身子，兩眼如星星般白皙遙遠，嘴角卻動了動，開心得像孩子。「真是個有禮貌的旅人，」她語氣輕快：「我早該料到的。火把拿開，孩子，妳不需要那個東西。沒錯，我會坐在妳營火旁，瓦西莉莎．彼得洛夫納。」說完她便一屁股坐在營火旁的雪堆上，盯著瓦西婭上下打量。「嘿，」她說：「我老遠來找妳，至少給我一點酒喝吧。」

瓦西婭遲疑片刻，隨即遞上酒囊。她還沒蠢到冒犯一個似乎從天而降的妖精，不過——「婆婆，您曉得我的名字，」她試探地問：「我卻還不知道您的大名。」

老婦人依然臉上帶笑。「我叫波魯諾什妮絲塔，午夜是也[22]。」她喝著酒說。

瓦西婭一臉提防往後退開，一旁看著的索拉維也豎直了耳朵。瓦西婭的保母敦婭曾經講過惡魔姊妹「午夜」與「正午」的故事，故事裡的旅人後來都沒有好下場。「妳來做什麼？」瓦西婭呼吸急促低聲問道。

21　謝爾特：魔鬼，在此用作俄國民間傳說精靈和妖怪的總稱。

22　波魯諾什妮絲塔：直譯為午夜女子或午夜女士（Lady Midnight），是午夜才出沒的魔鬼，會讓小孩做惡夢。根據俄國民間傳說，午夜女士住在沼澤裡，因此有許多咒語歌，是家長唱了可以讓她回沼澤去的。

午夜懶洋洋躺在營火旁的雪堆上，自顧自笑了。「別緊張，孩子，」她說：「想當旅人，妳的神經還得再粗一點。」瓦西婭發現午夜牙齒密密麻麻，不禁心頭一慌。老婦人說：「我是被派來看顧妳的。」

「派來？」瓦西婭緩緩靠回她原本在火旁的位置，一邊問道：「是誰派妳來？」

「知道得愈多，老得愈快。」午夜樂呵呵答道。

瓦西婭遲疑地問：「是莫羅茲科嗎？」

午夜哼了一聲，瓦西婭登時羞得無地自容。「別老是往他臉上貼金。冬王這隻可憐蟲永遠別想指揮**我**。」她的眼睛似乎自己會發光。

「那會是誰？」瓦西婭問道。

女惡魔手指摁著嘴唇說：「啊，我不能說，因為我發過誓，而且說了就不神祕了。」

午夜酒喝足了，將皮袋扔回給瓦西婭，接著站起身來，紅紅的火光穿透她月白的頭髮。「嗯，我之前見過妳一次，」她說：「我答應要見妳三次，所以還有一次機會。騎遠點，瓦西莉莎・彼得洛夫納。」

說完她就從樹下的雪穴裡消失了。瓦西婭才開口要問：「我不——等一下——」但那謝爾特已經不見蹤影了。瓦西婭很確定自己聽見馬的呼哧，還有穩健的蹄聲，而且不是索拉維，但她什麼也沒看見。聲音消失了。

瓦西婭坐在火邊豎耳傾聽，直到營火只剩殷紅的餘燼，但始終沒有聲響擾亂深夜的靜寂。最後她說服自己再次躺下休息，沒想到立刻眼前一黑沉沉睡去，直到破曉時分，索拉維探頭到穴裡朝她臉上噴雪，她才醒過來。

瓦西婭朝馬微笑，揉揉眼睛喝了點熱水，替他套上馬鞍，然後再度啟程。

❄

時光匆匆，轉眼一週過去，又一週開始。道路冰冷堅硬，而旅程並非每天或每晚都和出發當天同樣順利。瓦西婭沒有遇見陌生人，午夜也沒有再出現，但她還是繼續被枝葉撞得瘀青、燒到手指、烤焦晚餐、整夜保暖不夠而縮在火旁無法入睡，後來還真的著涼了，發抖了兩天，不停被自己的呼吸嗆到。

索拉維風馳電掣，大地一俄里一俄里捲入他蹄下而後遠去。他們不停往南，然後向西，瓦西婭忍不住問：「你**確定**你知道路？」公馬置之不理。

感冒第三天，瓦西婭抱病前行。她鼻子通紅，頭重得抬不起來。就在這時，森林到頭了。或者說，森林被一條大河切成了兩半。瓦西婭一出森林，一道遼闊的白絹便亮得她睜不開腫脹的雙眼。「這一定是雪橇路，」她瞇眼望著白雪覆蓋的冰河，口中喃喃自語。「伏爾加河。」她想起大哥告訴她的故事，於是又補上一句。河岸邊坡覆著白雪，一路延伸到河中轍痕明顯的雪路，沿途樹木半埋在流冰之中。

瓦西婭隱約聽見鈴聲，隨即看見一隊載滿貨物的雪橇彎了出來。鈴鐺掛在閃亮的輓具上，幾名衣著笨重的陌生人包得只剩下眼睛，駕著雪橇或跟在一旁來回跑著，一邊大聲嚷嚷。

瓦西婭著迷望著隊伍經過。那些男人的臉（就她看得到的部分）又紅又粗，而且留著豬鬃般的鬍髭，戴著手套的雙手穩穩抓著韁繩。那些馬都比索拉維矯小，身軀矮壯，鬃毛粗糙。隊伍的速度、鈴鐺和陌生人的臉龐都讓瓦西婭看呆了。她在小村子長大，陌生人很少出現，村裡的人她每一個都認識。

瓦西婭順著隊伍的行進方向抬眼望去，只見樹梢上煙霧瀰漫。她從來沒見過那麼多火。「那裡是莫斯科嗎？」她呼吸急促起來，開口問索拉維道。

不是，公馬說，莫斯科比這更大。

「你怎麼知道？」

索拉維只歪了歪一邊耳朵不屑回答，瓦西婭打了個噴嚏。邊坡下的雪橇路上又出現人了，這回是一群騎士，頭戴深紅帽、腳穿刺繡靴，大團煙霧有如浮雲飄蕩在骷髏般的樹木上方。「我們靠近一點，」瓦西婭說。在荒原奔馳了一整週，她好渴望顏色與動靜、人臉與話語。

我們待在森林裡比較安全，索拉維說道，但彎了彎鼻翼，似乎不大確定。

「我是來見識世界的，」瓦西婭反駁說：「世界可不只是森林。」

公馬抖了抖毛皮。

瓦西婭壓低聲音安撫道：「我們會很小心。要是遇到麻煩，你可以跑走，不會有人抓得到你，因為你是世上速度最快的馬。我想去見識。」

公馬依然站著不動，打不定主意。瓦西婭突然靈光一閃，說：「還是你害怕？」

這招或許稍嫌卑鄙，但果然有用。只見索拉維揚起頭，躍個兩步就來到了冰上，馬蹄踩著冰面發出奇怪的悶響。

他們沿著雪橇路奔馳了一個多小時，煙霧誘人地飄蕩在前方。瓦西婭雖然愛逞強，遇到陌生人還是有些害怕，但她發現自己刻意不去理會。冬天日子太難熬，所有人都懶得多管閒事。一名商人半笑著說她的馬很好，想出錢買下，但瓦西婭只是搖搖頭，便催著索拉維繼續前進。

明日高高遠遠，掛在蒼白的隆冬天空上。瓦西婭和索拉維來到河面最後一道彎，看見城鎮展開在他們前方。

就城鎮來說，這地方並不大。韃靼人會笑說這只是個小村落，莫斯科人也會說它是窮鄉僻壤。但瓦西婭從來沒見過這麼大的地方。木牆是索拉維肩膀的兩倍高，漆成藍色的鐘塔傲然聳立，裊裊冒著白煙，嘹亮低沉的鐘聲朗朗飄向她的耳朵。「停一下，」瓦西婭說道：「我想聽。」她眼神閃閃發亮。她從小到大還不曾聽過鐘響。

「那真的不是莫斯科？」她又問了一次：「你確定？」那城鎮彷彿吞噬了全世界。她完全想像不到這麼小的地方可以容下這麼多人。

不是，索拉維說，我想從人的眼光看，那裡很小。

瓦西婭不敢相信。鐘聲再次響起，她聞到凜冽空氣中飄著淡淡的馬廄、柴煙和烤鳥味。「我想去瞧瞧。」

公馬哼了一聲。妳已經瞧過了，那裡就這樣，森林比較好。

「我從來沒見過城市，」瓦西婭反駁道：「我想去看一眼。」

公馬氣得腳蹬白雪。

「看一眼就好，」瓦西婭撒嬌道：「拜託。」

最好不要，公馬說，但瓦西婭看得出他心軟了。

她目光再次飄向炊煙繚繞的塔樓。「也許你應該在這裡等我，你根本是吸引小偷的活靶。」

索拉維怒嗤一聲，才怪。

「我跟你一起比我自己一個人還危險！萬一有人想殺了我把你偷走呢？」

公馬氣憤轉頭，咬了她腳踝一下。呃，這回答算是很明顯了。

「唉，好吧，」瓦西婭說，心裡又琢磨了一會兒。「走吧，我有主意了。」

❄

半小時後，朱多莫鎮[23]大門口，一小隊衛兵昏昏欲睡，隊長看見一名少年打扮得像是商人之子，牽著一匹骨架粗大的年輕公馬走了過來。

那匹馬身上沒有馬鞍，只有一條韁繩，雖然四肢修長，在雪地裡卻走得很笨拙，不時被自己的馬蹄絆到。「嘿，小伙子！」隊長喊道：「你牽著那頭馬做什麼？」

「這是我父親的馬，」男孩喊道，聲音有些害羞，帶著一點鄉下口音。「我要來賣他。」

「這麼晚了，這馬腿又這麼弱，你賣不到錢的，」隊長見馬又絆了一跤，差點跪在地上，便對男孩說道。但他嘴裡這麼說，眼睛還是自動瞄了那馬一眼，發現他頭細背短，四肢修長整潔，是匹種馬，也許只是腿瘸而已，應該能生出強壯的後代。「不如我直接跟你買，替你省事。」隊長語氣放慢說。

商人的小孩搖搖頭。他身材纖細，身高只比中等略高一些，還沒長鬍鬚。「父親會生氣的，」男孩說：「我要到城市賣他，這是父親的命令。」

隊長聽見朱多莫竟然被這個鄉下小孩當作城市看待，忍不住笑了出來。也許這小鬼不是商人的孩子，而是波亞之後，某個鄉下小領主的小孩。隊長聳聳肩，目光已經從男孩和馬的身上瞟向後方的毛皮商隊。一群商人正推著馬，想在天黑前趕到鎮門邊。

「好吧，進去吧，孩子，」隊長氣惱地說：「你還在等什麼？」

男孩僵硬地點點頭，推著馬進了大門。真奇怪，隊長心想，這樣一頭種馬竟然如此溫馴，而且只繫了韁繩。哎，反正他瘋了，有什麼好奇怪的。

毛皮商隊到了，大門口一陣叫嚷推搡，隊長立刻將男孩拋到腦後。

❄

鎮裡街道忽進忽退，迂迴蜿蜒，比沒有路的森林還要古怪。索拉維怒氣沖沖，瓦西婭心不在焉牽著韁繩，努力不讓自己大驚小怪，可是很難。街上人群上百，臭得連感冒鼻塞也掩蓋不了。血味、腥羶味、內臟的腐臭和更難聞的味道讓她眼睛泛淚。這裡是羊群，那裡是聳立的教堂，鐘聲還在響。纏著鮮豔頭巾的婦人們從她身邊匆匆擠過，小販將香噴噴的派餅遞到往來的路人面前。鐵匠鋪熱氣蒸騰，敲鎚聲和頭頂上方的鐘聲遙相唱和。兩名男子正在雪裡鬥毆，圍觀者大聲鼓譟。

瓦西婭擠過人群，心裡害怕又著迷。路人紛紛讓路，主要因為索拉維，他一副誰就算只是輕輕碰到他也要踢倒對方的模樣。

「你讓大家很緊張。」瓦西婭對索拉維說。

很好，公馬說，我也很緊張。

瓦西婭聳聳肩，繼續怔怔地左張右望。路面鋪了木材，這真是好發明，踩在腳下很堅固，感覺很舒服。街道縱橫蔓延，經過陶工和鐵匠、旅舍與伊斯巴，最後來到了中央廣場。

---

23 朱多莫鎮：本書虛構的城鎮，位於伏爾加河上游沿岸，名字源自俄文的朱多（chudo），意思為奇蹟。現今俄國有不少城鎮以此為名。

瓦西婭從呆呆張望變成滿心歡喜，因為廣場有市集。這是她出發以來遇到的第一個市集，四面八方都是商販在叫賣自己的貨品，衣服、毛皮、銅飾、蜂蠟、派餅和燻魚……「待在這裡，」瓦西婭找到一根柱子，將韁繩套在上頭，對索拉維說：「別被人偷走了。」

一頭套著藍色輓具的牝馬朝索拉維扭了扭耳朵，嘶叫一聲。瓦西婭似乎想到什麼，補了一句：「還有別勾引母馬，雖然你可能會忍不住。」

瓦西婭——

瓦西婭瞇起眼睛。「我應該把你留在森林裡的，」她說：「**待著別動。**」

索拉維狠狠瞪她一眼，但瓦西婭已經歡天喜地走開了，這裡聞聞上好的蜂蠟，那裡掂掂銅做的盆與碗。

還有臉，無數的臉龐，沒有一張她認得。新鮮感讓她心醉神馳。派與粥、衣服與獸皮、乞丐與教長，還有工匠的妻子，她用欣喜的目光瀏覽這一切，心想：這才叫旅行啊。

瓦西婭走到毛皮攤前，指尖恭恭敬敬撫過貂皮，忽然察覺有一張臉正望著她看。

廣場對面站著一名男子，長身闊肩，比她三個哥哥都高，鬍髭短而火紅。他披著雪白色的狼皮斗篷，裡頭一襲卡夫坦長袍，刺繡華麗奪目，背後一截劍柄高出肩頭，柄舌狀如馬首。他看見瓦西婭正在看他，便點了點頭。

瓦西婭皺起眉頭。面對領主好奇的眼神，一個鄉下男孩該如何反應？顯然不是臉紅。雖然對方眼睛又大又黑，水汪汪的讓人感覺就要被吸進去了。

那人開始穿越擁擠的廣場，瓦西婭看見他帶著僕人，一群面無表情的壯漢，所到之處群眾紛紛退開。那人一直目不轉睛盯著她，瓦西婭心想自己是站著不動還是逃跑比較顯眼。他到底想做什麼？瓦西婭挺直腰桿。那人不顧一路跟隨的竊竊私語穿越廣場來到毛皮攤邊，站在了瓦西婭面前。

瓦西婭脖子一陣臊熱。她頭髮塞在毛皮襯裡的兜帽裡，兜帽用繩子繫在下巴，頭上又戴了一頂帽子，整個人像麵包一樣分不出性別，可是……她緊抿雙唇。「對不起，葛斯帕定[24]，」瓦西婭說道：「我不認識您。」

那人審視了她一會兒。「我也不認識你，孩子，」他說，聲音比她想像得輕，但很清晰，帶著奇特的口音。「雖然你很面熟。你叫什麼名字？」

「瓦西里，」瓦西婭立刻答道。「瓦西里．彼得洛維奇。我得回去找我的馬。」

那人眼神異常熱切，讓她很不自在。「是嗎？」他說：「我叫卡斯揚．路托維奇，你願意和我一起用餐嗎？」

瓦西婭發現自己竟然心動了，不禁嚇了一跳。她肚子很餓，而且無法將目光從這位高大的領主身上移開，更別提他眼裡那一絲笑意。

瓦西婭心頭交戰。要是他發現她是女孩怎麼辦？他會開心嗎？還是失望？不論何者都讓她無法承受。「謝謝您，」她學農人對她父親那樣鞠躬哈腰，對那人說：「但我天黑前得回到家。」

「你家在哪裡，瓦西里．彼得洛維奇？」

「在河上游。」瓦西婭說，接著又鞠了躬，試著做出卑躬屈膝的模樣，心裡開始緊張。

那深沉的目光突然從她臉上移開。

「河上游嗎？」他喃喃重複道：「好吧，小兄弟，是我不對。看來我把你認成其他人了。願主

24 葛斯帕定：對男性的尊稱。

與你同在。」

瓦西婭在胸前虔誠劃了十字，一鞠躬後就溜之大吉了。她心跳不已，不知道是因為他的目光，還是他的問題。

她發現索拉維還在原處，只是氣得要命。他尾巴翹高，被主人拖著走，感覺火氣更大了。

不過，一塊蜂蜜糕（在一個熱氣騰騰的華麗攤子買的）就讓他恢復了好心情。瓦西婭已經騎在馬上，一心只想快點離開。雖然紅髮領主不在了，但他若有所思的凝視似乎還在她眼前徘徊，而城市的喧鬧也開始讓她頭痛了。

就在快到鎮門時，她不經意回頭看了鮮艷的拱門一眼，發現拱門後方的旅舍前院有一間房子，錯不了，就是澡堂。

瓦西婭發疼的腦袋和冰冷的手腳立刻醒過來。她癡癡望著前院。「走吧，」她對索拉維說：「我先弄秣草和一碗熱粥給你吃，然後我要洗澡。」

索拉維喜歡熱粥，所以瓦西婭滑下馬背時，他只是無奈地看她一眼。瓦西婭將公馬牽在身後，開始大步前進。

他倆都沒有察覺樓房高處躲著一個嘴唇發藍的小男孩，從暗處一溜煙跑了。

一名婦人從廚房出來。她齒縫明顯，身上留著夏天大快朵頤留下的豐腴，臉龐風韻猶存，有如已經過了巔峰，花瓣開始泛黃凋萎的玫瑰。「孩子，你要什麼？」她問道。

瓦西婭舔舔嘴唇，鼓起勇氣用瓦西里·彼得洛夫納的男孩口氣說道：「我的馬需要穀子和地方休息，我需要食物和洗澡，麻煩您了。」

婦人雙手抱胸不置可否，瓦西婭這才想到應該要拿東西交換，於是伸手從口袋裡拿出一塊銀子遞給旅舍的女主人。

婦人兩眼瞪得跟車輪一樣圓，態度立刻親切起來。瓦西婭明白自己給多了，但已經遲了。旅舍前院開始忙作一團。瓦西婭將索拉維牽進小馬廄裡（他不讓馬夫碰），讓他被迫裝個樣子綁在公用的橫杆上，再用另一塊蜂蜜糕和一堆乾草討好他。馬童送上食物時，兩手抖個不停。

「你得替我的馬準備一碗粥，而且還要是熱的，」瓦西婭對那男孩說：「之後就不要碰他。」說完她大步走出馬廄，不忘展現自信滿滿的模樣。「否則他會咬人。」

索拉維作勢一甩耳朵，馬童立刻尖叫一聲衝出去拿粥了。

瓦西婭在整潔的廚房裡脫下斗篷，坐在灶旁長椅上，溫暖得滿心感謝。何不在這裡過夜？甚至待個三天？她心想，反正我又不急。

食物一道道上個不停：捲心菜湯和熱麵包、帶頭的燻魚、粥和麵糰，還有水煮蛋。瓦西婭狼吞虎嚥，那副發育期男孩的飢餓模樣，連原本冷淡的旅舍女主人看得都眼眶泛淚。她拿了一大份蜂蜜牛奶餅，讓瓦西婭配啤酒喝。

等瓦西婭酒足飯飽癱坐在長椅上，婦人過來拍拍她的肩，告訴她澡堂已經準備好了。澡堂只有兩個泥土地面的小房間。瓦西婭在外房脫了衣服，推開內房的門，貪婪地吸了一大口熱氣。內房角落有一座石灶，火光熊熊。瓦西婭用大勺舀水倒在灶上，房間裡立刻水氣瀰漫，什麼都看不見。她開心閉起眼睛坐在長椅上。

門邊傳來輕微的窸窣聲。瓦西婭立刻睜開眼睛。

一個裸裎的小小身影出現在門口，鬍鬚如蒸汽般飄著，包住他紅潤的臉頰。他露出微笑，眼睛立刻被臉上的皺紋吸了進去。

瓦西婭一臉提防望著他。這傢伙肯定是澡堂守護者班尼克，而班尼克可能既親切又火爆。

「大爺，」她客氣說道：「原諒我擅自闖入。」這位班尼克灰得出奇，矮小圓胖的身子看上去更像輕煙，而非骨肉之軀。

也許，瓦西婭心想，城鎮不適合他。

也可能是教堂經常鐘響，讓百姓太常想起班尼克不該存在。想到這裡，她不禁有點難過。

這位班尼克依然睜著聰明的小眼睛默默打量她。瓦西婭知道自己接下來該怎麼做。她起身從桶裡舀了一些熱水灑在爐上，又折了一根樺木枝擺在他面前，接著舀水灑在火焰熊熊的爐灶石面上。

那謝爾特還是沒有開口，朝她微微一笑，爬到另一張長椅上輕鬆地靜靜躺著，鬍鬚有如浮雲般隨著蒸汽擺動。瓦西婭決定將他的沉默看成允許她待著，於是眼皮再度沉重了起來。

大約一刻鐘後，她汗流浹背，蒸汽也漸漸變小。瓦西婭正打算泡進冷水裡，忽然聽見一頭公馬氣憤嘶鳴，震醒了她熱得昏沉的耳目，接著一聲巨大的轟響，感覺索拉維好像直接撞破了馬廄的牆。瓦西婭喘著氣驚坐起來。

班尼克皺起眉頭。

外房的門喀喀作響，旅舍女主人的聲音從門外傳來：「對，一個男孩牽著一頭棗紅大馬，但我不明白你為什麼——」

女主人氣憤尖叫，隨即一片沉默。班尼克露出青蛙般的牙齒。瓦西婭起身朝門口走去，但還沒來得及打開門閂，外房就傳來沉重的腳步聲。她身上一絲不掛，慌忙地東張西望，但小房間裡只有一扇門，沒有窗。

門砰地推開，瓦西婭及時將頭髮甩到前面，勉強遮住身子。日光有如一道水柱刺花她畏光的雙眼。她光著汗濕的身子，只有頭髮蔽體。

男子站在門口，花了一會兒工夫才看見蒸汽裡的她。他臉上閃過一絲驚詫，隨即化為傻愣愣的喜悅。

瓦西婭身體緊靠離門最遠的牆，心裡既羞愧又驚惶，旅舍女主人的尖叫依然在耳邊迴盪。門外索拉維再次嘶鳴，隨即傳來更多叫嚷。

瓦西婭努力靜下來思考。或許那人身旁有縫隙可以鑽出去，但外房的說話聲和另一個龐大身影立刻讓她打消主意。

「嗯，」第二名男子說道。他雖然一臉驚訝，但不像不高興。「裡頭的人根本不是男孩，而是女孩，除非它是水仙子。我們要進去瞧個究竟嗎？」

「我先進去，」他夥伴大喝道，眼睛依然盯著瓦西婭。「是我發現她的。」

「好吧，捉住她，但別搞太久，」第二名男子說：「我們還得找到那個男孩。」

瓦西婭咬著牙，兩手顫抖，慌得腦中一片空白。

「快過來，小姑娘，」第一名男子搖手說道，彷彿她是小狗。「別怕，過來吧，我會好好珍惜妳。」

瓦西婭在心裡盤算，如果她一頭撞過去，那傢伙會不會被她推倒撞到爐灶上。她必須和索拉維會合。她頭髮微微翻開，胸前的寶石閃閃發亮。第一名男子目光落在寶石上，伸出舌頭舔了舔嘴唇。「那東西是妳從哪裡偷來的？」他說：「哎，無所謂，反正那也會是我的。過來吧。」說完往前邁了一步。

瓦西婭繃緊身子準備衝刺，但她忘了還有班尼克在。

一道熱水不知道忽然從哪裡噴出來，從頭到腳灑了那男子全身。男子尖叫倒退，被火燙的爐灶絆倒，砰的一聲敲到腦袋，隨即四肢癱軟，身體被火燒得發出駭人的滋滋聲。

第二名男子看得目瞪口呆，連另一道水柱射到自己臉上都沒察覺。他尖叫著踉蹌後退，被一隻看不見的手拿著樺木枝不停鞭打，倉皇退出澡堂。

瓦西婭衝到外房，匆忙套上褲襪、襯衫、靴子和長上衣，將斗篷披到肩上。她渾身是汗，衣服都黏在了身上。班尼克在門口等著，依然沒有開口，但臉上掛著邪惡的微笑。門外已經從尖叫變成了咆哮。瓦西婭頓了一下，彎身鞠躬。

那小人也鞠躬回禮。

瓦西婭奔到門外，索拉維已經從馬廄衝了出來。三名男子將他圍住，但不敢靠近。「抓住他的轡繩！」門拱一名男子喊道：「抓緊一點！其他人就來了。」

第四名男子一動不動倒在地上，頭骨凹了一個大洞，顯然是剛才想去抓索拉維頸邊的轡繩。索拉維看見瓦西婭，立刻擺脫糾纏奔向她。三名男子尖叫閃躲，一轉眼瓦西婭已經躍上馬背。外頭傳來更多叫喊、更多雜沓的腳步聲。只見又一群人衝進旅社前院，拉起長弓。

這麼大陣仗就為了她一個？「天哪——」瓦西婭低聲道。

強風呼號，灌進她的衣裳，烏雲遮去陽光，前院瞬間轉為黑暗。瓦西婭見其中一人拉弓搭箭，立刻朝索拉維高喊：「衝吧！」

「停下！」那人喊道：「否則只有死路一條！」

但索拉維已經拔腿狂奔。利箭呼嘯而過，瓦西婭緊抓著馬。我到底做了什麼，她心底一塊幽微遙遠的角落想，才會遇到這種事？其餘部分則是想著萬箭穿心是什麼感覺。索拉維低頭衝刺，馬蹄有如利爪踏雪飛馳，兩大步就帶著瓦西婭來到了街上。街上有人——好多人，她心裡某個角落想著——但索拉維讓他們措手不及，旋風似的穿過人群揚長而去。

街上已經暮色沉沉，大雪遮天，擋住他們的視線。

索拉維埋頭默默跑著。他大步奔馳，跑過覆著白雪的木板街道，一時衝過頭滑了一下。瓦西婭感覺他身體一歪隨即回正。大雪讓她伸手不見五指，吃力地保持平衡。身後是颯颯的馬蹄聲，夾雜模糊的吼叫，但距離愈來愈遠。沒有馬跑得贏索拉維。

一道黑影浮現面前，堅實矗立在白雪翻騰的世界。「大門！」前方傳來微弱的呼喊：「快把門關上！」大門左右各站著兩道朦朧的身影，是衛兵正匆忙關門。開口愈來愈窄，但索拉維一個加速便衝了過去，瓦西婭一條腿擦到門緣扭了一下。他們自由了。城牆上傳來咆哮，接著又是拉弓和箭響。瓦西婭伏在索拉維頸邊沒有回頭，雪下得更大了。

出城不到一箭之遙，風就停了，天空也清了。瓦西婭回頭張望，只見紫如瘀青的暴風雪盤旋在城鎮之上，掩護她順利脫逃。但能拖延多久？

山坡下方鈴聲輕響。他們會來追她嗎？瓦西婭想到拉緊的長弓和箭從她耳邊飛過的呼嘯，心裡覺得他們應該會來。她的心臟依然狂跳不止。「我——我們走吧，」她對索拉維說，這一開口才察覺自己在發抖，牙齒不停打顫，皮膚也濕了，身體已經感覺很冷。她掉轉方向，讓索拉維朝埋著馬鞍與鞍袋的空樹幹走去。「我們得離這裡遠一點。」

紫色的晚霞在天上閃閃發亮。瓦西婭身上還全是澡堂的水，藏在兜帽裡的頭髮也是濕的。但她判斷生火比逃跑危險，便催馬繼續前行。她腦中浮現一支利箭，尖得只剩下一個點，還有一名眼神沉著冷酷的男子，正舉弓對著她。

8 兩份禮物

索拉維從黃昏馳騁到入夜。一般的馬早就搖搖擺擺甚至停下，但他絲毫不停歇。瓦西婭完全沒有攔阻他。恐懼一直如擂鼓般在她喉間轟鳴。天空最後一道霞光消失，初雪上只剩點點星光，索拉維還在狂奔，步伐穩健有如夜行的鳥兒。

直到清冷的滿月攀上樹梢，他們才不再趕路。瓦西婭身體抖得厲害，差點坐不住馬鞍。索拉維氣喘吁吁停下來，瓦西婭滑下馬背解開馬鞍，脫下斗篷蓋住索拉維冒著熱氣的側腹。夜晚的冰冷空氣穿透她的羊皮外套，攫住她濕透的上衣。

「在原地走動，」她對公馬說：「別停下來，也不要吃雪，等我把水熱了。」

索拉維垂頭不語，瓦西婭伸出幾乎沒有感覺的手拍拍他的側腹。「我說在原地**走動**！」她低聲喝斥，話裡帶著自己心底的疲憊與恐懼。

公馬勉為其難開始踱步，免得抽筋。

瓦西婭抖得無法控制，手腳幾乎不聽使喚。月亮有如在門口躊躇的乞丐，但還是下去了。四周悄聲無聲，只有樹上霜雪崩裂的聲響。瓦西婭雙手僵硬，感覺不到指尖。她咬著牙撿了枝幹，手腳笨拙地拿出燧石打了一下、兩下，痛得鬆開手掌，一塊燧石掉進雪裡。她試著撿起燧石，但手指幾乎合不攏。

引火棒火苗閃了幾下就熄了。

瓦西婭的嘴唇咬破了，但她渾然不覺。淚水凝結在臉上，她也沒有感覺。再一次。她輕輕敲打燧石，等待，用凍得麻木的嘴小力輕吹。這回木柴點燃了，黑夜裡飄起一股微微的溫暖。

瓦西婭如釋重負，差點掉下淚。她用近乎不聽使喚的雙手餵柴，小心翼翼把火養大。火愈來愈穩、愈來愈旺，不久便成了熊熊烈火，壺裡的雪也開始融化。她喝了一口，索拉維也喝了，晦暗的眼眸又亮了起來。

雖然瓦西婭把火燒旺，衣服盡量烤乾，喝了一壺又一壺熱水，身體還是沒有真的熱起來。睡意姍姍來遲，而且不時中斷，因為她焦慮的耳朵把任何聲響都聽成野獸悄悄靠近。不過，她後來應該還是睡著了，醒來時天色已經透亮，只是身體依然發冷。索拉維凝立在她身旁，嗅聞清晨的空氣。

馬，他說，很多匹，朝我們來了，馬上的人都很壯。

瓦西婭全身痠痛。她乾咳一聲，聲音嘶啞，整個人痛得跳了起來，冰冷的皮膚冒出一粒粒斗大的汗珠。「不可能是他們，」她努力鼓起勇氣。「他們有什麼——什麼理由要——」

她話沒有說完。樹林裡真的有聲音。瓦西婭嚇得有如聽見獵犬出擊的野獸。她原本就套著所有衣服，下一秒替索拉維架好馬鞍，上馬落荒而逃。

又是漫長的一天，漫長的旅程。瓦西婭喝了一點雪融的水，懶洋洋啃著半冰凍的麵包，但吞嚥讓她喉嚨發疼，恐懼使她腸胃打結，奪去了她的胃口。這天索拉維跑得更凶狠了，真不知他是如何辦到的。瓦西婭在馬上昏昏沉沉。雪——要是能下雪把他倆的足跡掩掉就好了。

他們直到天色全暗才停下休息。那一晚瓦西婭無法入睡，只是縮在小小營火旁不停顫抖，抖個不停。咳嗽從喉嚨鑽到肺。莫羅茲科的話有如腳步聲在她腦裡迴盪：妳真的想死在森林深處嗎？

她才不要證明他是對的，絕不要。她腦中響著這個念頭，最後又一次沉入不安的夢鄉。

那天晚上烏雲聚集，天空終於降下大雪。雪花融在她發燒的皮膚上。瓦西婭安全了，他們再也追蹤不到她。

❄

日出時，瓦西婭全身滾燙醒過來。

索拉維氣急敗壞推了推她。瓦西婭勉強起身，替他架上馬鞍，只覺得天旋地轉。「我不行，」她對馬說。她感覺頭重腳輕。她看著自己發抖的雙手，好像那雙手不是她的。「我沒辦法。」

索拉維狠狠推了她胸口一下，害她踉蹌後退。他豎起耳朵說，妳非走不可，瓦西婭，我們不能待在這裡。

瓦西婭目光茫然，腦袋又沉又鈍。在冬天，不動就是死。瓦西婭知道，她真的知道。但她為何要在乎？她才不管。她只想躺回去呼呼大睡。但她已經蠢過一次，她不想讓索拉維不高興。

她兩隻手麻得捆不了肚帶，但還是努力將鞍袋推上了索拉維的鬐甲，口齒含糊地說：「我身體太冷，要用走的。我要是騎上去一定會摔下來。」

這天烏雲密布，天色晦暗，瓦西婭拖著腳步蹣跚前行，幾乎就快睡著了。恍惚間，她彷彿見到繼母在九泉之下瞪著她，嚇得她回過神來。一步，再一步。接著她的身體莫名燥熱起來，差點就把衣服脫了，幸好及時想起這樣做會要了她的命。

她感覺聽見馬蹄聲，有人在遠方呼喊。他們還緊追不捨嗎？她實在懶得想了。一步，再一步。她其實可以躺下來……一會兒就好……

這時她忽然察覺身旁多了一個人，嚇得她魂飛魄散。接著一個熟悉的銳利聲音在她耳邊響起：

「嘖，恭喜妳，妳比我想的多撐了兩週。」

她轉頭迎向那一雙最淺最藍的眼眸，腦袋稍微清醒了一點，只是嘴和雙唇都麻了。「沒錯，」她恨恨地說：「我快死了，你是來接我的嗎？」

莫羅茲科冷笑一聲，將她抱起來。雖然隔著毛皮，她依然感覺他雙手發燙，一點也不冷。

「不要，」瓦西婭將他推開。「不要，走開，我不要死。」

「妳還蠻會掙扎的嘛。」他嗤之以鼻，但瓦西婭感覺他神情亮了一點。

瓦西婭想回嘴，但說不出話來。她感覺天旋地轉，頭上淺藍的天空……不對，是綠色的枝幹。他們鑽到一株巨大雲杉的樹蔭之下，感覺很像她頭一晚棲身的那棵樹。雲杉的枝幹有如羽翼，枝葉交錯纏繞，只有最細最小的雪花能夠穿過，染白鐵一般硬的泥土。

莫羅茲科放下瓦西婭，讓她靠著樹幹，接著開始生火。瓦西婭眼神迷濛望著他，身體依然感受不到一絲寒意。

他不像一般人那樣在地上尋找枯枝，而是在雲杉上選了一根粗大的枝幹伸手一按，枝幹瞬間喀嚓斷開。他用堅硬的手指扳斷枝幹架起一堆柴火，有如帶刺的棘冠。

「你不能在樹底下生火，」瓦西婭用麻痺的嘴唇含糊擠出一句，想提醒他。「上頭的雪會融化把火澆熄。」

莫羅茲科輕蔑地瞥了她一眼，沒有說話。

瓦西婭沒有看到他是怎麼做的，是用手或眼睛或其他方法，但眼前突然生出火來，在光禿禿的地上劈啪閃爍。

她望著熱氣蒸騰，心裡有點不安。她知道這份溫暖會引她出來，無法再托詞寒冷，讓自己躲在冷漠之中。她只想待著不動，什麼都不管，不想脣槍舌戰，不想感覺冰冷。她視線慢慢變暗，心想或許就這樣睡了吧……

但他大步靠近，彎身攫住她肩膀，手勁比語氣還溫柔。「瓦西婭，」他說：「看著我。」

她看了，但黑暗繼續將她帶走。

他臉色一沉。「不行，」他在她耳邊低吼：「妳好大膽子。」

「我以為這趟旅程只有我，」她喃喃道：「我以為——你為什麼來了？」

他再次抱起她，她的頭無力地靠著他臂膀。他沒有答話，兀自將她抱到營火邊。他的馬探頭到雲杉樹蔭下，索拉維在一旁焦慮吐氣。「走開。」他對兩匹馬說。

他脫下瓦西婭的斗篷，在她身旁跪了下來。

瓦西婭舔了舔乾裂的嘴唇，感覺有血味。「我會死嗎？」

「妳覺得妳要死了嗎？」冰冷的手摁住她的脖子，呼吸在她喉間嘶噎，但他只是拎起銀項鍊，撩出項鍊尾端的藍寶石。

「當然不是，」她帶著一絲氣惱回答：「我只是好冷——」

「很好，那妳就死不了。」莫羅茲科這麼說，彷彿再明顯不過，但她再次感覺他神情一亮。

「你怎麼——」但她隨即把話吞回去，不再說話，因為藍寶石開始發光。詭異的藍光照在他臉上，攪起令人恐懼的回憶：寶石冷光灼人，詭笑的陰影悄悄靠近。瓦西婭從他身邊躲開。

他雙臂收緊。「放輕鬆，瓦西婭。」

他的聲音懾住了她。她從來沒聽過他這樣說話，語氣裡含著難以數算的溫柔。

「放輕鬆，」他又說了一次。「我不會傷害妳。」

他的話猶如保證。瓦西婭渾身顫抖，睜大眼睛抬頭看他，隨即忘了恐懼，因為藍寶石的光開始發出溫暖，刺人、活生生的溫暖，讓她忽然察覺自己有多冷。寶石愈來愈熱、愈來愈熱，最後她不得不咬著嘴唇才沒有叫出來。接著她大氣一喘，胸前滑落一滴噁心的汗水，發燒瞬間煙消雲散。

莫羅茲科將項鍊放回她骯髒的上衣裡，讓她躺在沾雪的土上。他身上散發著冬夜的嚴寒，肌膚卻是溫暖的。他拉開藍色斗篷裹住自己和瓦西婭，毛皮搔過她的鼻子，讓她打了個噴嚏。

項鍊湧出的溫暖蔓向她的手腳，讓她臉龐滲出汗水。他默默舉起她的左手，然後是右手，一根一根摁揉她的手指。疼痛再次閃現，這回是兩隻手臂，但痛得令人欣慰，瓦解了麻痺。她雙手刺痛著回復知覺。

「別動，」他一手抓著她的兩隻手說：「放輕鬆、放輕鬆。」另一隻手滑過她的鼻子、耳朵、臉頰和雙唇，帶來一道道刺痛。瓦西婭忍不住顫抖，但硬是不動。他治好了剛發的凍傷。

最後莫羅茲科的手停了，伸出胳膊摟住她的腰。一道冷風吹來，撫平了燒灼。

「睡吧，瓦西婭，」他呢喃道：「睡吧，妳這天夠折騰了。」

「有人，」她說：「他們想——」

「沒有人會發現妳在這裡，」莫羅茲科答道：「妳懷疑我嗎？」

她嘆了口氣。「沒有。」她快睡著了，感覺既溫暖又——安全。「暴風雪是你弄的？」

他臉上閃過一絲笑意，但她沒有發現。「誰曉得。快睡吧。」

她闔上眼皮，沒有聽見他補了一句，幾乎像是喃喃自語。「忘記吧，」他低聲道：「忘記吧，最好不要記得。」

＊

瓦西婭清晨醒來，天色晴朗，空氣中飄著凜冽的杉香和溫暖的柴火味，樹下光影斑駁。她裹著斗篷和鋪蓋，身旁的營火照看得很好，火焰劈啪閃動。瓦西婭默默躺了良久，品嚐這份陌生的安全感。她很溫暖，幾週來似乎頭一回這麼覺得，喉嚨和關節也不痛了。接著她想起前一晚發生了什麼，於是坐起身。

莫羅茲科盤腿坐在火的另一邊，手裡拿刀刻著木鳥。

她僵硬地坐直身子，感覺頭重腳輕，虛弱無力。她睡了多久？火焰熊熊照在她臉上。「你明明用手就能讓冰變成各種神奇的東西，」她問他：「幹嘛要雕木頭？」

莫羅茲科抬頭看她。「願主與妳同在，瓦西莉莎．彼得洛夫納，」他一臉嘲諷地說：「這才是早上醒來該說的話吧？我雕木頭是因為動手做的東西比許願得到的更實在。」

瓦西婭沉思片刻，接著說：「你救了我嗎？又一次？」

沉默只維持了千分之一秒。「對。」他對著手裡的雕刻，頭也沒抬地說。

「為什麼？」

他左右端詳木鳥。「為什麼不？」

瓦西婭只隱約記得他的溫柔、光芒、營火和疼痛。她隔著火焰和他四目交會。「你都曉得？」她問道。「你一定曉得。暴風雪，那絕對是你做的。你統統都知道？知道我被人追殺，在路上生病了，結果你第三天才出現，等到我連站都站不起來……」

他等她停下來才開口。「妳要自由，」他用討人嫌的語氣說：「妳要見識全世界。現在妳知道那是什麼滋味了，知道快死是什麼感受。妳需要走這一遭。」

瓦西婭氣得不說話。

「不過，」他接著說：「現在妳知道了，而且沒死。妳最好回雷斯納亞辛里亞去，這條路不是妳該走的。」

「不要，」她說：「我不回去。」莫羅茲科放下刀和木雕站了起來，眼神突然閃著怒火說：「你以為我喜歡把時間用在防止妳做蠢事嗎？」

「我又沒要你幫忙！」

「沒錯，」他反唇相譏：「因為妳忙著找死！」

她醒來時的平和心情消失了。瓦西婭全身酸痛，清楚感覺自己活著。莫羅茲科瞪大眼睛，怒不可遏望著她，感覺就和她一樣真實鮮活。

瓦西婭掙扎著站了起來。「我怎麼知道那些人會在那個鎮裡找到我？還有他們要抓我？我什麼都沒做錯，我要繼續走。」她雙手抱胸說。

莫羅茲科頭髮蓬亂，手指上沾滿灰渣和木屑，一臉憤怒。「人類很壞，又不負責任，」他說：「我吃過苦頭，現在輪到妳了。妳也玩夠了，差點連小命都保不住。回家吧，瓦西婭。」

這會兒兩人都站著，瓦西婭不用隔著熱氣注視他的臉，發現他表情有一點……變化。他有地方不同了，但她沒辦法……「你知道，」她開口說，聲音近乎喃喃自語：「你生氣的時候會變得很像人，我之前都沒發現。」

她沒想到他會如此反應。只見莫羅茲科湊身上前，臉色森寒，再次變回那個遙不可及的冬王。他優雅鞠躬，說：「我晚上會再回來，如果妳沒走的話。火應該能撐到天黑。」

她隱約感覺自己贏了，但不曉得是哪句話擊敗了他。「我——」

但他已經消失了，騎著牝馬揚長而去。瓦西婭愣在火旁，既生氣又有點迷惘。「應該幫他掛個鈴鐺，」她對索拉維說：「像雪橇馬一樣，這樣他來了我們比較容易發現。」

索拉維哼了一聲說，我很高興妳沒死，瓦西婭。

她再次想起霜魔。「我也是。」

妳覺得妳有力氣煮粥嗎？公馬一臉期盼地問。

❄

跑了不遠（也可能很遠，看測量的人是誰），白牝馬就不肯再往前了。我可不想為了你的感覺搞得疲於奔命，她對他說，你自己下來，不然我就把你甩下來。

莫羅茲科悻悻然滑下馬背，白牝馬立刻開始用鼻子挖掘雪下的青草。

有馬騎不得的他在寒冬的土地上走來走去。北方烏雲密布，雪花紛飛打在他們身上。「她應該回家的，」他自顧自吼道：「她應該對自己的愚蠢感到厭倦，戴著項鍊回家，偶爾想起霜魔時打個哆嗦。她應該替人類生兒育女，將項鍊傳下去，而不是——」

迷倒你，牝馬沒有抬頭，尾巴輕掃側腹，帶著幾分嚴厲說道，別說沒有，還是她已經把你變得太像人類，讓你也開始虛偽了？

莫羅茲科停下腳步，瞇眼望著牝馬。

我眼睛沒瞎，牝馬接著說道，就算對方用兩隻腳走路也一樣。你做了那條項鍊，好讓自己不會消逝。但現在那東西做過頭了，讓你活了起來，想要擁有不該擁有的東西，體會到不該懂得的感覺，讓你被騙，令你害怕。你最好讓她自生自滅，但你做不到。

莫羅茲科緊抿雙唇，頭上樹木輕聲嘆息，他的憤怒似乎瞬間消了氣。「我不想消逝，」他不由自主地說：「但也不想活起來。死神怎麼能活著？」他停頓片刻，語氣隨之一變。「我大可以讓她沒命，從她身上拿走藍寶石，然後從頭來過，找另一個人記得我，反正那個家族還有其他血脈。」

牝馬耳朵前後甩動。

「但我沒有，」他突然說：「我做不到。我只要靠近她，連結就會加深。不死之身怎麼能體會死期將至的感覺？但只要她在我身邊，我就會感覺時間流逝。」牝馬再次將鼻子鑽進深雪裡，莫羅茲科又開始來回踱步。

那就隨她去吧，牝馬在他背後輕聲說，讓她尋找自己的命運。你不可能愛一個人又能擁有不死之身。別讓事情變成那樣。你不是人。

❄

瓦西婭那天沒有離開雲杉樹下，雖然她很想。「我絕不回家，」她對索拉維說，喉嚨像是卡了東西。「我很好，為什麼要待在這裡？」

因為樹下很溫暖，真的很暖，營火愉悅地劈啪作響，而她手腳感覺遲鈍又無力，因此還是待了下來。她煮了粥，接著又用鞍袋裡的乾肉和鹽做了湯。她真希望自己有力氣設陷阱捉野兔。

無論添不添柴薪，火始終燒得很旺。她很好奇樹上的雪為何沒融化，自己又為何沒被濃煙嗆得無法待在樹下。

魔法，她心浮氣躁地想，也許我可以學魔法，這樣就永遠不用害怕陷阱或被追了。

當雪隨著天色漸暗而變藍，營火只比外頭世界亮一些時，瓦西婭抬頭發現莫羅茲科就站在火光邊緣。

瓦西婭說：「我不回家。」

「**顯然如此**，」莫羅茲科答道：「看來我努力都白費了。妳打算立刻出發，摸黑前進嗎？」

一道冷風拂過雲杉枝葉。「沒有，」她說。

他草草點頭，說：「那我來把火弄旺。」

這回她看得很仔細，見他手一貼上雲杉，樹皮和枝幹立刻枯乾鬆脫，被他一手接住，但她還是沒看出來他是怎麼辦到的，活著的樹枝一眨眼就成了柴薪。她的目光一直被拉走，被他的怪異手掌牽引著。那手掌幾乎和人掌無異，卻做著人類做不到的事。

火轉旺後，莫羅茲科扔了一只兔皮袋給瓦西婭，接著便去照看牝馬。瓦西婭本能去抓，沒想到袋子比看上去重，害她差點跌跤。她解開帶子，發現裡頭有蘋果、栗子、乳酪和一片黑麵包，立刻歡喜得跟孩子一樣，只差沒叫出來。

莫羅茲科穿過枝葉回到樹下，發現瓦西婭正拿著匕首敲開栗子，伸出骯髒的手指餓虎似的猛掏栗肉。

「拿去。」他開口說道，語氣帶著一點嘲諷。

瓦西婭抬頭一看，只見霜魔手裡抓著一隻剝了皮、去了內臟的兔子屍體，和他優雅的手指形成強烈的對比。

「謝謝你！」瓦西婭驚呼一聲，幾乎顧不得禮貌，立刻接過野兔，朝牠啐了一口，接著便放到火上烤。索拉維好奇探頭到樹下，見到烤肉立刻受辱似的瞪了她一眼，接著又消失了。瓦西婭沒理他，專心忙著烘焙麵包等肉烤好。麵包外皮一變棕色，她馬上拿起熱氣騰騰、流著乳酪的麵包大口往嘴裡塞。之前她奄奄一息，沒什麼胃口，但這會兒身體提醒她上一回在朱多莫吃到熱食已經是很久以前的事了，而這段時間以來又苦又冷的日子已經將她變成了皮包骨。瓦西婭狼吞虎嚥。

待她麵包吃完，手指上的碎屑也舔個乾淨，兔肉已經差不多烤好了。莫羅茲科一臉幸災樂禍地看著她。「天氣冷容易肚子餓。」瓦西婭欲蓋彌彰解釋道。她已經好幾天沒這麼開心了。

「我知道。」莫羅茲科說。

「你怎麼逮到牠？」她用油膩膩的雙手靈活轉著兔肉，肉快好了。「地上又沒足跡。」

他冰晶般的雙眼閃出火光。「我讓牠心臟結冰。」

瓦西婭打了個冷顫，不再多問。

他默默看她啃著兔肉。最後她酒足飯飽，再次跟他道謝，但還是忍不住埋怨一句：「你要是原本就打算救我，可以在我快死之前就出手。」

「妳還是想旅行嗎，瓦西莉莎．彼得洛夫納？」他只回了一句。

瓦西婭想起弓箭手，想起箭的呼嘯、她身上的污垢、致命的酷寒，以及一個人抱病在荒野裡的恐懼。她想起夕陽、金黃的塔樓，以及不再侷限於村莊與森林的世界。

「對。」她說。

「很好，」莫羅茲科臉色一沉說：「來吧，妳吃飽了嗎？」

「吃飽了。」

「那就起來，我教妳怎麼用匕首搏鬥。」

她一臉愕然看著他。

「發燒讓妳耳朵聾了嗎？」他暴躁地說：「站起來，小姑娘。妳說妳想旅行，很好，那妳最好不要手無寸鐵。匕首贏不過弓箭，但有時很有用。我可不打算為了妳幹的蠢事上天下海，成天跟著妳四處跑。」

瓦西婭表情遲疑，緩緩站了起來。莫羅茲科伸手從樹上那一排流蘇般的冰柱裡折了一根，冰柱瞬間變軟，任他捏塑。

瓦西婭看得目不轉睛，希望自己也有如此魔力。

冰柱在他指間化成一把堅韌細緻的匕首，刀刃是冰，刀把是冰晶，完美無瑕，活脫是一把冰冷白皙的武器。

莫羅茲科將冰柱遞給她。

「可是我從來沒——」她低頭望著冰柱結巴說道。女孩是不碰武器的，只有廚房裡的剝皮刀和劈柴的小斧頭例外，更別說一把用冰做成的匕首……

「妳現在需要了，」他說：「旅人姑娘。」月亮初升，廣袤的冰藍森林靜默有如教堂，黝黑的樹木高聳參天，和陰霾的森林融為一體。

瓦西婭想起哥哥們初學拉弓用劍的情景，體內湧起一絲古怪的感受。

「匕首要這樣拿。」莫羅茲科說。他手指抓著她的手調整姿勢，讓她把匕首握好。他的手冰得刺人，讓她不禁身體一縮。

他鬆手退後，神情毫無變化，只見他黝黑的頭髮浮現霜晶，一把和她手上匕首一樣的刀子瞬間出現在他掌中。

瓦西婭嚥了嚥喉嚨，覺得口乾舌燥。匕首拉著她的手往下墜。冰做的東西不該這麼沉才對。

「這樣。」莫羅茲科說。

話音剛落，她已經口吐白雪，手掌刺痛，手裡的匕首不見蹤影。

「妳那樣拿刀，連三歲小孩都搶得走，」霜魔說道：「再試一次。」

瓦西婭低頭尋找匕首，心想它肯定摔碎了。沒想到它竟然完好無缺，彷彿沒事一樣，映著火光死板板躺在地上。

瓦西婭小心翼翼拾起匕首，照他示範的姿勢再試一遍。

那天晚上她試了又試，還有隔天和隔天晚上。他教她如何用匕首擋開別人的刀子，用各種方式出其不意擊刺對方。

瓦西婭不久便察覺自己速度不慢，而且步伐輕巧，可惜從小鍛鍊不足，缺乏戰士的體力，很快就累了。莫羅茲科毫不留情，身影不像在動，而是飄的，出刀忽左忽右、忽上忽下，動作毫不費力，如絲綢般流暢。

「你跟誰學？」瓦西婭又摔了一跤，揉著發疼的手指喘氣問道：「還是生下來就會了？」

莫羅茲科沒有回答，只是伸手給她，但瓦西婭置之不理，自己搖搖晃晃站了起來。「學會？」他開口說。那語氣是憤怒嗎？「怎麼學？我就是我一開始的樣子，完全沒變。很久以前，人類希望一劍刺穿我的腦袋。神會消失，但不會改變。再來。」

瓦西婭不置可否，默默拾起匕首。

那天晚上兩人練習到瓦西婭手臂發抖，手指麻得再也拿不動刀子才結束。她雙手扶著大腿喘個不停，身上都是瘀青，森林在火光外的黑夜裡窸窣作響。

莫羅茲科瞥了營火一眼，火焰立刻熊熊燃燒。瓦西婭滿心感激坐回粗枝堆上，烘烤雙手。

「你也會教我魔法嗎？」她問霜魔：「例如用眼睛生火？」

火光猛然一閃，照亮莫羅茲科的顴骨。「這世上沒有魔法。」

「但你剛才──」

「世上的東西有就有，沒有就沒有，瓦西婭，」他打斷她：「妳想要某樣東西，就代表你現在沒有它，不相信它存在，所以它永遠不會存在。火有就有，沒有就沒有。妳所謂的魔法說穿了只不過是不讓世界和妳要的不一樣而已。」

瓦西婭一臉憤怒，疲憊的腦子拒絕理解。

「讓世界變成妳想要的樣子，這種事不適合年輕人，」他接著說：「他們要的太多了。」

「你怎麼知道我要什麼？」瓦西婭忍不住問。

「因為，」他面無表情說：「我比妳老很多。」

「你不會死，」她鼓起勇氣問：「難道你什麼都不想要嗎？」

他突然沉默下來，接著說：「妳身體暖了沒？我們繼續。」

❄

第四天深夜，瓦西婭渾身瘀青坐在營火旁，痛得連鑽進鋪蓋睡個好覺都辦不到，便開口問莫羅茲科說：「我有一個問題。」

霜魔將她的匕首放在腿上，雙手撫過刀鋒。要是她偷瞄一眼，就會看見霜晶出現在他指尖滑過的地方，將刀鋒磨利。「說吧，」他沒有抬頭。「什麼問題？」

「你把我父親帶走了，對吧？我看見你和他一起騎馬離開，就在熊──」

莫羅茲科停下動作，臉上的神情顯然要她默默去睡覺，但她做不到。她一直在想這件事，在她騎過森林的漫漫長夜，以及冷得無法入眠的時候。

「你每一回都這樣做嗎？」她不肯放棄。「對所有喪命的羅斯人？將死人放在前鞍橋上，騎馬載他們離開？」

「對也不對，」他似乎字斟句酌。「某方面我都在場，可是——就跟呼吸一樣。妳呼吸，但妳不會每次都察覺到。」

「那你有察覺到嗎？」瓦西婭語氣尖刻。「我父親死的時候。」

莫羅茲科眉間出現一道蛛絲般的細線。「比往常明顯，」他說：「但那是因為我——我的心緒——就在附近，而且——」

他突然緘口不言。

「而且什麼？」瓦西婭問道。

「沒有。因為我在附近，就這樣。」

瓦西婭瞇起眼睛。「你不用帶走我父親，我明明可以救他的。」

「他死是為了讓妳平安，」莫羅茲科說：「這是他的心願，而且他也樂於離開。他很想念妳的母親，連妳哥哥都知道。」

「所以對你來說都無所謂，是嗎？」瓦西婭火冒三丈。這才是關鍵。不是父親的死，而是霜魔的無動於衷。「我猜你應該在我母親病榻上徘徊，將她從我們身邊奪走，後來又偷走我父親，騎馬帶他離開。總有一天艾洛許也會躺在你的前鞍橋上，我也不例外。而這一切對你來說都跟呼吸沒有兩樣！」

「妳在生我的氣嗎，瓦西莉莎．彼得洛夫納？」他語氣有些詫異，聲音沉靜又宿命，就像落在沒有春天的國度的雪。「妳認為只要我不帶他們到黑暗裡，這世界就沒有死亡了嗎？我很老，但即使我這麼老，這世界早在我頭一回看見月出前就存在了。」

瓦西婭發現自己淚如泉湧，嚇得趕緊別過頭，接著突然掩面哭泣，為自己的爸媽、保母、老家和童年而哀傷。霜魔奪走了這一切。還是並非如此？他是主嫌？抑或只是使者？她恨他，卻又夢見他。這些都不重要。她也可能恨天空——或喜歡它——而她最痛恨這一點。

索拉維探頭到雲杉樹下。瓦西婭，妳還好嗎？他歪著鼻頭焦慮問道。

瓦西婭想點頭，但只是將臉埋在手裡勉強動了動腦袋。

索拉維甩甩馬鬃，是你弄的，他豎起耳朵對莫羅茲科說，快點解決！

她聽見莫羅茲科嘆息一聲，聽見他繞過營火蹲在她面前。瓦西婭不肯看他。過了一會兒，霜魔伸手將她摀著淚濕的臉的手指輕輕扳開。

瓦西婭眨眨眼睛，想擠掉眼淚狠狠瞪他。他能說什麼？他不會死，不可能了解她的悲傷。可是——「對不起。」他說，瓦西婭嚇了一跳。

她點點頭，嚥了嚥口水說：「我只是好累——」

他點點頭。「我知道，但妳很勇敢，瓦西婭，」他遲疑片刻，接著彎身在她唇上輕輕一吻。

她嚐到一絲冬天的氣味，嚐到煤煙、松木和死寂的寒冷。接著嚐到溫暖，以及一抹無法理解、稍縱即逝的甜蜜。

但那瞬間過去了，莫羅茲科從她身邊退開。那一秒，兩人感受到彼此的鼻息，兩人都呼吸到了彼此。「好好睡，瓦西莉莎．彼得洛夫納。」他說完便起身走出火光之外。

瓦西婭沒有追上去。她腦中一片空白，身體痠疼瘀青，心裡既恐懼又熾烈。她當然想追上去，想追問他那個——是什麼意思，但她睡著了。她握著冰匕首，睡前最後留下的只有唇上的松木味。

❄

接下來呢？那天深夜莫羅茲科回來後，牝馬這麼問他。他們站在雲杉樹下的營火旁，餘燼閃閃爍爍照在蜷縮身子靠著索拉維沉睡的瓦西婭臉上。索拉維夜裡鑽到樹下，有如獵犬躺在瓦西婭身邊，這會兒正打著瞌睡。

「我不曉得。」莫羅茲科喃喃自語。

牝馬使勁推了主人一下，像對小馬那樣。你應該告訴她，她說，告訴她事情的來龍去脈，讓她知道女巫、藍寶石護身符和海邊的馬的故事。她夠聰明，也有權知道。否則你只是跟她玩玩。你是古老的冬王，總是將女孩的心玩弄於股掌之上。

「難道我現在不是冬王嗎？」莫羅茲科答道：「這才是我該做的，用金子和魔法矇騙她，然後讓她回家。我現在還是應該這樣做。」

你最好有辦法送走她，牝馬冷冷說道，成為她美好的回憶。但你這會兒卻在這裡，插手管事。就算你送瓦西婭離開，她也不會走。這件事不是你說了算。

「我不管，」莫羅茲科厲聲說道：「這——這是最後一次了。」他沒有再看瓦西婭。「她已經以路為家，這是她的事了，與我無關。我會讓她戴著寶石並且記得，直到她生命的最後一刻。但等她死了，我就會把寶石送給另一個人。我受夠了。」

牝馬沒有回答，只是一臉懷疑對著夜色噴了噴鼻息。

9 煙

隔天早上，瓦西婭醒來時，莫羅茲科和牝馬已經走了。他可能根本沒出現，要不是地上那兩對蹄印、整理好的馬鞍、馬鞍旁閃閃發亮的匕首和重新裝得鼓鼓的鞍袋，她可能覺得只是自己在做夢。匕首看上去不再像是冰做的，而是某種淺色金屬，收在鑲銀皮鞘裡。瓦西婭坐起身來，望著這一切。

他叫妳記得練習匕首，索拉維走上前來，用鼻子搔了搔她的頭髮說，還說那匕首就算冰天雪地也不會卡在鞘裡。帶武器的人通常死得快，所以請不要大剌剌帶著它。

瓦西婭想起莫羅茲科的手，想起他糾正她握匕首的姿勢，還有他的唇。她臉頰泛紅，突然怒火中燒，氣他竟然吻了她，給了她禮物，卻一句話也沒說就離她而去。

索拉維一點也不同情她的憤怒。他不停甩頭噴氣，急著上路。瓦西婭氣沖沖從鞍袋裡撈出新的麵包和蜂蜜酒吃了，扔了幾把雪到火上（火好不容易熬到現在，立刻就乖乖熄滅了），將鞍袋繫好，接著便躍上馬鞍。

接下來幾天，他們平安奔馳了一里又一里。漫漫長路讓瓦西婭恢復體力，讓她有時間回想，並試著遺忘。直到某天早晨，太陽高掛樹林頂上，索拉維突然弓身退開。瓦西婭嚇了一跳，問：「怎麼了？」隨即看到屍體。

那傢伙很壯，但此刻鬍鬚沾滿冰霜，凍住的兩眼暴凸著，眼神空洞，身旁一攤血漬潑灑在腳印雜沓的雪地上。

瓦西婭將作嘔的感覺嚥回去，勉強自己下馬檢查那人的死狀。只見男子脖子和肩膀交界處被人用劍或斧頭砍了一道口子，連肋骨都露了出來。她喉嚨一緊，但硬是吞回去。

她摸摸男子僵硬的手。在他身後只有一雙奔逃的靴印，戛然止於他喪命之處。但凶手呢？凶手去哪裡了？瓦西婭循著死者的足跡往回走，但印子已經被新雪覆上，模糊了。索拉維跟著她，鼻子緊張噴氣。

走著走著，樹林突然到了盡頭，他倆發現自己來到犁平的田地邊，中央是一處村落，房舍都被焚毀了。

瓦西婭又是一陣乾嘔。燒光的村子跟她的故鄉很像，有著伊斯巴、穀倉和澡堂，還有木柵欄及冬日徒留殘株的田地。但眼前這些房舍只剩悶燒的殘垣，柵欄倒在地上有如受傷的公鹿，煙霧裊裊飄向林子上空。瓦西婭低頭用斗篷掩著口鼻呼吸。她聽見有人嚎哭。

他們離開了，那些幹了這些事的人，索拉維說。

但剛走不久，瓦西婭心裡想道。村裡尚有幾處殘火，還沒被人或時間撲滅。瓦西婭跳上馬背，對索拉維說：「我們靠近點。」聲音連她自己都快認不出來。

他們鑽出樹林來到半毀的木柵欄邊，索拉維一躍而過，鼻孔張大發紅。村裡的倖存者有如行屍走肉，彷彿等著加入堆在焚毀的小教堂邊的屍體的行列。雜亂堆置的死者一個個張大眼睛望著晴朗的天空，傷口凝著血漬，空氣冷得讓他們不致發臭。

倖存者沒有一個抬頭。

一名紮著兩條辮子的黑髮女子跪在伊斯巴旁的陰影下，跟前躺著一個死去的男子。她垮著身體，兩手有如交疊的枯葉，可是沒有哭泣。

那女子背影纖細，黑如膽汁的頭髮喚起了瓦西婭的記憶，讓她想也不想就下馬朝她走去。

女子搖搖晃晃站了起來。想也知道她不是瓦西婭的姊姊，只是一名臉上留下太多風霜歲月的婦人，瓦西婭完全不認識。她手掌沾滿鮮血，想必是先前拚命為死者傷口止血留下的。她背靠牆壁，手裡冒出一把骯髒的刀子，從喉嚨勉強擠出聲音。「你們的人來了又走了，」她對瓦西婭說：「我們什麼都沒有了。小子你要是敢碰我，不是你死就是我活。」

「我——妳搞錯了，」瓦西婭滿心同情結巴說道：「我跟做這些事的人不是一夥的，我只是個旅人。」

女子依然舉著刀子。「你是誰？」

「我——我叫瓦西亞，」她刻意這樣回答，因為這個名字可男可女，既是瓦西里的小名，也是瓦西莉莎的小名。「妳可以告訴我這裡出了什麼事嗎？」

女子放聲狂笑，刺痛了瓦西婭的耳朵。「你從哪裡來的，竟然連這個都看不出來？這是韃靼人搞的呀。」

「嘿，」忽然有人厲聲說道：「你是誰？」

瓦西婭轉頭一看，只見一名體格壯碩的穆齊克[25]大步朝她走來，長鬍鬚下臉色死白。他手裡握著一把帶血的長柄鐮刀，指關節破皮淌血，身後一群人從燒毀的村子各處走來，個個拿著粗糙的武器、斧頭和獵刀，臉上幾乎都沾著血漬。「你是誰？」其中五六人聲嘶力竭喊道，其餘村民也都圍了上來。「他是騎兵，」其中一人說：「是脫隊的男孩，殺了他。」

瓦西婭想也不想便跳到索拉維背上，公馬仰頭一蹬，從最靠近的幾名村民頭上躍過，嚇得他們跌倒在血跡斑斑的雪裡，忍不住破口大罵。公馬如葉子般輕巧著地，眼看下一秒就能衝出殘破的村子回到樹林，瓦西婭卻坐著往下一壓，逼他停了下來。索拉維站定不動，蓄勢待發。

瓦西婭發現前後左右都是恐懼憤怒的臉龐。「我無意傷害你們，」她心臟狂跳著說：「我不是壞人，只是獨自行走的旅人。」

「你從哪裡來？」其中一名村民喊道。

「從森林裡，」瓦西婭隱藏了另一半的實話。「這裡出了什麼事？」

一陣有苦難言的沉默，伴隨著強烈的悲傷。最後那名黑髮女子開口道：「盜匪來了，他們放火射箭揮刀，就為了我們的女孩。」

「女孩？盜匪把她們都帶走了？」瓦西婭追問道：「帶去哪裡？」

「他們帶走了三個女孩，」一位村民恨恨說道：「三個小女孩。他們從冬天就開始了，這一帶所有村子都遭殃。他們來這裡隨意放火，帶走他們選中的小孩。」他朝森林微微撇了撇頭說：「都是女孩，他們只抓女孩。拉妲——」他指著黑髮婦人說：「她女兒被搶走，她丈夫反抗時被殺了，只剩她一個。」

「他們搶走我的卡特婭，」拉妲沾血的雙手扭絞在一起。「我叫我家那口子別反抗，我不能同時失去他們兩個，可是他們把我女兒拖走時，他還是忍不住……」婦人喉嚨哽咽，無法繼續往下說。

瓦西婭百感交集，卻一句也說不出口。「對不起，」她最後說：「我——」她全身顫抖，接著

---

25 穆齊克：muzhik 在英文只代表俄羅斯男農夫，但在俄文裡還有「強壯單純的鄉下人」的意思。

突然拍拍索拉維的側腹，公馬立刻載她轉身飛奔而去。她聽見身後傳來叫喊，但她沒有回頭。索拉維躍過受損的柵欄，鑽入林中。

瓦西婭還沒開口，公馬就知道她要說什麼。我們不會再往前了，對吧？

「對。」

我想妳最好在遇上他們之前學會怎麼打鬥，公馬不悅地說。他眼睛周圍浮現一道白圈，但還是乖乖讓瓦西婭催著他回到森林裡壯漢陳屍的地方。

「我想幫助他們，」瓦西婭說：「波加提爾騎馬遊歷四方，拯救少女，我為何不行？」她故作勇敢，收在鞘裡的冰匕首貼著她的脊骨，感覺有如沉重的責任。她又想起自己的父親、母親和保母，想起自己未能拯救的親人。

公馬沒有答話。漠然晴空下，森林一片死寂，讓她和馬的呼吸顯得格外響亮。「你錯了，我不打算跟人打鬥，」瓦西婭說：「那是自尋死路，只會證明莫羅茲科是對的，我才不會讓他稱心如意。暗地行事，索拉維，我們要偷偷摸摸，就像偷吃蜂蜜糕的小女孩。」她想裝得無所謂和勇敢，心底卻是一陣顫抖膽寒。

她下馬走到屍體旁，開始認真尋找足跡，但就是找不到惡人的去向。

「盜匪又不是幽靈，」瓦西婭難掩失望，對索拉維說：「什麼樣的人有辦法不留蹤影？」

公馬不安地甩甩尾巴，沒有回答。

瓦西婭努力思索，最後說：「那就走吧，我們只好回村裡去。」

太陽已過天頂，木柵欄邊的樹林拉出斜長的影子，遮去了焚毀的伊斯巴和幾分恐怖。索拉維在森林邊停了下來。「在這裡等我，」瓦西婭說：「我只要一喊，你就立刻過來，就算把人踘倒也無所謂。我可不想死在他們的恐懼之下。」

公馬低頭用鼻子點了點她的手掌。

村裡靜得宛如死城，村民們在教堂前架了火葬柴堆，這會兒都聚集在那。瓦西婭沿著暗處穿過柵欄，貼著拉妲的房子往前走。黑髮婦人不在附近，但地上有村民將她丈夫挪走的拖痕。

瓦西婭抿著嘴溜進屋裡，一隻豬在角落尖叫一聲，嚇得她差點心跳停止。「噓。」她對豬說。那牲畜兩眼骨溜溜地望著她。

瓦西婭走到灶邊。這樣碰運氣很蠢，但她實在想不出別的法子。「我看見你了，」她對著冰冷的灶口輕聲說：「我不是你的同類，但我帶了麵包給你。」

沒有聲音，灶口毫無動靜，屋裡一片死寂。屋主死了，小孩被搶走了。

瓦西婭咬牙不語。陌生人家裡的多莫佛伊怎麼可能她一叫就出現。也許她真的很蠢。

忽然間，灶裡深處有了動靜。一個滿身毛髮和煤渣的小人從灶口探出頭來，細枝般的手指張大抓著底石尖叫道：「走開！這裡是我家。」

瓦西婭見到多莫佛伊，心裡一陣歡喜，接著發現他比之前那座不幸澡堂裡的飄渺的班尼克紮實許多，更讓她喜出望外。她小心翼翼將麵包放在灶口前的磚頭上說：「你家已經壞了。」

多莫佛伊眼眶湧出沾滿煤渣的淚水，一屁股坐在灶口，揚起一陣煤灰。「我試著告訴他們，」他說：「我昨晚大喊死神來了、死神來了，但他們只聽見風聲。」

「我要去找拉妲的女兒，」瓦西婭說：「我想帶她回來，但不曉得怎麼找到她。雪地上看不到半點足跡。」她一邊說著一邊轉頭留意屋外的腳步聲。「大爺，」她對多莫佛伊說：「我保母曾經告訴我，搬家時如果好好請求，多莫佛伊可能會跟著一家人走。那個女孩無法求你，但我現在替她向你求助。你知道她去哪裡了嗎？你可以幫我追蹤到她嗎？」

多莫佛伊吮著他粗糙的手指沒有說話。

我只是死馬當活馬醫，瓦西婭心想。

「拿一塊炭，」多莫佛伊說，語氣有如漸熄的餘燼柔和了許多。「拿著它，跟著光走。妳要是把卡特婭找回來，我族就欠你一次。」

瓦西婭開心得輕吸一口氣，沒想到自己竟然成功了。「我會盡我全力，」說完她伸出戴著手套的手到灶裡抓了一塊冰冷的木炭。「沒有光呀。」她疑心端詳著。

多莫佛伊沒有說話。她抬頭一看，發現他已經消失在灶裡。豬又尖叫一聲，瓦西亞隱約聽見村子另一頭有人交談，還有踩踏雪地的窸窣聲。她跑向門口，途中踩到變形的地板絆了一跤。屋外已經傍晚了，四處暗影幢幢。

村子另一頭，火葬堆正熊熊燃燒，在漸暗的天色中有如烽火。村民嚎哭哀悼死者，悲鳴聲隨著濃煙裊裊升起。

「願主保守你們。」瓦西婭低聲說了一句，隨即離開屋子溜回潔淨的林中。索拉維在樹下靜靜等著。

多莫佛伊給她的煤炭依然和暮色一樣晦暗。瓦西婭上了馬，一臉狐疑低頭檢視著。「我們所有方向都試試好了。」最後她說。

天色漸暗，索拉維耳朵後貼，顯然不認同如此輕率的決定，但還是開始繞著村子走。

瓦西婭望著手裡冰冷的煤炭。這是——？「慢點，索拉維。」

公馬停了下來，瓦西婭手裡的木炭開始微微泛紅，她很確定。「那裡。」她低聲道。

索拉維往前一步、再一步，停。木炭變亮、變熱了。瓦西婭慶幸自己戴著厚手套。「往前。」她說。

公馬慢慢加快腳步，從慢走到小跑，再到全速奔馳。瓦西婭愈來愈確定方向。夜色清朗，月亮近乎正圓，但冷得刺骨，瓦西婭刻意不去理會。她朝兩手吹氣，拉高斗篷遮著臉龐，堅決跟隨炭火指引。

她問：「你載得動我和三個女孩嗎？」

索拉維甩甩鬃毛，不是很肯定。個子不大的話可以，公馬答道，但就算我載得動她們，妳又想怎樣？盜匪肯定會知道我們往哪裡逃，妳要怎麼防止他們追來？

「我不曉得，」瓦西婭老實說：「先找到她們再講。」

煤炭更亮了，彷彿要和黑夜對抗。瓦西婭隔著手套開始感覺到燙，正想抓一把雪免得燙傷時，索拉維忽然停下。

樹林間有火光閃爍。

瓦西婭嚥了嚥口水，突然覺得嘴裡發乾。她扔了煤炭，一手按在馬脖子上。「安靜。」她低聲說道，希望語氣聽上去比她想得勇敢。

公馬甩甩耳朵。

瓦西婭將索拉維留在樹旁，接著像樹娃一般小心翼翼潛行到火光邊緣，只見十二名男子圍坐在營火前說話。瓦西婭起先以為自己聽力有問題，隨即明白他們在講她聽不懂的語言。她這輩子頭一回聽到這種腔調。

他們的俘虜縮成一團坐在圓圈中央，營火上方架著一隻偷來的母雞，烤得燻黑出油，還有一隻大酒囊傳來傳去。盜匪們身穿厚綿外套，但頭盔擱在一旁，只戴著羊毛皮帽，保養良好的武器放在伸手可及的地方。

瓦西婭深呼吸一口氣，努力思考。他們看上去很普通，但有哪種盜匪能不留下任何蹤跡？或許他們比外表要危險得多。

沒希望了，瓦西婭心想。他們人數太多，她怎麼會想到——她緊咬下唇。

三名女孩又髒又怕，蜷縮在營火旁。最大的女孩子可能十三歲，最小的只比女娃大一點，雙頰爬滿淚痕。她們湊在火前取暖，但即使躲在樹叢裡，瓦西婭仍然看得出她們在發抖。

火光外，樹林在黑暗中前後搖擺，遠方傳來一聲狼嚎。

瓦西婭悄悄離開營火外圍，匍匐回到索拉維身邊，公馬轉頭用鼻子輕蹭她的胸口。她要怎麼將三個女孩帶離火邊？狼群再次嚎叫，索拉維仰頭諦聽遠方。瓦西婭望著他結實的頸子、俊俏的頭顱與深黑的眼眸，再次為他的優雅而心動。

她腦中忽然冒出一個瘋狂的點子，不禁倒抽一口氣，但她腦袋沒有停下來。「好吧，」她興奮又害怕得無法呼吸。「我有一個主意，我們先回紫杉木那邊。」

索拉維跟她走回之前小徑上經過的那棵巨大古老、盤根錯節的紫杉木前。路上瓦西婭在他耳邊悄聲說了心裡的計畫。

❄

盜匪吃著偷來的母雞，三名女孩精疲力竭癱靠著彼此。瓦西婭回到剛才藏身的樹叢，屏住呼吸伏在雪地上。

索拉維朝營火走去。他身上沒架馬鞍，背肌和腿肌隨著步伐顫動，側腹線條有如教堂的拱頂。所有盜匪像是一個動作似的，全都跳了起來。

公馬豎著耳朵碎步走近營火。瓦西婭希望盜匪誤認他是波亞買來的野馬，自個兒脫韁跑了。索拉維左右擺頭，認真扮演自己的角色。他耳朵朝其他馬匹甩了甩，一隻母馬嘶鳴一聲，他也低鳴回應。

其中一人手裡拿著一點麵包，慢慢彎腰拾起一條韁繩，嘴裡發出勸誘聲，開始朝索拉維走近。其餘盜匪圍成扇形，打算將他攔住。

瓦西婭閉緊嘴巴不讓自己笑出來。盜匪們癡癡望著公馬，有如思春的男孩，而索拉維就像少女忸怩作態。盜匪兩次近得可以摸到他的脖子，但索拉維總是巧妙躲開。但沒躲太遠，免得他們失望放棄。

公馬一步步將盜匪帶離營火邊，離被俘的女孩和馬匹愈來愈遠。

瓦西婭看準時機，悄悄繞到馬群所在的地方，鑽進他們之間，低聲安撫他們，用他們的身體當掩護。最年長的母馬面露提防，朝這位新來的陌生人歪了歪耳朵。

「等我一下。」瓦西婭低聲說道。

她彎腰用匕首劈砍韁繩拴著的木樁，才砍兩下馬群就自由了。瓦西婭衝回樹林裡，發出長長的狼嚎聲。

索拉維和眾馬一齊揚起前蹄，驚惶嘶鳴，營地瞬間陷入大亂。瓦西婭發出母狼的嚎叫，索拉維發足狂奔，好幾匹馬緊跟在後，其餘同伴不想落單，只好跟著跑。轉眼間，所有的馬統統消失在林中，營地一陣騷動。一名顯然是盜匪頭子的男子使勁咆哮，這才壓過同夥的嘈雜。

他一聲喝令，叫嚷緩緩平息下來。瓦西婭身體緊貼雪地，屏住呼吸躲在蕨類和陰影裡。她剛才趁混亂時將木樁拔掉，溜回樹林，雜沓的馬蹄抹去了她的鞋印。她希望沒有人起疑，心想馬群為何這麼容易就掙脫了。

盜匪頭子不停發號施令，其餘男子低聲應答，似乎乖乖聽命，只有一人擺著臭臉。

五分鐘內，盜匪幾乎全走光了，比瓦西婭想得快了許多。他們也太自信了，她心想，不過或許他們有本錢自信，因為完全沒留下痕跡。

其中一名盜匪（那個臭臉男子）滿臉鬱悶坐在橫倒的樹幹上，顯然奉命留守監視三名女孩。瓦西婭伸手在斗篷上抹了抹，擦去掌裡的汗水，隨即緊緊握住匕首，感覺腹部像結冰了一般。她剛才一直努力不去想這件事：萬一有衛兵怎麼辦？

她眼前閃過拉妲那悲傷空洞的臉龐。她咬緊牙關。

留守的盜匪背對著她，正朝火裡扔松果。瓦西婭悄悄靠近。年紀最大的女孩看見她，驚訝得瞪大眼睛，但瓦西婭伸出食指摀住嘴唇，女孩立刻將尖叫吞回去。再三步、兩步——瓦西婭不讓自己有時間思考，伸手就是一刺，將鋒利的匕首插進衛兵頭顱下端的柔軟處。

這裡，莫羅茲科告訴她，一邊用冰冷的手指抵著她脖子。只要刀夠好，刺這裡比割喉還容易。

果然容易。匕首一戳而入，跟嘆息一樣輕盈。惡人身體一震，隨即癱軟鬆垂，鮮血從脖子上的刀口汩汩而出。瓦西婭拔出匕首讓對方倒在地上。她摀住嘴巴，雙手兩腳都在顫抖。沒什麼，她心想，真的很……

剎那間，她彷彿看見一個身披黑斗篷的人影撲到屍體上，但她一眨眼黑影就消失了，只有雪裡一具屍體，還有三個嚇壞的女孩瞠目望著她。她握著匕首的手沾滿鮮血。瓦西婭轉身嘔吐，蹲坐在足印斑斑的雪地上。她讓自己深呼吸四口氣，隨即擦擦嘴巴站起來，嘴裡滿是膽汁味。沒什麼。

「沒事了，」她對三個女孩說，聽見自己啞不成聲。「等我一下，然後我就帶妳們回家。」盜匪將弓箭留在營火旁。瓦西婭讚嘆了自己的小斧頭幾聲，因為它劈弓斷箭輕鬆得像削木材一樣。她將放眼能見的東西全都搗毀，又扯開他們的行囊，將裡頭的東西扔到樹林深處，最後灑雪將火撲滅，營地瞬間一片漆黑。

她蹲到瑟縮在一起的女孩面前，年紀最小的女娃哭了出來，瓦西婭不敢想像自己的臉背著月光是什麼表情。三個女孩看見沾血的匕首，忍不住嗚咽出聲。

「沒事，」瓦西婭說道，試著安撫她們。「我拿匕首是要割斷這些繩子——」她伸向年紀最大的女孩被綁著的手，繩子一下就割斷了。「然後我和我的馬會送妳們回家。妳是卡特婭嗎？」她對大女孩說：「妳媽媽正在等妳回去。」

卡特婭遲疑片刻，接著眼睛依然盯著瓦西婭，對年紀最小的女孩說道：「沒事了，安汝席卡，我想他是來救我們的。」

小女孩沒有說話，靜靜讓瓦西婭將綁著她小小手腕的繩子割斷。三個女孩都自由後，瓦西婭起身將匕首收回鞘中。

「走吧，」她說：「我的馬在等了。」

卡特婭二話不說抱起安汝席卡，瓦西婭彎腰抱起另一個女孩，四人鑽進樹林中。她們都累了，手腳遲緩。林深處傳來盜匪呼喊馬匹的聲音。

瓦西婭不記得到紫杉木的路有這麼遠。大雪紛飛，女孩們無法走快，瓦西婭神經愈來愈緊繃，深怕隨時有盜匪從樹叢裡衝出來，回到營地發現事情不對而大聲呼喊。

步伐、喘息和心跳。她們是不是迷路了？瓦西婭雙臂痠疼，月亮落到樹梢之間，雪地上一幢幢猙獰的黑影。

忽然間，她們聽見靴子踩踏雪裡蕨類的聲音，四個女孩立刻躲進她們能找到的最深的暗處。腳步聲又大又響，連卡特婭都忍不住抽噎了。

「噓，」瓦西婭說：「別動。」

一頭巨獸從樹叢裡衝出來，四個女孩齊聲尖叫。

「沒事了，」瓦西婭鬆了一口氣說：「沒事了，是我的馬，他叫索拉維。」說完她便走到公馬身側，脫下一隻手套，顫抖地將手指伸進鬃毛裡。

「他是剛才跑到營地的那隻馬。」卡特婭緩緩說道。

「沒錯，」瓦西婭摸著索拉維的頸子說：「那是我們為了救妳們出來玩的把戲。」她雙手埋在鬃毛裡，稍稍回復溫暖。

小安汝席卡站著還不到索拉維的膝蓋，突然搖搖晃晃往前走，連卡特婭都來不及攔她。「魔馬是銀金色的，」她雙手插腰，上下打量索拉維，對著一臉詫異的瓦西婭說：「這匹馬絕對不是魔馬。」

「是嗎？」瓦西婭柔聲問道。

「對。」安汝席卡答道，卻還是顫抖著伸出她的小手。

「安汝席卡！」卡特婭驚呼道：「那馬會——」

安汝席卡瞪大眼睛往後退開，索拉維的臉幾乎比她還大。但見索拉維沒有再動，她便試探似的伸出手指笨拙地摸了摸他天鵝絨般的鼻子。「卡特婭，妳看，」她低聲道：「他喜歡我，雖然他不是魔馬。」

瓦西婭蹲在小女孩身旁。「在〈美麗的瓦西莉莎〉故事裡有一頭黑色的魔馬，是夜的守護者，只聽巴巴亞嘎[26]的話，」她說：「我的馬可能有魔法，可能沒有，妳想騎騎看嗎？」

安汝席卡沒有回答，但另外兩個女孩有了勇氣，鑽出暗處走到月光下。瓦西婭找出馬鞍和鞍袋開始架到索拉維背上。

這時他們又聽見樹叢裡傳來聲響。這回是兩腳生物，不對——不止一個，是一群馬的聲音。瓦西婭頸背寒毛直豎。天色已經又深又黑，只有零零星星的月光。瓦西婭，快，索拉維說道。

瓦西婭手忙腳亂尋找肚帶，三個女孩縮在公馬身旁，彷彿能藏進他的影子裡面。莽漢們的叫喊聲愈來愈近，瓦西婭終於趕忙將肚帶繫好。

她想起自己上一回的抵死頑抗，慌得喉嚨緊繃，抖著雙手將兩個年紀較小的女孩抱上索拉維的鬐甲。聲音更接近了。她跳上馬背，坐在兩個女孩身後，接著彎腰將手伸向卡特婭。「跳上來坐在我後面，」她說：「快點！然後抓緊我。」

卡特婭抓住瓦西婭的手，半跳半爬上了瓦西婭背後。她還趴在馬背上沒坐起來，盜匪頭子已經騎著沒架馬鞍的高大母馬，臉色鐵灰從月光下的陰影處衝出來。

換作其他時候，瓦西婭見到他臉上的驚詫與憤怒，肯定會笑出來。

那韃靼人一句話也沒說，兀自策馬向前，咬牙切齒揮舞手中的彎刀，邊吼邊朝她們殺來。四周

---

26 巴巴亞嘎：巴巴亞嘎經常出現在俄國童話裡的老女巫，住在長著雞腳不停旋轉的小屋裡，臼是她的交通工具，她會用杵控制方向，用樺木掃帚清除經過的痕跡。

全是應和聲。盜匪頭子的刀在月下閃閃發亮。

索拉維一個轉身，有如暴怒的野狼拔足狂奔，正好躲過砍下的彎刀。瓦西婭彎身貼著馬背死命抓著三個小女孩，將性命交給索拉維。又一名莽漢撲了過來，但公馬一腳將他踹開，速度絲毫沒有放慢，四人一馬揚長奔進黑暗裡。

瓦西婭常有機會慶幸索拉維健步如飛，卻從不曾像這天晚上如此感激涕零。公馬大步竄進樹林暗處，既不猶豫也不分心。追逐聲愈來愈遠，瓦西婭終於鬆了一口氣。

她讓馬放慢腳步，所有人稍事喘息。「躲到我斗篷下，卡特婭莎，」瓦西婭對年紀最大的女孩說道：「妳可別著涼了。」

卡特婭鑽進瓦西婭的狼皮斗篷裡抓好，身體瑟瑟發抖。

去哪裡？該往哪裡走？瓦西婭不曉得村子在哪裡，濃濃烏雲遮去了星光，而她們一頭衝進漆黑的林中更讓她搞不清方向。她問了三個女孩，但她們從來不曾離家這麼遠過。

「好吧，」瓦西婭說：「我們只好繼續往前，速度要快，再多跑幾小時，讓他們追不上我們，然後我會停下來生火，明天再找路回妳們村子。」

三個女孩牙齒打顫，但都沒有反對。瓦西婭攤開鋪蓋，將年紀較小的兩個女孩裹住，再讓她們緊靠著她的身體。這樣很不舒服，對她和索拉維都是，但或許能避免她們凍死。

她給她們喝了幾口珍貴的蜂蜜酒，吃了一點麵包和燻魚。女孩們吃到一半時，樹叢裡突然傳出沉沉的馬蹄聲，而且近得嚇人。「索拉維！」瓦西婭驚呼道。

公馬還來不及反應，一頭黑馬已經從幾棵樹之間竄了出來，背上載著一名頭髮淺白、眼眸如星的女子。

「**是妳**？」瓦西婭驚訝得忘了禮貌。「**怎麼會**？」

「幸會，」午夜答道，語氣平常得有如兩人是在市場遇到似的。「深夜森林裡不是小姑娘來的地方，妳**來**做什麼？」

卡特婭搖了搖抱著瓦西婭腰部的手，低聲問道：「你在跟誰講話？」

「別怕，」瓦西婭輕聲回答，希望自己沒有講錯。「看也知道，」她冷冷對午夜說：「我們在躲避追兵。」

午夜笑了。「男人都死光了嗎？」她問：「英勇的領主們又在做什麼？難道他們改派少女來做英雄的差事了？」

「這裡沒有英雄，」瓦西婭咬牙說：「只有我，還有索拉維。」她心跳快得像兔子一樣，豎起耳朵聆聽追兵的動靜。

「唔，至少妳夠勇敢，」午夜答道，一雙眼眸有如眼窩裡的兩顆星，上下打量瓦西婭。「那妳現在打算怎麼做？他們那群惡人比妳想得聰明，而且人數眾多，是領主哲留孛的手下。」

領主——？「我想一直騎到月落，然後找個地方落腳，生火過夜，隔天早上送她們回村子。」瓦西婭說：「妳有更好的主意嗎？還有，妳到底為什麼出現？」

午夜的嘴角更彎了。「我說過我是被派來的，而且不得不從。」她眼裡閃現一絲惡毒。「但我決定抗命給妳一點建議。妳最好騎到明天破曉，而且一路往西——」她指了方向。「就會遇到救兵了。」

瓦西婭狐疑地望著那笑容。妖怪將頭髮往後一甩，有如劃過月亮的浮雲，泰然自若面對瓦西婭的注視。

「我可以相信妳嗎？」瓦西婭問。

「這不好說，」午夜說：「但我想妳也問不到更好的建議了。」她說得有點大聲，語氣裡帶著幾分惡意，彷彿要森林回答似的。

四下寂然，只有女孩們恐懼的喘息。

瓦西婭重拾禮貌，有點敷衍地鞠躬說道：「那我就先謝過了。」

「騎快一點，」午夜說：「別回頭。」

說完她和黑馬就消失了，留下四個女孩在森林裡。

「那是什麼？」卡特婭低聲問：「妳為什麼對著黑夜說話？」

「我不曉得。」瓦西婭一臉嚴肅老實答道。

❄

四個女孩繼續前進，照著午夜的建議就著星光往西走。瓦西婭暗自祈禱這不會是騙局，敦婭的故事對她信任午夜妖怪沒什麼幫助。

夜色深深，雖然雲層聚集，卻冷得駭人。瓦西婭不得不大聲說話，逼女孩們開口、扭動身體和踢腳，想盡辦法不讓她們凍死在索拉維背上。

她覺得白天永遠不會來了。我應該生火的，她心想，應該——

就在她快放棄時，天破曉了。晨光濛濛，大雪紛飛，遠方竟然傳來馬蹄聲。就算一頭永生不死的年輕公馬載著四個孩子，也贏不過徹夜策馬追逐的高強盜匪。索拉維聽見蹄聲立刻耳朵後貼加快速度，但連他也開始累了。瓦西婭張臂死命抓緊三個女孩，催馬快跑，但心裡幾乎放棄了希望。

晨曦下，黑色樹梢格外顯眼，索拉維突然說，我聞到煙味。

又是被燒光的村子，瓦西婭起初心想，或者……但她只見灰煙裊裊，映著天空幾乎隱形，完全不是村子被焚毀的那種嗆鼻黑煙。難道是修道院？有可能。卡特婭冷過了頭，攤靠在她肩上。瓦西婭知道自己非得碰碰運氣。

「往那裡走。」她對公馬說。

索拉維加大步伐。樹頂上方出現的是鐘塔嗎？兩個小女孩在她懷裡搖搖欲墜。瓦西婭感覺背後的卡特婭就快摔下去了。

「撐著點。」她對女孩們說。四人一馬來到森林邊，那東西果然是鐘塔。大鐘噹噹轟響，聲音震碎了冬日清晨。修道院圍牆高聳，有人在大門看守。瓦西婭離開森林庇蔭，心裡有些遲疑，但其中一個小女孩低聲嗚咽，有如受寒的小貓，讓她下了決心。她雙腿一夾，索拉維立刻往前飛奔。

「開門！讓我們進去！他們來了！」她高聲大喊。

「陌生人，報上名來！」修道院牆上探出一顆戴著兜帽的人頭。

「先別管這個了！」瓦西婭吼道：「我闖進他們營地，救了這幾個出來——」她指著三個女孩說道：「現在他們氣急敗壞追來了。就算你不開門，至少也讓這幾個女孩進去。你們不是屬神的人嗎？」

牆上又露出一顆頭來，這回是金髮，頭頂沒剃度，就在第一顆頭旁邊。「讓他們進來。」那人停頓片刻說。

大門鉸鍊吱嘎作響，瓦西婭鼓起勇氣策馬奔進大門，只見裡頭寬敞遼闊，教堂在右邊，附近有幾間房舍，還有非常多人。

索拉維停了下來。瓦西婭放下三個女孩，隨即跟著下馬。「她們凍壞了，」她焦急道：「而且很害怕，最好立刻送她們去澡堂或爐灶裡，還有給她們吃飯。」

「先別管這個，」一名陌生的修士大步上前問道：「你見到那群盜匪？他們人在——」

他突然閉上嘴巴，彷彿撞到牆似的。瓦西婭臉龐一亮，心中歡喜到極點。「沙夏！」她大聲喊道，但隨即被他打斷。

「我的天哪，瓦西婭，」他語氣充滿驚恐，讓她頓時一愣。「妳怎麼會跑到這裡來？」

第二部

10 家人

輕雪飄飄，切碎了冬日的晨光，狄米崔對著高牆後方梯子上的哨兵大喊：「你看見他們沒有？有沒有看到什麼？」大公手下匆忙弄熄營火，開始披盔帶甲。一小群人聚集在陌生來客身旁，幾名婦人擠到最前面，哭著問東問西，男人們一臉茫然跟在後頭。

沙夏還沒完全意會過來。眼前這個渾身髒污、臉色蒼白的小傢伙不可能是他妹妹。

絕對不是。瓦西莉莎應該已經嫁給家鄉附近頭腦清楚的老實人了，有個尚在襁褓的孩子，絕不可能騎著馬在羅斯境內亂跑，更別說背後還有盜匪追趕。不可能。這小伙子只是長得像她，壓根不是瓦西婭。他妹妹不可能長得跟獵狼犬一樣瘦高，不可能散發如此令人不安的優雅。她的臉怎麼可能如此悲傷，卻又如此堅強？

沙夏和陌生少年四目交會，立刻明白——天哪，他知道自己沒有看錯。他不可能忘記，就算再過一千年也不會忘記他妹妹那雙眼眸。

驚惶取代他心裡的詫異。她是逃婚了嗎？雷斯納亞辛里亞到底發生了什麼事，讓她大老遠跑到這裡來？

好奇的村民躡手躡腳靠近，心想這位大名鼎鼎的修士為何對一名衣著襤褸的小伙子如此吃驚，還喊他瓦西亞。

「瓦西婭——」沙夏又開口道，完全忘了旁邊有人。

狄米崔的咆哮讓他回過神來。大公見謝爾蓋匆匆朝人群走去，立刻從牆上下來扶著他。「看在基督的份上，你們還不快點讓開？聖潔的希吉曼[27]來了。」

人群讓出一條路來。狄米崔盔甲穿到一半，大聲嚷嚷發著起床氣，但扶著老神父的手動作卻很溫柔。

「表弟，來者是誰？」村民讓開之後，大公問道。「牆上的哨兵什麼都沒看到，你確定——」他突然閉口，目光從沙夏身上緩緩移向瓦西莉莎再移回沙夏。「天主保佑，」大公說：「艾列克桑德修士，你要是把鬍子剃了，簡直跟這男孩長得一模一樣。」

沙夏通常言詞便給，這會兒卻一時語塞。謝爾蓋看看他，又看了看他妹妹，皺起眉頭。

瓦西婭先開口了。「這三個女孩在馬上坐了一晚，」她說：「身子都凍壞了，必須立刻泡澡，還有喝湯。」

狄米崔眨眨眼睛，他完全沒看見緊抓著古怪少年斗篷的那三個蒼白狼狽的小女孩。

「的確，」聖謝爾蓋又看了沙夏一眼，接著說：「小姑娘，願主與妳們同在。快點跟我來吧，這裡走。」

三個小女孩抓得更緊了。瓦西婭說：「聽好了，卡特婭，妳要當第一個，帶她們一起走，妳們不能待在戶外。」

年紀最大的女孩緩緩點了點頭，其餘兩個小女孩累得開始抽噎，但還是乖乖跟著離開，去有食物、熱水澡和床鋪的所在。

---

27 希吉曼：東正教修道院的住持，相當於西方國家的修道院院長。

狄米崔雙手抱胸。「所以呢，表弟，」他對沙夏說：「這傢伙是誰？」

失去興趣的村民回頭忙自己的事，但有幾人依然專心聽著，還有五六名無所事事的修士也靠攏過來。「你說呀。」狄米崔又催促道。

我還能說什麼？沙夏心想。狄米崔．伊凡諾維奇，讓我向你介紹我的瘋妹妹瓦西莉莎。她老是去女人不該去的地方，穿得像個毫不體面的男人，還公然違抗自己的父親，這會兒很可能甩了某個男人跑到這裡來。這隻勇敢的小青蛙，她是我最愛的妹妹。

但他還沒開口，瓦西婭又先說話了。

「我叫瓦西里．彼得洛維奇，」她朗聲說道：「我是沙夏的弟弟，或者說，在他獻身給神之前是他弟弟，我們已經很多年沒見了。」她瞪了沙夏一眼，彷彿看他敢不敢反駁。她聲音比一般女人低沉，腰間又佩著一把長匕首，而且大剌剌穿著男孩的衣服。她這樣打扮已經多久了？

沙夏抿嘴不語。瓦西婭扮成男孩不僅遏阻立刻就會爆開的流言蜚語，還化解她置身狄米崔手下那群壯漢之間的危險。但這樣做是不對的，不知羞恥，歐爾嘉一定會大發雷霆。

「抱歉剛才沒有回話，」沙夏回瞪了妹妹一眼，對狄米崔．伊凡諾維奇說：「只是我看到弟弟實在太驚訝了。」

瓦西婭肩膀放鬆下來。沙夏從小就知道妹妹很機靈，這會兒只見她面不改色說：「哥哥，我也很驚訝會見到你，」接著又用慧黠好奇的眼神看著狄米崔。「葛蘇達，」她說：「您喊我哥哥表弟，難道您就是莫斯科大公狄米崔．伊凡諾維奇？」

狄米崔儘管有些困惑，依然龍心大悅說：「沒錯。沙夏，你么弟怎麼會跑到這裡來？」

「只是碰巧，」沙夏瞪著妹妹說，語氣不是很好。「各位沒別的事做了嗎？」他朝圍觀的修士和村民說道。

人群開始散去，不少人還是頻頻回頭。

狄米崔完全沒有察覺異狀。他用力拍了瓦西婭的背一下，讓她差點站立不穩。「太神奇了！」他朝沙夏說：「剛剛在外頭你說——有人在追殺你？但牆上的衛哨什麼也沒看見。」

瓦西婭沒想太久便說：「我昨晚就沒看到盜匪了，但今早我聽見馬蹄聲，便出來找地方庇護。葛蘇達，我昨天經過一個村子，那地方被燒毀了——」

「我們也見到幾個村子被火燒了，」狄米崔說：「但完全沒發現凶手的蹤影。你——那幾個小女孩？」

「沒錯，」儘管她哥哥愈聽愈膽戰心驚，瓦西婭還是接著往下說：「我昨天早上經過一個焚毀的村子，便循著蹤跡去到盜匪的營地，因為他們擄走你們剛才看到的那幾個女孩，於是我就把她們搶回來了。」

狄米崔眼眸一亮。「你怎麼找到他們的營地？還活著回來？」

「我在林子裡看見他們的火光。」瓦西婭不敢直視哥哥。沙夏發現自己表哥和妹妹有那麼一點相像，不禁大為恐慌。兩人都很有魅力，有種不顧一切的狠勁，不得不說頗吸引人。「我拔了他們的拴馬樁，把馬都嚇跑，」她接著說：「等他們衝進林子裡追馬，我就殺了哨兵，將女孩搶回來，但差點沒躲過他們的魔掌。」

沙夏離開雷斯納亞辛里亞已經十年了。十年前，他的這位妹妹就站在父親的村門口，氣沖沖地瞪大眼睛望著他離開，雖然沒有落淚，臉上卻寫滿了勇敢與悲傷。十年，沙夏認真想道。但他才和她重逢十分鐘，已經很想揍她了。

狄米崔一臉歡喜。「既然如此，」他喊道：「那就幸會了，小表弟。你不僅找到盜匪，還輕輕鬆鬆把他們耍得團團轉！老天，這一點連我們都辦不到，我非得聽你描述一番。但不是現在。你說盜匪追上來了？他們一定因為看見修道院，所以掉頭跑了。我們要追去他們的營地，你還記得路嗎？」

「大略記得，」瓦西婭遲疑地說：「但白天路看起來會不一樣。」

「無所謂，」狄米崔說：「快點，動作快。」他話還沒說完，已經轉頭發號施令去了，叫部隊集合、替馬上鞍、刀刃上油——

「我弟弟必須休息，」沙夏勉強擠出一句：「他騎馬騎了一整晚。」確實，瓦西婭臉龐消瘦，瘦得駭人，而且眼眶發黑。再說他可不想負這個責任，讓自己的**妹妹**去追盜匪。

瓦西婭再次開口，話中的堅定與冷酷嚇著了她的哥哥。「不用，」她說：「我不必休息，只要——喝點熱粥就好，如果有的話。我的馬需要糧秣，還有大麥，還要不太冰的水。」

索拉維一直豎直耳朵站在一旁，鼻子貼著主人肩膀。沙夏沒怎麼注意他，因為妹妹的意外出現讓他太過驚訝，直到此刻才正眼打量這匹公馬，但一看就怔住了。他父親很擅長養馬，但彼得得賣掉自己所有的馬才買得起這頭棗紅雄駒。肯定出了什麼大事，她才會離家出走，否則父親不可能——「瓦西婭。」沙夏脫口而出。

但狄米崔已經一手摟住他妹妹纖細的肩膀。「小表弟，你這匹馬還真漂亮！」他說：「我以為那麼北邊的地方養不出這樣的好馬。我們會準備粥，外加熱湯，給這傢伙一點麥子，然後我們就出發。」

瓦西婭第三次搶在驚訝的哥哥之前開口。她目光變得霜冷遙遠，彷彿慘痛的經歷又重回眼前。

她咬牙切齒說：「遵命，狄米崔・伊凡諾維奇。我會儘快吃完。我們一定要找到那群盜匪。」

❄

雖然危險已過，但那千鈞一髮的脫逃、殺人的噁心震撼與見到哥哥的驚喜，還是讓瓦西婭心情悸動不已。她覺得自己神經太緊繃了。

她尖酸地想，自己或許應該像繼母一樣放聲尖叫。發瘋比較輕鬆。但她隨即想起自己見到繼母生前最後一刻，想起她瘦小的身軀倒在血泊中，不禁喉嚨抽搐，硬是努力才將作嘔的感覺嚥了回去。她想起自己的匕首有如雨點刺進盜匪頸後，覺得自己真的要吐了。

瓦西婭頭暈目眩。她已經一天沒有進食。她腳步踉蹌，下意識想扶著索拉維，結果是哥哥過來抓住她的臂膀。舞刀弄劍讓他手掌又硬又粗。「你可別昏倒。」他低聲在她耳邊說。

這時索拉維忽然一聲嘶鳴，馬蹄沙沙蹬踏雪地，同時有人驚呼。瓦西婭回過神來，只見一名修士臉上掛笑，拿著韁繩走近索拉維，但公馬不肯就範。

「你最好讓他跟著我們，」瓦西婭啞著嗓子告訴修士說：「他習慣待在我身邊。糧秣應該可以放在廚房地上，對吧？」

然而修士的目光已經不在公馬身上，而是張口結舌望著瓦西婭，臉上的詫異近乎滑稽。瓦西婭身體一僵。

「羅迪昂，」沙夏馬上當機立斷說：「他是我獻身給主之前在俗世的親弟弟，瓦西里・彼得洛維奇。你在雷斯納亞辛里亞應該見過他。」

「沒錯，」羅迪昂吞吞吐吐：「那時——對，我確實見過他。」那時瓦西婭還是女孩。羅迪昂瞪大眼睛看著沙夏。

沙夏隱隱點頭，動作幾不可見。

「我——我去替馬準備糧秣，」羅迪昂勉強擠出一句：「艾列克桑德修士——」

「晚點再說。」沙夏說。

羅迪昂轉身告退，只不過頻頻回頭。

「那個人確實在雷斯納亞辛里亞見過我，」羅迪昂一走，瓦西婭便喘著氣焦急說：「他——」

「他沒和我談過之前，什麼都不會說。」沙夏答道。他講話和狄米崔一樣，有著某種懾人的威嚴，只是比較內斂。

瓦西婭一臉感激望著哥哥。原來要等不是一個人了，她心想，才會明白自己之前有多孤單。

「走吧，瓦西婭，」沙夏說：「雖然沒時間睡覺，但喝湯多少能補充一點體力。狄米崔・伊凡諾維奇說要立刻出發不是講著玩的，妳真是自找麻煩。」

「反正又不會是第一次。」瓦西婭嗆了回去。

修道院的冬廂廚房煙霧迷濛，熱得嚇人。瓦西婭跨過門檻，才吸了一口混濁的空氣就立刻停下腳步。裡頭實在太熱、太小、太多人了。

「我可以在外面吃嗎？」她脫口問道：「我不想讓索拉維落單。」

還有一點，就是她如果習慣那份溫暖，坐在舒服的椅子上飽嘗熱食，就再也不想起身了。

「當然沒問題，」狄米崔突然像房屋精靈一樣出現在廚房門口，插話道：「小兄弟，你就站著喝湯吧，然後我們立刻出發。來人哪！替我兩位表弟拿湯來，我們必須動作快。」

❄

出發前的空檔，瓦西婭一邊取下鞍袋一邊好奇地東張西望。沙夏不得不承認，他妹妹扮起男孩實在唯妙唯肖，怎麼看動作都很俐落勇敢，絲毫沒有女人的嬌羞。她在帽子下戴了皮兜帽遮住長髮，而且不讓自己身材顯露，除了（沙夏想到就緊張）她長長的睫毛之外。他很想叫她眼睛壓低，但那只會讓她看上去更像女孩。

瓦西婭拍去公馬鬍鬚上的冰粒，檢查他的腳，中間有五六度張口欲言，卻還是選擇沉默。最後一名見習修士端著熱湯、麵包和派餅過來，抹煞了交談的機會。

瓦西婭雙手接過食物，立刻開始狼吞虎嚥，完全不見少女的端莊。公馬吃完糧秣，撒嬌地向她討麵包吃，還朝她耳朵吹氣，弄得她呵呵笑，只能讓步。她餵了索拉維麵包，自己把湯喝完，目光則是如雀鳥遊走在牆垣、房舍和鐘塔教堂之間。

「我離家前從來沒聽過鐘聲。」她總算找到一個安全的話題對沙夏說，而沒說的事全藏在她的眼神裡。

「等我們殺死盜匪，你想聽多久就聽多久。」狄米崔湊巧聽見，便這麼說道。他靠在廚房牆上狀似欣賞索拉維，但沙夏覺得他其實是在打量瓦西婭，不禁緊張起來。不過，狄米崔心裡到底打什麼主意，全都隱藏在他燦爛的笑容和蜂蜜酒囊底下。他仰頭飲酒，嘴角漏了幾滴，和他的金黃鬍鬚一樣顏色。

狄米崔．伊凡諾維奇沒什麼耐性，有時卻非常沉得住氣。他默默地等瓦西婭用餐完畢，但她一放下湯碗，大公的笑容立刻轉為獰笑。「看夠了吧，鄉下小伙子，」他說：「該上馬出發了。獵人就要成為獵物了，怎麼樣？興奮吧？」

瓦西婭點點頭，臉色有點發白，將碗遞給一旁等候的見習修士。「鞍袋呢——」

「送到我房間，」沙夏說：「見習修士會處理。」

狄米崔大聲發號施令，一邊大步離開。手下們已經開始在修道院大門前集結。沙夏和妹妹比肩同行，瓦西婭見到士兵整裝備戰，不禁呼吸急促起來。沙夏語氣嚴肅低聲在她耳邊說：「妳老實說，妳真的找到過那些盜匪？妳還能再找到他們嗎？」

瓦西婭點點頭。

「那妳只好跟著一起去了，」沙夏說：「不然也沒別的辦法。但妳要緊跟著我，千萬別說沒有幫助的話，就算有什麼大膽的主意，也不要自作主張。我們一回來，妳就要老實向我交代事情的來龍去脈。還有，別讓自己被人宰了，」他頓了一下。「也別受傷或是被人逮了。」他心裡再度感到一股荒謬，近乎哀求補了一句：「天哪，瓦西婭，**妳為什麼會跑來這裡？**」

「你講話跟爸爸一樣，」瓦西婭話裡充滿遺憾，但無法再往下說。狄米崔已經上馬就緒，牡馬在他身下興奮蹬踏雪地，朝索拉維尖聲嘶鳴。大公高喊：「表弟，快過來！還有瓦西里．彼得洛維奇你也是！我們出發吧！」

瓦西婭笑了，笑聲有幾分狂狷。「出發吧！」她附和道，接著朝沙夏咧嘴大笑說：「我們再也不讓村子被火燒了。」說完便跳上馬背，動作完美優雅，絲毫不秀氣。索拉維還是沒套籠頭。他仰起上身，四周的人齊聲喝采。瓦西婭英雄般端坐其上，蒼白的臉上一雙眼睛閃著視死如歸的神采。

沙夏既生氣又忍不住讚嘆，轉身走向自己的坐騎。

修道院大門的結凍鉸鍊發出垂死的哀號，道路隨即在他們眼前敞開。狄米崔猛踢馬腹，瓦西婭彎身向前，隨大公一起直奔門外。

❄

要在雪地裡追蹤慢馬的蹄印本來就不容易，更何況幾小時的風雪已經將痕跡隱沒了大半。然而瓦西婭卻騎得篤定，皺著眉頭絲毫沒有分心，不是說著「我記得那塊老石頭，夜裡看上去很像野狗」，就是「那裡，那片松樹，從這裡走。」

狄米崔緊跟在後，神情有如出獵的野狼。沙夏在他後頭，悶悶不樂盯著自己的妹妹。晶瑩細雪從樹梢落下，沾在眾人坐騎的側腹上。雪停了，太陽破雲而出，周圍盡是新雪與金黃的陽光。但他們還是沒見到盜匪的蹤跡，只有之前索拉維的蹄印，淺而清楚，有如麵包屑點綴在雪地上。瓦西婭領頭穩穩前行。中午眾人喝了蜂蜜酒，蹄下速度絲毫不減。

時間一小時一小時過去，蹄印愈來愈淡，瓦西婭的記憶也愈來愈模糊。這段路她當時完全摸黑前進，蹄印被雪遮掩的時間也更久，但他們還是一步一步往前推進。

下午過了一半，森林稀疏起來，瓦西婭勒馬環顧左右。「我們很接近了，」她說：「我想應該是這個方向。」

這時馬蹄印已經完全不見，連沙夏都辨認不出來，而妹妹全憑印象，靠自己在黑夜裡見到的樹找路認路，令他不由得暗自佩服。

「你這弟弟很機靈，」狄米崔若有所思望著瓦西婭，對沙夏說：「騎術不錯，馬也很壯，明明跑了一晚上，現在載起人來依然輕鬆愉快。只是瓦西里身材苗條了點，太瘦了，我說你弟弟。我們要好好填飽他的肚子。我打算把他帶到莫斯科。」說完狄米崔拉高嗓門：「瓦西里．彼得洛維奇——」

瓦西婭打斷大公。「有人，」她說，一邊綳著臉豎耳傾聽。強風突然不知從何處、從四面八方吹來。「有人——」

強風忽然化成咆哮，但仍壓不過利箭的呼嘯，以及遠方一名男子的高聲喝令。只見騎著壯馬的彪形大漢瞬間從前後左右殺了出來，手裡尖刀映著低垂的冬陽閃閃發亮。

❄

「伏擊！」沙夏高喊，狄米崔喝道：「攻擊！」眾馬仰身揚蹄，被衝來的襲兵嚇到。更多利箭射來，但被幾近暴吼的狂風吹得方向不定，讓沙夏直呼好險。大草原上，弓箭手是最致命的。

手下們立刻圍成一圈，讓大公待在中央，沒有人面露驚惶。這些手下跟狄米崔征戰多年，個個身經百戰。

樹林濃密遮蔽了視線。狂風怒吼，盜匪策馬高聲咆哮撲向大公手下，雙方人馬近身肉搏，長劍紛紛出鞘——長劍？這群盜匪的武器還真高級——

但沙夏無暇多想。混戰很快成了捉對廝殺，兩軍短兵相接，狄米崔的手下不斷後退。沙夏擋掉長矛，一劍砍斷矛柄，再將撲向他的第一名盜匪狠狠劈落馬下。圖曼仰身揮舞前蹄，三名騎著較小馬匹的盜匪立刻退開。「瓦西婭，」沙夏喝道：「快走！不要——」但他妹妹齜牙咧嘴，似笑非笑，死守在大公身旁。她目光森冷望著盜匪，手上沒有劍或長矛，但也沒有掏出匕首。前者她顯然不會用，後者又太短，不適合馬背上打鬥。不過，她有索拉維這個武器，能以一擋五。她只需要緊緊抓著他的背，指揮他攻擊每一個撲來的敵人。索拉維用前腳踹飛盜匪，馬蹄踩凹他們的頭顱。他和瓦西婭堅守在大公身側，用自己的體重逼退進犯的匪徒。瓦西婭面色死白，咬緊牙關，沙夏則是守在妹妹另一側，祈禱她不會落馬。混亂中，他彷彿看見一頭高大的白馬出現在棗紅公馬身旁，馬背上的騎士不停替他妹妹擋開盜匪的刀刃，但隨即發覺那只是一團白雪。

狄米崔高聲歡呼，揮著斧頭四處亂砍。

第一波混戰之後，便是你死我活的近身砍鬥。沙夏前臂中劍，但他渾然不覺，回手一劍讓對方身首異處。「到底還有多少盜匪啊？」瓦西婭喊道，眼神裡閃著駭人的殺氣。公馬抬腿飛踢，踹斷敵人大腿，讓對方連人帶馬跌入雪中。沙夏又刺穿一名盜匪的腹部，將他踹落馬下。圖曼擺動身軀，穩穩托住主人。

狄米崔的手下一人倒地，隨即又一人落馬。打鬥愈來愈慘烈。

「瓦西婭！」沙夏吼道：「要是我落馬或大公落難，妳一定要逃跑，一定要回修道院去，不要——」

瓦西婭置若罔聞。棗紅公馬保護主人的能力簡直不可思議，沒有半個韃靼人能挨近他馬蹄所及的範圍。明明只要一矛就能將他撂倒，但他們就是做不到。不過——

狄米崔忽然大叫一聲，只見一群騎士衝出林中，馬蹄踩得沾血的雪飛濺四散。他們不是盜匪，而是披著閃亮盔甲的戰士，手持熊矛，人數眾多，領頭的是一名紅髮的壯漢。盜匪見狀臉色慘白，立刻拋下武器落荒而逃。

11 不是所有人生來都是領主之子

「幸會，卡斯揚．路托維奇！」狄米崔喊道：「你來晚了。」他一邊臉頰濺滿鮮血，黃鬍鬚上黏著血漬，斧頭和馬脖子上也沾了血，但兩眼炯炯有神。

卡斯揚報以微笑，將劍收入鞘中。「原諒我來遲了，狄米崔．伊凡諾維奇。」

「下不為例，」大公回道，兩人相視而笑。盜匪只剩下死的和重傷的倒在雪裡，其餘的都逃之夭夭了。卡斯揚的手下將受傷的盜匪割喉處死，瓦西婭嚇得不敢直視，只能專心手上的動作，包紮哥哥的前臂。冷風依然在空地嗚咽迴盪。盜匪消失前，她感覺自己真的聽見莫羅茲科的聲音，聽見他喊瓦西婭、瓦西婭，接著便狂風驟起，撥開盜匪的利箭。瓦西婭甚至感覺自己看見那頭白馬，而霜魔就坐在馬上，將差點砍在她身上的刀刃擋開。

但也許是她看錯了。

寒風停息，樹影似乎濃密起來。瓦西婭轉頭張望，他就在那裡。似在猶無。一道微弱漆黑、瘦骨嶙峋的身影輕輕踏進空地，那雙眼眸令人不安地熟悉。

莫羅茲科在她目光下凝然不動。這不是霜魔，而是另一個更古老的他，黑斗篷、白皮膚、手指修長。他是為了死者而來。忽然間，陽光似乎被人抹去，她感覺他就在地上的鮮血裡，在拂過他臉龐的冰冷空氣中，古老、靜默而強硬。

她不禁倒抽一口氣。

莫羅茲科緩緩低頭。

「謝謝你。」她朝凜冽的清晨說道，聲音輕得沒人聽見。

但他聽到了。他的目光尋到她的眼眸。一瞬間，他就像真的存在，幾乎。但下一秒他已轉身離開，人蹤不見，只剩一道冰冷的暗影。

瓦西婭咬著唇將哥哥的前臂紮好。等她再次回頭，莫羅茲科已經走了。死人倒臥血泊中，豔陽高掛天空。

一道宏亮的聲音傳來。「那男孩是誰？」卡斯揚問道：「為何長得那麼像艾列克桑德修士？」

「欸，那可是我們的小英雄，」狄米崔揚聲道：「瓦西亞！」

瓦西婭摸摸沙夏的手臂說：「這傷口之後要再用熱水清洗，敷上蜂蜜。」說完便站起身來。她走過空地，來到大公和卡斯揚面前彎腰鞠躬，索拉維緊張地跟在後頭。「這是瓦西里．彼得洛維奇，」狄米崔說道：「他是我表弟，我姑姑的兒子。這位是卡斯揚．路托維奇。這場仗是你們兩個幫我打贏的。」

「我們見過，」卡斯揚對瓦西婭說：「但你沒說你是莫斯科大公的表弟。」他見狄米崔一臉詫異，便接著說：「我一週前在某個鎮的市集見過這位小兄弟，那時就感覺他很眼熟，簡直是他哥哥的翻版。你當時應該表明身分，瓦西里．彼得洛維奇，這樣我就有那個榮幸，護送你到修道院來了。」

卡斯揚的眼神依然深沉犀利，和在朱多莫一樣，但徹底的疲憊與驚嚇讓瓦西婭心如止水，因此只是淡淡答道：「我是逃家出來的，不想太快走漏消息。我那時不曉得您是誰，葛蘇達，而且——」她發現自己竟然調皮微笑，彷彿酒醉似的，而且喉間浮現一股感覺，是笑或哽咽，她也不知道。「我來得時間剛好，對吧？狄米崔・伊凡諾維奇？」

狄米崔哈哈大笑道：「沒錯，你這小伙子很聰明，聰明得很。只有傻子才會獨自旅行時還相信別人。好了，我希望你們能成為朋友。」

「我也是。」卡斯揚說，眼睛依然盯著瓦西婭。

瓦西婭點點頭，希望他撇開目光，心想他為何要這樣盯著她看。女孩子或許都會渴望自己擁有那樣一頭深紅色的頭髮。她慌忙別過頭去。

「沙夏，你還好嗎？」狄米崔喊道。

沙夏正在檢查圖曼的傷勢。「我很好，」他簡短答道：「只是我得用拿盾的手拿劍了。」

「那就好，」狄米崔說。他自己的坐騎腹部被敵人劃了一道深長的口子。狄米崔跳上一名手下的馬背說：「我們還有一場仗要打，卡斯揚・路托維奇。我們必須尾隨脫逃的盜匪，找到他們的巢穴才行。」說完他便彎腰發號施令，吩咐幾名手下將受傷的同袍帶回修道院。

卡斯揚翻身上馬，轉頭看了看瓦西婭。「好好照顧這位小兄弟，艾列克桑德修士，」他輕聲道：「他臉色白得跟雪一樣。」

沙夏望著瓦西婭的臉，皺著眉說：「妳最好跟傷兵一起回去。」

「但我又沒有受傷，」瓦西婭反駁道，但她這套空洞的說詞顯然打動不了自己的哥哥。「而且我不想半途而廢。」

「那還用說嗎？」狄米崔插話道：「好了，艾列克桑德修士，你就別讓這小伙子遺憾了。喝吧，瓦西亞，然後我們就出發。我還想吃晚餐呢。」

他將蜂蜜酒囊遞給她，瓦西婭仰頭灌了一口，感謝那溫暖洗去她心裡的感受。風小了，雪地上屍體淩亂橫陳，瓦西婭看了一眼，隨即撇開目光。

索拉維在混戰中毫髮無傷，此刻的他昂首挺立，鮮血的氣味讓他眼神發狂。

「走吧，」瓦西婭摸摸公馬頸子說：「事情還沒完呢。」

我不喜歡這些，索拉維跺步說，我們回森林吧。

「還沒，」瓦西婭低聲道：「再一下。」

❄

狄米崔和卡斯揚策馬在前，兩人輪流帶頭，時而低聲交談，時而沉默，男人之間還不夠互信時就是這樣。沙夏動作僵硬扶著受傷的手臂騎在索拉維身旁，一路沒有開口。

大雪被倉皇逃離的盜匪踩得一片狼藉，地上血跡斑斑。索拉維雖然不再出聲，心情卻不平靜。他不肯碎步徐行，而是側身小跑，耳朵不停轉動。

考量到馬體力已盡，他們並未全速飛奔。長日漫漫，他們從空地騎到暗處再騎回來，覺得身體愈來愈冷。

後來，狄米崔的手下總算追上一名受傷的盜匪。卡斯揚抓著不停掙扎的盜匪，「其他人呢？」大公問道。

盜匪瞪大眼睛，用母語說了幾句。

「沙夏。」狄米崔喊道。

沙夏下馬說起盜匪的語言，讓瓦西婭嚇了一跳。

盜匪使勁搖頭，接著又嘰哩呱啦說了一堆。

「他說他們的營地在北邊，最多一俄里。」沙夏用他沉穩的嗓音說道。「作為感謝，」狄米崔退後一步對盜匪說：「我就讓你死得痛快。喏，瓦西婭，這傢伙就交給你了。」

「不行，狄米崔・伊凡諾維奇，」瓦西婭話哽在喉。狄米崔拔劍遞給瓦西婭，一臉慷慨指了指卡斯揚揪著的盜匪。「我做不到。」

盜匪肯定聽出他們話中的含意，只見他低下頭來，嘴裡不停禱告。他不再是怪物，不再是劫走孩童的惡棍，而是一個害怕的人，數著自己人生的最後幾口氣。

沙夏雖然站得筆直，臂傷卻讓他臉色發灰。他吸了口氣正想說話，手裡依然擒著盜匪的卡斯揚就說：「瓦西里還是個毛頭小孩，狄米崔・伊凡諾維奇，說不定會砍偏。大夥兒折騰一天已經夠累了，應該不想再聽見男人開腸破肚，哀號而死。」

瓦西婭吃力嚥了嚥喉嚨，而她臉上的神情似乎說服了大公，只見狄米崔孩子氣地一劍刺向盜匪的咽喉。他肩膀起伏數秒，待興奮過去，這才揩去劍上的鮮血說：「很好，但我回莫斯科一定要好好餵你吃東西，瓦西里・彼得洛維奇，這樣你很快就能一劍砍死野豬了。」

❄

盜匪的營地小而簡陋，除了幾間避寒的棚屋和馬廄之外，幾乎沒別的東西。沒有圍牆、壕溝或柵欄，顯然不怕外人攻擊。

營地裡沒有聲響和動靜，也看不到炊煙，只有凜冽的靜寂、陰鬱與哀戚。

卡斯揚啐了一口說：「我看他們已經走了，狄米崔・伊凡諾維奇，那些倖存的盜匪。」

「把這地方徹底搜一遍。」狄米崔說。

狄米崔的手下進出每間棚屋，翻遍盜匪所有骯髒、陰暗和發臭的角落。瓦西婭心裡的憤恨開始剝落，只剩淡淡的作嘔。

「什麼都沒有，」最後一處也找過後，狄米崔說：「他們不是死了，就是跑了。」

「這一仗打得漂亮，葛蘇達，」卡斯揚摘下帽子，伸手梳了梳糾結亂纏的頭髮說：「我想他們不會再來騷擾我們了。」接著他突然轉頭對瓦西婭說：「你為什麼一臉煩惱，瓦西里・彼得洛維奇？」

「我們沒找到盜匪頭子，」瓦西婭說，目光再次掃過髒亂的營地。「就是我救出三個女孩時，在森林裡指揮他們的傢伙。」

卡斯揚面露驚詫。「盜匪頭子長得什麼樣？」

瓦西婭形容了一番。「打鬥時我找過他，也檢查過屍體，」她接著說：「我很難忘記他的臉，但他到底跑哪去了？」

「應該逃跑了，」卡斯揚立刻說道：「在林子裡迷路，就算沒死也餓得剩下半條命。別擔心，小兄弟，我們會一把火燒了這裡。就算盜匪頭子還活著，也很難再找到手下闖進這片荒野來。事情結束了。」

瓦西婭緩緩點頭，不是很同意，接著又說：「那他們的俘虜呢？他們把俘虜帶到哪裡去了？」

狄米崔正下令生火分肉，讓所有人飽餐一頓。「那又怎樣？」大公插嘴說道：「我們已經殺了盜匪，不會再有村莊焚毀了。」

「但那些被搶走的女孩呢？」

「她們又怎樣？你用頭腦想一想，」狄米崔說：「那些女孩不在這裡，表示她們不是死了就是走遠了。我可不想騎著精疲力竭的馬在叢林裡穿梭，就為了幾個農家小姑娘。」

瓦西婭氣得張口想要辯駁，但卡斯揚伸手重重按在她肩上。瓦西婭把話吞下去，轉頭瞪他。

狄米崔已經走遠了，繼續發號施令。

「別碰我。」瓦西婭怒斥道。

「我沒有惡意，瓦西里．彼得洛維奇，」卡斯揚說，暮靄讓他火紅的頭髮暗了幾分。「你最好別惹惱大公，想達成目的有更好的方法。但在這件事上，大公是對的。」

「不對，你錯了，」瓦西婭說：「好領主會在乎人民。」

狄米崔的手下蒐集了所有能燒的東西，柴煙味開始飄向林中。

卡斯揚嗤之以鼻，臉上一副妳怎麼會這樣想的表情，瓦西婭頓時感覺自己變回鄉下女孩瓦西莉莎．彼得洛夫納，而不是狄米崔眼中的小英雄瓦西里，令她大為光火。「問題是誰的人民，小兄弟。我想你父親應該也是領主吧？」

瓦西婭沒有說話。

「比起你父親，狄米崔．伊凡諾維奇肩上扛著的性命要多上千倍，」卡斯揚又說：「他不可能浪費手下的力氣在徒勞無功的事上。那些女孩已經找不到了，今晚別想著逞英雄。你很累了，看上去跟著魔的幽靈沒有兩樣，」他瞄了瓦西婭身後壯碩的索拉維一眼。「你的馬也好不到哪裡。」

「我很好，」瓦西婭挺直腰桿冷冷說道，但還是忍不住擔憂地看了看索拉維。「比那些被俘虜的女孩好多了。」

卡斯揚聳聳肩，目光凝視著黑夜。「說不定她們會覺得跟著奴隸販子是好事，」他說：「比起女孩的家人，至少奴隸販子覺得那些女孩很值錢。你覺得寒冬二月會有人希望家裡多一個還沒成年的女孩，多一張嘴吃飯嗎？不會，有的話也只會讓她們餓死在爐灶上。被抓的女孩可能會死在前往南方奴隸市集的路上，但至少奴隸販子在她們走不動時會讓她們死得痛快。而強壯的女孩——她們會活下來，要是長得漂亮或聰明，或許還會被貴族買下，安安泰泰住在陽光飽滿的宅邸裡，比窩在羅斯鄉下的泥土地板上好多了，瓦西里．彼得洛維奇。不是所有人生來都是領主之子。」

大公的聲音打破了兩人之間的沉默。

「多休息點，」狄米崔吩咐手下：「月出我們就行動。」

❄

狄米崔的手下燒了盜匪的營地，在透著銀白月光的黑夜裡回到修道院。儘管夜色已深，修道院大門旁還是聚集了許多村民，齊聲歡呼返家的戰士。「願主祝福你，葛蘇達！」他們高喊道：「艾列克桑德修士！瓦西里．彼得洛維奇！」

儘管累得頭腦昏沉，瓦西婭還是在叫喊聲中聽見自己的名字，於是勉強振作起來，抬頭挺胸進入修道院。

「把馬放著吧，」羅迪昂對他們說：「我們會好好照料的。」這位年輕修士不敢直視瓦西婭，略為不安補了一句：「澡堂已經熱好了。」

狄米崔和卡斯揚立刻下馬。兩人一臉勝利，輕鬆地互相推搡。手下們也跟著從馬上下來。

瓦西婭一下馬便去照料索拉維，免得有人好奇她為何沒跟其他人一起進澡堂。

謝爾蓋神父沒有出現。瓦西婭替馬梳毛，看見沙夏去找神父。

❄

修道院有兩座澡堂，一座熱好了給活人用，另一座安放白日戰死的莫斯科將士。屍體已經淨身完畢，裹了屍布。是謝爾蓋用他沉穩的雙手替他們處理後事，而沙夏便是在這裡找到他。

「主賜平安。」沙夏一邊說著一邊走進幽暗的澡堂，走進由水和溫暖構成的井然世界。羅斯人生於爐灶，也在這裡告別生命。

「願主祝福你。」謝爾蓋說完擁抱了他。沙夏瞬間變回當年的男孩，將臉緊緊貼在老神父氣力單薄的肩上。

「我們成功了，」沙夏振作精神說：「感謝主的恩典。」

「你們成功了，」謝爾蓋附和道，低頭望著死者們的臉龐，緩緩在胸前劃了十字。「這要感謝你弟弟。」他抬起那蒼老翳白的眼眸，看著他親愛的弟子。

「對，」沙夏回答了那意在言外的問題：「她是我妹妹瓦西莉莎，但她今天表現得很勇敢。」

謝爾蓋哼了一聲。「那還用說？只有男孩和傻子才以為男人最有勇氣。生孩子的可不是**我們**。但這樣做很危險，對你和她都是。」

「可是我想不出更安全的做法，」沙夏說道：「尤其打鬥結束了，要是她身分洩漏，只會造成驚世駭俗的醜聞，而狄米崔的手下一旦知道她的祕密，肯定有人會趁著深夜玷污她。」

「也許吧，」謝爾蓋神色凝重。「但狄米崔非常信賴你，對於欺騙不會輕易饒過。」

沙夏沒有回答。

謝爾蓋嘆了口氣說：「就做你該做的吧，我會為你禱告。」老院長吻了沙夏的雙頰。「羅迪昂知道，對吧？我會找他談談。去吧，活著的人比死者更需要你，也更難安慰。」

❄

黑夜將神聖的修道院變成異教之地，充滿暗影與詭異的聲響。波夫契里耶[28]的鐘聲大作，然而就連鐘響也壓不過血戰後的黑暗與混亂，無法撫平沙夏的愁思。

澡堂外，人群三三兩兩在雪地上，一無所有的村民高聲呼求神的恩典。澡堂附近一名婦人張口啜泣。「我只有一個孩子，」她喃喃道：「就這麼一個孩子。她是我的老大，我的寶貝。你們沒有找到她嗎？一點蹤影也沒有嗎，葛斯帕定？」

瓦西婭竟然還在外頭，還沒休息。她行屍走肉似的站著，頹然面對哀戚的婦人。「妳女兒現在平安了，」她說：「她已經在主的懷中。」

婦人雙手遮面，瓦西婭轉頭注視哥哥，臉上盡是愴慟。

沙夏受傷的手臂隱隱作痛。「走吧，」他對婦人說：「我們到教堂去，為妳女兒禱告，向惦記一切的聖母瑪利亞祈求，求她對待妳女兒如她孩子一樣。」

婦人仰頭看他，飽經風霜、哭得腫脹的骯髒臉上閃著晶瑩的淚光。「艾列克桑德修士。」她語帶哽咽喃喃說道。

沙夏在胸前緩緩劃了十字。

他和婦人一起禱告了很久，陪所有來教堂尋求安慰的人禱告，直到他們平靜下來。因為他自認

28 波夫契里耶：東正教修道院的晚禱，相當於天主教修道院的寢前經，也就是晚禱。

這是他的職責，為基督徒而戰，同時善後。

瓦西婭待在教堂裡，直到所有人離開。她也在禱告，只是聲音很輕。當最後一人離開時，月亮早已西沉，破曉在即，修道院沐浴在滿天星斗中。

「妳睡得著嗎？」沙夏問。

瓦西婭搖搖頭。他在戰士臉上見過那種神情，過度疲勞以致反常的清醒。他自己第一次殺人時也是如此。「我房間擺了一張小床給妳，」他說：「妳如果睡不著，我們就一起感謝神，然後妳再跟我說，妳是怎麼到這裡來的。」

瓦西婭點了點頭。兩人並肩走過修道院，靴子踩得雪地沙沙呻吟。瓦西婭似乎回復力氣。「哥哥，我認出你的時候，真的開心到了極點，」她好不容易才開口低聲說道：「對不起之前沒辦法表現出來。」

「我也很高興見到妳，小青蛙。」沙夏答道。

瓦西婭停下腳步，彷彿被雷擊中，接著忽然撲到他懷裡。沙夏發現妹妹在哭。「沙夏，」她對他說：「沙夏，我好想你。」

「噓，」沙夏笨拙拍著妹妹的背說：「噓。」

過了一會兒，瓦西婭打起精神。

「這不大像你那勇敢的弟弟瓦西里會做的事，對吧？」她擦擦鼻涕說。兩人繼續前進。「你為什麼從不回家？」

「先別管那個了，」沙夏回道：「妳怎麼會來這裡？那匹馬又是從哪裡來的？妳是離家出走？還是逃婚了？該說實話了，妹妹。」

兩人已經走到他的房前。月光下，他的房間顯得矮小又不美觀，只是一群小屋裡的一間。沙夏拉開房門，點了一根蠟燭。

瓦西婭挺直肩膀說：「父親死了。」

沙夏僵住了，手裡的燭火兀自閃動。他答應過的。他答應一成為修士就會回家，但他始終沒有回去，一次也沒有。

「你不是我兒子，」他策馬離家時，彼得氣得這樣對他說。父親。

「什麼時候？」沙夏問道，聲音連自己都覺得陌生。「怎麼會？」

「一隻熊殺了他。」

黑暗中，他無法讀出她臉上的表情。

「進來吧，」他對她說：「從頭開始，全部說給我聽。」

❄

當然不會從實招來，怎麼可能？瓦西婭再愛哥哥，對他再思念，也不認識眼前這個頭頂剃度、寬肩黑鬚的修士。因此她還是說了，但只說了部分事實。

她告訴沙夏那位金髮神父讓雷斯納亞辛里亞人心惶惶，告訴他寒冬與大火。她告訴他——說的時候忍不住笑了——有追求者來了卻悻悻而歸，搞得父親想把她送進女修道院。她告訴他保母喪命（但沒說後來發生了什麼）和一隻熊的事。她說索拉維是父親的馬，但看得出沙夏不怎麼相信。她沒有告訴沙夏繼母要她隆冬去找雪花蓮，也沒提到冷杉林裡的屋子，更沒說起那陰冷無常、有時溫柔的霜魔。

說完之後，她閉上嘴巴，沙夏眉頭深鎖。她看出他神情裡而非話語中的疑問。「沒錯，要不是我跑到森林裡，父親也不會去找我。是我害死他的，是我，哥哥。」

「所以妳才離家出走？」沙夏問。他嗓音（那令她著迷、隱約記得的聲音）沉穩，神色自若，讓她完全看不出他心裡的思緒。「因為妳害死父親？」

她身體一震，隨即低下頭去。「對，因為那個，還有村民——村民害怕我是女巫。神父要他們害怕女巫，而他們都信了。我沒有父親可以保護我，所以就跑了。」

沙夏沒有說話。她看不到他的臉，最後終於忍不住說：「拜託，你說話呀！」

沙夏嘆口氣說：「**妳是**女巫嗎，瓦西婭？」

她感覺舌頭打結，那些人的死依然在她體內激盪。她腦中不再有謊言，不再有部分的實話。

「我不知道，哥哥，」她回答：「我不曉得女巫是什麼，沒什麼概念。但我絕對沒有傷害人的意思。」

沙夏沉吟半晌，接著說：「我不認為妳這樣做是對的，瓦西婭。女人穿成這樣是罪，違抗父親也是錯的。」

說完他再度沉默。瓦西婭心想他是不是想到自己也違抗了父親。

「不過，」他緩緩開口道：「妳能撐到現在真的很勇敢。這不是妳的錯，我不怪妳，妹妹。」

淚水再次湧上喉嚨，但瓦西婭吞了回去。

「好了，」沙夏語氣生硬：「試著休息吧，瓦西婭。妳要跟我們一起回莫斯科，歐莉亞會知道怎麼替妳安排。」

歐莉亞，瓦西婭想到就心情一振。她就要和歐爾嘉重逢了。她最早的記憶（那雙和善的手掌與笑容）便是關於她姊姊的。

瓦西婭面對哥哥坐在陶爐旁的小床上。沙夏生了火，房間緩緩溫暖起來，瓦西婭突然只想拉起毛皮蓋住腦袋沉沉入睡。

但她還有一件事想問。「父親很愛你，希望你回家，你也答應過我會回來，為什麼沒有？」沒有回答。沙夏忙著顧火，也許沒聽見，但瓦西婭感覺哥哥的沉默裡忽然脹滿了濃得說不出口的遺憾。

❄

她真的睡著了，睡得像冬眠，又像重病。夢裡那些盜匪又死了一遍，內臟滾落雪地有如發黑的珍珠，有人忍痛，有人哀號。而那個身穿黑色斗篷的人影站在一旁，鎮定而瞭然，記下每一位死者。

但這回一個可怕又熟悉的聲音在她耳邊響起。「妳瞧他，可憐的冬王，試著維持秩序。但戰場是我的地盤，他只能撿拾我捨棄的。」

瓦西婭轉頭發現熊就站在她身後，睜著僅有的一隻眼睛慵懶微笑。「嗨，」他說：「我的表現妳還滿意嗎？」

「不，」瓦西婭喘息道：「不要——」

她拔腿狂奔，慌亂的雙腳在雪上頻頻打滑，突然一個跟頭跌進白不見底的坑裡。她不曉得自己是否在尖叫。「瓦西婭。」一個聲音說道。

一隻手臂將她攬住，不讓她再往下掉。她認得那修長的手指、那手的形狀與輪廓，還有那熟練攫握的動作。她心想，輪到我了，他來帶我走了，於是開始拚命掙扎。

「瓦西婭，」他的聲音在她耳裡迴盪：「**瓦西婭**。」聲音裡帶著殘酷——還有冬天的風與古老的月光，甚至還有一絲生硬的溫柔。

不要，她心想，不要，你這個貪婪的傢伙，別對我好。即使她心裡這麼想著，卻無力掙扎。她不曉得自己是醒著或還在夢中，只是將臉緊緊摁在他的肩上，開始放聲大哭。

她夢見他遲疑地伸手摟住她，手掌輕輕托著她的頭。她的淚水劃開了記憶的毒瘡。過了很久，她終於安靜下來，抬頭張望。

他們站在月光照亮的一小片空地，周圍樹木正沉沉入睡。熊不在——熊被鎖在遠方。冰霜有如金箔點綴著空氣。她**正在**做夢嗎？莫羅茲科是夜的一部分，他突兀地光著雙腳，淺色眼眸透著困惑。真實世界的鐘聲、聖像與四季彷彿夢境，霜魔才是唯一實在的事物。

「這是夢嗎？」她問。

「沒錯。」他說。

「你真的在這裡嗎？」

他沒有回答。

「今天——今天我看見——」她吞吞吐吐道：「你——」

他嘆了口氣，樹木隨之搖晃。「我知道妳看見了什麼。」他說。

她雙手握拳，隨即鬆開。「那時候**你在**？你是為了死者才到那裡的？」

他再次沉默。瓦西婭往後退開。

「他們要我去莫斯科。」她說。

「妳想去莫斯科嗎？」

瓦西婭點點頭。「我想見我姊姊，想多跟我哥哥相處。但我不可能一直扮成男孩，卻也不想用女孩的身分待在莫斯科，他們會替我找個人嫁了。」

莫羅茲科沉吟不語，但眼神黯淡了幾分。「莫斯科到處都是教堂，非常多。我無法——謝爾特在莫斯科不夠強，不如以往了。」

瓦西婭雙手抱胸往後退開。「那又如何？我又不會一直待在那裡，也沒有要你幫我。」

「的確，」他附和道：「妳沒有要我幫妳。」

「那天晚上在雲杉樹下——」她開口說道，四周白雪飄飄，如雲似霧。

莫羅茲科似乎回過神來，臉上露出微笑。那是冬王的笑，笑容古老、漂亮而神祕，最後一絲絲情緒也從他臉上消失。「怎樣，小瘋子，」他問：「妳想問我什麼？還是妳在害怕？」

「我才不怕。」瓦西婭惱火道。

這是實話，也是謊言。她外衣底下的藍寶石開始發熱。其實也有發光，只是她看不見。「我才不怕。」她又說了一次。

霜魔的冰冷呼息拂過她的臉頰。瓦西婭心裡一動，做出她只有在夢中才敢做的事。她揪住他的斗篷，將他拉到她的面前。

她再次讓他措手不及。呼吸卡在他的喉間，他伸手攫住瓦西婭的手，但沒有將它拿開。

「你為什麼來這裡？」她問他。

她以為他不會回答，但他開口了，彷彿莫可奈何。「因為我聽見妳在哭。」

「我——你——你不能這樣說來就來，說走就走，」她說：「你來救我，然後讓我一個人帶著三個小女孩摸黑找路，然後又來救我？不要——吻了我然後消失——我不——」她找不到話語表達，但是手指替她說了。她伸手探進他長袍的閃亮皮毛裡。「你不會死，而我在你眼中可能很渺小，」過了半晌，她激動說道：「但我的人生不是你的遊戲。」

他緊緊反握她的手，再多一分力就會痛。他一根一根扳開她的手指，但沒有放開她。剎那間，他目光找到她的眼眸，讓她眼眸燃起熊熊火光。

寒風再次擺動古樹。「妳說得對，我不會再犯了，」莫羅茲科果決說道，聽來同樣一如承諾。

「永別了。」

不對，她心想，不是那樣——

但他已經走了。

12 勇敢的瓦西里

晨禱鐘聲響起，瓦西婭驚醒過來，恍惚感覺自己猶在夢中。沉重的被子幾乎讓她窒息。她有如囚籠裡的獵物立刻跳起來，清晨的凜冽讓她瞬間清醒。

她戴著帽子和兜帽走出沙夏的小屋，心裡只想洗個熱水澡。屋外一片擾攘，村民不分男女跑來跑去、咆哮爭執——原來他們正在打包。危險過去了，農人們打算返家。他們將雞裝進籠裡，驅趕牛隻，甩孩子巴掌，將火撲熄。

嗯，村民當然要回家。一切都沒事了，盜匪的巢穴找到了，人也被殺了，不是嗎？瓦西婭甩頭不去想那失蹤的盜匪頭子。

她正猶豫該去吃早餐，還是找地方小解，卡特婭忽然跑過來，臉色慘白，頭巾也歪了。

「別緊張，」瓦西婭一把抱住女孩，兩人才沒有一起跌到雪裡。「一大早不該這樣亂跑，卡特婭莎，難道妳看見巨人了？」

卡特婭激動得滿臉通紅，鼻涕直流。「對不起，我是來找你的，」她喘著氣說：「求求你——葛斯帕定——瓦西里．彼得洛維奇。」

「怎麼了？」瓦西婭立刻警覺道：「發生了什麼事？」

卡特婭搖搖頭，喉嚨吃力動了動。「有個男的——伊格爾——伊格爾．米凱洛維奇——他要我嫁給他。」

瓦西婭上下打量卡特婭，女孩臉上的表情困惑多過懼怕。

「是嗎？」瓦西婭小心翼翼問道：「伊格爾．米凱洛維奇是誰？」

「他是鐵匠——自己開了個鋪子，」卡特婭說得結結巴巴：「他和他母親——他們一直對我和那兩個小女孩很好——今天他說他愛我，還有——喔！」她雙手摀臉。

「嗯，」瓦西婭回道：「那妳想嫁給他嗎？」

卡特婭對波亞之子瓦西里．彼得洛維奇的期盼，顯然不是提出一個溫和合理的問題。女孩有如擱淺的魚不住喘息，接著低聲說道：「我喜歡他，之前喜歡。但今天早上他要我——我不知道該怎麼說……」她感覺就要哭了。

瓦西婭一臉怒容，卡特婭見狀將眼淚吞了回去，尖聲細語說：「我、我會嫁給他，我想。再過一陣子，春天的時候。但我想回家見母親，得到她的同意，好好完成婚禮。我答應安汝席卡和蕾諾席卡要帶她們回家，但我沒辦法自己帶她們回去，所以我不曉得該怎麼辦——」

瓦西婭懊惱發現她不只受不了妹妹的淚水，連卡特婭的眼淚也受不了了。瓦西里．彼得洛維奇會怎麼做呢？「我會替妳跟這個男孩子談，這樣才妥當，」她柔聲道：「然後我會送妳們幾個女孩子回家。」她沉思片刻，接著說道：「我和我哥哥，那位修士。」瓦西婭真心希望沙夏的聖潔形象能說服卡特婭的母親。

卡特婭又頓了一下。「妳願意嗎？只是——妳願意嗎？」

「我說話算話，」瓦西婭斬釘截鐵道：「現在我能吃早餐了嗎？」

❄

瓦西婭找到一間僻靜的廁所，心驚膽戰火速上完了，接著便去食堂用餐。她鼓起信心大步踏進食堂，低矮狹長的房裡只有得體的靜默。狄米崔和卡斯揚拿著麵包沾某個熱氣騰騰的東西吃。瓦西婭聞到那香味，不禁吞了吞口水。

「瓦西亞！」狄米崔一見到她便熱情高喊：「快來坐下吃吧。我們得聽完禮拜，感謝神讓我們得勝，然後——去莫斯科！」

「你早上有聽到農夫們的對話嗎？」瓦西婭接過湯碗，卡斯揚對她說：「他們都稱你是勇敢的瓦西里，說你替他們驅走了惡魔。」

瓦西婭差點被湯嗆到。

狄米崔哈哈大笑，重重拍了她鎖骨一下。「這是你贏來的！」他喊道：「突襲盜匪營地，騎著那匹公馬戰鬥——不過你得學會用矛，瓦西亞——你很快就會和你哥一樣，成為傳奇人物。」

「願主與你同在，」沙夏聽見他們對話，便開口說道。他走路時雙手收攏在袖子裡，十足是名修士。他一早便和其他修士去做晨禱，這會兒漠然說道：「我希望不會。勇敢的瓦西里，這個稱號對一個毛頭小子來說太沉重了。」但他一雙灰眼閃閃發亮，瓦西婭心想哥哥或許正忍不住暗中享受瞞過眾人的刺激呢，因為她發現自己正是如此，讓她有些意外。她在這些大人物面前說的每一句話所帶來的危險，都像她血管裡奔流的烈酒，荒漠裡的甘泉。也許，她想，這就是沙夏離家的原因，不是為了神，也不是要讓父親傷心，而是為了每一道彎會遇到的驚喜，這是他在雷斯納亞辛里亞永遠得不到的。她好奇望著自己的哥哥。

接著她又喝了一口湯說：「去莫斯科之前，我得先送那三個農家女孩回她們的村子。我答應過她們了。」

狄米崔嗤之以鼻，灌了一口啤酒。「為什麼？今天會有人離開，那三個女孩可以跟他們一起，不需要你麻煩。」

瓦西婭沒有說話。

狄米崔忖度她臉上的神情，忽然咧嘴笑道：「你不要？你那抱定主意、只是表面客氣的模樣，就跟你哥沒有兩樣。難道你喜歡那個年紀最大的女孩？她叫什麼名字？別那麼老古板，沙夏。你自己幾歲就開始跟農家女孩廝混了？哎，反正我欠你一次，瓦西亞，讓你在漂亮小姑娘面前當英雄應該夠還這份人情，而且也不用繞太遠。吃吧，我們明天出發。」

❄

離開修道院前一晚，艾列克桑德修士敲了敲導師的房門。「進來。」謝爾蓋說。

沙夏走進房間，發現老院長坐在爐邊凝視火光，一旁擺著杯子和一截麵包頭，杯子沒有動過，麵包被老鼠啃掉了一點。

「天主保佑。」沙夏一邊說著一邊踩住床墊下露出的老鼠尾巴，將老鼠揪起來扭斷脖子，扔到外頭的雪地裡。

「願主賜福給你。」謝爾蓋微笑說道。

沙夏上前跪在院長腳邊。

「我父親死了。」他直接了當地說。

謝爾蓋嘆息一聲。「願主讓他安息，」他說著在胸前劃了十字。「我還想到底發生了什麼事，讓你妹妹大老遠跑來。」

沙夏沒有說話。

「說吧，孩子。」謝爾蓋說。

沙夏緩緩重述了瓦西婭告訴他的事，目光始終盯著火光。

聽完後，謝爾蓋眉頭深鎖。「我年紀大了，」他說：「腦袋可能不靈光了，不過——」

「她說的實在太不可能，」沙夏立刻接口道：「但我無法從她嘴裡問出更多事來。可是彼得・弗拉迪米洛維奇絕不會——」

謝爾蓋靠回椅背。「你該稱他父親，孩子。神不會介意，我也一樣。彼得是好人，我很少見到一個人會因為兒子離去而如此悲傷，但他除了一開始，從未對我怒言相向。而且他給我的感覺並不愚昧。你對你這個妹妹有什麼打算？」

沙夏雙手抱膝，孩子似的坐在導師腳邊，火光稍稍抹去了打鬥、遠行和冗長獨自禱告在他臉上留下的痕跡。他嘆了口氣說：「除了帶她去莫斯科，還能怎麼辦？我姊姊歐爾嘉可以偷偷帶她進特倫，讓瓦西里・彼得洛維奇消失。也許瓦西婭在路上會告訴我實話。」

「這件事若讓狄米崔發現了，肯定會惹毛他，」謝爾蓋說：「要是你——要是瓦西婭拒絕躲躲藏藏呢？」

沙夏猛然抬頭，眉間出現一道深凹。屋外修道院一片靜寂，只有一名修士高聲哼唱單聲聖歌。除了那三個小女孩，村民都走了。她們明天會和狄米崔的部隊一起出發。

「所謂兄妹一個樣，說的就是你和她吧，」謝爾蓋接著說：「我第一眼就感覺到了。你會乖乖進特倫嗎？在四處闖蕩，救了女孩，殺死盜匪之後，你做得到嗎？」

沙夏想到那景象就笑了。「她是女孩，」他說：「這不一樣。」

謝爾蓋眉毛一挑。「我們都是神的子女。」他溫和說道。

沙夏皺著眉沒有回答，隨即改變話題：「您對瓦西婭的話有什麼看法？她說她看見盜匪頭子，但我們沒找到他的半點蹤跡。」

「嗯，那頭子不是死了，就是還活著，」謝爾蓋直話直說。「若他死了，願主讓他安息。若他還活著，我想我們遲早會知道。」老神父語氣平靜，但眼神映著火光閃閃發亮。修道院雖然地處偏僻，謝爾蓋卻是消息靈通。艾雷克塞過世前，便曾屬意謝爾蓋接任莫斯科都主教。「我們離開之後，您要是有盜匪頭子的消息，請務必差羅迪昂到莫斯科來，」沙夏說道，臉上露出為難的神色。「還有……」

謝爾蓋咧嘴微笑，露出僅剩的四顆牙。「這會兒你應該在想，跟狄米崔·伊凡諾維奇這小伙子交好的那個紅髮領主是何許人也，對吧？」

「您說得沒錯，巴圖席卡，」沙夏說道。他坐回自己手上，忽然想起前臂有傷，痛得叫了一聲將手從臀底下抽出來。「我走遍羅斯南北，從來沒聽過卡斯揚·路托維奇這個人，但他卻從森林裡冒出來，不只威風凜凜，衣著華麗，還擁有一群公馬。」

「我也沒聽過他，」謝爾蓋若有所思道：「但我應該要聽過的。」

兩人心照不宣互看一眼。

「我會打聽，」謝爾蓋說：「有什麼消息就派羅迪昂過去。但你們要提高警覺。不論卡斯揚是誰，他都很有腦袋。」

「有腦袋的人不一定會作惡。」沙夏說。

「的確，」謝爾蓋答得簡短。「我累了。孩子，願神與你同在。好好照顧妹妹，還有你那血氣方剛的表哥。」

沙夏哀怨看了謝爾蓋一眼。「我盡量。他們倆有些地方真是像得該死。也許我該放下世事留在這裡，在荒野中當個聖潔之人。」

「那是當然，沒有什麼比這樣做更能喜悅神了，」謝爾蓋挖苦道：「要是我覺得說服得了你，早就求你這樣做了。退下吧，我累了。」

沙夏吻了導師的手，接著便告辭離開。

13 守信的女孩

他們花了兩天才抵達三個女孩的村子。瓦西婭讓她們坐在索拉維背上，有時和她們共騎，更多時候只是走在公馬身旁或換騎狄米崔手下的馬。抵達營地時，她告訴女孩們：「不要離開我的視線，盡量跟在我或我哥哥身邊。」她頓了一下又說：「或索拉維身邊。」打鬥之後，索拉維有如受傷流血的男孩，變得更暴烈了。

第一天晚上，她們圍在營火前吃飯，瓦西婭抬頭看見卡特婭坐在對面的木頭上哭得很傷心。瓦西婭嚇了一跳。「怎麼了？」她問：「妳很想媽媽嗎？再過幾天就能見面了，卡特婭莎。」不遠處，男人們圍在更大的營火前彼此推搡，而她哥哥一臉嚴肅，表示他在生氣。

「不是——我聽見他們在開玩笑，」卡特婭低聲說道：「他們說你打算上我的床——」她喉嚨哽了一下，隨即打起精神說：「說你是為了這個才救我們，帶我們回家。我——我**知道**不是，但對不起，葛蘇達，我很害怕。」

瓦西婭瞠目結舌，接著發現自己瞠目結舌，便將嘴裡的燉肉吞下去說：「老天哪。」營火前，男人們哈哈大笑。

卡特婭低著頭，雙膝緊緊併攏。

瓦西婭繞過營火走到女孩身邊，背對那群男人坐了下來。「別這樣，」她低聲說道：「妳之前一直很勇敢，難道現在這樣一點刺激也受不了？我不是答應會平安保護妳們？」她沉默片刻，接著不曉得是哪根筋不對，開口說道：「我們終究不是獎賞。」卡特婭抬頭低呼：「我們？」她目光向下掃過瓦西婭被毛皮裹得毫無線條的身體，接著又狐疑回到她臉上。

瓦西婭微微一笑，伸出食指摁在唇上，接著說：「好了，去睡覺吧。兩個女娃都累了。」最後她們都睡了。兩個小女孩扭著身體擠在兩個大女孩中間，四人心滿意足裹著瓦西婭的斗篷窩在鋪蓋上，沉入了夢鄉。

❄

第三天，返家的最後一天，四個女孩一起騎在索拉維背上。和那天從盜匪刀下逃過一劫一樣，瓦西婭前面抱著安汝席卡和蕾諾席卡，卡特婭摟著瓦西婭的腰坐在後頭。

接近村莊時，卡特婭低聲說：「妳的本名叫什麼？」

瓦西婭身體一僵，索拉維立刻抬頭，嚇得兩個小女孩叫出聲來。

「求求妳，」公馬靜下來後，卡特婭又鍥而不捨地說：「我沒有惡意，只是希望能用真名為妳禱告。」

瓦西婭嘆了口氣說：「我真的叫瓦西婭，只是本名叫瓦西莉莎．彼得洛夫納，但這是機密。」

卡特婭沒有說話。其他人已經騎在前頭一小段距離。瓦西婭趁著樹林遮住視線時伸手到鞍袋裡掏出一把銀飾，塞進女孩袖子裡。

卡特婭喝斥道：「妳是——賄賂我不要洩漏妳的祕密嗎？我可是欠妳一條命呢！」

「我——不是，」瓦西婭一臉詫異。「錯了，我不是那個意思。這是給妳的嫁妝，還有這兩個小女孩的。好好保管，必要時才用。買好一點的衣服——買頭牛。」

卡特婭沉默良久，直到瓦西婭轉頭回去，催索拉維跟上眾人時，她才低聲在她耳邊說：「我會留著——瓦西莉莎．彼得洛夫納。我還會守住妳的祕密，而且永遠愛妳。」

瓦西婭牽起女孩的手，緊緊握住。

眾人出了最後一片樹林，女孩們的村子豁然出現，屋頂映著晚冬的陽光熠熠生輝。村民們已經開始清除受創最重的斷垣殘壁，倖存的煙囪冒著輕煙，原本舉目盡黑的廢墟景象一掃而空。

馬蹄踢踏，一名綁著頭巾的村民轉頭眺望，其他人也跟著轉頭。尖叫聲剎時劃破清晨，卡特婭嚇得收緊雙臂。接著有人高喊：「不對——安靜——你們看那些馬，他們不是盜匪。」

村民從屋裡湧了出來，三三兩兩聚集張望。「瓦西亞！」狄米崔喊道：「過來，小伙子，騎我旁邊。」

瓦西婭原本一直騎在隊伍後頭，聽了不禁露出微笑。「抓好了。」她告訴卡特婭，隨即抱緊兩個小女孩，要索拉維趕到前頭。公馬欣然從命，開始大步快跑起來。

就這樣，瓦西莉莎．彼得洛夫納和莫斯科大公並肩疾馳，聯袂奔向卡特婭的村莊。部隊愈接近村子，村民的喊叫聲愈大，不久一名婦人忽然挺身大喊：「**安汝席卡！**」馬匹躍過清理到一半的殘餘柵欄，隨即被村民團團包圍。

索拉維昂然佇立，瓦西婭彎腰將兩個小女孩遞到啜泣的婦人懷中。

村民們熱烈為部隊祈福，尖叫、禱告與呼喊「狄米崔．伊凡諾維奇！」或「艾列克桑德．佩列斯維特！」的聲音此起彼落。

「勇敢的瓦西里，」卡特婭對村民說：「是他救了我們三個。」

村民高喊「勇敢的瓦西里！」瓦西婭瞪了卡特婭一眼，女孩面露微笑，但隨即僵住不動。只見一名婦人沒有加入村民的行列，站在眾人之外，自家伊斯巴的陰影下，幾乎隱身其中。

「媽媽。」卡特婭喘息道，那聲音讓瓦西婭瞬間心頭一痛。卡特婭滑下馬背，往前奔去。婦人張開雙臂，將女兒摟入懷中。瓦西婭撇開頭去，免得觸景傷情。她望向伊斯巴的門，發現門邊站著那個矮矮壯壯的多莫佛伊，琥珀色的眼眸、樹枝般的手指，還有一張覆滿煤渣的燦爛笑臉。

就只有短短一瞥。村民一湧而上，多莫佛伊隨即被人影淹沒。但瓦西婭彷彿見到一隻小手向她敬禮致意。

14 兩河之間的城市

「嘿，」當森林吞沒女孩的村落，部隊再次踏上無人經過的雪地後，狄米崔享受地說：「你的英雄角色演完了，瓦西亞，算是功德一件。但女孩寵夠了，我們得加快腳步了。」他頓了一下又說：「我想你的馬跟我有一樣看法。」

索拉維弓背騰躍，開心大雪一週之後終於見到陽光，而且背上少了三個人的重量。

「那還用說？」瓦西婭喘息道：「他這個瘋子。」她氣沖沖對公馬說：「你可以用走的嗎？」

索拉維作勢趴下，卻沒有弓背，反而仰頭騰跳，踢腿蹬踏，逼得瓦西婭彎身向前，對著他桀驁不馴的眼眸說：「拜託！」狄米崔在一旁看得哈哈大笑。

眾人一路奔馳到天黑，之後幾天更不斷加快。他們摸黑用餐，隔天破曉就再次動身，直到夜色吞噬樹林。他們循著樵夫的小徑前進，必要時自己找路。積雪頂層已經結塊，底下還是厚厚的細雪，馬跑起來非常吃力。一週後，所有的馬都精疲力竭，只有索拉維依然雙眼有神，步履如飛。

抵達莫斯科前一晚，他們剛到莫斯科河畔的樹林裡，黑夜就追了上來。狄米崔下令暫停，眺望遼闊的河面。月色昏暗，雲層遮去了星光。「我們最好在這裡紮營，」大公說道：「明天輕鬆出發，中午前就到家了。」他滑下馬背，雖然連日趕路讓他體重輕了一些，卻依然心情愉快。「今晚大夥兒蜂蜜酒喝個痛快，」他揚起聲音接著說：「說不定咱們的戰士修士會抓幾隻兔子幫大家加菜。」

瓦西婭和眾人一起下馬，拍去索拉維鬍鬚上的冰。「明天就到莫斯科了，」她心臟狂跳、雙手冰冷，在他耳邊低聲說：「明天！」

索拉維拱著脖子，一臉平靜用鼻子點了點她說，妳有麵包嗎，瓦西婭？

瓦西婭嘆了口氣，替他卸下馬鞍，擦拭身體，餵他吃了麵包皮，接著就讓他自己在雪地上挖草果腹。眾人砍柴的砍柴、鏟雪的鏟雪、生火的生火，還有人挖睡覺用的壕溝。現在所有人都叫她「瓦西亞」了，他們一邊幹活一邊開她玩笑。瓦西婭發現自己面對他們粗野的笑話竟然不只接受無礙，還能答腔，讓她嚇了一跳。

沙夏回來時，所有人正哄堂大笑。只見他手裡抓著三隻死兔，卸了弦的弓掛在肩上。眾人喝采歡呼，替他祈福，隨即開始燉肉。營火熊熊燃燒，酒囊一個傳過一個，眾人輪流痛飲蜂蜜酒，一邊等候晚餐。

沙夏走到正在挖掘壕溝的瓦西婭身旁。「妳都好嗎？」他問她，聲音有些僵硬。他仍然不曉得自己該用什麼語氣對其實是妹妹的弟弟說話。

瓦西婭朝他調皮一笑。沙夏不知所措卻一心想保護她一路平安的努力，撫平了不停啃噬她內心的寂寞。「我想睡在爐灶上，吃不是他們做的燉肉，」她說：「不過我很好，哥哥。」

「那就好。」沙夏說道。經歷了那群男人的玩笑之後，他的嚴肅顯得格外突兀。他遞給她一個沾血的布包，瓦西婭打開發現裡頭是三隻兔子的肝臟，滲血發黑。

「願主祝福你。」瓦西婭說，隨即拿起其中一片肝臟咬了一口。甜甜鹹鹹、帶著金屬味的**生命**汁液頓時在她舌尖爆開。索拉維在她身後嘶鳴一聲。他不喜歡血的味道。瓦西婭不理他。

沙夏不等妹妹吃完就離開了。瓦西婭舔著手指注視他離去的身影，不知道自己如何才能抹去他臉上愈來愈濃的擔憂。

她挖好溝渠，走到營火旁一屁股坐在被拿過來放著的樹幹上，下巴抵著拳頭隔著營火注視沙夏為眾人祈福，為兔肉祈福，啜飲蜂蜜酒，表情莫測高深。祈福後，沙夏便緘默不語，連狄米崔都察覺艾列克桑德修士離開修道院之後就很沉默。

他肯定很煩惱，瓦西婭心想，因為我打扮成男孩，跟盜匪廝殺，而且害他對大公說謊。但我們別無選擇，哥哥——

「你哥哥真是英雄。」卡斯揚的話打斷了她的思緒。他在瓦西婭身旁坐下，將酒囊遞給她。

「沒錯，」瓦西婭說，語氣有些尖銳。「他的確是。」卡斯揚話中帶著一絲類似嘲諷的語氣，但又不全然是。她沒有接過酒囊。

卡斯揚抓起她戴著手套的手，將酒囊塞到她手中。「喝吧，」他說：「我沒有污衊的意思。」瓦西婭遲疑片刻，還是拿起酒囊喝了。她還是不知該如何面對這個男人，面對他神祕的眼神及突如其來的笑。一週的跋涉或許讓他臉色白了些，卻使他色彩更加鮮明。她會莫名察覺到他的注視，儘管自己不是個會嬌笑的女孩，卻得克制臉紅的衝動，有時甚至止不住想，他要是發現我是女孩會怎麼樣？

別想了，他不會知道的。

兩人依然無語，但他似乎無意離開，於是瓦西婭打破沉默問道：「你去過莫斯科嗎，卡斯揚·路托維奇？」

卡斯揚嘴角抽動。「新年時去過一趟，求大公協助。但在這之前，我只造訪過一次，那是很久之前了。」他話中透著一絲漠然。「或許所有年輕的傻子都曾幻想到城市追逐夢想，但我再也沒有踏足第二次，直到今年冬天。」

「你的夢想是什麼，卡斯揚．路托維奇？」瓦西婭問道。

他給了她一個沒有惡意的責怪眼神。「你是我祖母嗎？你這樣只是顯得自己還很嫩，瓦西里．彼得洛維奇。你以為會是什麼？因為我愛上了一個人。」

坐在營火對面的沙夏轉過頭來。

狄米崔原本一直在講笑話，眼睛像守著老鼠洞的貓一樣盯著燉肉看（那分量根本不夠他吃），這會兒卻搶先一步開口道：「是喔，卡斯揚．路托維奇？」他一臉很感興趣的模樣。「莫斯科女人？」

「不是，」卡斯揚回答，不再只是對著瓦西婭一人說。他語氣很溫柔。「她來自很遠的地方，長得很美。」

瓦西婭咬著下唇。卡斯揚通常深藏不露，沉默寡言，只有偶爾跟狄米崔策馬同行，輪流喝酒時才會稍微多話。但這會兒所有人都豎耳傾聽。

「她後來怎麼了？」狄米崔問道：「快點，說來聽聽。」

「我愛她，」卡斯揚字斟句酌：「她也愛我，但就在我要帶她回巴許亞科斯泰，讓她只屬於我的那一天，她卻不見蹤影，我再也沒見到她。」他沉默片刻，接著又突然補上一句：「她已經死了，就這樣。瓦西里．彼得洛維奇，給我一點燉肉，免得被這些餓鬼搶光。」

瓦西婭起身替他舀了燉肉，但她很好奇卡斯揚的表情。當他說到死去的愛人，話裡盡是懷舊的溫柔，但有那麼一瞬，就在他語畢之前，卡斯揚臉上閃過困惑的惱怒，讓她毛骨悚然。她走到索拉維身旁和愛馬一起喝湯，決定不再想他。

❄

冬天依然硬如頑石，隨處可見漆黑的冰霜與凍死的乞丐，但狄米崔·伊凡諾維奇和他兩位表弟——艾列克桑德修士和少年瓦西里·彼得洛維奇——回到莫斯科那天，堆積已久的大雪終於出現疲態。同行的還有卡斯揚和他手下，因為狄米崔力勸他們不要回去。「走吧，兄弟，跟我一起到莫斯科，當謝肉節[29]的貴賓，」狄米崔說：「莫斯科的女孩比你那個骨頭鎮的女孩漂亮多了。」

「那是當然，」卡斯揚無動於衷。「但我想你只是想確定我會納稅，葛蘇達。」

狄米崔齜牙瞪眼。「那也是，」他說：「這有錯嗎？」

卡斯揚笑而不答。

那天早晨，眾人沿著遼闊的莫斯科河騎在濛濛細雪之中，莫斯科城宛如烏丘頂上的白色皇冠，被飛雪模糊了輪廓。淺色城牆飄著石灰的氣味，尖塔像是戳穿了天空。沙夏每回見到這幅景象總是忍不住心頭一動。

瓦西婭騎在他身旁，睫毛沾著細雪，臉上堆滿笑容。「今天，沙夏席卡，」當首群尖塔從灰白世界竄出來，瓦西婭說：「我們今天就會見到歐爾嘉了。」索拉維察覺到主人的心情，步伐幾乎像在跳舞。

瓦西婭愈來愈有瓦西里·彼得洛維奇的樣子，只要騎馬小露一手，眾人就齊聲喝采；只要揮舞長矛，狄米崔就嘲笑她笨手笨腳，答應之後教她；只要提問，他們有問必答。喜悅的神色開始在她藏不住感覺的臉上探出頭來。這讓沙夏更加意識到自己的謊言，令他不知所措。

狄米崔對她十分中意，答應會賜她寶劍、長弓和華袍。「等你再大一點，」他說：「我會讓你進朝廷，一起商討國事，並且賜你手下。」

瓦西婭紅著臉開心點頭，沙夏在一旁看得臉色鐵青。天主保佑歐莉亞會知道怎麼做，他心想，因為我完全束手無策。

❄

城門影子落在瓦西婭臉上，讓她不禁屏息期待。莫斯科城的大門由鐵條鑲邊的橡木製成，足足是她身高的五倍，底下和上方都有衛兵。但更令人震撼的是城牆。在這片森林蓊鬱的土地上，狄米崔大把動用父親留下的財寶與人民的血汗，打造了莫斯科城的石牆，牆基被火燒過的印子驗證他的先見之明。

「看到沒有？」狄米崔指著其中一處印子說道：「這是三年前立陶宛大公艾爾格達斯率軍圍攻城池時留下的，當時真是殺得難分難捨。」

「他們還會再來嗎？」瓦西婭望著焚燒的痕跡問道。

大公笑了。「他們要是夠聰明，就不會這樣做。我娶了下諾夫哥羅德大公的大女兒為妻，那頭生不出豬仔的母豬，艾爾格達斯瘋了才敢同時挑戰我和我的老丈人。」

---

29 謝肉節：源自俄文馬斯洛（maslo），意指奶油。謝肉節原為異教祭典，慶祝冬天結束，後來納入東正教年曆，作為四旬齋（Lent，類似西方的狂歡節）開始前的大節。祭典開始前，家家戶戶的肉品都要吃完，過節期間則用剩下的奶油與油脂烘焙圓餅（象徵新生的太陽）。現在的謝肉節為期一週，在書裡則為期三天。謝肉節最後一天稱為寬恕日，當天的傳統是向自己虧待過的某個人請求原諒，而對方則必須接受。

大門嘎嘎開啟，只見城樓遮天，瓦西婭從來沒看過這樣的龐然大物，頓時只想轉身逃跑。

「勇敢點，鄉下小伙子。」卡斯揚說。

瓦西婭感激地看他一眼，要索拉維邁步往前。

公馬不高興地甩了甩一邊耳朵，但還是照做了。他們穿越大門，淺色門拱迴盪著眾人的呼喊。

「大公萬歲！」

呼聲愈來愈大，在城內的巷弄裡此起彼落。「莫斯科大公萬歲！願主祝福您，狄米崔．伊凡諾維奇！」甚至有人高喊：「為我們祈福吧，戰士修士！光之使者！艾列克桑德修士！艾列克桑德．佩列斯維特！」

眾人的高呼愈傳愈遠，有如狂風中的落葉起伏迴盪，消消長長。民眾跑過街道，湧向克里姆林大門口。風塵僕僕的狄米崔昂首向前，沙夏頻頻彎身牽握民眾的手，劃十字為他們祈福。一名老婦人眼眶泛淚，一名少女顫抖著伸出雙手。

叫喊聲中，瓦西婭聽見有人在講話。「你看那頭棗紅色的公馬，你有見過那樣的馬嗎？」

「而且沒有籠頭。」

「還有——上頭竟然坐著一個毛頭小子，真是小人騎大馬。」

「他是誰？」

「對呀，他是誰？」

「勇敢的瓦西里。」卡斯揚淡淡笑著插話道。

民眾立即高呼：「勇敢的瓦西里！」

瓦西婭瞇眼瞪了卡斯揚，卡斯揚聳聳肩，掩不住鬍鬚下的微笑。感謝忽然一陣風來，讓她趁機將兜帽和帽子拉得更緊，遮住臉孔。

「原來你是英雄。」沙夏策馬到她身邊時，她這麼對哥哥說。

「我只是修士。」沙夏答道，兩眼閃閃發亮，圖曼仰起脖子輕鬆漫步。

「其他修士會有這樣的稱號嗎？光之使者艾列克桑德。」

他一臉不自在。「我聽到都會制止，這不是基督徒該有的名字。」

「你怎麼得到這個稱號的？」

「迷信。」他只說了這樣一句。

瓦西婭正想開口追問，一群全身裹得緊緊的孩子忽然蹦蹦跳跳跑到索拉維跟前，嚇得公馬趕緊仰身急停，免得將他們踩成殘廢。

「小心點！」瓦西婭對孩子們說，接著安撫公馬：「沒關係，再一會兒就沒事了。你聽我說，聽著，聽著——」

公馬勉強鎮定下來，至少四隻腳都回到了地面。*我不喜歡這裡*，他對瓦西婭說。

「你會的，」她說：「很快就會了。我姊夫馬廄裡有上好的燕麥，我也會拿蜂蜜糕給你吃。」

索拉維甩甩耳朵，不是很相信。*我聞不到天空*。瓦西婭不知道怎麼回答。他們剛經過外城的房舍、鐵匠鋪、倉庫和店家來到了內城，見到聖母升天大教堂、天使長修道院和王公們的宮殿。

瓦西婭仰望尖塔，兩眼映著塔上的反光。城裡所有大鐘齊聲鳴響，聲音震動她的牙齒，索拉維身體發抖，不停蹬地。

她伸手摸摸公馬脖子安撫他，但沒有話想對他說，沒有話能形容她見到人能造出如此宏偉華麗的事物時，心裡瞬間感到的驚喜。

「大公來了，大公萬歲！」呼聲愈來愈響：「還有艾列克桑德．佩列斯維特！」

瓦西婭放眼望去，盡是歡騰熙攘與五顏六色。這裡是掛著布幔的腳手架，那裡是雪泥覆蓋熱氣騰騰的大爐灶。到處都是新奇的味道，除了香料與甜食，還聞得到鍛火的嗆鼻氣味。十名壯丁正在堆雪滑坡，冰磚抬起放下，旁人高聲喝采。高大的馬匹、上了漆的雪橇和聚集取暖的人群紛紛讓開，讓大公隊伍通過。他們穿越貴族宅第的木製大門，宅第後方宮殿林立，尖塔與走道原本色澤繽紛，全被多年風雨弄成了黑色。

隊伍停在最宏偉的大門前，大門吱嘎開啟，眾人騎進寬闊的前院。人群愈湧愈多，僕役、馬夫和叫嚷的侍從陸續出現。身材壯碩的波亞也來了，個個錦衣玉袍、笑容可掬，只是不一定笑得真心。狄米崔逐一問候眾人。

人群愈靠愈近。

索拉維眼神狂亂，忽然猛蹬前蹄。

「索拉維！」瓦西婭大喊：「輕鬆點，別緊張。你這樣會踩死人的。」

「退後！」這聲音是卡斯揚。他一手牢牢摁住自己的騸馬說：「退後，你們都是傻子嗎？這頭公馬又壯又年輕，你們以為他不會踹飛你們的腦袋嗎？」

瓦西婭面露感謝，但還是搞不定索拉維。沙夏出現在她身旁，靠著圖曼的蠻力將眾人推開。眾人一邊咒罵一邊退後，瓦西婭發現自己被好奇的目光包圍，但至少索拉維開始靜下來了。

「謝謝。」她對卡斯揚和沙夏說。

「我只是為馬夫著想，瓦西亞，」卡斯揚隨口回答：「難道你想眼睜睜看著你的馬再踹破幾個腦袋？」

「最好不要。」瓦西婭說，但親切的語氣消失了。

他一定看出她臉色變了。「不是，」他說：「我不是那個意思——」

但她已經滑下馬背，走到一小群神色提防的民眾面前。索拉維不再焦躁不安，但耳朵依然前後擺動。

瓦西婭輕搔公馬下顎柔軟的部位，喃喃道：「我得留下來——我想見我姊姊，但你——我可以讓你走，帶你回森林，你不必——」

妳留下我就留下，索拉維雖然身體顫抖，不停用尾巴拍拂腹部，卻還是打斷她說。

狄米崔將韁繩扔給馬夫，滑下馬背。他的馬和他一樣泰然自若，不受人群驚動。有人遞了酒杯給他，大公一飲而盡，接著推開眾人走到瓦西婭面前。「真是出乎我的意料，」他說：「我還以為一進大門，他就會跑了。」

「你以為索拉維會落荒而逃？」瓦西婭氣憤問道。

「當然，」狄米崔說：「沒戴籠頭，又跟你一樣不習慣人多，這樣的公馬能不逃嗎？不要一副氣沖沖的模樣，瓦西里．彼得洛維奇，你的表情就跟新婚之夜的少女一樣。」

瓦西婭脖子紅了。

狄米崔拍拍公馬的側腹，索拉維一臉受辱。「我要把他送去跟母馬們一起，」大公說：「三年之後，連薩萊的可汗都會嫉妒我的馬廄。我從來沒見過這麼出色的公馬。這個性真是——暴烈如火，卻又聽話。」

索拉維開心轉著耳朵，他喜歡聽人恭維。「但現在最好先給他一個圍場，」狄米崔直話直說：「否則馬廄一定會被他踢爛。」大公下完指令，接著又大聲說道：「好了，瓦西亞，你得自己照料這傢伙，除非你認為馬夫制服得了他。然後你到我王宮洗澡，洗去路上的風塵。」

瓦西婭感覺自己臉色發白，不知該如何開口。一名馬夫拿著韁繩戰戰兢兢走過來。

索拉維齜牙咧嘴，馬夫嚇得匆忙後退。

「他不需要韁繩，」瓦西婭怕別人看不出來似的說。「狄米崔．伊凡諾維奇，我想立刻去見我姊姊，我已經太久沒見到她了。她離家嫁人的時候，我還很小。」

狄米崔皺起眉頭。瓦西婭心想要是他堅持她去他王宮洗澡，她該怎麼辦？說她身有殘缺？哪種殘缺可以讓一個男孩——

就在這時，救兵到了。「塞普柯夫王妃肯定很想見她弟弟，」沙夏說道：「同時感謝他能平安抵達。若你允准，狄米崔．伊凡諾維奇，公馬可以待在王公的馬廄。」

大公皺眉不語。

「我們或許應該先讓他們家人團聚，」卡斯揚說。他已經將韁繩交給馬夫，此刻置身嘈雜之中和貓一樣自若。「等公馬休息好了，有的是時間讓他和母馬廝混。」

大公聳聳肩。「好吧，」他語帶微怒：「但你們兩個見完姊姊之後都要來見我。嘿，別用那種表情看我，艾列克桑德修士。你都跟我們大老遠回到莫斯科了，別一進城就又像個修士一樣只想獨處。你想先去修道院就去吧，去鞭笞自己，對天禱告，但之後務必到王宮來。我們要謝神，還得商討大計，我出城太久了。」

沙夏沒有回答。

「遵命，葛蘇達。」瓦西婭趕忙插嘴道。大公和卡斯揚邊走邊聊，在侍從與波亞的簇擁下進了王宮。進門前，卡斯揚回頭看了她一眼，這才走入陰影中。

❄

「走吧，瓦西婭。」沙夏說，將她的思緒拉了回來。

瓦西婭回到索拉維背上，公馬聽她吩咐前進，只是尾巴依然來回擺盪。

他們一出王宮大門，立刻捲入城市的繁忙渦流中。兩名騎士從比樹還高的宮殿底下並排騎過，泥土地面泥濘不堪，骯髒的雪被馬蹄甩到一旁。瓦西婭東張西望，頭轉得都快斷了。

「該死的，瓦西婭，」沙夏邊騎邊說：「我都開始同情妳的繼母了。妳可以推說生病，而不是答應跟狄米崔．伊凡諾維奇一起喝酒。妳以為莫斯科是雷斯納亞辛里亞嗎？大公周圍全是巴結奉承的傢伙，絕對會痛恨妳是他的表親，一下就深得他的恩寵。他們會激妳，拚命勸酒，妳有把握**絕對**不會說溜嘴嗎？」

「我無法拒絕大公，」瓦西婭答道：「瓦西里．彼得洛維奇不會對他說不。」她其實聽得心不在焉。這些宮殿就像落入凡間的天堂華麗無邊，即使覆著白雪也遮掩不了方塔的鮮豔色彩。

幾名裹著面紗的仕女閨秀從他們身旁走過，前後都有男人陪同。嘴唇發青的奴僕氣喘吁吁東奔西跑趕著幹活，一名韃靼人騎著一匹結實凶猛的母馬呼嘯而過。

沙夏和瓦西婭來到另一扇木頭大門前。這門不如狄米崔的王宮大門精緻，門口衛兵肯定認出了沙夏，因為大門立刻打開。兩人進了前院，來到一個秩序井然的寧靜國度。

雖然門口擾擾嚷嚷，這裡卻讓瓦西婭想起了雷斯納亞辛里亞。「歐莉亞。」她喃喃自語。

衣著素淨的管家出來迎接，即使見到骯髒的少年、修士和兩匹倦馬，他依然面不改色。「艾列克桑德修士。」他鞠躬說道。

「這位是瓦西里·彼得洛維奇，」沙夏說，語氣透著一絲反感。他一定厭倦透了謊言。「是我成為主內之前的弟弟。他的馬需要牽去圍場，然後他想去見他的姊姊。」

「這邊請。」管家驚詫遲疑了幾秒，接著說道。

兩人跟著他走。塞普柯夫王公的宮殿和他父親的宮殿一樣，本身就是一座莊園，只是更精緻和更富麗堂皇。瓦西婭看見烘焙坊、釀酒房、澡堂、廚房和一間冒煙的迷你棚屋，座落在宏偉的主殿旁。宮殿的下層房間半在地下，上層房間得從外頭的階梯進出。

管家帶他們走過一座低矮整潔的馬廄，甜甜的獸味和暖空氣從裡頭飄出來。馬廄後方是一座柵欄很高的空圍場，裡頭有一個四方的小棚子，主要用來遮蔽風雪，還有一個馬槽。

索拉維停在圍場邊，一臉嫌惡望著裡頭的擺設。

「你不用待在這裡，」瓦西婭又低聲對他說：「除非你想。」

常來找我，公馬只這麼說，還有別在這裡待太久。

「不會的，」瓦西婭說：「絕對不會。」

他們也不會待久，因為她還想遊歷世界。但此刻的她不想去其他地方，就算給她金銀財寶她也不去。莫斯科就在她腳下，城裡的一切神奇都在她眼前，而且她姊姊就在這裡。

一名馬夫走到他們身後，管家不耐煩地號令幾句，馬夫便將圍場柵欄的橫閂放下。索拉維俯首聽命，準備被牽進去。瓦西婭卸下公馬的肚帶，將鞍袋甩到自己肩上。「我自己背。」她對管家說。一路下來，鞍袋已經成了她的第二生命。瓦西婭發現在這個美麗又可怕的城市，她無法將它們交給陌生人保管。

索拉維有點悲傷地說，小心點，瓦西婭。

瓦西婭摸摸公馬脖子，在他耳邊低聲說道：「別跳出去。」

不會的，公馬說完頓了一下又說，除非他們忘了給我燕麥。

瓦西婭立刻轉頭對管家交代此事。「我會回來找你的，」她說：「很快。」

索拉維朝她臉上吹氣，熱熱暖暖的。

兄妹倆離開了圍場。瓦西婭跟著哥哥，在馬廄擋住圍場之前回頭看了一眼。公馬望著他離開，身影映著白雪格外明顯。不對，索拉維不該被關在柵欄裡，像普通的馬一樣……

但木牆隨即遮去了他的身影。瓦西婭搖頭甩開心裡的憂慮，跟著哥哥繼續前進。

15 騙子

歐爾嘉已經知道狄米崔的人馬回到城裡。她很難不聽見。鐘聲震得她房間地板搖動，還有隨之而來的呼聲：「狄米崔・伊凡諾維奇！艾列克桑德・佩列斯維特！」

聽見弟弟的名字，讓不得已糾結在她心裡的痛楚再次平息下來，感覺如釋重負。但歐爾嘉沒有露出半點跡象。自尊心不允許她這樣做，而且也沒有時間。謝肉節就快到了，準備工作占去她全部心力。

謝肉節又名太陽神祭，為期三天，是莫斯科公國最古老的節日之一，比標誌這個節日的大鐘和十字架還古老，過去曾是異教節日，只是如今披了基督教的外衣。明日謝肉節就要開始，今天是所有人能吃肉的最後一天，之後必須捱到復活節。歐爾嘉的丈夫弗拉基米爾還在塞普柯夫，但她依然準備了大餐，包括野豬、燉兔肉和野雞，還有魚。

謝肉節之後，他們還有幾天可以吃奶油、豬油、乳酪及其他油脂，因此廚房正在拚命製作奶油蛋糕，做了好幾百個，夠眾人大快朵頤好幾天。

歐爾嘉的作坊裡擠滿了女人。她們穿著面紗與罩袍，一邊縫縫補補一邊吃喝聊天，溫暖的身軀與言語讓作坊飄著愉悅的氣氛。街上的興奮情緒似乎飄了上來，滲入高塔的平淡中。

馬雅在作坊裡叫嚷跑來跑去。歐爾嘉不論忙碌或空閒，總在擔心這個女兒。自從鬼故事那一晚，馬雅夜裡就常尖叫，把保母吵醒。

歐爾嘉暫時擱下手邊的忙活在爐灶旁稍坐片刻，一邊跟左右寒暄，一邊叫馬雅過來讓她瞧瞧。達琳卡坐在爐灶另一邊，嘴巴講個不停，歐爾嘉希望自己的頭能不痛一點。

「我去找了坎士坦丁神父告解，」達琳卡大聲說道，聲音和擁擠作坊裡的低聲交談形成了尖銳的對比。「之後他就去修道院靜修了。坎斯坦丁神父就是那個金髮修士。因為他感覺很聖潔，也的確叫我要行義。他告訴我許多關於女巫的事。」

沒有人抬頭。女眷們對手上的針黹活兒有了新的急切。狂歡過節這一週，莫斯科將會如新娘般光彩奪目，所有女人都必須上教堂，不是一次，是許多次，不僅要盛裝華服，還得配戴面紗，只能隔著面紗東張西望。再說，這也不是達琳卡頭一回講起那位聖人。

馬雅聽過神父的事，加上受不了母親煩她，便掙脫懷抱跑走了。

「他說女巫就和我們生活在一起，生來便是女巫，」達琳卡接著說，完全不受沒有人聽她說話所困擾。「等我們發現就太晚了。他說女巫會詛咒好基督徒，詛咒他們，讓他們看見不存在的東西或聽見古怪的聲音，惡魔的聲音——」

歐爾嘉聽人提過那位神父痛恨女巫，令她很不安。就他知道瓦西婭……

夠了，歐爾嘉對自己說，*瓦西婭死了，坎斯坦丁神父也去了修道院，就讓事情過去吧*。但她很感謝過節的忙亂，讓女眷們的心思不會被一名英俊神父的胡言亂語牽著走。

瓦伐拉悄悄走進作坊，馬雅氣喘吁吁跟在她腳邊。但這位奴隸侍女還沒開口，小女孩已經大聲嚷道：「沙夏舅舅來了！」她見母親皺起眉頭，立刻改口說道：「艾列克桑德修士來了。」接著忍不住又說：「他還帶了一個男生，兩個人一起來見妳。」

歐爾嘉眉頭深鎖。女兒絲帽歪了，薩拉凡連身裙也扯破了。該換保母了。「知道了，」歐爾嘉說道：「立刻讓他們過來。坐下，馬莎。」

馬雅的保母這時才氣喘吁吁走進作坊。馬雅惡毒瞪了她一眼，嚇得保母身子往後一縮。「我想看舅舅。」女孩對母親說。

「他還帶了一個男生，馬莎，」歐爾嘉疲憊地說：「妳是大女孩了，最好不要。」

馬雅一臉憤怒。

歐爾嘉目光疲憊望著爐灶邊的女眷們說：「瓦伐拉，帶我們的訪客到我房間，記得準備熱酒。不行，馬莎，聽保母的話。妳晚點才能見舅舅。」

❄

歐爾嘉的閨房平日沒有擁擠的作坊那麼溫暖，但好處是安靜。由於床鋪有簾子隔著，因此邀請訪客稍坐很正常。歐爾嘉剛坐定就聽見腳步聲，不久他風塵僕僕的弟弟就出現在門口。

歐爾嘉吃力起身。「沙夏，」她說：「你殺光盜匪了嗎？」

「是的，」沙夏說：「不會再有村莊焚毀了。」

「謝主恩典。」歐爾嘉說著在胸前劃了十字，和弟弟擁抱。

接著沙夏用無比嚴肅的口吻說：「歐莉亞。」隨即站到一旁。

只見在他身後，一名纖瘦的綠眼男孩站在門口。他穿著兜帽和斗篷，披著軟皮和狼裘，肩膀上扛著兩只鞍袋，見到歐爾嘉立刻臉色發白，鞍袋啪的掉在地上。

「是誰？」歐爾嘉隨口問道，隨即驚呼一聲。

男孩嘴裡囁嚅，一雙大眼閃閃發亮。「歐莉亞，」她低聲說：「我是瓦西婭。」

瓦西婭？不可能，瓦西婭死了。他是男的，不是瓦西婭。再說，瓦西婭鼻子很塌。可是，可是……歐爾嘉又看了一眼。那雙綠色的眼眸……「瓦西婭？」歐爾嘉膝蓋發軟，低聲喘息道。

沙夏扶她坐到椅子上，歐爾嘉彎身向前，雙肘支著膝蓋。男孩在門口踟躕不安。「妳過來，」歐爾嘉鎮定下來：「瓦西婭。我真不敢相信。」

男孩將門關上，背對哥哥和姊姊，舉起顫抖的手笨拙地解開兜帽。一條烏黑的辮子落了出來。她再次轉身面對爐灶。沒了帽子，歐爾嘉總算看出她這個長大的妹妹，那個古怪難纏的女孩已經變成了古怪難纏的女人。沒有死，還活著，就在她的眼前……歐爾嘉覺得呼吸困難。

「歐莉亞，」瓦西婭說道：「歐莉亞，對不起，妳臉色好白，妳還好嗎？哎！」她的晶綠眼眸忽然一亮，緊握兩手說：「妳快要生小孩了。什麼時候——？」

「瓦西婭！」歐爾嘉總算找回了聲音，張口喊道：「瓦西婭，妳還活著。妳怎麼會跑來這裡？而且穿得這麼……弟弟，坐下來，還有妳也是，瓦西婭。到有光的地方來，我要看看妳。」

沙夏這回乖乖聽話，找地方坐下。

「妳也坐下，」歐爾嘉對瓦西婭說：「不是，那裡。」

女孩臉上帶著幾分急切與恐懼，坐到姊姊手指的矮凳上，動作優雅而俐落。

歐爾嘉托起女孩的下巴，讓她的臉對著光。她真的是瓦西婭嗎？她妹妹一直其貌不揚，但眼前這個女人並不醜，儘管輪廓太深，稱不上美麗：寬嘴、大眼、手指修長，看上去太像坎斯坦丁描述的那個女巫女孩。

女孩的翠綠眼眸充滿了悲傷、勇氣與無比的脆弱。歐爾嘉永遠忘不了妹妹的眼眸。

瓦西婭怯生生說：「歐莉亞？」

歐爾嘉．弗拉基米洛娃發現自己在笑。「真高興見到妳，瓦西婭。」

瓦西婭跪在地上，像個孩子哭倒在歐爾嘉懷裡。「我好、好想妳，」她結結巴巴說：「我真的好想妳。」

「噓，」歐爾嘉說：「噓，我也想妳，妹妹。」她輕撫妹妹的頭髮，發現自己也在掉淚。

最後瓦西婭抬起頭來，顫抖雙唇擦乾泛淚的眼睛，吸了口氣握住姊姊的手。「歐莉亞，」她對歐爾嘉說：「歐莉亞，爸爸死了。」

歐莉亞心底一寒，心冷的感覺愈擴愈大，對這個衝動的女孩又氣又愛。她沒有說話。

「歐莉亞，」瓦西婭說：「妳有聽到嗎？爸爸死了。」

「我知道，」歐爾嘉說。她在胸前劃了十字，無法抹去語氣裡的冷漠。沙夏皺眉看了她一眼。

「願他安息。坎斯坦丁神父都告訴我了。他說妳逃走了，還說妳已經死了。我也以為妳死了，為妳哭了一場。妳怎麼會到莫斯科來，而且穿成——這樣？」她一臉絕望看著妹妹，再次打量她烏黑凌亂的辮子、靴子、綁腿與外套，看著她狂野而令人不安的優雅。

「妳交代吧，瓦西婭。」沙夏說。

瓦西婭沒有理會他倆的問題與命令。她撐著僵硬的雙腿猛然起身。「他在這裡？人呢？他在做什麼？坎斯坦丁神父跟妳說了什麼？」

歐爾嘉小心揀選字眼：「他說父親為了救妳而死，不讓妳被熊殺害。他說妳——喔，瓦西婭，最好別要我再說下去了。回答我，妳怎麼會到這裡來？」

瓦西婭頓了一下，接著彷彿氣力盡失，一屁股坐回矮凳上。「死的應該是我，」她低聲說道：

「結果卻是他。歐莉亞，我不是……」她噎了噎喉嚨。「別聽那個神父胡說，他是——」

「夠了，瓦西婭，」歐爾嘉斷然說道，接著語帶慍怒補了一句：「妳是著了什麼魔，竟然離家出走，小姑娘？」

❄

「她說的都是真的嗎？」之後，歐爾嘉這麼問弟弟。兩人來到她的小教堂，那裡低聲交談較不奇怪，也較不會被人聽見。瓦西婭被他們支開，由瓦伐拉遮遮掩掩帶去洗澡。「神父說的和她幾乎一樣，但又不盡然。我當時實在不大相信他。一個女孩子怎麼會做出這些事來？她發瘋了嗎？」

「沒有，」沙夏疲憊說道。歐爾嘉教堂裡的聖幛十分細緻，雕琢華美的耶穌和聖人們低頭俯瞰著他。「她發生了**某件事**，我想其中有些細節妳和我都不知道，但她就是不告訴我。我不相信她瘋了。這小妞雖然莽撞，桀驁不馴，有時讓我為她的靈魂擔憂，但她就是這個樣子，她沒有發瘋。」

歐爾嘉咬著唇點了點頭。「要不是她，父親就不會過世了，」她忍不住脫口而出：「還有母親也是——」

「**妳這句話**，」沙夏厲聲說道：「就傷人了。我們不能驟下結論，姊姊。我會去問神父，或許他會交代妹妹不肯說的部分。」

歐爾嘉仰頭凝視聖幛。「我們現在該怎麼處置她？替她挑一件薩拉凡，找個丈夫嫁了？」接著她想到另一件事：「我們的妹妹是一路打扮成男孩騎馬來這裡的嗎？你是怎麼跟狄米崔·伊凡諾維奇**解釋**？」

尷尬沉默。

歐爾嘉瞇眼看著沙夏。

「我、呃……」她弟弟怯懦說道：「狄米崔．伊凡諾維奇認為她是我弟弟，瓦西里。」

「什麼？」歐爾嘉喝斥道，語氣完全不適合禱告。

沙夏強自鎮定說：「她跟他說她叫瓦西里，我覺得最好將錯就錯。」

「拜託！為什麼？」歐爾嘉壓低聲音反駁道：「你應該告訴狄米崔，說她是個可憐的瘋小孩，是聖愚者，腦袋壞掉了，然後立刻祕密帶她來找我。」

「聖愚者會騎馬帶著三個救來的小女孩殺進三一修道院嗎？」沙夏答道：「還把我們找了兩週都找不到的盜匪趕出巢穴？發生這些事之後，我要怎麼道歉，然後把她藏起來？」

他說完愕然發現這正是謝爾蓋問過他的問題，現在卻由自己嘴裡說出來。

「對，」歐爾嘉疲憊說道：「你在莫斯科不夠久，所以不了解。沒關係，木已成舟，但你弟弟瓦西里必須立刻離開。我會將瓦西婭藏在特倫裡，直到所有人忘記這件事。之後我會替她安排婚事，不會是名門貴族，雖然這麼做幫助有限，但她絕不能引起大公注意。」

沙夏發現自己坐立難安，這又是一個反常。他在千百蠟燭形成的光影之間走來走去，燭光灑在他頭髮上，跟歐爾嘉和瓦西婭一樣的黑髮，這是他們過世的母親給他們的禮物。「妳還不能把她留在特倫裡。」他努力停下腳步說。

歐爾嘉雙手交叉放在便便大腹上。「為什麼？」

「路上發生這些事，讓狄米崔．伊凡諾維奇很欣賞她，」沙夏小心翼翼地說：「瓦西婭幫了他大忙，找到那群盜匪。他答應給她頭銜與馬匹，還要在宮廷替她安排一個位置。謝肉節之前，瓦西婭不能消失，否則一定會惱怒大公。」

「**惱怒**？」歐爾嘉喝斥道，再次失去教堂裡該有的自制。她湊到他面前說：「你覺得大公要是發現這個勇敢少年其實是女孩子，結果會怎樣？」

「很慘，」沙夏語氣平平地說：「我們不能讓他知道。」

「而我必須——**將錯就錯**，看著自己的小妹跟著狄米崔手下那群波亞在莫斯科飲酒作樂，四處狂歡？」

「妳別看就好。」沙夏提議道。歐爾嘉沉默不語。她十五歲結婚以來，天天都在舞弄權謀，甚至比沙夏還久。她不得不，因為她兒女的死活全在王公貴族的一念之間。她和弟弟都惹不起狄米崔．伊凡諾維奇。但要是大公發現瓦西婭——

沙夏柔聲道：「我們已經別無選擇了。妳和我都得努力保守瓦西婭的祕密，直到謝肉節後。」

「瓦西婭小時候，我就該派人去接她來的，」歐爾嘉激動地說：「我很久以前就該去接她。我們的繼母沒有把她教好。」

沙夏嘲諷道：「我現在感覺沒有人做得到。好了，我耽擱太久，得去修道院打聽消息了。我會找神父談談。讓瓦西婭好好休息。小弟瓦西里．彼得洛維奇白天在姊姊家，這沒什麼奇怪的，但他晚上必須去大公的宮殿。」

「打扮成男孩？」歐爾嘉問道。

她弟弟下顎一緊，說：「打扮成男孩。」

「還有，」歐爾嘉又問：「我該怎麼跟我丈夫說？」

「這個嘛，」沙夏轉身朝門口走去。「完全由妳決定。他如果回來，我強烈建議妳讓他知道得愈少愈好。」

16 來自薩萊的領主

艾列克桑德修士告別姊姊，立刻前往天使長修道院。修道院自成一區，遠離王公們的宮殿，安德烈院長熱情招呼沙夏。「我們先去感謝神，」他吩咐道：「接著到我房間聽你說。」

安德烈不相信禁慾的價值，他的修道院和莫斯科一樣不斷蓄積財富，除了南方進貢的銀子，還有買賣蜂蠟、皮毛及鉀肥的收入。神父的房間布置得很舒服，聖像們穿金戴銀立在神聖的角落，不以為然地俯瞰一切。一小道清冷的日光從上方透了進來，壓過了爐灶的火焰，讓火焰看上去有如舞動的鬼魂。

兩人禱告之後，沙夏滿心感謝地在矮凳上坐下，撩起兜帽烘熱雙手。

「現在還不到小酌的時間，」安德烈說。這位院長年少時曾經造訪南方的薩萊，至今仍然難以忘懷可汗朝廷的番紅花與胡椒。「不過，」他看著沙夏沉吟道：「對一個剛從荒野回來的人，可以破例一回。」

這天修道院煮了許多牛肉，好讓修士們在四旬齋前養足氣血。修道院還新烤了麵包，做了稠而無味的乳酪。食物送來後，沙夏立刻心無旁騖吃了起來。

「你們這趟出去很慘烈嗎？」安德烈望著修士狼吞虎嚥說。

沙夏搖搖頭，嘴巴沒停下來，嚥下食物說：「我們找到盜匪，也滅了他們。狄米崔．伊凡諾維奇很高興，開心得像個孩子。他回王宮了。」

「那你為何如此——」安德烈話沒說完，忽然神情有異。「啊，」他緩緩道：「你知道你父親的事了。」

「我知道父親的事了，」沙夏承認道。他將木碗放在壁爐上，手背揩了揩嘴巴說：「看來您也知道了。是那位神父告訴您的？」

「他對誰都說了，」安德烈皺眉說道。他也替自己準備了一大碗燉湯，湯裡厚厚一層夏天留下的豬油，但他還是勉強將湯擱在一旁，湊到沙夏面前說：「他講得很恐怖，說你妹妹是女巫，害彼得．弗拉迪米洛維奇在冬天不顧反對一個人跑到森林裡，還說你妹妹也死了。」

沙夏臉色一變，但院長完全誤會了。「你還不曉得嗎，孩子？對不起讓你難過了。」他見沙夏沒有開口，便急忙接口道：「她死了或許也好。好樹也是會結壞果子，至少你妹妹死了，沒有造成更大的傷害。」

沙夏想起瓦西婭朝氣蓬勃騎馬迎向灰濛早晨的畫面，一句話也沒說。「我會找神父過來。他叫坎斯坦丁，幾乎不跟人往來，逕自不停禱告。但我相信他一定肯花時間，將事情全部告訴你。他非常聖潔……」安德烈依然拿不定主意，話裡彷彿半信半疑。

「不用了，」沙夏斷然說道，隨即起身。「告訴我神父在哪裡，我去找他。」

修道院給了坎斯坦丁一個房間，地方雖小，卻很乾淨，專門留給希望獨自禱告的修士使用。沙夏敲了敲房門。

沒有回應。

接著房裡傳來腳步聲，門開了。神父一見到沙夏，臉上血色盡失，但立刻恢復原樣。「願主與你同在，」沙夏說道，心想對方為何神色大變。「我是艾列克桑德修士，救你脫離荒野的人。」

坎斯坦丁回復鎮定。「願主賜福給你，艾列克桑德修士。」他說。經過方才瞬間流露的驚慌，這會兒他雕像般的臉上毫無表情。

「在我棄絕俗世之前，我是彼得．弗拉迪米洛維奇的兒子。」沙夏冷冷說道，因為他心裡已經起了疑心：或許這位神父說的是實話。他何必說謊？

坎斯坦丁點點頭，看來一點也不意外。

「我聽歐爾嘉說你從雷斯納亞辛里亞來，」沙夏說：「而你目睹我父親遇害。」

「我沒有看見，」神父直起腰桿說：「我只看見他騎馬出門，去追她的瘋女兒，還有他們帶他回來時，我看見他遍體鱗傷的屍體。」

沙夏下顎抽搐，但被鬍鬚遮住了。「我想知道完整的經過，麻煩就你記憶所及告訴我，巴圖席卡。」

坎斯坦丁遲疑片刻說：「既然你想知道，我就交代給你聽。」

「我們到迴廊說。」沙夏匆匆說道。神父房間飄出一股酸臭，是恐懼的氣味。沙夏不由得暗自心想，坎斯坦丁神父到底在禱告什麼。

❄

很合理，神父交代的經過非常合理，但和瓦西婭告訴他的不同，頗有出入。這兩人其中有一個在說謊，沙夏心想，或者兩人都沒說實話。

瓦西婭完全沒提到繼母，只說她死了。沙夏沒往下問，因為人死並不是什麼稀罕的事。瓦西婭顯然沒說安娜．伊凡諾夫娜和他們的父親一**起死**的……

「所以瓦西莉莎．彼得洛夫納死了。」坎斯坦丁最後說道，話中帶著幾不可察的怨忿。「願她靈魂安息，也願她父親和繼母靈魂安息。」艾列克桑德和坎斯坦丁沿著迴廊信步而行，瞭望被雪覆蓋灰白一片的花園。

他恨我妹妹，沙夏驚詫發現，而且至今依然餘恨未消。他和她絕對不能碰面，我不認為男孩的裝扮能騙過這個人。

「告訴我，」沙夏突然說：「我父親是不是有一頭棗紅色的公馬，鬃毛細長，臉上有一個星形標記？」

坎斯坦丁完全沒想到對方會問這個，不禁瞇起眼睛。不過——「沒有，」他頓了頓說：「沒有——彼得．弗拉迪米洛維奇養馬眾多，但沒有你說的那頭。」

可是，沙夏心想，你這隻英俊的蛇蠍，你明明記得很多事。你在說謊，真假交錯。

跟瓦西婭一樣？

去死吧，這兩個人。我只想知道父親是怎麼死的！

沙夏看著神父槁木死灰的臉龐，知道他問不出更多事了。「謝謝你，巴圖席卡，」他忽然說：「我得告辭了，請你為我禱告。」

坎斯坦丁彎腰鞠躬，在胸前比劃十字。沙夏大步穿越迴廊，感覺自己像是摸到黏液似的，心想自己為何會對一名可憐兮兮的虔誠神父心生畏懼。對方明明那麼憂傷誠實，用低沉動人的聲音回答他所有問題。

❄

瓦西婭全身的毛孔都被能幹的瓦伐拉擦洗得乾乾淨淨。她不僅完全得到女主人的信任，也完全處變不驚，連瓦西婭的藍寶石項鍊也只得到她的嗤之以鼻。這婦人的臉龐讓瓦西婭感到莫名的熟悉，但也可能只是她手腳俐落，讓她想起敦婭。瓦伐拉將瓦西婭的髒頭髮洗乾淨，在澡堂柴火正旺的爐灶旁烘乾。「妳應該把頭髮剪了——孩子，」她冷冷說道，一邊將瓦西婭的頭髮紮成辮子。

瓦西婭皺起眉頭。繼母的聲音永遠活在她心底某個糾結的角落，尖聲高喊「瘦巴巴、笨手笨腳的醜小鴨」，但就算是安娜・伊凡諾夫納，也從來不曾批評她黑裡帶紅的頭髮。然而，瓦伐拉的語氣裡卻帶著淡淡的鄙視。

「午夜將熄的火」，瓦西婭的童年保母敦婭曾經這麼形容她的頭髮。當時敦婭年事已高，性情溫和許多。瓦西婭還記得她在火邊替她梳頭，而霜魔在一旁看著，儘管目光似乎沒飄向這邊。

「沒有人會看見我的頭髮，」瓦西婭對瓦伐拉說：「而且我會一直戴著兜帽，還有帽子，反正是冬天。」

「愚蠢。」奴隸侍女說。

瓦西婭聳聳肩，堅持不從。瓦伐拉不再講話。

瓦西婭洗完澡後，歐爾嘉出現了。她臉色蒼白，緊閉雙唇，替妹妹更衣著裝。狄米崔差人送了卡夫坦過來，鑲金帶綠，很適合少王子。歐爾嘉將長袍擱在臂彎上。「不要喝酒，」這位塞普柯夫王妃粗魯走進熱騰騰的澡堂說：「假裝喝就好。還有不要講話，跟在沙夏旁邊，然後儘快回來。」說完便放下卡夫坦。瓦伐拉則是拿來乾淨的上衣與綁腿，以及草草清理過的瓦西婭的靴子。

瓦西婭點點頭，感覺無法呼吸，心底希望自己不是以這種方式來到歐爾嘉面前，這樣她們就能像當年一樣說說笑笑，姊姊也不會生氣了。

「歐莉亞——」她怯生生說道。

「現在不行，瓦西婭。」歐爾嘉說。她和瓦伐拉開始替瓦西婭著裝，動作俐落，不帶任何情感。瓦西婭閉口不言。她還留著童年時的回憶，記得辮子鬆了的姊姊餵雞的模樣。如今這個女人美得有如王后，華服、頭飾和腹中胎兒的重量更添加她的莊嚴與冷傲。

「我沒時間，」歐爾嘉聲音放柔，瞄了瓦西婭的臉龐一眼說：「原諒我，妹妹，我實在分身乏術。謝肉節日落就要開始，我有一家子的人要應付。這星期沙夏負責照顧妳。我在宮殿的男官房為妳準備了一個房間，記得門閂拴好，不要睡在其他地方，頭髮藏好，隨時提高警覺，別和其他女人目光相會。我不希望到時帶妳進特倫，被某個機靈的女人認出來。謝肉節過後我再和妳商量，看怎麼儘快送瓦西里．彼得洛維奇回家。好了，妳走吧。」最後一個結打好了。瓦西婭穿得就像莫斯科公國的少王子，毛皮鑲邊的帽子壓得低低的，蓋住她的眉毛，皮革兜帽藏住她的頭髮。

瓦西婭覺得歐爾嘉的計畫合情合理，卻也感受到其中的冷漠。心情受傷的她張口欲言，但是看見姊姊毫不動搖的目光，便閉上嘴巴走出澡堂。

歐爾嘉和瓦伐拉在她身後意味深長地互看一眼。

「派人傳話到雷斯納亞辛里亞，」歐爾嘉說：「別讓其他人知道。告訴我的兄弟，我們的妹妹還活著，我會把她留在這裡。」

❄

接近傍晚，沙夏在塞普柯夫宮殿大門外和妹妹會合。兩人轉身緩緩上坡。克里姆林就建在丘陵尖上，和大教堂及大公王宮共享山頂的風光。

街道蜿蜒曲折，車轍斑斑，雪堆處處。瓦西婭低頭看腳，小心不讓靴子碰到髒污，她得快步走才跟得上沙夏。索拉維說得對，她一邊想著一邊閃避路人，有點害怕他們那不帶感情的匆忙，比起這裡，朱多莫鎮真的不算什麼。

接著她難過地想，我不要待在特倫，我要趁他們把我變回女孩之前逃走。這是我多年後頭一回見到姊姊，卻也是最後一回了嗎？而她卻在生我的氣。

狄米崔王宮大門前的衛兵舉手敬禮，兄妹倆走進大門，穿越比歐莉亞家的前院更大、更精緻、更嘈雜也更髒亂的院子，走上階梯開始穿過一個又一個房間。這些房間美如童話，只是瓦西婭沒想到會有灰塵與臭味。

兩人走上第二道階梯，城市的擾攘與煙霧迎面而來。瓦西婭怯生生問：「沙夏，我是不是讓你和歐莉亞很麻煩？」

「沒錯。」她哥哥答道。

瓦西婭停下腳步。「我現在就可以離開。我和索拉維今晚就可以消失，再也不會打擾你們。」她刻意語帶自豪，但很清楚哥哥聽出她語氣裡的停頓。

「別傻了，」她哥哥反駁道。他沒有慢下腳步，也幾乎沒有回頭，似乎被強忍的憤怒攪得心神不寧。「妳能去哪裡？妳要乖乖過完謝肉節，然後徹底將瓦西里．彼得洛維奇拋到腦後。王宮快到了，記得盡量少開口。」兩人走完階梯，迎面出現一扇大門，上蠟的浮雕門面閃閃發亮。兩名衛兵站在門口，朝沙夏微微鞠躬，在胸前比了十字喊道：「艾列克桑德修士。」

「願主與你們同在。」沙夏說。

大門唰的敞開，瓦西婭發現自己來到一個低矮氣派的房間，裡頭煙霧瀰漫，擠滿了人。

門口附近的人最先轉頭。瓦西婭僵立門邊，有如被狗包圍的赤鹿。她感覺自己全身赤裸，這群人裡肯定有人大笑對身旁同伴說：「你瞧！那個女的竟然打扮成男孩子！」但沒有人開口說些什麼。汗臭、油臊味和晚餐的香氣讓已然滯悶的空氣更加窒塞。她從來沒想到房間裡的人可以這麼擠、這麼多。

卡斯揚走過來。他衣著整潔，神情自若對他們說：「傍晚好，艾列克桑德修士、瓦西里・彼得洛維奇。」他一身色如火鳥，衣服綴著珍珠，就算賓客們珠光寶氣，他依然一眼就讓人看見。瓦西婭感謝他的出現。「我們又見面了。大公慷慨讓我寄住王宮，和他一起慶祝謝肉節。」

瓦西婭發現賓客的目光關注她的有名哥哥勝過自己，於是感覺又能呼吸了。

狄米崔坐在小高臺上高喊：「兩位表弟！快點，你們都過來。」

卡斯揚微微鞠躬，幫他們指了路。亂哄哄的波亞們退擠到牆邊，讓他們通過。

瓦西婭隨著哥哥穿越房間，身後交頭接耳聲不斷。五顏六色的珠寶、長袍和鮮艷牆面讓她頭暈目眩，只能硬擺出優雅的姿態，緊跟在哥哥之後。地板上雜亂鋪著地毯與獸皮，僕役神情茫然站在角落。幾扇小窗開了小縫，透進一絲空氣，讓人稍微得以喘息。

莫斯科大公坐在眾人當中，身下的座椅雕工細緻，嵌飾講究。他剛沐浴完畢，神清氣爽、臉色潮紅，在波亞們的交談之間怡然自得。但瓦西婭似乎在他眼中見到幾分煩擾，在他表情裡見到幾分冷淡。

身旁沙夏動了動，他也察覺到了。

「狄米崔・伊凡諾維奇，容我向您介紹我的胞弟，」沙夏言詞簡潔正式，頓時摀熄了滿房間的低聲私語。他將雙手用力收進袖裡，瓦西婭幾乎可以感覺他因為緊張而顫抖。「瓦西里・彼得洛維奇。」

瓦西婭深深一鞠躬，希望帽子別掉了。

「歡迎，」狄米崔語氣同樣正式，接著開始逐一介紹自己的近房與遠房表親。瓦西婭被一連串名字搞得頭昏腦脹，大公忽然說：「介紹夠了。你餓了嗎，瓦西亞？呃——」他瞄了推推搡搡的賓客一眼，接著道：「我們換個地方吃東西，順便講講話。這邊走。」

大公說完便起身朝另一個房間走去，賓客們鞠躬目送。謝天謝地，另一個房間沒有人。瓦西婭如釋重負吁了口氣。

一張桌子擺在窗戶和爐灶之間。狄米崔大手一揮，一名僕役立刻過來在桌上堆滿糕餅、熱湯和菜餚。瓦西婭看得口水直流，完全沒有掩飾。她幾乎已經忘了肚子不餓是什麼感覺。過去兩週不論她吃了什麼，養分都給寒冷奪走了。之前在澡堂，她發現自己每根肋骨都清楚可見。

「坐吧。」狄米崔說。他的外套銀光閃閃，被寶石和赤金弄得有些僵硬，頭髮和鬍鬚都洗乾淨還抹了油。錦衣華服讓他多了幾分威嚴，感覺犀利、嚴謹又有點嚇人，只是依然被他好好藏在燦爛的笑容下。瓦西婭和沙夏在窄桌前坐了下來，僕役將香氣四溢的熱酒擺在他們手邊。桌子中央擺著一大張派餅，上頭綴著捲心菜、燻魚和雞蛋，有如國王的皇冠。

「波亞們今晚會來，」大公說道：「我得讓他們飽餐一頓，那群豬玀，還要讓他們帶著量多得嚇人的肉回家。那些傢伙的肚子得在四旬齋開始之前填飽才行。」大公瞄了瓦西婭一眼，見她目光還是捨不得離開那些佳餚美饌，神情不禁柔和幾分說：「但我想咱們的瓦西亞應該捱不到晚餐。」

瓦西婭點點頭，嚥了嚥口水，勉強擠出一句：「我的肚子自從上路就變成無底洞，狄米崔・伊凡諾維奇。」

「本來就該這樣！」大公嚷道：「你才正要開始發育呢。來，你們兩個，快點吃。替我小表弟倒酒，還有戰士修士——還是你已經開始禁食了，修士？」他挖苦似的看了沙夏一眼，將派餅推到瓦西婭面前。「切一塊給瓦西里．彼得洛維奇。」他吩咐僕役道。

派餅切好，瓦西婭開始大快朵頤。捲心菜的酸味、雞蛋的濃郁氣味和乳酪的鹹味在她舌尖漾開……瓦西婭專心吃著，食物在胃裡沉甸甸的感覺讓她心情為之輕鬆了起來。吃完派餅，她又像狗一樣開始猛吃燉肉與烤牛奶。

然而，狄米崔的的殷勤好客並沒有騙過沙夏的眼睛。「怎麼了，表哥？」瓦西婭狼吞虎嚥時，他開口問大公。

「正巧有好消息和壞消息，」狄米崔說著靠回椅背，交握戴著戒指的雙手，臉上露出緩慢得意的微笑。「我現在應該可以原諒我那個蠢妻子整天哭哭啼啼、疑神疑鬼了。她懷孕了。」

瓦西婭瞬間抬頭。「願主保守母子兩人。」沙夏拍拍表哥的肩膀說道。瓦西婭結結巴巴向大公道了恭喜。

「神差她來替我延續香火。」狄米崔灌了一口酒說，肆無忌憚的愉悅表情緩緩流逝，當他再次抬起頭來，瓦西婭感覺從來沒有見過這樣的他：不再是路上那個開朗的表哥，而是歷盡滄桑、身負重擔的男子，牢牢掌握萬千百姓性命的君王。

狄米崔擦擦嘴巴說：「壞消息是可汗從薩萊派了一位新的使節過來，帶著騎士和弓箭手駐紮在密使的宮殿，要求繳清之前積欠的稅款。他說可汗受夠拖欠納貢。他還坦白地說，要是我們不繳錢，馬麥將軍就會從下窩瓦率軍北上。」

大公的話有如重鎚落下。

沙夏沉默片刻說：「這可能是虛張聲勢。」

「我不確定，」狄米崔說。他剛才用餐更像在撕咬，而非品嚐。這會兒他放下刀子。「我聽說馬麥在南方有一個死敵，一位叫脫脫迷失的領主。這人也想稱王。要是馬麥必須開戰才能解決這名死敵——」

他話沒說完，所有人面面相覷。「那他必須先要到我們的稅款，」瓦西婭突然插口，連她自己都嚇一跳。她聽得太投入，完全忘了拘謹。「才有本錢對付脫脫迷失。」

沙夏狠狠瞪她一眼，**別開口**。瓦西婭做出無辜的表情。

「你這小子真聰明，」狄米崔一時被她打斷，隨即一臉苦樣。「我已經兩年沒有進貢，沒有人察覺，我以為可汗不會發現。他們一直忙著互相下毒，好讓自己或自己的豬玀兒子接掌大位。但將軍們可沒覬覦王位的人那麼蠢，」他停頓片刻，和沙夏四目交會。「而且現在就算我決定補足稅款，又要從哪裡生出錢來？瓦西亞追出盜匪巢穴之前，已經有多少村子被火燒了？百姓連餵飽自己都有困難，更別說繳稅開戰。」

「他們不是沒有做過。」沙夏鬱鬱指出。桌邊的氣氛和外頭城裡傳來的歡欣叫嚷形成詭異的對比。

「沒錯，但現在兩大軍閥分裂了韃靼人，我們大有機會擺脫重軛、自立門戶，每次朝南方進貢只會削弱我們。我們憑什麼要納稅讓薩萊朝廷享受榮華富貴？」

修士沒有說話。

「只要一場大勝，」狄米崔說：「就能結束這一切。」

瓦西婭感覺他們已經為了這事爭執過不止一回。

「錯了，」沙夏反駁道：「不會的。韃靼人不會甘於失敗。就算欽察汗國大不如前，民族自尊還是很強。勝仗會讓我們爭取到時間，但不論汗國最後落到誰的手中，他們都不會放過我們，不只會征服我們，還會嚴加懲罰。」

「我只要開始籌錢，瓦西婭，」大公緩緩說道：「你救回來的農人就有一些得餓死。老實說，沙夏，」他轉頭對修士道：「我很在乎你的建議，這一點你要明白。雖然我已經受夠再當那些異教徒的**狗兒子**，」最後那三個字鋒利如冰，讓瓦西婭不寒而慄。「不過——」狄米崔沉默片刻，接著壓低聲音：「我不會讓這座城毀在我手中，交給我兒子一個焚毀的國都。」

「你是聰明人，狄米崔．伊凡諾維奇。」沙夏說。

瓦西婭想到莫斯科公國的村莊裡有千百個卡特婭那樣的孩子挨餓受凍，只因為大公必須進貢給那些焚毀他們家園的領主們。

她正想開口，但沙夏隔著桌子狠狠瞪她一眼，於是這回她乖乖把話吞了回去。

「欸，總之我們必須款待這位使節，」大公說：「不能讓別人說我失了禮數。瓦西婭，快點把晚餐吃了。你們兄弟兩個都跟我來，還有咱們相貌堂堂、衣著講究的卡斯揚．路托維奇。既然要討好韃靼領主，就要徹底一點。」

❄

克里姆林東南角落邊有一座小巧精緻的宮殿，城牆比其他宮殿高，宮殿的造型與位置讓它有種說不出來的距離感，給人遺世獨立的感覺。

狄米崔帶著幾名大隨從，和瓦西婭、沙夏、卡斯揚一起從大公王宮走到這座宮殿，隨行的衛兵沿途驅趕好奇的民眾。

「要謙卑，」狄米崔語帶嘲諷對瓦西婭說：「驕傲的人才會騎馬。誰在薩萊來的領主面前狂妄自大，誰就得死，城市被火燒光，兒子沒了繼承權。」

他眼裡充滿比他還要古老的慘痛回憶。將近兩百年前，大汗的戰士首次踏上羅斯的土地。他們燒殺擄掠，拆毀教堂，直到所有人屈膝臣服。

瓦西婭不曉得該說什麼，但或許她臉上露出了同情的神色，大公忽然啞著嗓子說：「別在意，小伙子。想當大公就得做更殘忍的事，更別說是附庸國的大公了。」

他反常地一臉愁思。瓦西婭想起之前在沒有人跡的森林雪地裡他爽朗的笑聲，忽然一股衝動地脫口而出：「我會盡我所能協助你，狄米崔．伊凡諾維奇。」

狄米崔停下腳步，沙夏身體一僵。大公說：「或許真有那麼一天，小表弟。」話裡透露著一位十六歲便登上大位者的謙遜自得。「願主與你同在。」他伸手拍了拍瓦西婭戴著兜帽的頭說。

他們再次前行。狄米崔低聲對沙夏說：「我就算卑躬屈膝，國庫裡還是生不出錢來。我會聽從你的建議，但——」

「謙卑或許能防報應，」沙夏低聲回道：「脫脫迷失可能比我們想的還快攻擊馬麥，任何拖延都能為你爭取到時間。」

瓦西婭耳朵很尖，而且就走在哥哥身後，心想：難怪哥哥一直沒回家。大公這麼需要他，怎麼可能有空見爸爸？她忽然有種預感，接著又想：但沙夏說謊了。他為我說謊。要是我離開了，他要如何面對大公？

他們來到宮殿大門前，留下衛兵後獲准進入，被僕役領到一個房間。瓦西婭從來沒有見過如此精緻的房間。

瓦西婭對奢華毫無概念，甚至連這兩個字怎麼寫都不曉得。溫暖對她就已經是一種奢華，還有身體清潔、襪子乾爽和肚子不餓。但這個──這個房間終於讓她對奢華是什麼稍微有點感覺。她歡喜地東張西望。

木頭地板鋪得仔細，還打了蠟。地板上的花紋地毯毫無灰塵，用的是她沒見過的質料，花紋裡張牙舞爪的貓栩栩如生。

角落的爐灶貼了磁磚，漆著樹木與紅鳥，爐火熊熊燃燒，瓦西婭不一會兒就覺得太熱了，背上滾落斗大的汗珠。牆邊幾名男子身穿櫻紅外套和古怪的帽子，有如雕像佇立不動。

我一定要去薩萊那個城市瞧瞧，瓦西婭心想。眼前的雅緻讓她漂亮的卡夫坦看上去就像俗艷的粗糙貨。我要和索拉維去到很遠很遠，我們會一起去那裡瞧瞧。

她聞到一股香氣（是沒藥，只是她那時還不認得），感覺鼻子一陣搔癢，只能拚命忍住，不讓自己打噴嚏，完全沒察覺其他人走到一座鋪著地毯的高臺前停下來，害她差點沒撞上沙夏。狄米崔跪在地上磕頭行禮。

瓦西婭眼裡泛淚，看不清使節，只聽見一個輕細的聲音要莫斯科大公起身。她默默聽著狄米崔問候可汗，幾乎認不出這個鞠躬哈腰、喃喃道歉、遞上禮品給侍從的人就是英勇的大公。問候還在繼續──「願主保守您的眾兒女、眾妃子」──直到狄米崔語氣變了，瓦西婭才瞬間回過神來。「一個又一個村子，」狄米崔用恭敬但響亮的聲音說道：「被搶劫、被火燒。我的百姓得熬過冬天，他們沒有閒錢，必須等秋天收成才有收入。我無意不敬，但我們都是血肉之軀，而您也明白──」

那韃靼人用母語回答，語氣尖銳。瓦西婭皺起眉頭。從剛才開始，她的目光就沒有高過高臺下的翻譯，但那聲音讓她忍不住抬眼窺望。

瓦西婭瞬間怔住，臉上驚駭萬分。

她認得這位使節。她最後一次見到他是在黑暗中，彎刀的恐怖劈砍之下。她聽見這同一個嗓音用喊殺聲呼喚夥伴。

此刻他穿著錦衣貂皮，看上去輝光四射，但她不會認錯那副寬肩、硬顎與冷酷的眼神。他語氣沉穩對著翻譯說話，但有一瞬間，那韃靼使節——應該說那盜匪頭子——和她四目相會，嘴角微微上揚，表情裡盡是似笑非笑的恨怒。

❄

瓦西婭離開大殿，心裡又氣又怕，不敢相信自己的眼睛。*不，不可能是他。那人是強盜，不是韃靼貴族，也不是可汗的手下。妳搞錯了。妳只在火光下看過他一次，在黑暗中看過他一次。妳無法確定。*

是嗎？她真的能忘掉那彎刀後的面孔，那差點殺死她的人的臉龐？

羅斯人的血還在他手上，這人卻對著他們油嘴滑舌，大談結盟和狄米崔的不知感恩……

不會，那不是他，怎麼可能是？然而……難道人可以既是領主又是盜匪？他是冒名頂替嗎？

狄米崔一行人沿著原路匆匆穿越克里姆林返回王宮，四周全是城市過節前的歡鬧嘈雜，笑聲、吼聲和歌聲不斷。民眾退開讓大公走過，高呼他的名字。

「我需要和你談談，」瓦西婭匆匆下定決心對沙夏說，一手急急抓住他的手腕。「現在。」

狄米崔的王宮大門浮現眼前，首批火把已經點燃了。卡斯揚發現沙夏兄妹倆交頭接耳，好奇地看了他們一眼。

「好，」沙夏遲疑片刻說：「走吧，我們回塞普柯夫宮殿說，這裡耳目太多。」

瓦西婭咬著唇看哥哥匆匆向狄米崔告辭，惹得大公皺起眉頭，接著便和哥哥一起離開。

夕陽西斜，金黃色的陽光照得莫斯科的尖塔有如火炬，宮殿牆角陰影聚積。刺骨微風在樓房間呼嘯穿梭，街上的喧鬧讓瓦西婭心癢難熬：洶湧的人潮或大笑或皺眉，或縮著身子躲避寒風；燈火和熱鐵撫平雪滑坡，熱糕餅上油脂滋滋作響。途中瓦西婭聽見雪球飛過與落地的聲響，忍不住轉頭微笑，向晚的天空迅速轉為火紅。

兄妹倆走到歐爾嘉宮殿的安靜角落，才剛到索拉維的圍場邊，瓦西婭肚子又餓了。索拉維一瞥見她，立刻抬起有星形標記的頭。瓦西婭翻過柵欄朝他走去，撫摸他的身體，用手指梳理鬃毛，讓他用鼻子磨蹭她的手掌，一邊思考該怎麼說才能讓自己的哥哥明白。

沙夏靠在柵欄上說：「索拉維很好。所以，妳想跟我說什麼？」

天空變成尊貴的紫色，星星開始出現，月亮有如銀色彎勾，升到宮殿叢聚的天際線上。

瓦西婭深呼吸一口氣。「你說，」她開口道：「我們還在追捕盜匪的時候，你說盜匪用的刀劍很好，鍛造精良，馬也很強壯，感覺很古怪。你還說他們的巢穴有蜂蜜酒、啤酒和鹽巴，這點也很詭異。」

「沒錯，我記得。」

「我知道為什麼，」瓦西婭愈說愈急：「盜匪頭子——那個擄走卡特婭、安汝席卡和蕾諾席卡的人——就是他們稱為哲留孛的傢伙，萬戶長馬麥的使節。他們是同一個人，我很確定，使節就是盜匪——」

她停頓片刻，有點喘不過來。

沙夏皺起眉頭。「不可能，瓦西婭。」

「我很確定，」她又說了一次。「我最後一次看見他，是他拿刀朝我揮來的時候。你難道懷疑我嗎？」

沙夏緩緩說道：「當時天色昏暗，妳又害怕，不可能確定。」

她湊到哥哥面前，激動得硬是將聲音擠了出來。「如果我不確定會跟你說嗎？我很確定。」

沙夏捋鬚不語。

瓦西婭無法自抑：「他一邊叫賣羅斯女孩，一邊責怪大公不知感恩，這表示——」

「表示什麼？」沙夏反問道，語氣忽然帶著尖銳的嘲弄：「大領主只會叫別人替他幹齷齪事。堂堂一名使節何必帶著一群盜匪到鄉下打劫？」

「我知道自己看到什麼，」瓦西婭說：「說不定他根本不是領主，莫斯科有人認識他嗎？」

「那我認識妳嗎？」沙夏反問道，同時像貓一樣翻過柵欄，靴子踏在雪地上，驚得索拉維抬起頭來。「妳一直實話實說嗎？」

「我——」

「妳說，這匹馬，」沙夏道：「這頭人人稱羨的棗紅公馬是哪裡來的？是爸爸的馬嗎？」

「索拉維嗎？不是——他——」

「還有，」沙夏說：「繼母又是怎麼死的？」

瓦西婭倒抽一口氣。「你跟坎斯坦丁神父談過了。但那些和這件事無關。」

「是嗎？我們在討論實話，瓦西婭。坎斯坦丁神父交代爸爸遇襲身亡的經過。他說爸爸的死是妳造成的。很不幸，他對我說謊，但妳也是。神父絕對不會透露他為何恨妳，但**妳**也沒講他為什麼認為妳是女巫，沒講這匹馬從哪裡來，沒講妳為什麼冬天會瘋到一個人跑去熊的巢穴，還有父親為什麼會蠢到跟著妳到森林去。我完全不信任神父，但在森林裡的那一週，我也不信任妳，瓦西婭。我只聽到一堆謊言，而我現在要聽實話。」

天色方暗，瓦西婭瞪大眼睛張口無言。索拉維全身緊繃在她身旁，瓦西婭的手不停在他鬃毛上握握張張。

「實話，妹妹。」沙夏又說了一次。

瓦西婭嚥了口氣，舔舔嘴唇，心想：*霜魔救了我，讓我免於死在我死去的保母手上，他還給了我這匹馬，在火光裡吻了我。我能說這些嗎？對我的修士哥哥說？*「我沒辦法全部告訴你，」她說：「因為我自己也不是完全明白。」

「那麼，」沙夏冷冷說道：「我該相信坎斯坦丁神父的話嗎？妳是女巫嗎，瓦西婭？」

「我——我不知道，」她語帶痛苦坦白回答：「我能說的都已經跟你說了，而且我沒有說謊，**真的沒有**。現在也是。只是——」

「妳扮成男孩在羅斯荒野上亂跑，還騎著我這輩子見過最剽悍的馬。」

瓦西婭嚥了嚥喉嚨，努力尋找詞彙，卻什麼也講不出口。

「妳的鞍袋裡裝滿遠行需要的東西，甚至還有銀飾。沒錯，我看了妳的鞍袋。妳有一把高碳鋼刀，那是哪裡來的，瓦西婭？」

「別說了！」瓦西婭喊道：「你以為我想離開嗎？你以為我想做這些事嗎？我不得不，哥哥，我不得不。」

「所以呢？**妳到底有什麼沒跟我說？**」

瓦西婭噤聲不語。她想到謝爾特、殭屍還有莫羅茲科。她就是說不出口。

沙夏厭惡地低哼一聲。「夠了，」他說：「我會替妳保密。這麼做對我很傷，瓦西婭。我仍然是父親的兒子，即使我再也見不到他。但我沒有必要信任妳，或相信妳那些危言聳聽。韃靼使節不是盜匪。**妳**不能再承諾大公什麼，別再說那些沒用的謊話。該閉嘴的時候就不要開口，這樣或許能捱過這星期不會洩底。這是妳唯一該擔心的事。」

沙夏輕巧優雅躍過柵欄的橫木。

「你要去哪裡？」瓦西婭哭著傻傻問道。

「我要帶妳回歐爾嘉的宮殿，」他說：「妳今晚已經說夠、做夠、看夠了。」

瓦西婭躊躇不答，反駁的話湧到喉間。但她看了沙夏那緊繃的背影一眼，知道他不會聽的。她抽抽噎噎，摸摸索拉維的脖子向他道別，跟著哥哥離開圍場。

17 海盜馬雅

瓦西婭在男官房的房間很小，但很溫暖，也比狄米崔王宮裡的所有地方乾淨許多。爐灶上已經擺了溫酒，旁邊是一小塊奶油糕，只被某隻膽子大的老鼠啃了一小口。

沙夏陪她走到門口，對她說了「願主與妳同在」便離開了。

瓦西婭一頭倒在床上。莫斯科的歡騰從開了小縫的窗戶外鑽進來。過去幾週她日以繼夜騎馬奔馳，經歷了打鬥與生病，疲憊早已滲到骨子裡。她拴好房門，脫去斗篷與靴子，味如嚼蠟地吃完喝完，隨即鑽進層層疊疊的毛皮被子裡。

雖然被子很沉，爐灶持續發熱，瓦西婭還是全身顫抖，無法入睡，不停感覺謊言殘留在自己的舌尖，聽見坎斯坦丁神父用那打動人心的低沉嗓音告訴她的哥哥姊姊那些真實——幾乎真實的經過。她再次聽見盜匪頭子的喊殺聲，看見月光下他的刀光一閃。莫斯科城的嘈雜與閃耀令她迷惘，她不曉得什麼才是真的。

最終，瓦西婭迷迷糊糊沉入夢鄉。午夜剛過，她從靜寂中驚醒過來。房裡飄著濃濃的濕羊毛與焚香味。瓦西婭一臉困惑望著暗影裡的椽木，渴望呼吸到寒冬的清淨微風。接著她的呼吸忽然卡在喉嚨。某處有人在哭。

邊哭邊走，聲音愈來愈近，一聲聲啜泣有如細針戳刺著塞普柯夫宮殿。

瓦西婭皺著眉起身下床。腳步聲沒了，只剩喘息和哽咽。

聲音愈來愈近。

是誰在哭？瓦西婭沒聽到腳步聲，也沒聽到衣服的窸窣聲。哭聲是女人。什麼女人能來這裡？這裡是男官房。

聲音愈來愈近。

啜泣者在她門前停下。

瓦西婭幾乎屏著呼吸。之前殭屍就是這樣回到雷斯納亞辛里亞，在冷風中哭求進屋裡。太可笑了。這裡沒有殭屍，熊被關住了。

瓦西婭鼓起勇氣，掏出冰匕首以防萬一，接著走到門前將門開了一道小縫。

只見門框邊一張臉望著她，臉色蒼白，神情好奇又咧著大嘴。

妳，那張臉咯咯說道，出去，出——

瓦西婭將門甩上逃回床鋪，心臟猛烈狂跳。出於自尊，或者說本能，她忍住尖叫，只是不停大口喘息。

她忘了門閂，門呀的一聲緩緩打開。

沒有。門外什麼都沒有。只有暗影和涓滴的月光。那是什麼？鬼嗎？還是夢？願主與我同在。

瓦西婭看了許久，門外毫無動靜，也沒聲響打破死寂。最後她鼓起勇氣再次起身，穿過房間把門關上。

她過了很久才睡著。

❄

謝肉節第一天，瓦西莉莎．彼得洛夫納醒來全身僵硬、飢腸轆轆、心情懊悔又執拗，忽然發現一雙烏黑大眼低頭望著她。

瓦西婭眨眨眼睛，像狼一樣曲起雙腳準備逃跑。

「妳好，」那雙眼睛的主人淘氣說道：「阿姨，我是馬雅．弗拉基米洛夫納。」

瓦西婭低呼一聲，隨即試圖擺出大哥哥的氣憤與威嚴。她的頭髮還收攏在兜帽裡。「妳這樣說很沒禮貌，」她僵硬回答：「我是你舅舅瓦西里。」

「沒有，妳不是，」馬雅說著退後一步，雙手抱胸。她的小靴子繡著血紅色的狐狸，一頭黑髮用掛著銀環的絲帶紮著，臉蛋白皙如奶，眼睛有如烙進雪裡的兩個黑洞。「我昨天跟著瓦伐拉溜進來，媽媽跟沙夏舅舅講的話我都聽見了。」她上下打量瓦西婭，食指摁著嘴唇說：「妳是我的醜阿姨瓦西莉莎。」裝得若無其事補了一句：「我比妳漂亮。」

就一個還在發育的孩子來說，馬雅若是沒那麼白、那麼憔悴，或許確實稱得上漂亮。

「妳是很漂亮，」瓦西婭說，心裡覺得既逗趣又驚訝。「但比不上被灰狼擄走的美人伊蓮娜。沒錯，我是妳阿姨瓦西莉莎，但這是大祕密。妳很會保密嗎，馬莎？」

馬雅揚起下巴，坐到爐灶旁的長椅上整理裙子。「我會保密，」她說：「我也想當男孩子。」

瓦西婭覺得一早起來不適合談這個。「但妳媽媽會怎麼說？」她問道，語氣有些急切：「這樣她就失去自己的女兒了，馬莎。」

「她才不在意呢，」馬雅反駁道：「因為她想要兒子。再說，」她一副逞強的樣子。「我必須離開宮殿。」

「妳媽媽或許想要兒子，」瓦西婭附和道。「但她也想要妳。妳為什麼必須離開宮殿？」

馬雅嚥了口氣，原本的快活勇敢瞬間消失了。「妳不會相信我的。」

「說不定會喔。」

馬雅低頭看著雙手。「因為鬼想吃掉我。」她喃喃說道。

瓦西婭眉毛一挑。「鬼？」

馬雅點點頭。「保母說我不應該說這些事，會讓媽媽擔心。我試著不說，但我很害怕。」她聲音愈來愈小，最後幾不可聞。「我一睡著，鬼就等在那裡。我知道她想要吃掉我，所以只好離開宮殿。」馬雅說，話裡重新帶著決心。「讓我跟妳一樣變成男生，否則我就跟所有人說妳其實是女生。」她架式十足說著威脅，但瓦西婭一下床，她立刻畏縮後退。

瓦西婭跪在小女孩身旁。「我相信妳，」她柔聲說：「我也看到那個鬼了，昨晚看到的。」

馬雅怔住了。「妳會怕嗎？」過了一會兒，她開口問。

「會，」瓦西婭說：「但我想鬼也很害怕。」

「我討厭她！」馬雅激動地說：「我討厭鬼，她一直不肯放過我。」

「或許下回我們應該問她想要什麼。」瓦西婭沉吟道。

「她不會聽的，」馬雅說：「我叫她離開，她都不聽。」

瓦西婭打量甥女。「馬莎，妳還看過什麼東西，但妳的家人看不到嗎？」

馬雅神色異常提防。「沒有。」她說。

瓦西婭默默等著。

小女孩垂下頭。「澡堂裡有一個男的，」她說：「爐灶裡也有一個。我被他們嚇到了。媽媽叫我不能再說這些事，否則不會有王子要娶我。她——她很生氣。」

瓦西婭清楚記得別人說她看到的世界並不存在時，她心裡的無助與迷惘。「澡堂裡的那個男的是真的，馬莎，」瓦西婭抓著小女孩的肩膀激動說道：「妳千萬不要怕他，他會守護妳的家。他有許多親戚，一個守護前院，一個守護馬廄，還有一個守護壁爐，不讓邪惡東西靠近。他們就跟妳一樣真實。妳千萬不要懷疑自己的眼睛，也不要害怕妳看見的東西。」

馬雅皺起眉頭。「妳也看得見他們嗎，阿姨？」

「對，」瓦西婭答道：「我會做給妳看。」她頓了一下又說：「只要妳答應不告訴任何人我是女生。」

小女孩臉龐一亮。她想了想，接著用百分之百的公主語氣說：「我發誓。」

「很好，」瓦西婭說：「讓我換衣服吧。」

❄

太陽還沒升起，世界幽微、扁平而灰濛，莫斯科上空飄著安然等候的恬謐，裊裊輕煙是唯一的動靜，獨舞似的遮蔽了城市，彷彿滿懷愛戀。歐爾嘉的宮殿前院和臺階安靜無聲，只有廚房、烘焙坊、釀酒房和燻製房嗡嗡低囔。

瓦西婭一眼就找到烘焙坊。空氣裡飄著誘人的早餐味。她腦海裡浮現抹了乳酪的麵包，忍不住吞了吞口水，差點跟不上直直穿越加了圍屏的走道跑向澡堂的馬雅。

馬雅正要去開門閂，瓦西婭及時從後面抓住女孩的斗篷。「先確定裡面沒有人，」她氣沖沖說道：「難道沒有人叫妳做事之前要先想一想嗎？」

馬雅扭動身軀。「沒有，」她說：「他們只會叫我**不要做**，但我就是想做，就是忍不住。保母有時會氣得臉色發青——她活該，」她聳聳肩，接著垮下肩膀。「可是有時媽媽說她很怕我，我不喜歡那樣。」馬雅打起精神，甩開阿姨抓著她的手，指著煙囪說：「沒有煙，裡頭是空的。」

瓦西婭摁了摁女孩的手，拉開門閂，兩人一起走進冰冷的黑暗中。馬雅抓著瓦西婭的斗篷，躲在她身後。

瓦西婭前一天洗澡太匆促，沒時間留意周遭，但她現在看著刺繡褥墊和發亮的橡木長椅，不禁露出讚賞的眼神。雷斯納亞辛里亞的澡堂只重功能。瓦西婭對著昏暗處說：「班尼克，大爺，爺爺，您願意跟我們說話嗎？」

沒有聲音。馬雅從瓦西婭斗篷後方小心翼翼探出頭來。兩人的呼吸在冰冷的空氣中化為白霧。

接著——「那裡。」瓦西婭說。

她看起來好像指著一縷被火照亮的蒸汽，但只要微微側頭，就會看見一名老人歪著頭交叉雙腿坐在褥墊上，個子甚至比馬雅還小，有著雲一般的頭髮和古怪幽遠的眼睛。

「就是他！」馬雅尖叫道。

瓦西婭沒有說話。這位班尼克甚至比朱多莫鎮的那位班尼克還淡，更別說卡特婭村子裡的多莫佛伊了，感覺只比蒸汽和琥珀色的光稍微濃一點。之前坎斯坦丁恫嚇她的同胞，讓他們趕走謝爾特，是她的血喚醒它們。但眼前這位班尼克似乎沒有褪色得那麼厲害，卻也較難停止。

會結束的，瓦西婭心想，澡堂裡的蒸汽其實是一個會預言的生物，這樣的神奇世界總有一天會消失，只剩鐘聲和巡遊隊伍。到時謝爾特就會是霧，是回憶，是夏天麥田的搖曳。

她的心飄向莫羅茲科，寒冬之王，隨心操控冰霜的男子。不會。**他**不可能變淡。

瓦西婭甩開思緒，走到水桶邊舀了一勺灑在地上，接著將口袋裡的麵包屑和角落拿來的樺木枝放在那一縷活生生的蒸汽前。

班尼克清楚了一些。

馬雅倒抽一口氣。

瓦西婭拍拍甥女的肩膀，將女孩抓著她斗篷的手扳開。「去吧，他不會傷害妳的。妳必須心懷敬意。他是班尼克，叫他爺爺，因為他就是爺爺。或叫他大爺，那是他的稱號。妳一定要給他樺木枝、熱水和麵包。他有時會預知未來。」

馬雅抿著玫瑰色的小嘴，接著用最莊重敬畏的語氣，只是有點顫抖地低聲說道：「爺爺。」

班尼克沒有說話。

馬莎遲疑往前一步，遞上一塊有點壓到的糕餅。

班尼克緩緩露出微笑。馬雅身體發抖，但沒有移動。班尼克用蛙掌般的手拿起糕餅。「原來妳看得見我，」他用宛如水灑在炭火上的聲音嘶嘶說道：「已經很久了。」

「我看得見你，」馬雅往前一步，孩子般天真的忘了恐懼。「我當然看得見。可是你之前都沒說話，為什麼？媽媽說你不是真的，我很害怕。你以後會開口說話嗎？我會嫁給誰？」

等妳初潮一來，就會嫁給某個陰鬱的王子，瓦西婭冷冷想道。「夠了，馬莎，」她大聲說道：「別問這個。妳又還沒要嫁人，不需要預言。」

班尼克笑了，笑裡帶著一絲妖邪。「為什麼？瓦西莉莎．彼得洛夫納，妳不是也聽過關於妳的預言嗎？」

瓦西婭沒有答話。雷斯納亞辛里亞的班尼克告訴她，她會在冬天採雪花蓮，害自己送命，並且為了夜鶯哭泣。「我是長大才聽到的，」她開口道：「馬莎還是個孩子。」

班尼克咧嘴微笑，露出蛙齒般的細牙。「這是關於妳的預言，馬雅．弗拉基米洛夫納，」他對女孩說：「我現在只是一縷蒸汽，因為妳的同胞相信鐘聲和人畫的聖像。但我至少知道一點，妳會在遠方長大，愛一隻鳥勝過妳的母親，在季節交替的時候。」

瓦西婭身體一僵，馬雅漲紅了臉。「鳥……？」她喃喃道，接著大喊：「你錯了，不可能！」她緊握雙拳。「把剛才的話收回去。」

班尼克聳聳肩，臉上依然掛著一絲惡毒的笑。

「收回去！」馬雅尖叫：「把話收——」

但班尼克已經將目光轉向瓦西婭，炯炯眼眸閃著異樣的冷酷。「謝肉節之前，」他說：「我們走著瞧。」

瓦西婭為馬雅抱不平說：「我不了解你。」

但她只是對著空蕩蕩的角落講話，班尼克已經消失了。

馬雅一臉沮喪。「我不喜歡他。他說的是實話嗎？」

「那是預言，」瓦西婭緩緩說道：「有可能是真的，但不會跟妳想像得完全一樣。」

她見小女孩下唇顫抖，烏黑大眼寫滿失落，於是又說：「現在還早，妳想要去騎馬嗎？我和妳一起。」

馬雅臉上出現陽光。「好，」她立刻說道：「哦，拜託，我們現在就去。」

看她心中竊喜的模樣，騎馬在街上跑顯然是不允許的事。瓦西婭心想自己是不是做錯了，但她也想起自己小時候有多愛和哥哥一起騎馬，享受風拂過臉龐的感覺。

「走吧，」瓦西婭說：「但妳要跟緊我。」

兩人走出澡堂，陽光已經點亮早晨，天色從煙黑變成鴿灰，濃郁的深藍暗影也開始撤退。瓦西婭試著昂首闊步，走得像個勇敢的少年，但很困難，因為馬雅一直緊牽著她的手。小女孩雖然大言不慚，其實只離開父親的宮殿到教堂過，而且身旁還圍著母親的婢女。光是沒有大人陪著在前院走，就已經有叛逆的味道。

索拉維兩眼炯炯站在圍場裡，仰頭嗅聞清晨，瓦西婭似乎看見一個留著鬍鬚、四肢修長的小人坐在馬背上替他梳理鬃毛。但晨禱鐘聲響起，瓦西婭眨眨眼再一瞧，馬背上空空如也。

「哇，」馬雅突然停下腳步說：「他是妳的馬嗎？好大隻喔。」

「沒錯，」瓦西婭說：「索拉維，這是我甥女，她想騎你。」

「但我現在不大想騎了。」馬雅一臉提防望著公馬說。

索拉維喜歡小孩，或只是對個子比他小那麼多的生物感到不可思議，只見他小步走到柵欄邊，朝馬雅臉上噴了一口溫暖的鼻息，低頭舔了舔馬雅的指尖。

「哇，」馬雅語調一變。「哇，他好軟。」她摸著他鼻子說。

索拉維開心甩動耳朵，瓦西婭露出微笑。

告訴她不能踢我，索拉維說著輕輕咬了馬雅的頭髮，逗得她咯咯笑。也不能拉鬃毛。

瓦西婭如實轉告，接著將馬雅抱到柵欄上。

「他需要馬鞍，」女孩緊緊抓著柵欄橫杆，焦急提醒瓦西婭：「我看過爸爸的手下騎馬出去，他們都有馬鞍。」

「索拉維不喜歡馬鞍，」瓦西婭反駁道：「上去吧，我不會讓妳摔倒。還是妳害怕？」

馬雅昂起下巴，穿著裙子笨拙地抬腿一屁股坐到鬐甲上。「哪有，」她說：「我不怕。」

但索拉維一嘆氣，動了動身體，馬雅還是驚叫一聲緊緊抓住他。瓦西婭咧嘴笑著爬上柵欄，跨上馬背坐在甥女背後。

「我們要怎麼出去？」馬雅老實問道：「妳又沒開柵門。」接著忽然倒抽一口氣。「天哪！」

背後的瓦西婭哈哈大笑。「抓緊鬃毛，」她說：「但別用扯的。」

馬雅沒有說話，但兩隻小手死死抓著鬃毛。索拉維一個轉身，馬雅呼吸急促，瓦西婭彎身貼著馬背。

公馬脫韁而出，女孩呀的尖叫。一步、兩步、三步，接著一個騰越，公馬瞬間越過柵欄，輕盈有如落葉。

落地後，馬雅歡聲大笑。「再一次！」她喊道：「再一次！」

「等我們回來，」瓦西婭保證道：「城市還沒逛呢！」

沒想到離開非常簡單。瓦西婭將馬雅藏在自己的斗篷裡，在陰暗處待一會兒，大門衛兵就趕來拉起橫杆了。畢竟他們的工作就是把人擋在外頭。

出了塞普柯夫王公的宮殿，只見城裡熙熙攘攘，煎餅的聲音與香氣點綴著清晨的寂靜。深紫色的朝霞下，一群小男孩在雪滑坡玩，不久就被一群大男孩趕到一旁。

馬雅轉頭看著他們。「葛雷布和史拉伐昨天在我們家院子砌雪滑坡，」她說：「保母說我年紀太大不能玩，但媽媽說也許可以。」她語氣感傷。「我們不能停下來玩一會兒嗎？」

「我想妳媽媽應該不准。」瓦西婭遺憾地說。

太陽從克里姆林牆上探出頭來，有如一只銅指環引出教堂的所有繽紛色彩。灰暗的天色落荒而逃，世界閃著亮綠、鮮紅與湛藍。

朝陽讓馬雅的臉也亮了起來。不是在家裡高塔亂跑的那種狂野興奮，而是某種更安靜、更喜悅的情緒。陽光讓她一雙黑眼鑽石閃閃，盡情吸收觸目所及的一切。

索拉維時而漫步、時而小跑或奔馳，在剛醒來的城市裡穿梭。他們經過麵包店、釀酒場、旅舍與雪橇，經過一座戶外爐灶，一名婦人正在煎奶油糕。瓦西婭抵擋不了飢餓的誘惑，下馬走到灶邊。索拉維愛吃糕餅，滿懷期待跟了上去。

廚娘眼睛沒離開灶火，舉起湯匙擋住公馬湊過來的鼻子。索拉維氣憤退開，忽然想起猛仰上身會嚇到背上的小乘客。

「沒你的份，」廚娘揮著湯匙向公馬強調。他鬐甲比她個子還高。「你個頭這麼大，我看要是給你吃，你統統吃得完。」

瓦西婭掩著笑說：「原諒他吧，妳的糕餅太香了。」說完便買了一大塊油嫩的糕餅。氣消的廚娘多塞了一塊給他們。「你需要長胖一點，少領主。別讓那孩子吃太多。」接著甚至露出高人一等的表情，親自用手拿了一塊糕餅餵給索拉維。

索拉維毫不介意，伸出舌頭輕輕將糕餅捲入嘴裡，再用鼻子磨蹭她的頭巾，逗得廚娘呵呵笑著將他推開。

瓦西婭重新上馬，兩個女孩邊吃邊騎，抹得滿嘴是油。索拉維不時轉頭，臉上寫滿期盼，馬雅就會餵他一口。兩人一馬緩緩前行，欣賞城市緩緩醒來的景致。

當克里姆林的城牆赫然浮現眼前，馬雅兩隻油膩的小手抱著索拉維的頸子，拉長脖子張大嘴巴望著高牆說：「我只從很遠的地方看過，不曉得牆這麼大。」

「我也是，」瓦西婭說：「我昨天才看到。我們靠近點。」

兩個女孩騎過大門，這回輪到瓦西婭屏息讚嘆了。大門外的遼闊廣場上搭了一個市集，商人們擺好攤位，男人們大聲問候，呵手取暖，孩子們跑來跑去，叫聲有如椋鳥。

「哇，」馬雅東張西望。「哇，妳看，那裡有梳子耶！還有布料！還有骨針和馬鞍！」

還有好多好多。他們經過賣糕餅、賣酒、賣珍貴木材、賣銀壺、賣蜂蠟、賣羊毛、賣塔夫綢和賣醃檸檬的攤子。瓦西婭買了醃檸檬，開心地聞一聞，咬了一口，立刻倒抽一口氣將那東西扔給馬雅。

「這東西不能吃，是加一點到湯裡，」馬雅高興聞著醃檸檬說：「他們肯定費了一整年才來到這裡，沙夏舅舅告訴我的。」

小女孩有如好奇的松鼠左瞧右看，不時大喊「綠布！」或「妳看，那把梳子好像睡著的貓！」

瓦西婭還在遺憾自己錯買檸檬，忽然瞥見廣場南側畜欄裡有一群馬，便催索拉維過去瞧瞧。

一頭母馬朝索拉維嘶鳴一聲，索拉維拉長脖子一臉歡喜。「你想討老婆了是嗎？」瓦西婭壓低聲音說。

馬販看在眼裡說：「少領主，別讓你的馬靠這麼近，我的牲畜全會被他搞得造反了。」

「我的馬靜靜站著，」瓦西婭努力擺出有錢波亞的傲慢。「你的馬怎樣不關我的事。」但對方的牲畜顯然躁動不安，於是她看在那群母馬份上，要索拉維退後。除了朝索拉維嘶鳴的母馬，其餘的馬都很像。那頭母馬是栗色的，比其他馬都高，膝部以下顏色雪白，像是穿著襪子。

「我喜歡那匹馬。」馬雅指著栗色母馬說。

瓦西婭也是。她心裡閃過一個瘋狂的念頭，何不買一頭馬？離家前她從沒買過東西，但現在她口袋裡有銀子，還有一股新生的自信暖洋洋地在血液裡流淌。「我想看那頭小母馬。」她說。

馬販一臉狐疑望著眼前這個纖瘦的少年。

瓦西婭高傲坐在馬背上等著。

「是的，葛斯帕定，」男子嘟噥道：「馬上來。」

栗色母馬被帶了過來，神色很是苦惱。馬販用繩子牽著她在雪地上來回走動。「她很健康，」馬販說道：「才三歲。只要騎上這頭戰馬，誰都能當英雄。」

母馬抬起左蹄，再抬起右蹄。瓦西婭很想上前撫摸她，檢查她的腿和牙，但不想讓馬雅一個人留在索拉維背上引人注目。

於是瓦西婭對母馬說：嗨。

母馬將腳放下，耳朵向前伸直，雖然害怕，卻也沒那麼生澀。嗨？她伸著鼻子好奇試探地說。

就在這時，克里姆林的拱門傳來新的馬蹄聲。母馬猛地退後，弓身揚腿，馬販咒罵一聲將她拉回地面，拖著躁動的她回到畜欄。

瓦西婭，索拉維說。

瓦西婭轉頭一看，只見三名男子騎著雄駒奔進廣場，一人在前、兩人在後，領隊者頭戴紅帽，渾身散發優雅與威嚴。是哲留孛，瓦西婭心想。盜匪頭子，自稱可汗的使節。

哲留孛一個轉頭，他的馬立刻停步，三名騎士轉而朝畜欄直直奔來。哲留孛一邊用破爛的俄文高呼抱歉，一邊穿過人群。民眾紛紛轉頭注視韃靼人的去向，臉上敬畏又憤怒。

太陽升得更高了。陽光照得冰凍的河面燃起白冷的火焰，照得騎士身上的珠寶光輝四射。

瓦西婭拉起斗篷遮住座前的女孩。「安靜，」她低聲道：「我們得走了。」接著要索拉維漫步朝克里姆林大門走去。馬莎一動不動，但瓦西婭可以感覺她心臟跳得飛快。

她們應該走快點的，因為三名騎士立刻散開，技巧非常完美，一下就包圍了索拉維。公馬氣得仰起上身。瓦西婭緊抱著甥女，讓公馬放下前腳。三名騎士收韁俐落，引來圍觀者一陣竊竊私語。

哲留孛坐在壯碩的馬上氣度雍容，面帶微笑，那副看似自若的威嚴讓她想起狄米崔，跟黑夜朝她憤怒揮刀的那個傢伙差別之大，讓她以為自己看錯人。

「請留步，」哲留孛朝瓦西婭鞠躬說道，動作無比優雅，目光掃向半躲在她斗篷裡扭動的馬雅，臉上露出饒富興味的表情。「我無意耽擱你，但我想我見過你的馬。」

「我是瓦西里．彼得洛維奇，」瓦西婭僵硬地點頭回禮，說：「我實在不曉得您怎麼會說見過我的馬。我得走了。」

索拉維邁步向前，但哲留孛的兩名部屬手按彎刀，擋住他的去路。

瓦西婭轉頭看著哲留孛，試著裝作不在乎，但心裡已經開始著慌。「讓我過去。」她說。廣場鴉雀無聲，太陽升得很快，街道很快就會人滿為患。她和馬莎得快點回去，而她一點也不喜歡韃靼人臉上暗藏威脅的微笑。

「我很有把握，」哲留孛沉吟道：「自己見過這匹馬，我一眼就認出他來了。」他假裝思索，接著──「啊，」他彈掉華麗袖子上的污點說：「我想起來了，某天深夜在森林裡。怪得很，我在那裡遇見一頭公馬，但被他逃掉了。那傢伙跟妳的馬簡直是雙胞胎。」

那雙黝黑大眼盯著她看，瓦西婭明白自己沒認錯人。

「您說當時天色很暗，」瓦西婭沉默片刻說：「而且只在夜裡見過一次的馬很難認得，您見到的應該是另一匹馬。這頭馬是我的。」

「我知道自己看到了什麼，」哲留孛說，目光狠狠盯著她。「就跟你一樣，孩子。」

他的手下策馬往前靠近。他曉得我知道了，瓦西婭心想，這是在警告我。

索拉維比三位韃靼人的馬都壯，應該也更敏捷，大概闖得過去。但他們有弓箭，而且還得顧慮馬莎……

「我要買你的馬。」哲留孛說。

這話來得突然，瓦西婭不經大腦就脫口而出：「為什麼？他只讓我騎，又不會載你。」

韃靼人微微一笑。「哎呀，他會的，最後一定會。」

躲在斗篷裡的馬雅嘟噥抗議。「不行，」瓦西婭說，刻意大聲讓廣場上的人全聽見。憤怒讓她不作他想。「你不能買他，用什麼都不行。」

她的回答在商販之間引來一陣私語。瓦西婭看見他們臉色變了，有的驚詫，有的稱許。韃靼人笑得更開了。瓦西婭驚惶察覺自己正中對方下懷，給了他拔刀相向，之後再跟狄米崔致歉的完美理由。但哲留孛還沒行動，河畔就傳來一個宏亮的聲音：「老天，我只是在莫斯科騎馬兜個風，怎麼到哪裡都得擠開人群？讓開——」

哲留孛笑臉一垮，瓦西婭雙頰滾燙。

只見卡斯揚一襲綠衣，氣宇軒昂騎著粗壯的騸馬穿越人群來到兩人面前，看了看瓦西婭和韃靼使節。「您有必要激怒孩子嗎，哲留孛領主大人？」他問。

哲留孛聳聳肩道：「不然在這個泥坑一般的城市裡有什麼事情好做，你說是吧？卡斯揚·路托維奇？」

他語氣裡的輕鬆調調讓瓦西婭很不自在。卡斯揚驅著騸馬來到她身旁，鎮定地說：「這小兄弟我帶走了，他表哥應該在找他。」

哲留孛左右環顧一眼，群眾沒有說話，但顯然都站在卡斯揚這邊。「我想也是，」他鞠躬道：「等你想賣了，孩子，我就出一袋金子。」

瓦西婭搖搖頭，眼睛始終盯著他。

「你最好接受，」韃靼人低聲說道：「這樣我們就算扯平了。」他臉上依然掛著微笑，但眼裡明明白白透著威脅，一絲也不退讓。

接著——「走吧。」卡斯揚不耐說道，隨即催著坐騎穿越三名騎士朝克里姆林大門騎去。

晨光照在瓦西婭眼裡。她不曉得自己哪根筋不對，忽然滿腔怒火，要索拉維朝最近的那名騎士奔去。索拉維一個箭步，那名騎士立刻明白她想做什麼，破口大罵從馬鞍上摔下去，下一秒索拉維已經從他的馬背上一躍而過。瓦西婭雙手緊抱馬雅，索拉維像鳥兒般輕巧落地，三兩步就追上卡斯揚。

瓦西婭回頭張望。那名騎士掙扎起身，身上滿是泥濘的雪水。哲留孛和群眾忍不住哈哈大笑。

卡斯揚沒有說話。他一直緘默不語，直到他們進了蜿蜒擁擠的巷道，而且他開口第一句話完全不是對著瓦西婭講。「妳是馬雅．弗拉基米洛夫納吧？」卡斯揚眼睛依然望著前方，頭也沒回對小女孩說：「很高興見到妳。」

馬雅看他一眼，眼珠圓滾滾像極了貓頭鷹。「我不可以跟男生講話，」她說：「媽媽說的。」她有點發抖，但很快便勇敢克制住了。「唉，媽媽看到我一定會很生氣。」

「不只妳，我想是你們兩個，」卡斯揚說：「瓦西里．彼得洛維奇，你真的很蠢。哲留孛打算找你麻煩，事後再向大公道歉。你是哪根筋不對，才會帶著塞普柯夫王公的女兒出來兜風？」

「我不會讓她受傷的。」瓦西婭說。

卡斯揚嗤之以鼻道：「要是韃靼使節拔刀，你連自己都保護不了，更何況這孩子。再說，她被別人看見，這就是傷害了。不信你問她母親。不對，我講錯了，我敢說她母親不用你問，直接就會對你說。至於其他，你把哲留孛惹毛了，雖然他滿臉笑容，心裡絕不會忘了這件事。他們在薩萊朝廷都是這樣人前堆笑，人後咬斷你的喉嚨。」

瓦西婭幾乎沒在聽，滿腦子想的都是馬雅出了宮殿看見外頭世界時臉上的喜悅與渴慕。「馬雅被看見又怎樣？」她有點激動地說：「我只是帶她出來騎馬。」

「是我想出來的，」馬雅突然插嘴道：「是我想出來看看。」

「好奇心，」卡斯揚說教道：「是女孩的大忌。」他嘴上掛著尖酸愉悅的笑。「不信妳問巴巴亞嘎。人知道的愈多，老得愈快。」

快到塞普柯夫王公的宮殿時，他嘆了口氣。「唉，也好，」他說道：「反正過節嘛，沒有什麼比保護純潔少女不被別人閒話更有意義的事了，對吧？」接著他語調一變，厲聲說道：「叫她在斗篷裡藏好，你們直接去圍場等著。」說完便一馬當先，高聲呼喊管家，他的戒指在陽光下閃閃發亮。「在下卡斯揚．路托維奇，來和瓦西里．彼得洛維奇小酌幾杯。」

因為過節，宮殿大門沒有上閂，衛兵朝卡斯揚敬禮致意。瓦西婭緊跟著卡斯揚騎進宮殿，管家匆匆跑上前來。

「我的馬給你，」卡斯揚翻身下馬，將騸馬的轠繩交給管家，氣派吩咐道：「瓦西里．彼得洛維奇要自己照顧他的馬。待會見，孩子。」說完他便大步走向宮殿，幾乎沒有正眼看瓦西婭，留下氣憤的管家抓著籠頭站在騸馬身旁。

瓦西婭驅著索拉維朝圍場走去。她不曉得卡斯揚做了什麼，但她才讓公馬躍過柵欄，逗得馬雅樂不可支，就看見瓦伐拉匆匆跑來，發白的臉上寫滿了無言的憤怒，讓她和小女孩寒毛直豎。瓦西婭趕緊抱著馬雅滑下馬背。

「走吧，馬雅．弗拉基米洛夫納，」瓦伐拉說：「妳得回宮裡去了。」

馬雅一臉害怕，但對瓦西婭說：「我跟你一樣勇敢，我不要進去。」

「馬莎，妳比我**更勇敢**，」瓦西婭對甥女說：「但妳必須回去了。記得下回見到鬼時，別忘了問她要什麼。她不會傷害妳。」

馬雅點點頭。「我很高興我們去騎馬，」她低聲說道：「雖然媽媽可能會生氣。我也很高興我們飛過了那個韃靼人。」

「我也是。」瓦西婭說。

瓦伐拉緊緊攫住女孩的手拉她離開。「女主人要**你**到教堂見她，」她轉頭說：「瓦西里．彼得洛維奇。」

❄

瓦西婭沒有違抗。教堂尖頂有如一座小森林，找起來並不困難。瓦西婭走進教堂，面對上百個目光責難的聖像開始等待。

不久，歐爾嘉就出現了。她步履沉重，彷彿扛著時間的壓力。她在胸前比了十字，朝聖幛鞠躬行禮，隨即轉頭看著妹妹。「瓦伐拉告訴我，」歐爾嘉開門見山說：「妳天一亮就帶我女兒騎馬去街上遛達了。是這樣嗎，瓦西婭？」

「對，」瓦西婭答道。歐爾嘉的語氣讓她心裡發寒。「我們去騎馬了，但我沒有——」

「天哪，瓦西婭！」歐爾嘉說，臉上僅有的血色也消失了。「妳難道沒想到我女兒的名節嗎？這裡可不是雷斯納亞辛里亞！」

「名節？」瓦西婭問道：「我當然在意她的名節。她沒有跟任何人交談，穿著也很得體，頭髮包得好好的。他們都覺得我是她舅舅。我為什麼不能帶她去騎馬？」

「因為那不——」歐爾嘉頓了口氣接著說：「她必須待在特倫裡。處女不能離開特倫。我女兒必須學會定下來，妳這樣擾亂她一個月，她的名節可能一不小心就永遠毀了。」

「妳是說待在房裡？留在高塔裡頭？」瓦西婭不由自主瞥向百葉窗的縫隙，瞥向成排的聖像。「永遠足不出戶？但她既勇敢又聰明，妳怎麼可以——」

「我就是可以，」歐爾嘉冷冷回道：「別再妨礙我，否則我發誓絕對將妳的身分告訴狄米崔・伊凡諾維奇，讓妳進女修道院。夠了，妳走吧，自己開心去。這天才開始不到一小時，我已經受夠妳了。」說完便轉身朝門口走去。

瓦西婭備受打擊，什麼也沒想就脫口而出，讓歐爾嘉驚立原地。「那妳也得待在這裡嗎？妳有去過其他地方嗎，歐莉亞？」

歐爾嘉肩膀一僵。「我過得很好，」她說：「我是王妃。」

「可是，歐莉亞，」瓦西婭上前一步說：「妳想待在這裡嗎？」

「小姐，」歐爾嘉突然真的火了。「妳覺得對我們任何人來說，我們想要什麼重要嗎？妳認為我喜歡這些，喜歡妳任意行動，做事魯莽傲慢嗎？」瓦西婭啞口無言，僵立不動。

「我不是妳的繼母，」歐爾嘉接著說：「不會縱容妳。妳已經不是孩子了，瓦西婭。想想看，要是妳聽話，就算一次也好，父親現在就還活著。別忘了這一點，試著定下來！」

瓦西婭喉嚨抽搐，但一個字也說不出口，最後只能抓著回憶，茫然望著教堂牆壁說：「我——他們打算把我送走。爸爸不在，我很害怕，我不是有意要他——」

「夠了！」歐爾嘉吼道：「夠了，瓦西婭。這是小孩的藉口，妳是大人了。逝者已矣，但來者可追。看在主的份上，低調一點，捱到謝肉節結束。」

瓦西婭雙唇發冷。小時候她常夢到自己的漂亮姊姊住在宮殿裡，跟童話故事中的歐爾嘉和老鷹王子一樣。如今那些童年夢想卻凋零至此，只剩一個風華不再的女人，雍容卻孤獨，待在高塔大門不出，不顧代價只想將女兒養成良家閨女。

歐爾嘉用洞悉一切的疲憊眼神望著瓦西婭。「好了，」她說：「人生有比童話好的地方，也有比童話糟的地方，妳遲早會明白這一點，我女兒也是。別像折翼老鷹一樣，用那種表情看我。馬雅不會有事的。幸好她還很小，惹不出大醜聞。希望她沒被誰認出來。她終究會明白自己的本分，並且安然接受的。」

「是嗎？」瓦西婭問。

「會的，」歐爾嘉說得斬釘截鐵。「她會，妳也是。我愛妳，妹妹，我發誓會盡力幫妳。總有一天妳會生養小孩，號令僕人，忘記這一切不幸。」

瓦西婭幾乎沒聽進去。教堂的牆仍然讓她窒息，彷彿歐爾嘉這些年來不見天日的漫長歲月有著形體和氣味，令她無法呼吸。瓦西婭勉強點點頭，說：「對不起，歐爾嘉。」說完便離開姊姊走出教堂，下了臺階消失在過節群眾的喧囂中。就算姊姊有喊她回去，她也沒有聽見。

18 馴馬人

卡斯揚在大門遇到她。

「我以為你是來找我喝酒的。」瓦西婭說。

卡斯揚哼了一聲。「既然你人來了，」他神色自若答道：「酒還成什麼問題？你看上去蠻需要喝一杯的。」他一雙黝黑眼眸和她四目交會。「怎麼了，瓦西里．彼得洛維奇？你姊姊剛才用碗砸了你的頭？還是逼你立刻娶小甥女為妻，挽救她的名節？」

瓦西婭不大確定卡斯揚是在開玩笑。「沒有，」她短短回答：「但她非常生氣。我——謝謝你幫我護送馬雅回來，沒被管家和衛兵發現。」

「你應該喝一杯，」卡斯揚聳聳肩，不以為意。「醉個徹底，這對你有好處。你很生氣，但不確定該對誰生氣。」

瓦西婭微微齜牙，強烈感覺到那稍縱即逝的自由。「走吧，卡斯揚．路托維奇。」她說。城市在兩人四周喧騰擾攘，有如水滾的茶壺。

卡斯揚不露口風的薄唇微微上揚。兩人轉身踏上泥濘的街道，離開歐爾嘉的宮殿，立刻被莫斯科城的歡騰給吞沒。小巷傳來音樂，是幾名女孩在跳鐵環舞。巡遊隊伍正在成形，瓦西婭看見一個女稻草人被人用棍子高高舉起，底下群眾哈哈大笑，還有一頭綁著刺繡領巾的熊像狗一樣被人牽著。城市上空鐘聲大作，滑雪坡已經擠滿了人，推推搡搡搶著玩，結果不是從滑坡後方摔下來，就是倒栽蔥滾下滑坡。卡斯揚停下腳步。「那個使節，」他低聲道：「哲留孛。」

「什麼？」瓦西婭說。

「他好像認識你。」卡斯揚說。

這時，前方巷弄一陣喧嘩。「怎麼回事？」瓦西婭用問題代替回答。只見前方人群不停退後，接著一匹脫逃的馬瞪大眼睛沿著街道飛奔而來。

是市集那匹母馬，瓦西婭想買的小牝馬。她白襪般的長腿在骯髒的雪地上奔馳，群眾紛紛尖叫閃避，瓦西婭張開雙臂想攔住她。

母馬想繞過瓦西婭，但瓦西婭敏捷抓住斷掉的牽繩說：「慢點，小姐，出了什麼事？」母馬驚惶躲開卡斯揚，又被群眾嚇得手足無措。「退後，」瓦西婭對群眾說。群眾稍稍退後，這時傳來三組沉穩的馬蹄聲，哲留孛和他兩名隨從騎馬小跑而來。

韃靼使節看了瓦西婭一眼，臉上露出意興闌珊的意外。「我們又見面了，」他說。馬雅已經安全回家，瓦西婭覺得自己沒什麼好怕了，於是眉毛一挑說道：「你買了母馬，結果被她跑了？」

哲留孛神色自若。「有精神才是好馬。做得好，小鬼，替我把她抓住了。」

「有精神不代表可以嚇她，」瓦西婭反駁道：「還有不要喊我小鬼。」隔著牽繩，她幾乎感覺得到母馬在顫抖，嚇得不停甩頭。

「卡斯揚．路托維奇，」哲留孛說：「你管好這小鬼，免得我揍他一頓，懲罰他的無禮，同時帶走他的馬，把母馬留給他。」

「這頭母馬**如果**是我的，」瓦西婭衝動說道：「中午鐘響前我就能駕馭她了，不會讓她驚慌得在莫斯科街上亂跑。」

她氣憤看著盜匪頭子，但哲留孛再次露出被逗樂的神情。「你這小伙子還真敢說大話。好了，把她交給我。」

「我願意拿我的馬來打賭，」瓦西婭紋風不動——她腦中浮現卡特婭挨餓的模樣，因為狄米崔必須納稅供韃靼人打仗，而她對哲留孛的恨意更是讓她本來就魯莽的脾氣火上加油——「這頭母馬三小時內就會讓我騎在她背上。」

卡斯揚開口道：「瓦西亞——」

她沒有看他。

哲留孛哈哈大笑。「是嗎？」他看了驚惶想逃的母馬一眼。「那就恭敬不如從命，讓我們見識奇蹟吧。但你如果輸了，我絕對把你的馬帶走。」

瓦西婭鼓起勇氣。「我如果贏了，母馬就是我的。」

卡斯揚急忙攫住她的手臂說：「這個賭注很蠢。」

「這小鬼愛吹噓，不惜搞掉自己的財產，」哲留孛對卡斯揚說：「那是他的事。去吧，小鬼，騎到母馬背上。」

瓦西婭沒有答話，專心打量母馬。母馬在牽繩另一端不停扭動暴衝，扯著瓦西婭的手臂，很難想像有比她更難駕馭的馬。

「我需要一個柵欄夠高的圍場。」最後她說。

「你只有這裡和周圍這一群人，」哲留孛說：「你打賭之前應該先想好條件。」

笑容已經從他臉上消失，他現在一臉果決認真。

瓦西婭再次陷入沉思，接著她說：「那到市集廣場，那裡空間比較大。」

「沒問題。」哲留孛一副勝券在握的表情。「要是你哥哥發現這件事，瓦西里・彼得洛維奇，」卡斯揚低聲道：「我可不當和事佬。」

瓦西婭沒有理他。

❄

往廣場的人從一小群變成了遊行隊伍，耳語不停向前方傳開。瓦西里・彼得洛維奇跟韃靼領主哲留孛打了賭，快去廣場瞧瞧。

但瓦西婭什麼都沒聽見，耳中只有母馬的呼吸。她走在母馬身旁跟她說話，任憑對方不停扯動牽繩。幾乎都是閒聊，一些讚美或關愛之詞，想到什麼就說什麼，然後傾聽母馬。逃跑，這是母馬心裡唯一的念頭，是她用頭、耳和顫抖的四肢唯一傳達的話語。逃跑，我非得逃跑不可。我想跟其他的馬在一起，想要美味的青草和寧靜。逃跑，跑吧。

瓦西婭傾聽母馬說話，暗自希望自己不是幹下了天大的蠢事。

❄

哲留孛雖然是異教徒，但羅斯百姓就愛招搖之人，而韃靼使節很快就證明了自己是箇中高手。隊伍裡只要有人高聲讚揚，他就會揚起戴滿寶石戒指的手鞠躬答禮，若有民眾躲在人群裡出言嘲諷，他就會高聲回應，惹得眾人哄堂大笑。

隊伍一到市集廣場，哲留孛的隨從就開始趕人。商販們破口大罵，最後還是讓出了位置。三頭韃靼公馬站好定位擋開群眾，尾巴左右甩動，積雪蓋過了他們的距毛。

哲留孛用破爛的俄語向眾人宣布賭注內容。儘管廣場上有不少高級修士，圍觀者還是馬上熱烈插賭，小孩們則是爬到攤位上想看個清楚。瓦西婭和嚇壞的母馬站在所有人讓出來的圓圈中央。

卡斯揚站在人群最內圈，表情半是厭惡半是好奇，眼神向著自己心底，彷彿正奮力思索。人群愈聚愈多，聲音愈來愈吵，但瓦西婭心裡只有那頭母馬。

「聽著，小姐，」她用馬語說：「我不會傷害妳。」

母馬全身僵硬，沒有回答。

瓦西婭想了想，接著吸了口氣，冒著失敗的風險，在廣場眾目睽睽下，上前將繩索從母馬頭上解開。

群眾看得目瞪口呆，廣場一片沉寂。

母馬僵立片刻，和圍觀群眾一樣詫異，瓦西婭趁隙低吼：「妳走吧，快逃！」

母馬不用她說，立刻朝其中一頭原野馬奔去，隨即轉身奔向第二頭，然後再次跑開。只要母馬想停下，瓦西婭就催她再跑。理由很簡單，馬要能讓人騎，就得先聽話，而這頭母馬此刻唯一會聽的話就是快跑。

走吧。這個命令還有其他意思。瓦西婭在雷斯納亞辛里亞時，她喜歡的領頭馬米許只要有小馬不聽話，就會暫時將小馬趕出馬群，甚至連瓦西婭都被她這樣趕過一次，讓瓦西婭備感羞辱。這是小馬最難忍受的懲罰，因為同伴就是馬的生命。

此刻，瓦西婭就是以母馬之姿對待這頭小牝馬，而且是睿智的老母馬。她從牝馬耳朵的動作看得出來，這小姑娘開始好奇眼前這個兩腿生物是不是了解她，是不是有那麼一點可能，自己終於有伴了。

群眾鴉雀無聲。

瓦西婭突然站住，母馬也跟著停下。

群眾發出一陣嘆息。母馬目不轉睛瞪著瓦西婭。妳是誰？我不想孤零零的，母馬對她說，我很害怕，我不想自己一個。

那就來吧，瓦西婭用身體動作說，到我這裡，妳就再也不孤單了。

母馬舔舔嘴，豎起耳朵，接著往前跨了一步，引來群眾一陣低呼。接著她又往前一步，然後是第三和第四步，直到她將鼻子靠在女孩肩頭。

瓦西婭露出微笑。

她沒有聽見四面八方的歡呼，而是搔搔母馬的鬐甲與側腹，有如兩匹馬互打招呼。

妳聞起來很像馬，母馬遲疑地用鼻子磨蹭瓦西婭說。

「真可惜。」瓦西婭說。

她開始隨意漫步，母馬跟著她，鼻子依然靠著她的肩頭。走過來、走過去、轉身。停下。

瓦西婭停，母馬就停。

通常她只會做到這裡，讓母馬靜靜離開，記得無須害怕。但這回她打了賭。時間還剩多少？

群眾竊竊私語，等著看接下來會是如何。瓦西婭瞄了卡斯揚一眼，但他表情莫測高深。「我要騎到妳背上，」她對母馬說：「就一下子。」

母馬面露疑懼，瓦西婭耐心等待。

母馬舔舔嘴，勉強低下頭。信任有了，但很薄弱。

瓦西婭彎身靠著母馬的鬐甲，讓母馬感受她的重量。母馬身體顫抖，但沒有移動。

瓦西婭默默禱告，接著輕輕一跳，抬腿跨上馬背。

母馬微微仰起上身，隨即站立不動，全身發抖，兩隻耳朵求情似的對著瓦西婭。只要一個動作不對，甚至呼吸錯了，她就會拔腿逃跑，讓瓦西婭前功盡棄。

瓦西婭什麼都沒做，只是摩挲母馬脖子，朝她喃喃細語。待她感覺母馬稍微放鬆了，儘管只有一點點，便用腳跟輕輕碰了碰她，告訴她「走吧」。

母馬照做了，只是動作依然生硬，耳朵依然往後甩。她才走幾步便停了下來，宛如剛生的小馬四肢僵直。

夠了。瓦西婭翻身下馬。

廣場一片死寂。

接著響起如雷的歡呼。「瓦西里．彼得洛維奇！」群眾高喊：「勇敢的瓦西里！」

瓦西婭受寵若驚，感覺有些天旋地轉，朝群眾鞠躬回禮。她看見哲留孛雖然滿臉惱怒，卻還是掛著那一抹掩不住的興味表情。

「這頭馬是我的了，」瓦西婭對他說：「畢竟騎馬還得要馬同意才行。」

哲留孛沉默半晌，接著突然哈哈大笑，嚇了瓦西婭一跳。「沒想到我竟然輸給一個神奇小子和他的把戲，」他說：「好樣的，魔法師。」說完便在馬背上朝她鞠躬。

瓦西婭沒有回禮。「眼界小的人，」她挺直腰桿回答：「見到什麼本事都以為是魔法。」

群眾哄堂大笑。韃靼使節嘴角依然上揚，但是臉上半克制的笑容消失了。「小鬼，那我們就來比鬥一場，」他低聲說道：「看我怎麼扳回一城。」

「改天再說。」卡斯揚走過來站到瓦西婭身旁，斬釘截鐵地說。

「好吧。」哲留孛一臉慈眉善目，說完朝隨從揮手示意，一條上好的刺繡韁繩立刻送上。「恭喜，」他說：「這匹馬是你的了，祝你長命百歲。」

但他眼神完全相反。

「我不需要韁繩。」瓦西婭驕傲任性地說，隨即轉身離開。母馬依然跟著她，鼻子緊張貼在她的肩上。

「你真是惹麻煩的天才，瓦西里．彼得洛維奇，」卡斯揚跟在他們後頭無奈說道：「你的敵人又多了一個。不過——你也是馭馬天才，剛才的表現真是太出色了。你打算叫她什麼名字？」

「齊瑪。」瓦西婭不假思索道。*冬天*，這個名字非常適合她的嬌柔與雪白小腿。她摸摸母馬的脖子。

「所以你想成為飼馬人嗎？」

母馬有如風箱在瓦西婭耳邊吹氣，女孩一臉驚詫轉頭望著母馬斑白的臉龐。飼馬人？嗯，這頭母馬是她的了，而她會生小馬。她有一件鑲著金線的卡夫坦，是大公送的禮物；腰間掛著一把淺色匕首，是霜魔送的；一條藍寶石項鍊冰冰涼涼垂在她胸前，是父親送的。許多禮物，都很珍貴。

她還得到一個名字，**瓦西里，彼得洛維奇**，群眾都這麼高聲喊她。勇敢的瓦西里。瓦西婭覺得很驕傲，彷彿這真的是她的名字。

此時此刻，瓦西婭覺得自己無所不能，除了做自己，做瓦西莉莎，彼得的女兒，在遙遠森林裡出生的女孩。*我是誰？*瓦西婭忽然迷惘了起來。

「走吧，」卡斯揚說：「天黑之前，這件事就會傳遍莫斯科城了。所有人都會開始喊你馴馬人瓦西里，你會得到比你哥哥還多的稱號。讓小母馬和索拉維待在一起，由他去安慰她。你現在絕對該去喝一杯了。」

瓦西婭沒有更好的提議，只能跟著卡斯揚往回走。她一手摸著母馬的脖子，和卡斯揚再次穿過喧騰的城市。

❄

真的遇到母馬反而讓索拉維尷尬多於歡喜，而母馬望著棗紅公馬，反應也好不到哪裡。兩匹馬耳朵後貼四目相覷，索拉維試著輕嘶一聲安撫母馬，結果只得到一聲尖叫與飛踢。兩匹馬最後各退到圍場一角，怒目相視。

看來當馴馬人希望不大，瓦西婭雙手抱拳倚著圍場柵欄觀察道。她曾經幻想索拉維有下一代，而她擁有一群馬和自己的莊園。但她心底的理性部分耐著性子告訴她，這夢想不大可能。

「喝吧，瓦西里．彼得洛維奇，」卡斯揚走到瓦西婭身旁靠著柵欄說，一邊將他路上買的濃黑啤酒遞給她。瓦西婭灌了一大口，喘口氣將酒囊放下。「你還沒回答，」卡斯揚接過酒囊說：「為什麼哲留孛這傢伙似乎認識你？」

「你不會相信的，」瓦西婭說：「我哥哥就不相信我。」

卡斯揚輕嘆一聲。「你有種的話，」他語氣尖刻，說完也灌了一口啤酒。「就說來讓我聽聽，瓦西里．彼得洛維奇。」

這話近乎挑釁。瓦西婭望著他的臉，將經過告訴他。

＊

「有誰知道這件事？」說完後，卡斯揚厲聲問道：「你還跟誰說了？」

「你說除了我哥哥之外？沒有了，」瓦西婭忿忿說道：「你相信我說的嗎？」

一陣沉默。卡斯揚轉頭怔怔望著晴空下上百座爐灶的裊裊白煙。「嗯，」他說：「對，我相信你說的。」

「我該怎麼做？」瓦西婭問：「這代表什麼？」

「他們是一群盜匪，是盜匪之後，」卡斯揚回答：「不然還代表什麼？」

瓦西婭不認為盜匪有能力蓋出如此精緻的使館行宮，也不認為盜匪後裔的儀態能像哲留孛那樣優雅，但她沒有反駁，而是說道：「我想告訴大公，但我哥哥認為千萬不可。」

卡斯揚食指輕敲牙齒，低頭沉思道：「除了你的說詞，還得先有證據才能去找狄米崔·伊凡諾維奇。我會派個人去焚毀的村莊打聽，應該會有修士或村民見過盜匪。我們必須找到你之外的其他目擊者。」

卡斯揚相信她，而且知道該怎麼做，讓瓦西婭感激莫名。鐘聲在城市上方響起，兩匹馬低頭在雪裡尋找乾草，刻意無視對方。

「那我就先等，」瓦西婭說道，話裡再次充滿自信。「但我不會等太久。不論有沒有找到其他目擊者，我都得儘快去找狄米崔·伊凡諾維奇碰碰運氣。」

「明白，」卡斯揚簡單答道，接著拍拍瓦西婭的肩膀說：「去洗澡吧，瓦西里·彼得洛維奇，我們還得去教堂，之後宴會就開始了。」

19 謝肉節

太陽在姹紫嫣紅的晚霞中緩緩落下，天空星光點點。瓦西婭傍晚去做禮拜，同行的有她沉默的哥哥和狄米崔．伊凡諾維奇，以及一大群波亞和波亞夫人。女人遇到重大節日可以傍晚上街，和親戚一起去做禮拜，只是得戴面紗。

歐爾嘉沒有來，因為她即將臨盆，而馬雅則是陪著母親。不過，城裡其他仕女全出動了，沿著車轍路朝教堂走去，身旁跟著僕人和孩子。穿著刺繡靴子讓她們步履笨拙。放眼望去，滿街的華麗面紗有如冬日百花盛開的草原。瓦西婭被推搡的波亞們搞得有點氣悶。她眼巴巴看著那些衣著鮮豔的仕女，心裡好奇又驚恐，直到胸口被人玩笑似的頂了一下，一名大公隊伍裡的少年對她說：「新來的，別盯著看，除非你想討個老婆或等著被人敲破腦袋。」

瓦西婭不知該笑還是該氣，只好將目光移開。

夕陽下，教堂尖塔有如奇幻的火焰，銅釘大門足足有兩個人高。當他們從前廳走進回音不斷的恢宏正廳時，瓦西婭不禁停下腳步，目瞪口呆。她從來沒見過如此美麗的地方，光是規模之大就讓她充滿敬畏，還有焚香……鍍金聖幛、彩繪牆面、藍色拱頂上的銀星……各種各樣的聲音……

瓦西婭直覺往左走，那是女性做禮拜的位置，接著才忽然警覺，於是便站在大公身後的群眾裡繼續讚嘆。

這些日子以來，瓦西婭頭一回為坎斯坦丁神父感到難過。這就是他失去的，她心裡想，這就是他去到雷斯納亞辛里亞所失去的一切。這一窺天堂的感覺，這可以敬拜和被鐘愛的輝煌處所，難怪他心裡只剩威脅、憤恨與怨怪。

禮拜持續著，瓦西婭從來沒做過這麼久的禮拜。說話完是歌頌，歌頌完是禱告，而她始終半夢半醒，最後大公一行人總算結束禮拜。教堂裡的華美實在太過，瓦西婭很高興能離開。三小時的嚴肅儀式後，這晚迎接他們的是徹底的狂歡。

大公一行人走過蜿蜒的街道返回王宮，隨行的主教們一路為民眾祝禱。途中他們遇到另一個隊伍。這群自發集結的民眾高舉馬斯列尼察夫人的雕像，在雪地上緩緩前進。混亂間，一群年輕波亞上前圍住瓦西婭。

這群波亞個個金頭髮，寬眼距，手戴寶石戒指，斜繫腰帶，顯然是大公的另一票遠親。瓦西婭雙手抱胸，波亞們有如一隊獵犬聚攏著。

「聽說大公很欣賞你。」其中一位波亞說，新蓄的鬍鬚在他削瘦的臉上顯得雄心萬丈。

「這有什麼好奇怪的？」瓦西婭回道：「我會喝酒，而且不會灑出來，騎術又比你高明。」

另一名年輕領主推了她一把。瓦西婭優雅後退，站定腳步。「今晚風鑾強的，是吧？」她說。

「瓦西里．彼得洛維奇，你瞧不起我們嗎？」又一位少年問。他咧著嘴露出一顆爛牙。

「有可能。」瓦西婭說。她的魯莽脾氣原本被童年遭遇削弱了不少，最近又因為接觸世界險惡而死灰復燃。她面露微笑看著這群年輕的波亞，發現自己真的毫無懼意。

「瞧不起我們？」波亞們齊聲嘲諷：「你不過是鄉下領主的兒子，不知好歹的無名小卒，貴賤聯姻之後。」

瓦西婭用自己發明的粗話罵了回去，隨即大聲獰笑。於是波亞們告訴她，他們打算繞著狄米崔的王宮跑兩圈，獎品是一罈酒。

「隨時奉陪，」瓦西婭說道。她從小就是飛毛腿。她決定將盜匪、謎團和失敗拋到腦後，好好享受這一晚。「你們要我讓你們多遠？」

❄

瓦西婭抱著酒罈，整個人已經略有醉意，被新朋友們簇擁著來到了狄米崔．伊凡諾維奇的王宮大廳。她心裡的疑慮才被勝利感略微沖淡，就發現自己女扮男裝這場騙局裡的幾個要角都已經在宮裡等著了。

大公當然坐在首位。鄰座一名婦人身披長袍，一張圓臉表情尖酸自得。是大公夫人……卡斯揚——瓦西婭皺起眉頭。他還是一貫的沉著鎮定，衣著華麗，只是滿臉愁思，兩道紅眉在額頭上擠出一條深溝。正當瓦西婭心想他是不是聽到什麼壞消息，沙夏忽然出現，一把抓住了她的手臂。

「你聽說了。」瓦西婭無奈地說。

沙夏將她拉到角落，離開輕佻的聚會，惹得妹妹和眾人怏怏不悅。「歐爾嘉跟我說，妳帶馬雅進城去了。」

「對。」瓦西婭說。

「還有你和哲留字打賭，贏了一匹馬。」

瓦西婭點點頭。她可以聽見哥哥咬牙的聲響。「瓦西婭，妳不能再這樣了，」沙夏說：「不僅自己出洋相，還把那孩子扯進來？妳必須——」

「必須怎樣?」瓦西婭吼道。她太愛這個目光清澈、行事果敢的哥哥,所以更惱怒。「趁天黑靜靜溜走,回歐爾嘉的宮殿鎖好房門立刻就寢,隔天早起禱告,開始發揮僅有的一點魅力挑逗那些幼稚的少領主?把索拉維晾在院子?哥哥,你是不是等我一進特倫就要賣掉我的馬,還是想占為己有?你是修道者,但我從來沒看你待在修道院,艾列克桑德修士。你不是應該在種菜、唱聖歌和不停禱告嗎?怎麼會在這裡,成為莫斯科大公最親信的輔佐?為什麼,哥哥?為什麼你可以,我就不行?」她肩膀顫抖,連自己也沒想到這一串話會脫口而出。

沙夏沉默不語。瓦西婭忽然明白,哥哥在寂靜的修道院裡一定想過這一切,心中爭執再爭執,和她一樣沒有結論。他望著她,眼神裡的迷惘是如此明顯而不悅,讓她痛徹心扉。

「不,」瓦西婭握住沙夏抓著她的手,感覺他手掌纖細而有力。「你和我一樣明白,我和真正的男生一樣不能踏進特倫半步。我哪裡都不去,也哪裡都不能去。難道你打算在眾人面前拆穿我和你都是騙子?」

「瓦西婭,」沙夏道:「這樣撐不久的。」

「我知道,我會想辦法結束。我發誓,沙夏,」她嘴角悶悶一癟道:「但眼下我們別無選擇。先過節吧,哥哥,讓謊言繼續。」

沙夏身體一顫,瓦西婭沒等他回話就走開了。她昂首闊步,心中餘怒未消,被惱人帽子蓋著的鬢角滲出汗珠,眼眶泛起淚水,因為哥哥愛的是小女孩瓦西莉莎,誰會喜歡一個長大之後太像那女孩,依然自以為是、天不怕地不怕的女人?

我必須離開,她忽然心頭篤定,不能等謝肉節結束才走。他為我說謊,這件事對他傷害太大,我必須離開。

明天，哥哥，她心想，我明天就走。

狄米崔揮手要她過去。他和往常一樣笑容滿面，只是臉上冷硬如石的嚴肅顯示他或許不如表面那樣輕鬆自若。他的城邦與波亞們都在傳言，有韃靼領主上門要求納貢，大公的心渴望反抗，他的腦袋建議等待，但不論反抗或等待都需要錢，而他就是沒錢。

「我聽說你從哲留孛那裡贏了一匹馬。」狄米崔說著揮去臉上的愁緒，重新換上精心練就的自若。

「沒錯。」瓦西婭背上被盤子撞了一下，岔了一口氣說。頭幾道菜剛上來，因為經過前院所以沾了點雪。沒有肉，但所有能用麵粉、蜂蜜、奶油、雞蛋和牛奶做成的佳餚都上了。

「做得好，小兄弟，」大公對她說：「雖然我覺得不妥，畢竟哲留孛遠來是客，但年輕人就是年輕人。我還以為遊牧領主比較懂得對付小馬呢。」狄米崔說完朝她眨了眨眼。

瓦西婭之前一直想著沙夏對大公說謊的痛苦，完全沒想到自己的過錯。但她此刻忽然想起自己發誓對大公效忠，頓時良心大慟。

不過，至少有一個祕密可以說。「狄米崔・伊凡諾維奇，」她突然說：「有一件事我必須向你稟報，關於那位遊牧領主。」

卡斯揚原本一邊喝酒一邊聽著，這會兒立刻站了起來，將紅髮甩到背後。

「過節豈能沒有餘興節目？」他對著滿室的人醉醺醺吼道，幾乎將她的聲音蓋了過去。「豈能沒有半點娛樂？」

說完他轉頭朝瓦西婭微微一笑。他想做什麼？

「我有一個提議，」卡斯揚接著說道：「瓦西里・彼得洛維奇是馭馬高手，這一點我們都見識到了。那就由我來挑戰他的速度吧。你明天願意跟我比賽嗎，瓦西里．彼得洛維奇？在全莫斯科人面前？我現在就向你挑戰，在座各位都是見證。」

瓦西婭倒抽一口氣。賽馬？這跟她要說的事有什麼——？

群眾一陣歡喜低語。卡斯揚看著瓦西婭，眼神閃著莫名的熾烈。瓦西婭儘管一頭霧水，卻直覺回答：「我願意。」接著對大公說：「只要你允許，狄米崔．伊凡諾維奇。」

狄米崔靠回椅背，似乎很開心。「我沒有理由反對，卡斯揚．路托維奇，只是我在你的馬裡頭見不到一隻比得上他的索拉維。」

「無所謂。」卡斯揚笑著說。

「所有人都聽到了，都是見證！」狄米崔說：「比賽明早開始。現在吃吧，然後去謝主。」交談、歌聲和音樂重新響起。「狄米崔．伊凡諾維奇，」瓦西婭再次開口。

但卡斯揚忽然從長椅上起身，跌跌撞撞坐到瓦西婭身旁，一手摟住她的肩膀。「我想你這樣做很不明智。」他在她耳邊輕聲說道。

「我受夠謊言了，」她低聲答道：「狄米崔．伊凡諾維奇可以自己決定要不要相信我，不然他當大公做什麼？」

坐在她另一側的狄米崔正舉杯敬自己即將出世的兒子。他一手摟著他陪笑的夫人的肩膀，一手將軟骨扔給腳邊的狗吃。夜愈來愈深，火光愈來愈紅。

「這不是說謊，」卡斯揚對瓦西婭說：「只是留白。實話就像花朵，摘的時機要對。」他結實的手臂摟得更緊。「你喝得還不夠，小伙子，」他接著又說：「差遠了。」他倒了一杯酒遞到她面前。「拿去，這杯給你。我們明天早上比賽，我和你。」

瓦西婭拿起杯子啜了一口，卡斯揚見了緩緩露出微笑。「不行，再多喝一點，這樣我明天才能贏得比較輕鬆。」他湊到她耳邊悄聲說：「要是我贏了，你就向我坦白一切。」他的頭髮幾乎拂過她的臉。「所有事情，瓦西亞，關於你自己和你的馬——還有掛在你腰間那把上好的藍色匕首。」

瓦西婭張目結舌，卡斯揚拿起酒灌了一口。「我曾經來過這裡，」他說：「就這座王宮，很久以前。我來找一樣東西，失去的東西。對我來說是失去。幾乎是，又不算是。你覺得我能再次找到它嗎，瓦西婭？」他眼神恍惚、閃亮而遙遠，伸手將她摟得更近。瓦西婭心裡閃過強烈的不安。

「聽著，卡斯揚．路托維奇——」她開口道。

她感覺他全身僵硬，感覺他在聽，但不是對她。瓦西婭閉上嘴巴，同時緩緩察覺到一股沉默，古老而微小的沉默，在宴會的喧騰與杯觥交錯聲中聚積，緩緩充滿著冬日寒風的窸窣。

瓦西婭完全忘了卡斯揚，感覺自己的眼睛像是剝了一層皮，讓她看穿莫斯科波亞宴會的臭味、煙霧與嘈雜，見到另一個世界正悄悄滲入，和它的子民一起大快朵頤。

桌底下一個身穿華麗破布，有著啤酒肚和八字鬍的小傢伙正忙著掃麵包屑。*多莫佛伊*，瓦西婭心想，是狄米崔的多莫佛伊。

桌子上一個頭髮輕軟的女人在菜餚之間蹦蹦跳跳，偶爾踢倒某人的酒杯。那是奇奇莫拉。有些多莫佛伊有老婆。

高處傳來振翅聲響。瓦西婭抬起頭，正巧和一雙眨也不眨的眼睛四目相對。那女子隨即消失在頂壁的煙霧中。瓦西婭心底一寒，因為那隻人頭鳥正代表著宿命的容顏。

不論有沒有看見他們，瓦西婭都感覺到他們沉沉的目光。*他們在觀望，在等待——為什麼？*

瓦西婭抬眼望向門口，發現莫羅茲科就在那兒。

他站在微光邊，火炬的光芒從他身旁流向黑夜。就輪廓和顏色看來，他或許是真人沒錯，除了那張沒有頭髮和鬍鬚的臉龐，以及衣服上不融的雪。他一襲深藍，有如冬日的暮光，邊緣綴著冰霜。帶著松香的風在大廳裡飄舞，驅走了些許黑煙，吹得他烏黑的頭髮翻飛飄揚。音樂再次揚起，群眾在椅子上坐直起來，但似乎沒有人看見他。

除了瓦西婭。她望著霜魔，彷彿凝視幻影。

謝爾特們轉過頭來，壁頂的鳥張開巨大的雙翼，多莫佛伊停止掃地，他妻子也停下動作，所有妖精都僵立不動。

瓦西婭穿越大廳，繞過喧鬧的餐桌和盯著她看的精靈，來到莫羅茲科面前。霜魔望著她走來，嘴角微微彎出一道嘲諷的弧線。

「你怎麼會來這裡？」她低聲道。霜魔離得好近，她連白雪、歲月和原始純粹的夜的氣息都能聞到。

莫羅茲科朝盯著他看的謝爾特們眉毛一挑。「這裡這麼多人，難道我不能參加嗎？」他說。

「但你怎麼會想來？」她問：「這裡沒有雪，也沒有荒野，你不是冬王嗎？」

「謝肉節比這座城市還要古老，」莫羅茲科答道：「但還比不上我。人們過去會在這一天絞死少女，在雪地裡召喚我，同時求我離開，將夏天留給他們。」他上下看了她一眼。「如今人們不再獻祭，但我偶爾還是會到祭典來。」他的目光比星辰還白皙、還幽遠，卻帶著冰冷的溫柔停在四周紅通通的臉上。「這些人仍然是我的子民。」

瓦西婭沒有開口，心裡想著童話裡那死去的女孩。那是一個冬夜說給孩子聽的寓言故事，為了掩藏一段血腥的歷史。

「這個節日代表我的力量即將減弱，」莫羅茲科語氣平和：「春天轉眼就來了，我會待在我的森林，那裡的雪不會融化。」

「所以你來是為了絞死的少女？」瓦西婭話裡透著一絲涼意。

「怎麼會？」霜魔問：「難道有嗎？」

兩人互看片刻，接著——「我相信這座瘋狂的城市什麼都會發生，」瓦西婭說著將古怪的感覺擱在一旁，不再去看他眼裡的歲月。「春天來了，」她問：「我就見不到你了，對吧？」

莫羅茲科沒有回答。他已經轉身離去，皺著眉掃視大廳。

瓦西婭隨著他的目光看去，發現卡斯揚似乎望著他們。但當她試著看個清楚，卻沒見到卡斯揚的蹤影。

莫羅茲科嘆了口氣，收回皎潔如星的目光。「沒事，」他近乎喃喃自語。「只不過是影子。」他再次轉頭望著卡西婭。「對，妳不會見到我，」他說：「因為春天我不在。」

他臉上那股淡淡古老的悲傷讓瓦西婭忽然有股衝動，脫口正經八百問道：「你今天晚上會坐在高桌嗎，冬王？」但她隨即直話直說補上一句，破壞了效果。「波亞們都喝得東倒西歪，空位很多。」

莫羅茲科笑了，但她覺得他似乎有些意外。「我曾經化成流浪漢，和滿屋子男人廝混。但那是很久以前，非常久以前的事了，在節慶還會邀請我的時候。」

「那我現在邀請你，」瓦西婭說：「雖然這大廳不是我的。」

兩人同時看向高桌。確實有些波亞已經跌下椅子，倒在地上鼾聲大作，但還坐著的男人都邀了女人同座，他們的妻子已經回房就寢了。大公也有兩位姑娘陪著。他左擁右抱，一隻大手抓著其中一位姑娘的乳房，讓瓦西婭看得面紅耳赤。一旁莫羅茲科按捺著冷笑說：「呃，大餐還是晚點再說吧。倒是妳能和我去騎馬嗎，瓦西婭？」

四周全是喧騰、臭氣、咆哮與嘶吼似的歌聲。莫斯科忽然讓她喘不過氣來。她已經受夠霉味濃濃的宮殿、冷漠的目光、欺瞞與失望……

謝爾特們默默看著。

「好。」瓦西婭說。

莫羅茲科優雅比了比門口，隨即跟她走入夜色。

❄

索拉維一看見他們，就發出清亮的嘶鳴。莫羅茲科的雪白母馬站在一旁，映著白雪有如淡淡的殘影。齊瑪縮在柵欄邊，望著新來的訪客。

瓦西婭鑽到柵欄橫杆之間，呢喃安撫小馬，接著不顧身上的錦衣華服，跳到了熟悉的索拉維的背上。

莫羅茲科跳上白馬，伸手摸摸白馬的頸子。

面對四周的高欄，瓦西婭策馬奔去，索拉維一躍而過，白馬緊隨在後。天上最後一道雲靄被風吹散，繁星栩栩閃爍。

他們有如幻影閃出塞普柯夫王公的宮殿大門。因為是節慶夜，山下的克里姆林大門依然敞開，而克里姆林下方的波薩德[30]滿是壁爐的火光與模糊的歌聲。

但瓦西婭對壁爐和歌曲毫無興趣，一顆心都被另一個更古老的世界占據了，渴望那世界清澈的美麗、奧祕與原始。他們不著痕跡奔出克里姆林的大門，兩匹馬忽向右轉，在充滿節慶氣氛的房舍之間飛馳而過。接著馬蹄聲變了，莫斯科河浮現眼前，有如迤邐的緞帶。城市的煙霧已經遠去，四周只有白雪和清煦的月光。

儘管晚風沁人心神，瓦西婭依然醉意不淺。她吆喝一聲，索拉維立刻加大步伐。兩匹馬踩著寒冰銀雪，沿著莫斯科河奔騰競速，瓦西婭迎著風咧嘴大笑。

莫羅茲科和她比肩同行。

他們奔馳了很久很久，最後瓦西婭騎過癮了，改讓索拉維緩步而行，接著又一時興起和他一起滑下積雪的河岸。從頭到尾，瓦西婭都笑個不停。厚重的衣服讓她身體出汗，於是她摘下帽子與兜帽，讓蓬亂的黑髮重見天日。

索拉維微微踩進河面的冰才停下來。霜魔原本恣意快活跟著瓦西婭，這會兒卻停在斜坡上，表情浮現一絲謹慎及克制。「所以妳現在是領主的兒子？」他問。

瓦西婭收起自己的輕率自得，拍拍身上的冰雪站了起來。「我喜歡當領主，為什麼我生下來是女生？」

岸上那雙藍眼目光如炬。「妳當女生沒有什麼不好。」

是酒讓她雙頰發燙，是酒，不是別的。瓦西婭心情大變。「難道我只能這樣？當個幽魂，做個既真實又不真實的存在？我喜歡當少領主。我可以待在這裡協助大公，可以馴馬、帶領手下，還能

---

30 波薩德：和羅斯城鎮城牆相連的地區，但不在城鎮之內，通常是市集。波薩德經過數百年發展之後，往往成為該地的行政中心或獨立成為市鎮。

鑄劍。但這一切其實都不可能，因為他們遲早會知道我的祕密。」

她忽然轉身走開，睜大的眼裡映著星光。「就算當不成領主，我仍然能當個旅人。只要索拉維願意，我想騎到世界的盡頭，親眼見到落日外的那片綠土，見到那座島——」

「布楊嗎？」莫羅茲科在她身後輕聲說道：「那個有海浪拍打岩岸，風裡聞得到寒石與橙花，由海灰色眼眸的天鵝少女統治的地方？妳想去童話的那座島？這是妳想要的？」

喝酒與奔馳帶來的燥熱退去了。四周一片死寂，等待破曉吹起晨風。儘管罩著狼皮斗篷，又有黑髮遮頭，瓦西婭卻忽然全身顫抖。「這就是你來的原因？」她沒有轉頭看他。「誘惑我離開莫斯科？還是告訴我最好留在這裡，打扮成女人的模樣，然後找個人嫁了？謝爾特們為何會到宴會來？嘎瑪永[31]為什麼在壁頂等？沒錯，我知道那隻鳥代表什麼。這到底是怎麼回事？」

「難道我們不准跟人類一起過節？」

瓦西婭沒有回答。她又開始移動。儘管冰雪連天，森林遼闊，她卻像受困籠裡的貓來回踱步。「我想要自由，」最後她說，幾乎像是喃喃自語：「但也想要有歸屬與使命。我連自己能不能得到其中一樣都不曉得，何況兩樣都有？我不想活在謊言裡，我正在傷害我的哥哥和姊姊。」說完她忽然停下腳步轉過身來。「你能替我解決這個難題嗎？」

莫羅茲科眉毛一挑，晨風捲起兩匹馬腳邊的白雪。「我是先知嗎？」他冷冷問道：「難道我來參加宴會，在月下騎馬，都還得聽羅斯少女向我訴苦嗎？我何必在乎妳的渺小難題或妳哥哥的良心？這就是我的回答：別再聽童話故事了。我之前就明白講過一次，妳的世界不在乎妳想要什麼。」

瓦西婭緊抿雙唇。「我姊姊也這樣跟我說，但你呢？你在乎嗎？」

莫羅茲科沉默不語。天空烏雲聚集，母馬從頭到腳打了個哆嗦。

「你可以奚落我，」這回輪到瓦西婭生氣了。她上前再上前說：「但你永遠活著。也許你什麼都不想要，什麼都不在乎，可是——你卻到這裡來了。」

莫羅茲科沒有開口。

「我應該假扮領主，直到他們發現了送我進女修道院為止？」她問道：「還是我該逃跑？或是回家，從此再也見不到我哥哥？哪裡才是我的歸屬？我不曉得。我不曉得自己是誰。我在你家用過餐，還差點死在你懷裡，今晚又和你一起騎馬——我還以為你或許知道。」

知道兩個字連說出口都覺得愚蠢。瓦西婭咬著嘴唇，沉默持續著。

「瓦西婭。」莫羅茲科說。

「別這樣，你不會是認真的，」她說著往後退開。「你是不死之身，這只是遊戲一場——」

他沒有用話語，而是用手（或許）代替了回答。他的指尖找到她的下巴，瓦西婭動也不動，脈搏噗噗直跳。他眼神冰冷專注，宛如淺白的星光令她迷失。「瓦西婭，」他又說了一次，這回在她耳邊，聲音幾乎輕不可聞。「雖然我在世上如此多年，但可能沒有妳想像的那麼聰明。我不曉得妳該如何選擇。妳只要選擇其中一條路，心裡就會掛記著另一條，那個妳沒選擇的生命。哪條路看上去最好，不論這條或那條，就選它吧。每一條路都有苦有甘。」

「這不是建議。」瓦西婭說。風吹動她的頭髮，拂過他的臉龐。

「我能說的就是這些。」他說，接著手指伸進她的髮裡，低頭吻了她。

31 嘎瑪永：俄國民間傳說人物，通常是有著女人頭顱的鳥，能說預言。

瓦西婭發出類似啜泣的聲音，夾雜著憤怒與渴望，接著伸手環抱他。

她從來沒被人吻過——這樣吻過。吻得不長，而且——從容。她不曉得該如何反應——但霜魔教了她。不是用話語，而是用雙唇、用指尖、用一種筆墨無法形容的感覺。一個黑暗而優雅的觸碰，有如呼息般拂過她的肌膚。

於是她緊摟著他，筋骨發軟，整個身體燃燒著冰涼的火。現在連妳哥哥也會說妳受到詛咒了，她心裡想，卻絲毫不在乎。微風匆匆吹開最後一片雲朵，清澈的星光照亮了他們倆。

最後他終於離開她的唇。瓦西婭睜大眼睛，滿臉通紅，渾身有如火燒，而他眼眸裡閃耀著燦爛完美熾熱的藍，宛如真人一般。

他忽然將她放開。

「不行。」他說。

「我不懂。」瓦西婭手摀著嘴，全身顫抖，又像當初被他扔到前鞍橋時一樣戒慎恐懼。

「不行，」他一手扯著烏黑的鬈髮。「我不是——」

領悟傷人。瓦西婭雙手抱胸。「是嗎？那你到底為什麼要來？」

莫羅茲科咬牙不語。他已經背對著她，雙手緊緊握拳。「因為我想告訴妳——」

他頓了一下，望著她的臉龐。「莫斯科被陰影罩住了，」他說：「但只要我試著往裡看，就會被推到一旁。我不曉得陰影的來源，要不是妳——」

「要不是我怎樣？」瓦西婭問道，痛恨聲音卡在喉嚨裡出不來。

短暫的沉默。霜魔眼裡的藍色火焰更深了。「沒事，」他說：「不過，瓦西婭——」

他似乎真的想開口，感覺某個祕密就要脫口而出，但還是嘆息一聲，閉上了嘴巴。「瓦西婭，妳要提高警覺，」最後他說：「不論做出什麼選擇，都要提高警覺。」

瓦西婭幾乎沒聽進去。她怔怔站著，感覺又冷又熱又緊繃。不行？為什麼不行？要是她年紀大些，就會看見他眼裡的糾結。「我會的，」她回答道：「謝謝你的警告。」說完便轉身踩著生硬的步伐走到索拉維身旁，翻身上馬。

莫羅茲科目送著她，但瓦西婭已經揚長而去，沒有看見他佇立良久，直到她消失不見。後來，過了很久，在破曉前的酷寒時分，一道紅光有如火焰掃過了莫斯科上空。目睹的少數人都說那是徵兆，但大多數人都沒有看見，仍在睡夢裡期盼夏日的陽光。

卡斯揚．路托維奇看到了。他帶著微笑離開狄米崔在王宮替他安排的房間，走到前院進行最後的準備。

莫羅茲科要是見到那道閃光，肯定會知道那是什麼。但他沒有看見，因為他正騎馬踽踽獨行在荒蕪的大地，神色木然對著孤寂的夜空。

20 火與黑暗

隔天清晨，黃澄澄的陽光照進小房間裡，忸忸怩怩輕撫著瓦西婭將她喚醒。瓦西婭翻身下床，感覺腦袋一陣抽痛，真希望自己昨晚叫少一點、跑少一點、醉少一點、哭少一點。

今晚。她腦中擂鼓似的不停響著這兩個字。她今晚就要稟報大公哲留孛的事，告訴他自己知道什麼，或者說她懷疑什麼。她會輕聲向歐爾嘉和馬雅道別，悄悄的，不會讓她們聽見，讓她們喊她回來。她會離開。往南，一路往南，直到空氣溫暖，夜裡沒有霜魔糾纏。往南。世界無比遼闊，她的家人已經被她折騰夠了。

但首先，她還有一場比賽。

瓦西婭匆忙著裝，先穿上舊襯衫、外套和羊毛襯裡的綁腿，再套上斗篷與長靴，隨即奔向屋外的陽光。她轉頭迎向光線，感覺天上吹來了幾分溫暖。隱蔽的角落很快就會開滿雪花蓮，冬天也將開始告別。

破曉下了一陣雪，院子裡一片潔白。瓦西婭直奔索拉維的圍場，靴子踩著細雪沙沙作響。公馬兩眼炯炯有神，有如蓄勢待發的戰馬不停吐息。齊瑪不知何時已經靜靜站在他的身邊。

「記得不要贏太多，」瓦西婭見索拉維按捺不住野性，便對他說：「我可不想被人說我對自己的馬施了巫術。」

索拉維只是甩甩鬃毛，用腳蹭了蹭白雪。

瓦西婭嘆口氣說：「還有，我們今天晚上離開，趁狂歡最高潮的時候，所以你賽跑時絕對不要把力氣用完。我們要在天亮前走得愈遠愈好。」

這話讓公馬稍微平靜下來。瓦西婭替他梳理毛皮，在他耳邊細訴自己的計畫，入夜後如何弄到鞍袋，然後離開這座城市。

太陽剛從城牆上露出一道紅邊，卡斯揚便來到了歐爾嘉宮殿的前院。他的外衣銀中帶灰，還有淺黃，尖頭靴的前端繡著花樣。他策馬停在圍場邊，瓦西婭抬頭發現他正看著她。

她泰然自若被他望著。自從昨晚被莫羅茲科那樣注視之後，再也沒有什麼目光會令她倉皇。

「幸會，瓦西里·彼得洛維奇。」卡斯揚說。汗水讓他兩邊鬢角的頭髮微微蜷曲，瓦西婭心想他是不是在緊張。但話說回來，騎普通的馬跟索拉維比賽，有誰會不緊張？想到這裡讓她差點笑了出來。

「早安，領主大人。」瓦西婭鞠躬問好。

卡斯揚瞄了索拉維一眼。「馬夫會把馬備好，你不用髒了自己的手。」

「索拉維不會讓馬夫碰他。」瓦西婭短短答道。

卡斯揚搖搖頭說：「我無意冒犯，瓦西婭。我們應該夠了解對方，不會這麼想才是。」是嗎？瓦西婭點點頭。

「你真好運，」卡斯揚又看了索拉維一眼。「被一匹馬這樣愛著。你覺得是什麼原因？」

「粥，」瓦西婭說：「索拉維抗拒不了熱粥。你來是想跟我說什麼，卡斯揚·路托維奇？」

卡斯揚彎身俯近，瓦西婭一手摟著索拉維的背，公馬鼻孔賁張，不安動了動。卡斯揚和她四目交會，凝望她的眼眸。「我喜歡你，瓦西里·彼得洛維奇，」他說：「從我見到你的第一眼，在我還不知道你是誰之前，我就喜歡上你了。你春天一定要到巴許亞科斯泰來。我的馬跟草的葉子一樣多，可以讓你騎個夠。」

「我想去，」瓦西婭說，雖然她知道春天時自己人在遠方。「如果大公肯放人的話。」她心裡有一瞬間真的如此希望。馬跟草的葉子一樣多……

卡斯揚掃了她一眼，彷彿能鑽進她的靈魂裡盜走她的祕密。「跟我回去，」他低聲說道，話裡多了一種新的情感。「我會給你想要的一切。我只是想跟你說——」

他是什麼意思？卡斯揚還沒把話說完，大門就傳來馬蹄聲，只見一小隊人馬叫嚷著奔進前院，後面追著生氣的管家。

瓦西婭心想卡斯揚的話是什麼意思？告訴她什麼？

狄米崔的小跟班都來了，那群在大廳嘲弄她，找她挑戰的年輕波亞。他們雙膝裹著毛皮，死命夾著躁動的坐騎，馬勒和馬鐙有如戰鼓喀喀作響。「兄弟！」他們高喊：「狼崽！瓦西亞！」接著大聲開起下流的玩笑。其中一名年輕波亞彎腰用手肘頂了頂卡斯揚，問他要是被一個外套像是幾年沒洗、坐騎沒有籠頭的小毛頭打敗，感覺會是如何。

卡斯揚笑了。瓦西婭似乎在他笑聲裡聽見某種不加掩飾的情感，心想是不是自己的錯覺。最後那群波亞終於被管家勸走。積雪的圍場和宮殿大門外，莫斯科城驀地醒來。宮殿高塔傳來淒厲的尖叫，隨即被巴掌聲和尖銳的話聲切斷。空氣裡瀰漫著柴煙和上百塊糕餅同時烘焙的味道。

卡斯揚還沒走。他皺起紅色的眉毛，眉間一道深溝。「瓦西亞，」他又開口道：「昨晚——」

「你不用照料你的馬嗎？」瓦西婭沒好氣地問：「我們現在是對手，難道要交換祕密？」

卡斯揚嘴角抽動，凝視她的臉龐，接著說：「你願意——」

但他再次被旁人打斷。這回來者穿得和麻雀一樣樸素，兜帽拉高抵擋風寒，神色嚴厲。瓦西婭嚥了嚥喉嚨，轉身鞠躬道：「修士好。」

「抱歉，卡斯揚．路托維奇，」沙夏說：「我想單獨跟瓦西亞談談。」

沙夏看上去像是起床很久，甚至根本沒睡。

「願主與你同在。」瓦西婭向卡斯揚客氣道別。

卡斯揚似乎愣了半晌，接著用冷淡古怪的語氣說道：「你最好聽我的話。」說完便大步離去。

卡斯揚走後，兄妹倆一時沉默。*那人聞起來很怪*，索拉維說。

「卡斯揚嗎？」瓦西婭問：「怎麼說？」

索拉維甩甩鬃毛。*有塵土的味道*，他說，*還有閃電*。

「卡斯揚那些話是什麼意思？」沙夏問。

「我也不曉得，」瓦西婭據實以告，瞄了哥哥的臉龐一眼。「你都在忙什麼？」

「我？」沙夏一臉倦容靠著柵欄說：「我在打聽關於馬麥特使哲留孛的傳言。大領主不會平白無故從森林裡冒出來，這麼大一座城裡應該**有人**聽過他，就算轉過四手的傳聞也一樣。明明如此氣派的傢伙，我卻半點消息都打聽不到。」

「所以呢？」瓦西婭追問道，一雙綠眼和一雙灰眼四目相對。

「哲留孛有見識、有馬又有人，」沙夏緩緩說道：「卻沒有名聲。」

「所以你也開始懷疑特使是盜匪了，是嗎？」瓦西婭天真問道：「所以你終於相信我了？」

她哥哥嘆了口氣說：「除非我找到更合理的解釋，否則沒錯，我會相信妳，即使我從來沒聽過這種事。」他頓了一下又說，幾乎宛如自言自語。「要是有**盜匪**——或不論他是誰——能徹底騙過我們所有人，那他一定有援手。他從哪裡拿到錢、詔書、文牘、馬匹和華麗衣服，好讓自己扮成韃靼領主？可汗會派這樣的人當使節嗎？不可能。」

「誰可能幫他？」瓦西婭問。

沙夏緩緩搖頭說：「比賽結束後，如果能說動狄米崔．伊凡諾維奇，讓他願意聽妳講，妳就把自己知道的全部告訴他。」

「全部？」瓦西婭問：「卡斯揚說我們需要證據。」

「卡斯揚，」沙夏反唇相譏：「那傢伙聰明過頭了。」

兄妹倆又互看一眼。

「**卡斯揚**？」她看出哥哥眼裡的懷疑。「不可能。盜匪燒了他的村子，而且他還來找狄米崔．伊凡諾維奇**求援**。」

「也對，」沙夏說道，依然面有疑色。「確實如此。」

「我會一五一十告訴狄米崔，」瓦西婭匆匆說道：「可是——之後——我就要離開莫斯科了。我需要你幫我。還有你一定要照顧這頭小母馬，我的齊瑪，要善待她。」

沙夏身體一僵，望著她的臉說：「瓦西婭，妳沒有地方可去。」

瓦西婭笑了。「哥哥，我有全世界可以去。我有索拉維。」

見沙夏沒有開口，瓦西婭用不耐掩飾心裡的難過，說：「你知道我說得沒錯。你不能把我送去女修道院，而我又不想嫁人。我沒辦法用領主的身分待在莫斯科，但也不想當黃花閨女，所以只能離開。」

她無法直視沙夏，便轉頭梳起索拉維的鬃毛。

「瓦西婭。」沙夏開口道。

瓦西婭沒有回頭。

沙夏氣得嘖嘖咬牙，跨到柵欄之間說：「瓦西婭，妳不能說走就——」

瓦西婭轉頭看他。「我可以，」她說：「而且我會。想攔我就把我鎖起來。」

她看見他一臉吃驚，這才察覺淚水湧上了自己的眼眶。

「這不正常。」沙夏說，但語氣變了。

「我知道，」瓦西婭說，聲音果決、激動而可憐。「對不起。」

她話沒說完，大教堂的鐘就響了。該去比賽了。「我會告訴你事實真相，」她說：「關於父親的死，還有那隻熊，統統告訴你，在我離開之前。」

「先比賽，」沙夏沉默良久，最後只擠出一句：「我們之後再談。小心對方使詐，妹妹，盡量提防。我——我會為妳禱告。」

瓦西婭笑了。「我敢打賭，卡斯揚沒有一匹馬比得上索拉維，」她說：「但我很高興你會為我禱告。」

公馬仰頭呼哧，沙夏臉上的嚴肅柔和了幾分。兄妹倆忽然緊緊相擁，童年時熟悉的哥哥的味道再次將她團團包圍。瓦西婭靠在哥哥肩上，偷偷揩了揩濕潤的眼眶。「願主帶領妳，妹妹，」沙夏在她耳邊低語一句，接著便退後一步，揚手為妹妹和公馬祝福。「記得轉彎慢一點，還有別跑輸了。」

圍場邊又來了新的旁觀者，全是歐爾嘉的馬夫。瓦西婭跳上索拉維的背，比較機靈的馬夫立刻退開，其餘的蠢蛋則是目瞪口呆。瓦西婭讓索拉維朝柵欄衝去，公馬一躍而過，同時越過幾個忘了低頭的傢伙。沙夏翻上圖曼的馬鞍，兄妹倆一起策馬奔出宮門。

出宮前，瓦西婭回首張望，感覺見到高塔窗邊立著一個母儀雍容的身影，還有一個小人兒抓著她的裙子，對著晨光打呵欠，下一秒她和哥哥已經來到市街上。

兩人身後群眾愈聚愈多。歡呼聲讓瓦西婭心情激動。她朝群眾揮手，他們立刻報以喝采。**佩列斯維特！**她聽見他們高喊，**勇敢的瓦西里！**

莫斯科大公出現在王宮之外，前面是鼓譟的群眾，後面是波亞與侍衛。「瓦西亞，你準備好了沒有？」狄米崔策馬奔到兄妹身旁問道。他的手下遠遠落後，擠在人群之中，城裡的大領主們則搶著跟在大公後頭。「我可是在你身上押了大注。」

「我準備好了，」瓦西婭答道：「至少索拉維準備好了。我會死命抓著他的脖子，盡量別讓他丟臉。」

陽光下的索拉維確實神采駿發，毛皮宛如一面深紅色的鏡子，鬃毛飛揚，頭顱沒有籠頭羈絆。大公上下看了公馬一眼，大笑道：「瘋小子。」語氣裡盡是欣賞。後方的波亞們看著這一對善於馭馬的兄妹，嫉妒他們深得大公恩寵。

「要是你贏了，」狄米崔對瓦西婭說：「我就賞你一袋金子，再替你找一個漂亮老婆，生一堆孩子。」

瓦西婭嚥了嚥喉嚨，微微點頭。

❄

嘈雜聲忽然小了。瓦西婭回頭望向積雪的街道，發現卡斯揚隻身從山丘頂上策馬而來。

狄米崔、瓦西婭、沙夏和波亞們都看傻了。

瓦西婭見過索拉維在雪地上奔馳的英姿，也見過莫羅茲科的白馬在晨曦下仰蹄的模樣，卻從來沒見過一匹馬比得上卡斯揚座下的金黃雌駒。

那馬的毛皮真的燦爛似火，側腹斑斑點點，脖子和肩膀鬃毛飄揚，只比毛皮略暗幾分。她四肢修長，肌肉結實，個頭甚至高過索拉維。

卡斯揚手裡抓著金韁繩，韁繩繫著金馬勒與金籠頭，身下母馬被他牢牢勒著，鼻子幾乎貼到了胸口，彷彿不這樣拴著就會飛起來似的。那馬的每個動作都無比完美，每一次擺頭或甩動金中帶銀的鬃毛都是滿分。

扣著馬嘴的馬勒有著利齒，瓦西婭痛恨這樣的籠頭。

人群讓母馬退縮不前，背上騎士踢她一腳，母馬勉為其難往前走，但尾巴不停甩盪。她想弓身後退，但卡斯揚逼她放下前腿，再用馬刺踹她腹部，讓她奮力奔馳。

群眾並未因為他們的到來而歡呼，反而震懾於那光彩與美妙的蹄聲，身體一動不動。

索拉維耳朵彎前，那傢伙應該很快，他跺著地說。

瓦西婭挺起胸膛，表情堅定剛毅。那母馬和索拉維一樣非比尋常。卡斯揚是從哪裡得到她的？

嗯，她心想，這下真是旗鼓相當了。

金馬停了下來，背上騎士微笑鞠躬。「願主與你同在，狄米崔・伊凡諾維奇、艾列克桑德修士和瓦西里・彼得洛維奇。」卡斯揚臉上歡喜中帶著幾分淘氣，說：「這是我的母馬，我叫她佐洛塔雅，這名字很適合她，你們說是吧？」

「的確，」瓦西婭說：「我之前怎麼沒見過她？」

卡斯揚依然面帶微笑，但眼神微微一暗道：「她——她很寶貴，所以我不常騎她，但我想值得讓她與你的索拉維較量較量。」

瓦西婭心不在焉鞠了躬，沒有說話。她瞥見一個多莫佛伊悠悠坐在屋頂上，同時感覺天上似乎有拍翅聲，抬頭發現女鳥人在塔頂望著她。她脊骨開始發寒。

她身旁的狄米崔愣了片刻說：「很好。」他拍拍瓦西婭的背。「上帝為證，比賽開始吧。」

瓦西婭點點頭，王公們咧嘴大笑，緊張的氣氛就這樣煙消雲散了。這天冬陽朗朗，又是節慶的最後一天，莫斯科所有人都來為他們喝采。眾人嘈雜地朝克里姆林大門走去，卡斯揚策馬和她並肩同行。群眾一陣鼓譟，為一耀眼一深沉的兩頭馬加油打氣。

眾人走出克里姆林大門來到波薩德。

全城的人都聚在城牆上、河岸邊和閃閃發光的田野上，對岸樹上幾名頑童掐樹猛搖，讓雪有如雨點一般落在樹下的民眾頭上。「少年啦！」瓦西婭聽見有人喊：「少年會贏！他身體輕得像羽毛，根本沒重量，那頭棗紅怪物一定會讓他領先。」

「才怪！」有人回嘴：「才怪！你瞧那匹母馬，你一看就知道誰會贏了！」

母馬甩頭小跑，雙唇濺滿唾沫，每個動作都讓瓦西婭心痛。

騎馬的一行人穿過空曠的市集廣場來到河邊。「上帝保佑，」狄米崔說：「騎快點，表弟。」

大公說完馬刺一蹬，策馬奔向終點附近。沙夏看了瓦西婭最後一眼，隨即跟了上去。

索拉維和金牝馬朝起點奔去。兩匹馬高度相當，步伐放緩不少，兩位騎士比膝前進。棗紅公馬歪歪耳朵，討好地朝母馬噴了口氣，但母馬只是豎起耳朵齜牙咧嘴，想甩掉頭上的金籠頭。

陽光下，遼闊的冰凍河面熠熠生輝。跑道的起點和終點開始有領主和主教聚集，看著兩名選手靠近。他們身披毛皮和天鵝絨，在潔白河道上有如七彩的珠寶。

「想打賭嗎，瓦西亞？」卡斯揚突然說道。他臉上有著和她一樣的激動期盼。

「打賭？」瓦西婭驚訝問道。她讓索拉維離母馬遠一點。那馬鬥志之強，只要靠近就像熱流般感覺得到。

卡斯揚咧嘴微笑，眼裡閃著藏不住的自信。「就是打賭，」他說：「我已經看到你的賭徒性格在發作了。」

「我贏的話，」瓦西婭脫口而出：「你的馬就歸我。」

索拉維豎耳對著她，金牝馬耳朵微微一顫。

卡斯揚抿嘴沉思，但眼裡笑意還在。「這可是大獎，」他說：「頭號大獎。看來你現在以蒐集好馬為業了，瓦西亞，」他喊她的名字時，聲音刻意多了一絲親密，讓瓦西婭一時不知所措。「很好，」他接著說：「我就用我的馬賭妳嫁給我。」

她一臉驚詫望著他，發現他笑得趴在母馬脖子上，聲音跟打呼一樣。「難道妳以為我們的眼睛都像大公那麼差？」

瓦西婭心想，糟了。接著：我該承認？還是否認？難道他一直都曉得？但她還沒來得及回話，卡斯揚已經催馬衝向起點，笑聲依然不斷，在靜謐的清晨空氣裡久久不散。

兩馬噠噠走到結冰的河面上，朝亮閃閃的群眾走去。賽道已經做了標示，繞城兩圈之後再回到河面，奔向大公等著的終點。

瓦西婭輕輕吐著白氣。他知道。他想做什麼？

索拉維在她身下仰起頭，身體一僵，背部繃直，瓦西婭心裡忽然有一股衝動：逃吧，躲起來，跑到邪惡永遠找不到她的地方。不行，她立刻想道，不可以，最好面對他。如果他心懷惡意，我逃跑也沒用。但她還是堅強地低聲對索拉維說：「我們會贏的。不論發生什麼，我們都非贏不可。只要我們贏了，他就永遠不會洩漏我的祕密。因為他是男人，不可能承認自己輸給一個女孩。」

公馬雙耳後貼作為回應。

兩馬往河中央走，兩旁的叫喊與打賭聲漸漸安靜下來，放眼望去只剩幾道輕煙，在清朗天空下裊裊上升。

沒時間交談了。鋪著鵝卵石的冰面上劃了起始線，一名嘴唇發青的主教等著替兩位選手祝福，身上的長袍與十字架襯著純淨的天空有如兩團黑影。

祝福完了，卡斯揚朝瓦西婭咧嘴一笑，隨即策馬轉身。瓦西婭讓公馬往反方向轉。兩匹馬轉了幾圈，然後並肩走向起點。瓦西婭可以感覺身下的索拉維獸性勃發，渴望速度，同時感覺自己胸口也湧起一股放肆的野性。

「索拉維。」她滿懷愛意輕聲呼喚，並且知道公馬懂。她再看了一眼白色的陽光、白色的雪和顏色跟莫羅茲科眼眸一模一樣的天空，接著兩匹馬同時拔腿狂奔。瓦西婭原本想說的話瞬間飄散，消逝在風馳電掣和群眾的扯嗓嘶吼之中。

❄

第一段賽道順河而下，接著要在城腳下橫越結冰的河面。索拉維像野兔一樣騰越向前，瓦西婭振臂高呼衝過第一群圍觀者面前，咆哮聲睥睨群眾，睥睨對手，睥睨全世界。

群眾歡呼回應，聲音響徹白雪大地，接著兩馬就像獨行俠一般，沿著河面大步奔去。

母馬疾如流星，瓦西婭駭然發現她在平地上比索拉維還快。卡斯揚不停揮動沉重的韁繩，母馬嘴邊滿是唾沫。繞城兩圈她還跟得上嗎？瓦西婭默默俯坐在索拉維背上，公馬跑得飛快，卻也跑得輕鬆。他們快到轉彎點了。瓦西婭看見滑溜的冰藍河岸，索拉維一鼓作氣轉頭躍上河岸，完全沒有滑跤。

金牝馬快得差點衝過了頭，卡斯揚猛扯韁繩，母馬顛了一下，但隨即恢復速度，一雙長耳伏貼腦後，卡斯揚吆喝要她繼續衝刺。瓦西婭朝索拉維低語幾句，公馬縮短步伐，收攏四肢，緩緩奔向右方，開始逼近母馬，幾乎貼著她的臀部。母馬被主人不斷鞭笞，神情和腳步有些慌亂，索拉維大步向前，很快就領先了。卡斯揚的馬鐙只到索拉維的後腳跟。

瓦西婭和他錯身而過時，卡斯揚高呼致意，朝她咧嘴微笑。瓦西婭雖然心底害怕，卻感覺笑意湧上喉間，恐懼與思緒都消逝無蹤，只剩速度、寒風與身下馬的完美騰越。瓦西婭彎身向前，低聲鼓勵索拉維。公馬朝她甩了甩耳朵，腳下竟然再度加速，轉眼就快領先一個馬身了。淚水凝結在瓦西婭臉上，寒風吹得她嘴唇乾裂，牙齒凍得發疼。索拉維再次右轉，他們來到了克里姆林城牆下的厚雪地上，叫喊聲從牆頂傾瀉而下。公馬不停狂奔，愈跑愈快，瓦西婭用自己的雙腳、體重和輕聲細語要索拉維踩穩步伐，要他昂首向前。**衝啊**，她對他說，**衝啊**！

他們再次衝到冰上，速度有如狂風，將對手甩在身後。這回輪到波亞們高聲歡呼。他們跑完了第一圈。

幾名青年騎馬衝上河面，想追上飛奔的索拉維，但就算他們的馬體力充沛也追趕不及，一下子就被遠遠甩開。瓦西婭笑著嘲弄他們，青年們反唇相譏。瓦西婭冒險回頭瞄了一眼。

索拉維回到河面時，金牝馬也速度全開，在冰上埋頭馳騁，將群眾的咆哮聲甩在腦後。瓦西婭從來沒見過馬能跑得這麼快。母馬重新拉近和索拉維的距離，唾沫濺在了胸膛上。瓦西婭俯身朝公馬低語，索拉維發現自己再次提氣，步伐加大，當母馬追了上來，他開始和她互相搶先。這回他們同時抵達轉彎點，卡斯揚沒忘了上次的教訓，事先留意母馬的步伐，免得她在冰面上滑跤。

不可能說話，也沒時間思考。兩馬一公一母，有如拉著同一輛馬車並肩繞行城外，雖然都全速衝刺，卻誰也贏不過誰，最後一起衝下波薩德的蜿蜒小路，再次朝河岸及終點奔去。

但就在這時，前方冒出一臺不小心太早停下的雪橇，擋住了他們的路。幾名蠢蛋叫著嚷著猛推雪橇。他們沒想到兩位比賽者這麼快就繞城一圈，害自己成了擋路鬼。

卡斯揚笑著面露挑釁，瓦西婭忍不住也對他咧嘴微笑。兩人一起衝向堆滿貨物的雪橇。瓦西婭一手摸著索拉維的脖子，開始數算他的步伐。三步、兩步，下一步距離就不夠了。索拉維收起四肢仰身躍過雪橇，輕輕巧巧落回滑溜的雪上，沿著最後一段河面朝終點奔去。

母馬落後一步躍過雪橇，鳥兒般落地，兩匹馬在河上瘋狂競速，全莫斯科城都在鼓譟。瓦西婭頭一回對索拉維吆喝大喊，她感覺公馬加速回應，但母馬不遑多讓，一樣兩眼圓睜奮勇向前。兩匹馬在冰上齊頭並進，兩名騎士膝蓋不時互碰。

瓦西婭忽然見到有手伸來，但已經太遲了。

卡斯揚上一秒還手抓韁繩拚命甩動，下一秒已經攫住瓦西婭兜帽的繫繩將結一把扯開。羊皮帽瞬間被風吹走，瓦西婭的頭髮露了出來，辮子鬆脫，長髮有如黑緞在她腦後飄揚，全城的民眾都看到了。

索拉維無視一切全速向前，想停也停不下來。瓦西婭的狂妄鬥志消失得無影無蹤，只能緊抓著公馬不停喘息。

索拉維昂首衝刺，肩膀前拱，隨即連人帶馬衝過終點。群眾啞然無聲，瓦西婭心裡明白，這場比賽不論勝負，卡斯揚都贏了，贏了一場她根本不知道自己有參加的比賽。

❄

瓦西婭身體坐直，索拉維放慢速度，精疲力竭不停喘息。就算她想逃，公馬也力有未逮了。

瓦西婭翻身下馬，減輕索拉維的負擔，接著轉身面對聚集的波亞、主教和大公本人。大公一臉驚惶默然看著她。

瓦西婭頭髮纏著身體，擱淺在斗篷的毛皮上。卡斯揚已經下了馬，金牝馬垂首佇立，馬勒深深卡在脆弱的部位，讓她嘴角滴著血與唾沫。

瓦西婭驚恐之餘，忽然對那副金籠頭恨之入骨。她手痙攣似的抓住絡頭，準備把它扯下來。但卡斯揚伸出戴著手套的手撥開她的手指，一把將她拉了回來。

索拉維仰身嘶鳴準備出擊，但一群壯漢，卡斯揚的手下，用繩子將疲憊的公馬給驅開。瓦西婭被推倒在雪地上，在全莫斯科人的目光下披頭散髮跪在大公面前。

狄米崔淺金色鬍鬚上的臉龐白得像鹽。「妳是誰？」他質問道：「這是怎麼回事？」他身旁的所有波亞都盯著她看。

「求求你，」瓦西婭試著掙脫押著她的手。「讓我去陪索拉維。」公馬在她身後又嘶鳴一聲。壯漢們咆哮鼓譟，瓦西婭回頭一看，發現他們用繩子套住索拉維的頸子，但公馬死命反抗。

卡斯揚一下就解決了。他一把抓起瓦西婭，用匕首架著她脖子，極小聲說：「我會殺了她。」聲音輕得只有瓦西婭和耳尖的公馬聽見。

索拉維僵住不動。

他什麼都知道，瓦西婭心想。知道她是女的，還有索拉維聽得懂人話。他使勁抓著她的手臂，力道之大，之後肯定會留下指痕。

卡斯揚輕聲對索拉維說：「讓他們帶你回大公的馬廄。乖乖去，她就會活著回到你身邊，我向你保證。」

索拉維嘶吼反抗。他抬腿一蹬，一名男子立刻岔氣摔到雪地裡。瓦西婭，她可以從他狂亂的眼神中讀到他在呼喊，瓦西婭。

卡斯揚將瓦西婭的手臂抓得更緊，直到她開始喘息。她感覺下巴的匕首抵得更用力，皮膚都被劃開了……

「快逃！」瓦西婭對公馬絕望大喊：「別被關起來！」

但公馬已經垂首投降，瓦西婭感覺卡斯揚滿足地吁了一口氣。

「抓住他。」他說。

瓦西婭發出無言的抗議，但馬夫們已經衝上去將帶有鉸鍊的籠頭套在索拉維頭上。瓦西婭嚐到臉上流下的憤怒淚水。公馬早已氣力用盡，垂著頭聽話被帶走。卡斯揚不知何時收起匕首，但並沒有鬆開她的手臂。他將她扳向大公和眾波亞，悄悄在她耳邊說：「妳早上應該聽我把話說完的。」

沙夏還在馬上。圖曼強行走到結冰的河面，沙夏手持長劍，兜帽後掀露出蒼白的臉，兩眼盯著瓦西婭喉側流下的血。

「放開她。」沙夏說。

狄米崔的侍衛紛紛亮刀，卡斯揚的手下騎著駿馬將瓦西婭的哥哥包圍住。無動於衷的太陽照得刀鋒閃閃發亮。

「我沒事，沙夏，」瓦西婭朝哥哥喊道：「不要——」

卡斯揚打斷她。「我原本只是懷疑，」他語氣平平對大公說：「今天才算確定，狄米崔．伊凡諾維奇，」卡斯揚一臉嚴肅，只是眼裡閃著異樣的光芒。「這是一個天大的謊言與騙局，甚至更糟。」他轉頭對著瓦西婭，甚至用灼熱的手指碰了碰她的臉頰。「但這顯然是她的騙子哥哥的錯，竟敢欺瞞大公。」他補上一句：「我不會怪這女孩，她那麼小，甚至有點不太正常。」

瓦西婭沒有開口，只想著如何脫逃。索拉維被帶走，哥哥又被持刀的人包圍……至於謝爾特，就算有她也沒看見。

「莫羅茲科，」她喃喃道，話裡充滿不願、氣憤與絕望。「求求你——」

卡斯揚賞了她一巴掌，瓦西婭嚐到嘴唇裂了出血。卡斯揚臉色轉為怨毒。「閉嘴。」他啐道。

「帶她過來。」狄米崔像喉嚨哽住似的，勉強擠出一句。

卡斯揚還沒動作，沙夏已經收劍下馬朝大公走去。一群侍衛舉起長矛將他攔住，沙夏取下劍帶連同長劍一起扔到雪裡，攤開雙手，長矛陣稍稍退後。「表哥，」沙夏喊道，但見狄米崔一臉憤怒便改口說：「狄米崔．伊凡諾維奇。」

「**你知情嗎？**」狄米崔厲聲問道，臉上明白寫著被背叛的驚駭。

那一瞬間，在大公臉上，瓦西婭彷彿見到一個悲傷的孩子。那孩子曾經死心塌地深愛和信任著她哥哥，此刻卻徹底幻滅了。瓦西婭倒抽一口氣，聲音宛如哽咽。但那孩子的容顏隨即消逝，只剩下莫斯科大公的臉，君臨天下，形單影隻。

「對，」沙夏說，語氣依然平靜。「我知情。我求你不要懲罰我的妹妹。她還小，不曉得自己做了什麼。」

「帶她過來。」狄米崔闔上一雙灰眼又說了一次。

這回卡斯揚將瓦西婭拖到了大公面前。

「這小子真的是女人？」狄米崔問卡斯揚：「我不想搞錯。我不敢相信——」

我們一起打敗盜匪，瓦西婭在心裡默默往下說，我們一起經歷大雪，熬過黑夜，我在你的宮裡喝酒，還答應對你效忠。這些都是瓦西里．彼得洛維奇做的，而瓦西里．彼得洛維奇是假的，這一切彷彿都是鬼做的。

的確，從狄米崔下撇緊繃的嘴角看來，瓦西里．彼得洛維奇對他來說是死了。

「沒問題。」卡斯揚說。

瓦西婭還沒意會過來，卡斯揚已經攫住了她斗篷的繫繩，而她一明白他想做什麼，便開始咆哮掙扎反抗。但卡斯揚搶先一步抓住她的匕首，一腳踹向她的雙腿，讓她仆倒在雪裡。刀鋒——她匕首的刀鋒——冰冷精準地劃過她的背。「別動，小野貓，」卡斯揚壓住話裡的笑意，對著猛擊他的瓦西婭低聲說：「免得我割傷妳。」

瓦西婭隱約聽見沙夏說：「不，狄米崔．伊凡諾維奇，不要，她真的是女孩子，是我妹妹瓦西莉莎，我求你不要——」

卡斯揚扯開她的衣服，寒冷有如利爪劃過她的肌膚，讓她身體一顫。卡斯揚一手將她拉起來，另一手扯開她的外套與上衣，讓她半個身子裸露在全城的人面前。

驚嚇和羞辱讓她淚眼汪汪。瓦西婭閉上眼睛。撐住，不要昏倒，不要哭。

寒風掃過她的肌膚。

卡斯揚一手扣住她的胳膊，另一手抓住她的頭髮往後一扯，讓她連臉都無法隱藏。

群眾一陣鼓譟，有人發笑，有人義憤不平。

卡斯揚停下動作，在她耳邊呼氣。她感覺他的目光掃過她的胸脯、喉嚨與肩膀，接著抬頭望向大公。

瓦西婭全身顫抖，同時擔心沙夏。她哥哥衝向包圍他的侍衛，被其中三人牢牢壓倒在地。

大公和波亞們望著眼前這一幕，有的困惑、有的驚恐、有的憤怒、有的歡喜竊笑，還有的心生邪念。

「我說過了，她是女的，」卡斯揚再次開口，明理的語氣與手上的狠勁不成對比。「但我想她是個天真的傻子，被哥哥煽動了。」他一臉遺憾望著被侍衛押跪在地上的驚惶的沙夏說。

群眾交頭接耳。「佩列斯維特，」她聽見他們說：「他是巫師，會法術，不是真修士。」

狄米崔目光從她穿著靴子的雙腳飄向裸裎的胸脯，最後停在她臉上。他面無表情。

「這女孩該受懲罰！」其中一名年輕波亞喊道：「她和她哥哥褻瀆上帝，讓我們所有人蒙羞。讓她受鞭刑，被火燒死。我們這座城容不得女巫。」

他的提議引來眾人高呼贊同，瓦西婭臉上緩緩沒了血色。

這時有人說話了，聲音不大，帶著上了年紀的沙啞，但很果決。「這樣做不妥當，」發言的人很胖，鬍鬚紮成穗狀，語氣對照眾人的怒火顯得格外平靜。瓦西婭認出那聲音，心想：安德烈神父，天使長修道院的院長。

「懲罰不該在全莫斯科人面前討論，」院長說著瞅了岸邊鼓譟的群眾一眼。叫嚷聲變得更大、更堅持了。「那會引發暴動，」他意有所指地說：「甚至傷及無辜。」

瓦西婭已經又冷又病又怕，聽到這話讓她更加驚惶。

卡斯揚抓著她胳膊的手更緊了。瓦西婭抬頭發現他臉上閃過一絲惱怒。難道卡斯揚希望暴動？

「有道理，」狄米崔說，語氣忽然無比疲憊。「你——小姑娘，」說到這個詞讓他嘴角一凜。「妳就待在女修道院，直到我們決定如何處置妳。」

瓦西婭正想反駁，但卡斯揚先開了口。「也許這個可憐的姑娘跟她姊姊待在一起會好一點，」他說：「我認為在她哥哥的這場邪惡陰謀裡，她確實是無辜的。」

瓦西婭見到他看著沙夏的眼裡閃過一絲惡意，但話裡完全聽不出來。

「也好，」大公懶懶說道：「修道院或高塔都是同一回事。但我會派我的衛兵守著。至於你，艾列克桑德修士，你就拘禁在修道院裡。」

「不要！」瓦西婭喊道：「狄米崔．伊凡諾維奇，他沒有——」

卡斯揚又揪住她的手臂。沙夏望著她的眼睛微微搖頭，接著伸手就縛。

瓦西婭全身顫抖，看著哥哥被人帶走。

「把她放到雪橇上。」狄米崔說。

「狄米崔．伊凡諾維奇，」瓦西婭不顧自己被卡斯揚抓著，再次高喊。她雖然痛得眼眶泛淚，還是決定開口。「你答應跟我為友，我求你——」

大公突然眼神殘暴朝她吼道：「我答應的是一個騙子，那個少年已經死了。」接著說：「別再讓我看到她。」

「走吧，小野貓。」卡斯揚柔聲道。瓦西婭不再抵抗。卡斯揚從雪裡拾起她的斗篷，裹住她的身子，將她帶走。

21 魔法師之妻

瓦伐拉很快就將消息告訴歐爾嘉。事實上，最先跌跌撞撞跑進王妃作坊裡的就是她。她臉上掛著大難臨頭的陰沉，頭髮發白的辮子沾了雪。

歐爾嘉的特倫裡擠滿衣著華麗的仕女，簡直要炸開了。這裡是她們過節的地方，在這擁擠的高塔。她們吃吃喝喝，用身上的絲綢錦緞、頭飾與香水爭奇鬥妍，一邊聽著塔外的歡騰。

尤朵姬亞坐得最靠近爐灶，不停整理裝扮。幾名跟班圍著她巴結奉承，讚美她懷了龍種。不過就連尤朵姬亞胎中的孩子也比不上這場眾人皆知的賽馬。一早就有女眷掩嘴嬌笑，一邊打賭，比較虔誠的仕女則閉口不言。

獲勝的是那個英俊小伙子，歐爾嘉的弟弟嗎？她們互相笑著問。還是那個紅髮王公，奴僕說他笑容宛如聖人，澡堂裡光著身子可比異教男神的卡斯揚？後者明顯占了上風，因為半數少女都為他怦然心動。

「不對！」馬雅吃著女眷們餵的蛋糕，不服輸地喊道：「一定是我舅舅瓦西里贏！他是世界上最勇敢的人，他的馬是世界上最棒的馬。」

賽馬開始時的鼓譟之大，連特倫的牆似乎都為之震動，尖叫聲更籠罩了整座城市。女眷們頭靠著頭豎耳傾聽，跟著騎士奔過的聲音了解比賽的進展。

歐爾嘉將馬雅抱到腿上緊緊摟住她。

後來，嘈雜聲平息了。「比賽結束了。」女眷們說。

結果沒有，因為叫嚷再度響起，比之前更吵、更凶狠，遲遲沒有消散，而且愈來愈接近高塔，有如潮水將特倫的牆層層包圍。

就在這波鼓譟聲中，瓦伐拉有如殘骸漂了上來。她強自鎮定跑進作坊，直接走到歐爾嘉身旁，在她耳邊喃喃細語。

然而，瓦伐拉儘管最早最快，卻還是慢了一步。

耳語如海水沿著臺階湧了上來，先是緩緩散開，隨即一股腦衝來。瓦伐拉剛貼著歐爾嘉的耳朵交代完畢，消息就從其他奴婢嘴裡有如呻吟在女眷之間傳開。「瓦西亞是**女孩子！**」尤朵姬亞尖聲高嚷。

來不及了，做什麼都來不及——當然來不及讓歐爾嘉將所有人請出高塔——更別說要她們保持平靜了。

「妳說送來這裡？」歐爾嘉問瓦伐拉。她努力思考。狄米崔・伊凡諾維奇此刻一定火冒三丈，送瓦西婭來這裡只會讓她（和她丈夫）跟騙局脫不了關係，惹得大公更加憤怒。這到底是誰的主意？

卡斯揚，歐爾嘉心想，一定是卡斯揚・路托維奇，這場比鬥的新對手，神祕的領主。還有什麼方法更能讓他接近大公？這樣一來沙夏和她丈夫都會同時失勢。我們真蠢，竟然沒看出來。

呃，這是我們的錯，而她只能盡力挽救。但她一個高塔裡的王妃能做什麼？歐爾嘉挺直腰桿，讓語氣保持平靜。

「叫侍女過來陪我，」她吩咐瓦伐拉：「替瓦西婭準備一個房間。」她遲疑片刻又說：「門閂要在外頭。」歐爾嘉擱在肚子上的雙手關節發白，但她還是沉著自持，不肯輕言失態。「馬雅由妳看著，」她補充道：「別讓她攪進來。」

馬雅古靈精怪的小臉蛋上滿是驚恐擔憂。「出大事了，對吧？」她問母親：「他們知道瓦西婭是女生了？」

「沒錯，」歐爾嘉說。她從不對孩子說謊。「去吧，孩子。」

馬雅臉色發白，突然聽話起來，跟著瓦伐拉離開作坊。

話有如燎原野火，很快在歐爾嘉的賓客之間傳開。重名節的仕女們抿著嘴默默收拾東西，似乎趕著離開。

但沒辦法，誰教頭飾、斗篷和面紗費了太多時間。不久更多腳步聲，前後簇擁的腳步聲，從高塔臺階上傳來。

作坊裡所有人都轉頭望向門口，正準備離開的女眷們立刻坐回去，動作快得有點詭異。

內門開了，狄米崔的兩名侍衛架著瓦西婭出現在門口。女孩手臂被他們抓著，身體裹著斗篷一臉狼狽。

女眷們一陣低呼，驚詫中帶著歡喜。歐爾嘉想像她們事後會講什麼：妳有看到那女孩披頭散髮衣不蔽體的模樣嗎？沒錯，我那天就在那裡看著。塞普柯夫王妃和艾列克桑德·佩列斯維特失寵的那一天。

歐爾嘉盯著瓦西婭。她以為妹妹會垂頭喪氣，甚至一臉歉疚，但（妳傻了嗎，她是瓦西婭啊）這女孩卻目光灼灼，滿腔怒火。兩名侍衛輕蔑地將她推到地上，她一個轉身就讓被推倒的動作變得無比優雅。所有女眷都驚呼一聲。

瓦西婭站起身來，頭髮如暴風掃過披垂在斗篷及臉上。她將頭髮甩到腦後，睥睨望著房裡所有驚詫的臉龐。她不是男孩，但也不像高塔出身、全身蕾絲、釦子釦到頂的世家閨秀，簡直就是雞群裡的一頭野貓。

兩名侍衛站在一步之外，色咪咪望著她修長的身軀與烏黑的頭髮。「沒你們的事了，」歐爾嘉喝斥道：「你們走吧。」

侍衛紋風不動。「大公吩咐必須看著她，拘禁起來。」其中一人說道。

瓦西婭眼睛閉了一下。

歐爾嘉微微低頭，挺著大腹便便的肚子雙臂抱胸，臉上神情突然像極了她的妹妹。她冷冷望著兩名侍衛，看得他們坐立難安。「你們走吧。」她又說了一次。

兩名侍衛遲疑片刻，接著便轉身離開了，只是不無傲慢。他們很清楚風向在誰那邊。看著他們肩膀的姿態，歐爾嘉可以想見高塔外群眾的情緒如何，不禁咬著下唇。

門閂鎖上，外門也關了，姊妹倆四目相對，女眷們在一旁等著看好戲。瓦西婭抓著掛在肩上的斗篷，全身抖得厲害。「歐莉亞——」她開口道。

作坊忽然鴉雀無聲，不想錯過任何一個字。

哎，她們已經知道夠多了。「帶她到澡堂去，」歐爾嘉冷冷吩咐奴婢說：「然後送她回房間，把門鎖上，並且找人看著。」

❄

看守的人（狄米崔的手下）隨著瓦西婭到澡堂，站在外頭守著。瓦伐拉已經在澡堂裡。她脫掉瓦西婭被割破的衣服，動作俐落不帶感情，甚至連藍寶石項鍊都不看一眼，只是久久盯著女孩手臂上斑斑的瘀青。瓦西婭幾乎不想去看自己蒼白有如寒冬的身軀，那背叛了她的血肉之身。

瓦伐拉仍然一言不發，舀了水灑在爐灶的發燙石面上，將瓦西婭推進澡堂的內房，把門關上，將她一人留在裡頭。

瓦西婭一屁股坐在長椅上，裸身包裹在溫暖中，頭一回讓自己痛快哭泣，她咬著拳頭不讓自己哭出聲來，但不停啜泣，直到羞恥、悲傷和驚恐逐漸散去。接著她打起精神，抬頭朝長了耳朵的空氣喃喃低語。

「幫幫我，」她說：「我該怎麼做？」

她並不是一個人，因為空氣回應了。

「記得承諾，小傻蛋，」石面上蒸汽滋滋作響，歐爾嘉家那個矮胖虛弱的班尼克說道：「記得我的預言。我來日無多了，或許這是我最後一個預言。謝肉節結束前，一切都會水落石出。」他比蒸汽還淡，只有空氣中一團異常的浮影透露他的存在。

「什麼承諾？」瓦西婭問：「什麼會水落石出？」

「記得。」班尼克氣若游絲，接著澡堂就只剩瓦西婭了。

「統統去死吧，謝爾特。」瓦西婭說完閉上眼睛。

她在澡堂裡待了很久。儘管外頭侍衛低聲開著惡劣的玩笑，聲音聽得很清楚，她還是希望自己永遠不用出去。爐灶冒出的每一道蒸汽似乎都多洗去一點馬和汗水的氣味，洗去她辛苦掙來的自由。當她離開澡堂，又會變成嬌柔的少女。

最後她終於像出生一般光著身子汗淋淋的走進前室，在那裡浸泡冷水，擦乾身體，塗抹軟膏，然後穿上衣服。

那連衣裙、短衫和薩拉凡飄著濃濃的上一位主人的氣味，沉沉壓在瓦西婭身上，讓她感覺過去的束縛又回來了。

瓦伐拉扯著女孩的頭髮，匆匆替她紮辮子。「歐爾嘉．弗拉基米洛娃有許多敵人，恨不得見她生完孩子被送進女修道院，」她朝瓦西婭吼道：「還有那嬰兒呢？自從妳來之後，他母親整天飽受驚嚇。妳為什麼不能悄悄離開，非要搞出這麼大的事來？」

「我知道，」瓦西婭說：「對不起。」

「**對不起**？」瓦伐拉反常激動得啐了一口說：「有人竟然說對不起了。妳的道歉對我來說就像這樣——」她彈了彈手指。「大公更是不會在乎，在他決定妳命運的時候。」她用一條綠毛線將辮子紮好說：「跟我來。」

奴婢們替瓦西婭在特倫準備了一個房間，雖然昏暗低窄，卻很溫暖，感覺得到下方作坊大爐灶傳來的熱氣。食物已經擺在房裡，有麵包、酒和湯。歐爾嘉的仁慈比憤怒更令她心痛。

瓦伐拉送瓦西婭到門口。瓦西婭聽著門閂關上，瓦伐拉輕盈匆忙的腳步聲愈來愈遠，最後消失無聲。

瓦西婭癱坐在小床上，緊握雙拳不讓自己落淚。她替哥哥和姊姊帶來了那麼大的麻煩，沒資格用淚水慰藉自己。*還有妳父親*，她腦中一個輕柔的聲音嘲諷道，*別忘了他。妳的叛逆害他失去性命。妳是妳家人的咒詛，瓦西莉莎．彼得洛夫納。*

不是，瓦西婭低聲反駁，*不是這樣的，完全不是。*

但她很難想起什麼才是真實。在這幽暗窒悶的房間裡，穿著令人喘不過氣的薩拉凡，還有姊姊冰冷的神情浮現在她眼前，她做不到。

為了他們，瓦西婭心想，我一定要挽救這一切。

但她不知從何做起。

❄

好戲一散，歐爾嘉的賓客們就離開了。所有人走後，塞普柯夫王妃踩著沉重的步伐，下樓到了瓦西婭的房間。

「說吧，」歐爾嘉一甩上門就說：「道歉吧，跟我說妳不曉得事情會變成這樣。」

姊姊一進門，瓦西婭就站了起來，但她什麼都沒說。

「妳不曉得，但我曉得，」歐爾嘉接著說道：「而且我警告過妳，警告過妳和我那個蠢弟弟。妳知道自己做了什麼嗎，瓦西婭？對大公說謊，還拖自己的哥哥下水。妳現在最好的下場就是住進女修道院，最慘就是被當成女巫受審，而我完全阻止不了。要是狄米崔．伊凡諾維奇決定我也有份，就會要弗拉基米爾把我休了，同樣送我進女修道院，瓦西婭。他們還會把我的孩子帶走。」

她說到最後已經聲嘶力竭。

瓦西婭嚇得瞪大眼睛，但還是看著歐爾嘉的臉。「可是——他們為什麼要把妳送進女修道院，歐莉亞？」她低聲問道。

歐爾嘉刻意用最傷人的話回答自己的蠢妹妹：「要是狄米崔．伊凡諾維奇氣到認為我是共犯，他就會這樣做。但我不會讓孩子跟我分開，我會先跟妳斷絕關係，瓦西婭，我發誓。」

「歐爾嘉，」瓦西婭頂著烏黑秀髮垂下頭說：「妳有權這樣做。對不起——真的對不起。」

勇敢又可憐——忽然間，時間又回到妹妹八歲那年，她惱怒又同情看著父親一臉無奈懲罰自己女兒又一次幹出蠢事。

「對不起。」歐爾嘉說。她是真心的。

「妳該怎麼做就怎麼做吧，」瓦西婭說，聲音和烏鴉一樣沙啞。「這是我欠妳的。」

❄

塞普柯夫王公宮殿外，傳言四起了一整天，加上過節的熱鬧騷動，簡直是流言蜚語的溫床。城裡已經好幾年沒有這麼令人垂涎的醜聞了。

那個年輕領主，就是瓦西里・彼得洛維奇啊，他根本不是領主，而是女的！

不會吧？

真的，而且還是處子之身。

在所有人面前光著身子。

肯定是女巫。

連聖潔的艾列克桑德・佩列斯維特都被她的詭計給陷害了。她在狄米崔・伊凡諾維奇的宮裡淫蕩享樂，喜歡誰就勾引誰，從王公到修士輪番上陣。這年頭真是罪人當道啊。

是卡斯揚王公阻止了這一切，揭發了她的惡行。卡司揚是好領主，只有他沒犯罪。

流言蜚語瘋傳了一整天，連窩在修道院的小房間裡躲避回憶巨獸的金髮神父也聽說了。他停下禱告猛然抬頭，臉色唰地慘白。

「不可能，」他對來訪者說：「她已經死了。」

卡斯揚．路托維奇低頭望著自己腰帶上的金黃刺繡，不滿地抿著嘴，頭也不抬地說：「是嗎？那她就是鬼囉？這鬼還真年輕漂亮，被我抓來示眾了。」

「你不該這樣做。」神父說。

卡斯揚聽了咧嘴一笑，抬頭說：「為什麼？因為你沒看到？」

坎斯坦丁身體一縮，卡斯揚哈哈大笑。「你別以為我不曉得你對女巫那麼執迷是怎麼回事，」他靠著門，語調輕鬆又豪放地說：「跟女巫的孫女相處太久了，是吧？年復一年看著她長大，那雙綠色眼眸看了太多次，但那份狂野永遠不屬於你，也不屬於你的神。」

「我是神的僕人，我沒有——」

「哎，少來了，」卡斯揚挺直身子說。他輕手輕腳朝神父走去，嚇得坎斯坦丁直往後縮，差點撞上燭光照亮的聖像。「我看見你，」他喃喃道：「我知道你拜的神是誰。他只有一隻眼睛，對吧？」

坎斯坦丁舔舔嘴唇，眼巴巴望著卡斯揚的臉，不發一語。

「這就對了，」卡斯揚說：「現在聽好了。你到底想不想報仇？你有多愛那個女巫？」

「我——」

「你恨她？」卡斯揚哈哈大笑說：「對你來說，那是同一回事。只要你照我說的做，你想怎麼復仇都辦得到。」

坎斯坦丁眼眶濕潤。他久久看著聖像，接著沒有看著卡斯揚，低聲說道：「我該做什麼？」

「聽命於我，」卡斯揚說：「永遠記得你的主人是誰。」說完便在坎斯坦丁耳邊竊竊私語。

神父身體往後一抽。「小孩？可是——」

卡斯揚繼續往下說，語氣輕而沉著，聽完坎斯坦丁緩緩點了點頭。

至於瓦西婭，她沒聽到任何傳言，也沒聽到什麼陰謀。她待在上鎖的房裡，坐在窗臺邊。太陽落到高牆之下，瓦西婭不停思考如何脫逃，如何挽救一切。

她試著不去想像要是祕密沒被揭穿，她這天會如何度過，走在街上會遇到什麼。但那念頭不停鑽進她腦裡，想著原本唾手可得的勝利、酒在體內燃燒的感覺、歡笑、大公的驕傲和所有人的崇拜。

還有索拉維——比賽後他有沒有走動冷卻身體，有沒有被好好照顧？在他生平第一次束手投降之後，是不是還得忍耐馬夫的觸碰？說不定他反抗了，甚至已經被殺了。要是沒有呢？他現在會在哪裡？被人套上籠頭綁著，鎖在大公的馬廄裡？

還有卡斯揚——卡斯揚。這領主曾經對她好，卻在全莫斯科人面前笑著羞辱她。她心裡再一次湧上疑問：他可以從中得到什麼？還有，是誰幫助哲留孛順利化身成可汗特使？又是誰派了盜匪給他？是卡斯揚嗎？但為什麼——為什麼？

瓦西婭沒有答案，只是不停在腦中兜圈子，而壓抑眼淚讓她頭痛欲裂。最後她縮在床上沉入淺眠的夢鄉。

❄

天色剛黑，她忽然驚醒過來。房間裡，影子拉得又細又長。

瓦西婭想起遠在雷斯納亞辛里亞的妹妹伊莉娜。她還來不及制止自己，腦海裡已經湧起斑斕的回憶：哥哥們在夏廂廚房裡的壁爐邊，仲夏夕陽的金黃光芒灑了進來，還有父親的溫馴馬匹和敦婭做的糕餅……

下一秒，瓦西婭嚎啕大哭，有如她再也不是的小孩。父親死了，母親死了，哥哥被囚禁，故鄉好遠好遠——

忽然一陣窸窣聲，有如衣服掃過地板，瓦西婭剎時停止哭泣。她猛地坐直，只是依然滿臉淚水，抽抽噎噎。

一團黑影動了一下，然後又一下，停在明暗的交界。不是黑影，而是一個咧嘴微笑的灰色人影。輪廓是女人，但不是女人。瓦西婭心跳如雷，起身直往後退。「你是誰？」

灰色人影臉上開了個洞，然後閉上，但瓦西婭什麼都沒聽見。「你為什麼來我這裡？」她鼓起勇氣擠出一句。

沉默。

「你會說話嗎？」

人影狠狠瞪著她。

瓦西婭既想亮一點，又慶幸房裡昏暗，遮住那張沒有嘴唇的臉。「你有事要告訴我嗎？」她問人影。

點頭——是點頭嗎？瓦西婭想了想，接著伸手到連身裙裡，將那個冰涼尖銳的藍色護身符掏出來，遲疑片刻之後拿著寶石尖端在自己前臂劃了一道，鮮血頓時湧向指間。

血一滴到地板上，那鬼就伸出骨瘦如柴的手攫住藍寶石，瓦西婭將它搶回來。「不可以，」她說：「這是我的，不行給你——不過，這裡，」她誠惶誠恐舉起淌血的手臂，希望自己不是在做蠢事。「這裡，」她又笨拙地說了一次。「血有時有用，對死者來說。你死了嗎？我的血能讓你變壯一些嗎？」

沒有回應。但人影悄悄向前，低下殘缺的臉貼著她的胳膊，開始舔拭湧出的血。

不久那嘴咬著更緊、吸得更凶，正當瓦西婭想把它推開，那鬼影忽然鬆開嘴巴，搖搖晃晃往後退開。

它——瓦西婭終於看出是「**她**」——的容貌沒有變得更清楚。雖然有了一點血肉，但由於長年缺乏空氣而乾乾皺皺，有如木乃伊棕裡帶灰。不過，那像是嘴巴的洞裡多了舌頭，而舌頭喃喃吐出話來。

「謝謝。」它說。

至少這鬼很有禮貌。「妳為什麼在這裡？」瓦西婭問道：「這裡不是死人來的地方。妳把馬雅嚇壞了。」

女鬼搖了搖頭。「這裡不是——給活人的地方，」她勉強擠出聲音：「但——我很——抱歉，對那個女孩。」

瓦西婭再次感覺周圍有一道牆，擋在她的皮膚和暮光之間。她咬著下唇說：「妳來是要告訴我什麼？」

那鬼蠕動嘴巴。「走吧，快跑。今晚，他今晚會動手。」

「我走不了，」瓦西婭說：「門拴上了。今晚會發生什麼？」

女鬼絞著枯瘦的雙手。「現在就跑，」它說完指著自己。「這個，他會這樣對妳，今晚。今晚他會換一個妻子，還會親自拿下莫斯科。跑吧。」

「他是誰？對我做什麼？」瓦西婭問：「卡斯揚嗎？他如何一個人拿下莫斯科？」

接著她想到了哲留孛，想到他宮裡訓練精良的騎士，心裡剎時閃現驚惶的頓悟。「韃靼人？」她低聲道。

女鬼的手絞得更緊了。「快跑！」她說：「**跑！**」她張大的嘴有如地獄深淵。

瓦西婭克制不了自己。她嚇得縮起身子不停喘息，硬是將尖叫吞了回去。

「瓦西婭。」她背後傳來他的聲音。代表著自由、魔法與恐怖的聲音，迥異於令人窒息的高塔世界的聲音。

女鬼消失了，瓦西婭猛地轉身。

莫羅茲科的頭髮和黑夜融成一片，長袍是一抹無光的闃黑，眼神古老而可怖。「沒時間了，」他說：「妳必須離開。」

「我聽說了，」她僵立不動。「你為什麼在這裡？老天，我在全莫斯科人面前被人扒光衣服，我怎麼喊、怎麼求，你連出現都懶！現在為什麼來幫我？」

「我今天根本沒辦法過來，直到剛剛，」他說。霜魔語氣輕柔平淡，但目光有一瞬間從她爬滿淚痕的臉上閃到流血的手臂。「他用盡全力防堵我，為了這一天計畫得很好。我今天一直無法靠近妳，直到妳的血滴到了藍寶石上。他有辦法躲我。我不曉得他回來了。要是知道，我絕不會讓——」

「**你說誰？**」

「魔法師，」莫羅茲科說：「妳叫他卡斯揚的那個人。他一直躲藏在我背後，待在奇奇怪怪的地方。」

「魔法師？卡斯揚．路托維奇？」

「過去人們叫他卡斯契，」莫羅茲科說：「他可以永遠不死。」

瓦西婭啞口無言。那只是童話。但霜魔也是。

「不會死？」她擠出一句。

「他施了魔法，」莫羅茲科說：「把他的——生命藏在身體之外，所以我，也就是死亡，可能永遠找不到他。他可以永遠不死，而且法力高強，之前讓我看不見他，今天又讓我無法靠近。瓦西婭，我怎麼會——」

她好想將自己塞進他斗篷裡消失不見，想窩在他懷裡哭泣。她逼自己留在原地。「會怎樣？」她低聲道。

「讓妳今天一個人面對。」他說。

她試圖在昏暗中讀出他的眼神，但他後退了，於是動作無疾而終。有那麼一瞬，他的臉看上去就像是人，而答案就在他眼裡，恰恰在她的理解之外。告訴我。但他沒有這樣做，而是側著頭彷彿在聆聽什麼。「走吧，瓦西婭，快騎馬離開，我會幫妳逃離這裡。」

她可以離開去救索拉維，然後遠走高飛，和霜魔一起，帶著他眼裡情不自禁流露的承諾，一起奔向透著月光的黑夜。然而——「但我哥哥和姊姊，我不能拋下他們。」

「妳不是——」莫羅茲科開口道。

這時走廊傳來重重的腳步聲，瓦西婭猛然回頭，才一轉身就看見門閂開了。

歐爾嘉比早上看來還要疲憊。她臉色蒼白，因為腹中即將臨盆的孩子而步伐不穩。「卡斯揚．

路托維奇來找妳，」歐爾嘉短短說道：「妳必須見他，妹妹。」

說完便有兩名婦人匆匆走進瓦西婭的房間。光一掃到角落，霜魔就消失了。

❄

瓦伐拉替瓦西婭盤好蓬亂的辮子，將刺繡頭巾繫到齊眉的高度，讓銀冰色的圈環垂到面前遮住她的臉，接著和歐爾嘉一起簇擁著她走下結凍的臺階。瓦西婭走在兩人中間，不停眨著眼睛。下到平臺後，瓦伐拉打開另一扇門，三人穿過前室來到飄著甜油香的起居室。

歐爾嘉在門檻邊鞠躬道：「葛斯帕定，我妹妹來了。」說完便站到一旁，讓瓦西婭進去。

卡斯揚沐浴完畢，換上淺金帶白的節慶服裝，刺繡領子上的鬈髮格外顯眼。

他一臉嚴肅道：「請讓我們單獨談談，歐爾嘉·弗拉基米洛娃。我想說的最好只有瓦西莉莎·彼得洛夫納聽到。」

既然瓦西婭又做回女孩了，歐爾嘉當然不該讓她和兄弟以外的男人獨處，但她只是僵硬地點了點頭就離開了。

門喀擦一聲輕輕關上。

「幸會，」卡斯揚柔聲說道，嘴角微微彎出淺笑。「瓦西莉莎·彼得洛夫納。」

她故意像男生一樣鞠躬行禮。「卡斯揚·路托維奇，」她冷冷說道。魔法師。這個詞在她腦中迴盪著，感覺奇怪卻又……「朱多莫鎮澡堂裡來抓我的人是你派來的？」

卡斯揚似笑非笑。「我很意外妳沒有早點猜到。那四個追丟妳的人都被我殺了。」

他目光掃過她的身軀，瓦西婭立刻雙手抱胸。儘管她從頭到腳包得密不透風，卻從來不曾感覺如此赤身露體。洗澡似乎洗去了她的手段與雄心，讓她現在只能觀望與等待，讓其他人行動。這份無力讓她感覺衣不蔽體。

不，不對，我跟昨天沒有兩樣。

但這一點很難相信。卡斯揚的目光裡閃著冷眼旁觀的極度自信。

「你別想，」瓦西婭啐了一口說：「靠近我。」

卡斯揚聳聳肩。「我想怎樣就怎樣，」他回答道：「妳打扮成男孩出現在克里姆林時，就已經沒有名節可言了。現在連妳姊姊也阻止不了我，妳的生死完全操在我掌中。」

瓦西婭沒有說話。卡斯揚面露微笑。「不說這個了，」他說道：「我們何必這麼不共戴天？」他語氣轉為安撫。「我把妳從謊言裡解救出來，現在妳又能當自己，把自己打扮成女孩該有的模樣——」

瓦西婭嘴角一凜。卡斯揚優雅地聳了聳肩。

「你跟我一樣清楚，我現在只能去女修道院，」瓦西婭說著將兩隻手臂收在身後，背貼著門，木門的碎片刺進了她的掌心。「不然就是被關進籠子裡，當成女巫燒死。你來這裡做什麼？」

卡斯揚伸手梳了梳赤褐色的頭髮。「我很遺憾今天的事。」他說。

「你享受得很。」瓦西婭反唇相譏，暗自希望自己的聲音不要因為想起白天的羞辱而變弱。

卡斯揚微微一笑，指了指爐灶。「坐吧，瓦西婭。」

瓦西婭沒有動。

卡斯揚哼笑一聲，坐到爐火邊的雕花長椅上。綴有琥珀的酒瓶旁擺了兩只杯子。他替自己倒了一杯酒，將淺色的瓊漿一飲而盡。「好吧，我是很享受，」他承認道。「玩弄咱們大公的暴躁脾氣，看妳自以為是的哥哥掙扎。」他斜斜瞄了站在門邊厭惡到僵住的瓦西婭一眼，稍微正色說道：「還有妳。沒有人覺得妳美，瓦西莉莎．彼得洛夫納，也不可能會有。妳很可愛，那樣死命對抗我，打扮成男孩也很有魅力。我差點就等不及了。妳知道，我早就知道了。不論我對大公說了什麼，我其實都知道。在森林的那幾晚，我也都曉得。」

他目光放柔，語氣安撫，但眼角還是帶著笑意，彷彿自己也覺得這番話很可笑。

瓦西婭想起冷風親吻她肌膚的感覺和波亞們的猥瑣目光，不禁身體一縮。

「少來了，小野貓，」卡斯揚又說：「難道妳要說妳一點都不享受，被全莫斯科人盯著看？」

瓦西婭腸胃翻攪。「你想要什麼？」

卡斯揚又倒了一杯酒，抬眼望著她說：「我想救妳。」

「什麼？」

他收回目光，垂著眼皮望著爐火說：「我想妳應該很明白我的意思。就像妳剛才說的，妳不是進女修道院，就是接受女巫審判。我剛才去見了一位神父──喔，他很聖潔，既英俊又虔誠。他很樂意將妳過去的邪惡作為稟告大公。要是妳被判有罪，」他沉吟道：「妳哥哥的性命會是如何？妳姊姊的自由又會如何？狄米崔．伊凡諾維奇現在成了全莫斯科的笑柄。被嘲笑的大公不可能統治國家太久，他很清楚這一點。」

「你說要救我，」瓦西婭咬牙切齒問道：「是想怎麼做？」

卡斯揚喝著酒，隔了一會兒才說：「妳過來，我就告訴妳。」

瓦西婭紋風不動。他帶著幾分親切惱怒嘆了口氣，又灌了一口酒。「好吧，」他說：「妳只要拍拍門，奴婢就會帶妳回房間去。我其實不喜歡看妳被火燒死，瓦西莉莎．彼得洛夫納，一點也不。還有妳可憐的姊姊——看她哭著告別自己的孩子。」

瓦西婭大步走到火邊坐在他對面的長椅上，他笑得樂不可支。「看吧，」他喊道：「我就知道妳是可以講道理的人。要喝酒嗎？」

「不要。」

卡斯揚倒了一杯給她，自己繼續喝酒。「我可以救妳一命，」他說：「還有妳哥哥姊姊，只要妳嫁給我。」

沉默片刻。

「你是說你打算娶我這個小女巫，這個穿著男孩衣服在莫斯科四處走動的賤貨？」瓦西婭酸溜溜問：「我才不信。」

「妳這個少女真是太不信任人了，」他開心答道：「實在有失體面。瓦西婭，妳用小小的變裝把戲贏得了我的心。我從一開始就愛上了妳的氣魄。我實在無法想像其他人為何完全不起疑。我會娶妳，並帶妳回巴許亞科斯泰。我今天早上就想告訴妳這件事。妳知道，其實這一切原本都可以避免……但無所謂了。我們一成婚，我就會讓大公還妳哥哥自由——回三一修道院去，那才是他的地方，讓他安靜過完餘生。」他臉色一沉。「反正修士本來就不該舞權弄勢。」

瓦西婭沒有回答。

他讓她看著他，接著彎身向前柔聲說：「歐爾嘉．弗拉基米洛娃可以和她的孩子待在高塔裡，平平安安被牆保護著。」

「你覺得我們**結婚**就能讓大公息怒嗎？」瓦西婭反問道。

卡斯揚笑著說：「狄米崔．伊凡諾維奇就交給我處理。」他瞇著的眼睛閃著犀利的光芒。

「你收買盜匪頭子讓他假扮特使，」瓦西婭望著他的臉說：「為什麼？難道你還付錢要他燒掉你的那些村子？」

卡斯揚朝她咧嘴微笑，但她覺得他眼神一凜。「妳自己猜吧。妳是個聰明人，我說出來就沒有樂趣了。」他湊到她面前。「妳如果嫁給我，瓦西莉莎·彼得洛夫納，生活裡絕對不缺謊言與把戲，還有激情——像這種。」卡斯揚伸手用手指滑過她的臉頰。

瓦西婭往後退開，沒有說話。

卡斯揚身體坐正。「好了，姑娘，」他說，語氣轉為輕快。「妳找不到更好的提議了。」

瓦西婭幾乎無法呼吸。「給我一天考慮。」

「怎麼可能？誰曉得妳是不是真的那麼愛妳哥哥和姊姊，會不會趁機逃跑，放他們自生自滅，同時拋下我這個被激情衝昏頭的人，」他泰然自若道：「我可沒那麼傻，維德瑪[32]。」

瓦西婭身體一僵。

「啊，」卡斯揚看出她心底的疑問。「咱們的聰明小姑娘和她的魔馬，看來她還沒明白自己是何許人也，是吧？沒關係，只要嫁給我，妳就會明白了。」他身體後仰，一臉期盼望著她。

瓦西婭想起女鬼的警告，還有莫羅茲科的話。

可是——沙夏和歐爾嘉呢？還有馬莎？馬莎和我一樣看得到東西，要是其他人發現這個祕密，就會把她看成女巫。

「我會嫁給你，」瓦西婭說：「只要我哥哥和姊姊平安無事。」或許她可以之後再設法逃跑。

---

32 維德瑪：原文唸作維蒂瑪，女巫、有智慧的女人。

卡斯揚破顏而笑。「太好了，真是太好了，我親愛的小騙子，」他親切地說：「我保證妳不會後悔的，」他頓了一下又說：「呃，妳可能會後悔，但妳的生活一定不會無聊。而妳怕的就是這個，不是嗎？羅斯少女的枷鎖？」

「我已經答應你了，」瓦西婭短短回答：「怎麼想是我的事。」她起身道：「我要走了。」

他在椅子上安然不動。「別急著走。妳現在是我的人了，我不准妳走。」

瓦西婭停下腳步。「你還沒買下我。我定了一個價錢，你還沒做到。」

「的確，」卡斯揚靠回椅子上，指尖抵指尖說：「不過，妳不聽話的話，我還是可以毀約。」

瓦西婭待在原地。

「過來。」他說，聲音非常溫柔。

瓦西婭雙腳自動將她帶到他的長椅邊，但她氣得沒有察覺。她昨天還是領主之子，是隻野狗，今天就成了這個陰謀者的俎上肉。她拚命克制，不讓心裡的感覺顯露在臉上。

卡斯揚肯定看出她內心交戰，因為他說：「很好，這樣不錯，我喜歡有點反抗。現在跪著，」見瓦西婭僵住不動，他又說：「這裡，跪在我兩腿之間。」

她照做了，動作如玩偶般僵硬唐突。儘管霜魔曾在月下帶給她困惑傷人的甜蜜，但她此刻面對這人半嗆到的笑聲和噴了香水的身體散發的陳年獸味，依然感覺措不及防。他捧著她的下巴，手指輕撫她的顴骨。「真像，」他喃喃道，聲音變得粗啞。「真像她。妳可以。」

「像誰？」瓦西婭問道。

卡斯揚沒有回答，從小袋子掏出一樣東西。那東西在他粗大的手指間閃閃發亮。她仔細一瞧，發現是項鍊，純金做成，底下掛著一枚紅寶石。

「這是聘禮，」他對著她的嘴巴低聲道，幾乎像是在笑。「吻我。」

「不要。」

他意興闌珊，挑著眉狠狠捏住她耳垂，痛得她眼眶泛淚。「我不會任妳三番兩次忤逆我，瓦西席卡。」她的童年小名從他嘴裡說出來顯得很噁心。「莫斯科不缺聽話的少女願意嫁給我，」他再次湊到她面前輕聲說道：「只要我開口，大公說不定會讓你們三個一起火刑。真溫馨啊，彼得・弗拉迪米洛維奇的三個孩子同生共死，而妳的外甥和甥女在一旁看著。」

瓦西婭腸胃翻攪，但還是彎身向前。卡斯揚面露微笑。因為她跪在地上，兩人的臉一樣高。她將嘴貼上他的唇。

他忽然伸手到她後腦，一把抓住她辮子最上端。瓦西婭本能後退，厭惡地低呼一聲，但他只是把手收得更緊，並好整以暇地將舌頭伸進她嘴裡。瓦西婭好不容易才忍住沒有把他舌頭咬斷。卡斯揚另一手拿著閃閃發亮的項鍊，準備替她戴上，瓦西婭再次後退，心裡充滿自己不了解的恐懼。金項鍊沉沉垂在他拳頭下，他使勁將她頭往後扯。

但他忽然咒罵一聲，項鍊從他手中噹啷掉到地上。他喘著氣撈出瓦西婭的藍寶石護身符，只見那東西微微發亮，在兩人之間形成一道藍光。

卡斯揚氣急敗壞放開她的護身符，一手抓住她的臉，讓她眼冒金星，跌坐在地上。「賤人！」他起身吼道：「白癡，尤其是**妳**——」

瓦西婭搖搖頭，勉強站起身來。卡斯揚的禮物有如蛇蠍攤在地上。「我看是妳自願的，」他對她說，發亮的眼裡滿是惡意，但她覺得在那眼底深處似乎閃著恐懼。「我猜是他**說服**妳戴的，用他那雙藍眼睛。我很意外，小姑娘，真的很意外，妳竟然甘願成為那個怪物的奴隸。」

「我不是任何人的奴隸，」瓦西婭怒斥道：「那條項鍊是父親送我的禮物。」

卡斯揚哈哈大笑。「是誰這樣跟妳說的？」他說：「**他嗎？**」笑容忽然從他臉上消失。「去問他吧，蠢蛋。問他死神為什麼要跟鄉下女孩做朋友，看他怎麼回答。」

瓦西婭感到莫名的恐懼。「死神跟我說你有另一個名字，」她說：「你到底叫什麼，卡斯揚・路托維奇？」

卡斯揚微微一笑，但沒有回答，陰鬱的眼神裡閃過各種思緒。接著他突然大步上前，一把抓住她的肩膀將她推到牆邊，再次吻了她。他張著嘴恣意品嚐她，一手狠狠掐著她的乳房。

瓦西婭僵立忍受著。他沒有再試著替她戴上項鍊。

接著他忽然將她甩開，從牆邊退回房間中央。

瓦西婭勉強站定，但動作狼狽，呼吸急促，胃裡一陣翻騰。

他用手背擦了擦嘴。「夠了，」他說：「有妳就夠了。跟妳姊姊說妳答應結婚，說妳在婚禮前都會待在塔裡，讓人看著。」他頓了一下，接著語氣一沉：「婚禮明天舉行，到時妳就要摘下那個護身符，那個討厭的東西，將它毀了。只要妳有絲毫違抗，瓦西婭，我就會讓妳家人受到懲罰，哥哥、姊姊和她小孩一個都躲不掉。妳走吧。」

瓦西婭蹣跚走向門口，他的味道在她嘴裡發臭，令她沮喪想吐。就算逃離房間，他那心滿意足的輕快笑聲還是陰魂不散，跟著她一路到走廊。

瓦西婭一出房門就撞上瓦伐拉。瓦西婭在走廊裡弓身彎腰，作嘔欲吐。

瓦伐拉癟嘴道：「英俊的領主出手相救，」她話裡滿是嘲諷。「妳的感激在哪裡，瓦西莉莎・彼得洛夫納？難不成妳的貞操被他在爐灶邊奪走了？」

「沒有，」瓦西婭拚命直起身子反駁道：「他——他要我怕他，我想他成功了。」她伸手抹了抹嘴，差點又想嘔吐。走廊裡，黑暗張牙舞爪，只有瓦伐拉手上的燈光讓它稍稍退卻——但那黑暗或許在她腦中。瓦西婭只想靠緊膝蓋，只想哭泣。

瓦伐拉嘴癟得更緊了，但她只說：「走吧，可憐的孩子，妳姊姊在等妳。」

❄

作坊裡只有歐爾嘉一個人。她手裡拿著紡紗桿不停旋轉，卻沒在工作。她腰酸背痛，感覺自己又老又累。瓦伐拉帶著瓦西婭一到作坊，她立刻抬起頭來。

「怎樣？」她開門見山問道。

「他要我嫁給他，」瓦西婭說。她沒有進門，而是待在門邊暗處，驕傲抬著頭。「我答應了。他說只要我和他結婚，就會說服大公赦免沙夏，讓妳不受牽連。」

歐爾嘉打量自己的妹妹。莫斯科有幾十個比她長相更美、出身更好的女孩，卡斯揚娶她不可能是因為她的名節，但他卻堅持要娶瓦西婭。為什麼？

他垂涎她，歐爾嘉心想，不然他為何會有此反應？而我竟然讓她和他獨處……欸，那又怎樣？她之前不是跟著他在街上遊蕩，還扮成男孩？

「進來吧，瓦西婭，」歐爾嘉說，微微的罪惡感讓她語帶不耐。「別縮在門口。告訴我，他都跟妳說了什麼？」她放下紡紗桿說：「瓦伐拉，把火生大一點。」

那奴婢輕手輕腳走到爐火旁，瓦西婭進了作坊。早上的神采飛揚已經幾乎從她臉上消失，兩隻眼睛又大又黑。歐爾嘉手腳酸痛，希望自己感覺不要那麼蒼老、那麼憤怒、對妹妹那麼歉疚。

「算妳走運，」她對瓦西婭說：「賺到一樁體面的婚姻。妳差點就進女修道院了，甚至更慘，瓦西婭。」

瓦西婭點點頭，長長的黑睫毛遮住了眼眸。「我知道，歐莉亞。」

就在這時，一聲轟隆巨響彷彿說好似的，從塞普柯夫王公的宮殿外傳來。群眾剛將馬斯列尼察夫人的肖像點燃，只見肖像的頭髮隨著火焰飄散，兩隻眼睛閃閃發亮，有如活人一般。

歐爾嘉按捺怒火，試著不要顯露氣憤與同情。她背部一陣刺痛。「好吧，」她極力保持親切：「跟我一起用餐，我們吃點糕餅和蜂蜜酒，然後慶祝妳結婚。」

糕餅送來後，姊妹倆一起吃了，但都吃不多。房裡一片沉默。

「我剛來這裡的時候，」歐爾嘉忽然開口對瓦西婭說：「年紀比妳還小一點，我非常害怕。」

瓦西婭原本低頭看著手裡沒吃完的食物，聽到聲音立刻抬起頭來。「我誰也不認識，」歐爾嘉接著說：「什麼都不懂。我的婆婆——她希望兒子娶的是公主，所以恨透了我。」

瓦西婭出聲反駁，但姊姊舉手制止了她。「弗拉基米爾無法保護我，因為特倫裡發生什麼不是男人的事。但特倫裡最年長的婦人——我見過最老的婆婆——對我很好。我哭她會抱我，想家她會拿粥給我吃。我有一回問她為何要這樣，她跟我說，『因為我認識妳外婆。』」

瓦西婭沒有說話。據說她們的外婆某一天隻身騎馬來到莫斯科，沒有人知道她來自何處。這位神祕少女的事傳到了大公耳中，便召她來戲弄一番，沒想到竟愛上了她，最後娶她為妻，生了她們的母親瑪莉娜，後來死在塔裡。

「『妳很幸運，』那個老婆婆跟我說，」歐爾嘉接著說道：「『因為妳不像外婆。她是煙霧和星星的孩子，跟暴風雪一樣不適合特倫，可是……她卻騎著一匹灰馬主動來到莫斯科，簡直像後有追兵似的。雖然婚禮前夜她哭了，卻還是毫不猶豫地嫁給了伊凡。她很努力當個好妻子，要不是野性未消，應該會做得不錯。她常走到庭院裡仰望天空，說自己很想念灰馬。那匹馬在她婚禮當晚就消失了。我曾經問她：『妳為什麼要留下來？』但她始終沒有回答。她的心早在肉體死亡之前就死了。我其實很高興她女兒嫁到遠離城市的地方——」

歐爾嘉停頓片刻。「換句話說，」她接著說：「我不像外婆，而我現在是王妃了，是女主人。這裡的生活很好，有苦有樂。但妳——我第一眼看到妳時，就想到外婆，想到她騎著灰馬來到莫斯科。」

「外婆叫什麼名字？」瓦西婭低聲問道。她曾經問過保母一次，但敦婭死也不肯說。

「塔瑪拉，」歐爾嘉說：「她的名字叫塔瑪拉。」她搖搖頭接著說：「沒事的，瓦西婭，妳的命運不會和她一樣。卡斯揚有大片土地，馬匹成群，而且鄉下有著莫斯科沒有的自由。妳會去那裡，而且過得很幸福。」

「跟一個在全莫斯科人面前把我扒光的人嗎？」瓦西婭沒好氣地問。沒吃完的糕餅被收走了。歐爾嘉沒有回答。瓦西婭說：「歐莉亞，若我必須嫁給他才能挽救一切，那我會嫁給他。可是——」她遲疑片刻，接著匆匆說道：「我認為是卡斯揚收買盜匪，讓他們劫掠村莊。還有——盜匪頭子人就在莫斯科，假扮成韃靼特使。他是卡斯揚的同謀，我認為他們倆打算推翻大公，而且就是今晚。我必須——」

「瓦西婭——」

「必須有人警告大公。」瓦西婭把話說完。

「不可能，」歐爾嘉說：「我宮裡的人今晚都無法接近大公。我們全被妳的醜事拖累了。再說這些都是胡言亂語，怎麼會有領主付錢要人燒毀自己的村子？更別說卡斯揚．路托維奇有什麼把握拿到莫斯科的封授狀[33]？」

「我不曉得，」瓦西婭說：「但狄米崔．伊凡諾維奇沒有子嗣，只有懷孕的王妃。要是他今晚喪命，**誰能**接掌王權？」

「妳沒有資格討論這件事，也不關妳的事，」歐爾嘉厲聲回答：「他又不會死。」

瓦西婭似乎沒有聽見。她在作坊裡走來走去，那樣子看上去更像瓦西里．彼得洛維奇，而不是她自己。「怎麼不會？」她喃喃道。「狄米崔很氣沙夏，因為卡斯揚借刀殺人，而刀是我交到他手裡的。妳丈夫弗拉基米爾王公不在這裡。因此，大公最信任的兩個人都被排除了。卡斯揚有自己的人馬在莫斯科，哲留孛更多。」瓦西婭硬是讓自己停下腳步，焦躁不安站在房中央。「推翻大公，」她低聲道：「為什麼需要娶我？」她目光轉向姊姊。

但歐爾嘉已經沒在聽了。脈搏有如振翅聲在她耳裡轟鳴迴響，一股劇烈的下沉痛楚開始從體內向外吞噬她。「瓦西婭。」她一手扶著肚子低聲道。

瓦西婭察覺歐爾嘉臉色不對，自己臉色也變了。「妳要生寶寶了？」她問：「現在？」

歐爾嘉勉強點了點頭。「叫瓦伐拉過來。」她喃喃道，說完身體一晃，瓦西婭抱住她。

22 母親

歐爾嘉被帶到澡堂待產，裡頭又熱又黑，潮濕有如仲夏夜晚，飄著青木、柴煙、樹汁、熱水與腐爛的氣味。歐爾嘉的女侍們就算看到瓦西婭，也沒有問她怎麼會在這裡。她們沒力氣多問，也沒時間。瓦西婭手巧又有力，之前見識過接生，在這熱氣蒸騰的難熬晦暗中，沒有人再多問什麼。

瓦西婭跟其他婦人一樣脫到只剩連身裙，接生的緊急與混亂讓眾人都忘了憤怒與不確定。她的姊姊已經裸裎蹲坐在生產凳上，黑髮冒著熱氣。瓦西婭跪在姊姊身旁握住她的手，就算歐爾嘉快把她手握斷了，她也毫不退縮。

「妳知道嗎？妳長得很像媽媽，」歐爾嘉低聲道：「瓦西席卡。我有跟妳說過嗎？」陣痛讓她臉色一變。

瓦西婭握著她的手。「沒有，」她說：「妳沒有跟我說過。」

歐爾嘉嘴唇發白，陰影讓她眼睛變大，縮短了姊妹倆容貌上的差距。歐爾嘉光著身子，瓦西婭也近乎裸體。兩人彷彿再次成為女孩，回到他們還不是天壤之別的時候。

陣痛來來去去，歐爾嘉喘息冒汗，完全忘了外頭的紛擾與危難。世界只剩汗水與分娩，對痛楚忍耐又忍耐。澡堂愈來愈熱，蒸汽裹住她們汗水淋漓的身軀。侍女們近乎裸體忙活著，但胎兒還是

33　封授狀：意指欽察汗國的任命狀。每位羅斯君主都得從可汗手上取得封授狀，才能擁有統治權。

沒誕生。

「瓦西婭，」歐爾嘉靠著妹妹不停喘息道：「瓦西婭，萬一我死了——」

「妳不會死的。」瓦西婭吼道。

歐爾嘉笑了。她眼神恍惚道：「我會努力的，不過——妳一定要把我的愛轉達給馬莎，跟她說我很抱歉。她會生氣，她不會理解。」歐爾嘉沒往下說，因為陣痛又來了。她仍然沒有尖叫，但聲音衝到了喉嚨。瓦西婭覺得自己的手快被姊姊捏斷了。

澡堂裡飄著汗臭與羊水味，歐爾嘉兩腿間滿是黑色的血水。濛濛蒸汽中，侍女們只剩汗涔涔的模糊身影。嗆人的血腥味在瓦西婭的喉嚨裡揮之不去。

「好痛。」歐爾嘉喃喃道。她身體癱軟沉重，坐著不停喘息。

「勇敢點，」產婆說：「會沒事的。」雖然她語氣和藹，但瓦西婭發現她和身旁的婦人交換了不祥的眼色。

澡堂裡熱氣蒸騰，瓦西婭的藍寶石忽然發出冷光。歐爾嘉瞪大眼睛望向妹妹身後，瓦西婭頭轉隨著姊姊的目光看去，只見角落裡一個人影望著她們。

瓦西婭鬆開姊姊的手。「不要。」她說。

「我並不想讓妳經歷這些。」人影回道。她認得那聲音，認得那淺白漠然的凝視。

「不要，」瓦西婭又說了一次。「不要——不要，走開。」

人影沒有說話。

「拜託，」瓦西婭喃喃道：「**求求你**，走開。」

每回我走在人群之間，他們都會求我，莫羅茲科曾經對她說。他們只要見到我就會求我。邪惡

由此而生。我最好腳步放輕，最好只有死者和垂死之人看見我。

哎，誰叫她能看見，讓他無所遁形。這會兒輪她哀求了。侍女們在她身後竊竊私語，但她眼中只看見他的眼睛。

她想也不想便走過房間，伸手抵著他的胸膛。「求求你走開。」有那麼一瞬，她覺得自己只是摸著影子，但他的身軀隨即變得真實，只是很冰冷。他往後退開，彷彿她的手會傷人。

「瓦西婭。」他說。在那漠然的臉上出現的是情感嗎？她再次伸手哀求。當他的手被她牽著，他身體一僵，滿臉困惑，稍微不再像夢魘。

「**我在**這裡，」他對她說：「這不是我的選擇。」

「你**可以**選擇，」瓦西婭回道，跟著他一起後退。「別帶走我姊姊，讓她活著。」

死亡的暗影伸向了歐爾嘉。歐爾嘉精疲力竭坐在產凳上，身旁圍著冒汗的婦人。瓦西婭不曉得其他人見到了什麼，還是覺得她正對著黑暗說話。

他很愛瓦西婭的母親，人們這樣描述她父親。他愛那個瑪莉娜．伊凡諾夫納。她因為生下瓦西莉莎難產而死。下葬時，彼得．弗拉迪米洛維奇的半個靈魂也隨著她永埋土中。

歐爾嘉淒聲哀號，聲音尖細令人毛骨悚然。「血，」瓦西婭聽見一旁侍女們說：「血——血流太多了，去找神父來。」

「求求你！」瓦西婭對莫羅茲科喊道：「拜託！」

澡堂的嘈雜消失了，牆也隨聲音淡去。瓦西婭發現自己站在空蕩蕩的森林裡，黑樹在白雪地上留下灰色的暗影，死神佇立在她面前。

死神一襲黑衣。霜魔有著淺藍至極的眼眸，但眼前這位，這個比較古老怪異的他卻眼如清水，沒有顏色，近乎沒有。她從來沒見過他這麼高大，這麼僵直。

瓦西婭聽見輕聲抽泣。她放開他的手，轉頭發現歐爾嘉蹲伏在雪中，裸著半透明的帶血身軀，將痛苦的喘息吞了下去。

瓦西婭彎身扶起姊姊。這是哪裡？難道是死後的世界？森林，一個人，等待著……她隱約聞到森林後方飄著澡堂的悶熱臭味。歐爾嘉肌膚溫暖，但味道和熱氣不斷消散。森林好冷，瓦西婭緊緊抱著姊姊，努力將自己身上所有熱量、她激烈燃燒的生命，灌注到歐爾嘉體內。她的雙手熱到灼人，胸前的藍寶石卻冰冷刺骨。

「妳不能在這裡，瓦西婭。」死神說道，雖然語調沒變，卻透露著一絲詫異。

「不能？」瓦西婭反駁道：「你才不能奪走我姊姊。」她緊抓著歐爾嘉，想找回去的路。澡堂還在，就在附近，她聞得到，但不曉得該往哪裡才到得了。

歐爾嘉癱靠在瓦西婭懷裡，眼神迷濛呆滯。他轉頭氣若游絲問死神說：「那我的孩子呢？我的兒子，他在哪裡？」

「是女兒，歐爾嘉．彼得洛夫納，」莫羅茲科答道，話裡不帶感情，也不帶評判，聲音低沉、清楚而冷酷。「妳們不能兩個都活。」

莫羅茲科的話有如兩記重拳打在瓦西婭身上。她緊抱著姊姊說：「不行。」

歐爾嘉吃力直起身子，臉上毫無血色，更沒了美貌。她掙脫瓦西婭的懷抱。「不行嗎？」她對死神說。

莫羅茲科彎身鞠躬。「孩子不能活著生下來，」他語氣平平道：「侍女不是剖腹取出她，就是保住妳的性命，讓她悶死在妳肚子裡，然後生下死胎。」

「她，」歐爾嘉說，聲音有如蚊蚋。瓦西婭想開口，卻發現自己說不出話來。「她，女兒。」
「沒錯，歐爾嘉．彼得洛夫納。」
「嗯，那就讓她活命吧，」歐爾嘉只說了這麼一句，便伸出手來。
瓦西婭再也承受不了。「不要！」她吼著撲向歐爾嘉，將姊姊伸長的手揮開，一把將她抱住。
「活下去，歐莉亞，」她喃喃道：「想想馬雅和丹尼爾。活下去，活下去。」
死神瞇起眼睛。
「我願意為我的孩子犧牲，瓦西婭，」歐爾嘉說：「我不怕。」
「不要，」瓦西婭呢喃道。她感覺莫羅茲科好像有說話，但她一點也不在乎。流竄在她和姊姊之間的愛與憤怒與失落是如此強烈，其他一切都被淹沒、被遺忘了。瓦西婭使盡全力，拚命拖著歐莉亞回頭往澡堂走。
忽然她一個踉蹌醒了過來，發現自己靠著澡堂的牆，手扎到碎片，頭髮黏在臉和脖子上。姊姊身旁密密麻麻圍著汗流浹背的婦人，舞著手臂彷彿想一齊掐死她。一個身穿黑袍，衣著完整的人影立在她們中間，吟詠著臨終禱詞，清亮的聲音輕易蓋過了所有人的嘈雜。一綹金髮在幽暗的澡堂裡閃閃發亮。
是他？瓦西婭勃然大怒，大步穿越翻騰的蒸汽，推開侍女抓住姊姊的手。低沉嗓音戛然而止。
瓦西婭沒時間理他，心裡只見到另一個黑髮婦人、另一間澡堂和另一個害死自己母親的孩子。
「歐莉亞，活下去，」她說：「求求妳活下去。」
歐爾嘉身體一扭，脈搏在瓦西婭的指下跳了跳，隨即睜開惺忪的雙眼。「我看到頭了！」產婆嚷道：「那裡——還有——」

歐爾嘉和瓦西婭四目相會，隨即痛得睜大眼睛，肚子如驚濤駭浪般起伏，接著孩子就一骨溜地出來了。歐爾嘉嘴唇發青，動也不動。

眾人鬆了一口氣，隨即被焦慮的靜默取代。產婆清掉女嬰唇邊的渣沫，朝她嘴裡吹氣。

女嬰毫無反應。

瓦西婭的目光從那灰色的小小身形轉到姊姊臉上。

神父箭步上前，將瓦西婭一把推開。他替嬰兒頭上抹油，開始唸誦浸禮禱詞。

「她在哪裡？」歐爾嘉顫巍巍伸著虛弱的雙手，結結巴巴道：「我女兒呢？讓我看看她。」

但女嬰還是沒有動。

瓦西婭兩手空空呆立著，任侍女們推來推去。汗水從她胸前滑落，冷卻的怒火在她嘴裡留下了灰燼的味道。但她沒有看歐爾嘉，也沒看神父，而是看著那身披黑色斗篷的人影伸出一隻手，輕輕柔柔托起那白堊般的沾滿鮮血的小小人兒，將它帶走。

歐爾嘉發出一聲哀號，坎斯坦丁將手垂下。浸禮完成了，這是那孩子在人世得到最初也是最後的仁慈。瓦西婭站在原地。*妳活下來了，歐莉亞，她心想，我救了妳。*但這個想法是那麼貧弱無力。

❄

歐爾嘉筋疲力竭的眼睛似乎看穿了她。「妳殺了我女兒。」

「歐莉亞，」瓦西婭開口道：「我——」

一只黑袖伸過來將她攫住。「女巫。」坎斯坦丁喝斥道。

女巫兩個字有如千斤巨石，眾人頓時鴉雀無聲。瓦西婭和神父站在一圈面目模糊的婦人中間，被無數的發紅眼眸包圍。

瓦西婭上一回見到坎斯坦丁・尼可諾維奇，他怕得縮成一團，而她要他離開，回莫斯科或沙皇格勒，甚至下地獄也行，就是別再打擾她的家人。

坎斯坦丁真的回莫斯科了，看上去歷盡地獄試煉，俊俏的臉上顴骨突出，垂肩金髮凌亂糾結。

侍女們默默看著。一名嬰兒剛在她們懷裡死去，讓她們的手無助顫抖。

「她是瓦西莉莎・彼得洛夫納，」坎斯坦丁怒啐道：「她殺了自己的父親，現在又殺了姊姊的女兒。」

他身後的歐爾嘉閉上眼睛，一手摟著死嬰的頭顱。

「她跟魔鬼交談，」坎斯坦丁接著說，眼睛依然瞪著她。「歐爾嘉・弗拉基米諾娃心腸太好，捨不得拒絕說謊的妹妹，結果現在是這種遭遇。」

歐爾嘉沒有說話。

瓦西婭沉默不語。她能說什麼？女嬰有如枯葉靜靜蜷縮著。角落一縷蒸汽看上去就像一個矮矮胖胖的人影，而且也在哭泣。

神父目光掃過班尼克的模糊身影。瓦西婭發誓他真的那樣做了。他臉色變得更白。「女巫，」他再次低聲說道：「妳會得到報應的。」

瓦西婭打起精神。「我會的，」她對坎斯坦丁說：「但不是在這裡。你這樣做是不對的，巴圖席卡，歐莉亞——」

「妳出去，瓦西婭。」歐爾嘉頭也不抬地說。

瓦西婭累得雙腳發軟，哭得視線模糊，毫不抵抗讓坎斯坦丁將她拖出澡堂內房。坎斯坦丁將門甩上，血腥味與悲泣聲頓時消失。

瓦西婭的亞麻連身裙濕答答掛在身上，近乎透明。直到開著的外房門透進一股寒氣，她才停下腳步。「至少讓我加點衣服，」她對神父說：「難道你想把我凍死？」

坎斯坦丁突然放開她，瓦西婭知道他看得見她身上每一寸肌膚，看得見連身裙下硬挺的乳尖。

「妳對我做了什麼？」他厲聲道。

「對你做了什麼？」瓦西婭回道。悲傷讓她滿心迷惘，從熱到冷讓她頭腦昏沉。她臉上冒汗，木頭地板刮著她的腳板。「我什麼都沒做。」

「騙人！」神父怒斥道：「騙人。我之前是好人，**我**看不到魔鬼，現在——」

「你現在看得到了，對吧？」雖然意外，雖然難過，但她嘴上除了挖苦還是挖苦。她雙手沾滿姊姊的血，腥臭地提醒她嬰兒死去的醜陋現實。「嘿，說不定是你自作自受，誰叫你一直魔鬼魔鬼講個不停，你有想過嗎？躲回修道院吧，沒有人想要你。」

他和她一樣臉色慘白。「我是好人，」他說：「**我是**。妳為何要詛咒我？為何追著我不放？」

「我沒有，」瓦西婭說：「我何必呢？我到莫斯科只是來看姊姊，結果卻變成這樣。」

她一臉冷漠，大剌剌脫下濕掉的連身裙。她走進寒夜可不代表她想死。

「妳在做什麼？」神父喘息道。

瓦西婭伸手拿起剛才脫在前廳的薩拉凡、短衫和外袍。「換上乾衣服，」她說：「不然你以為我在做什麼？為你跳舞嗎？才剛死了一個孩子，我會像春天的農家女孩一樣載歌載舞嗎？」

他看著她穿上衣服，雙手不斷握拳又鬆開。

瓦西婭毫不在乎。她繫好斗篷挺直腰桿。「你打算帶我去哪裡？」她嘲諷問道：「我看你根本不曉得。」

「妳要接受報應。」坎斯坦丁勉強擠出一句，語氣帶著憤怒及自己也搞不清楚的渴望。

「去哪裡？」瓦西婭問。

「妳在嘲笑我嗎？」他稍稍找回過去的沉著，一手抓住她的胳膊。「當然是去女修道院。妳會得到懲罰，我答應過會緝捕女巫。」他上前一步說：「這樣我就再也不會見到魔鬼，一切又會回復以往。」

瓦西婭沒有後退，反而貼了上來。神父顯然沒想到她會這樣做，剎時呆若木雞。

瓦西婭繼續貼近。她或許怕這個怕那個，但從來不怕坎斯坦丁．尼可諾維奇。

「巴圖席卡，」她說：「可以的話，我願意幫你。」

坎斯坦丁緊閉雙唇。

她撫摸他冒汗的臉，濕透的頭髮垂落在他緊扣著她胳膊的手上。坎斯坦丁一動不動。

雖然被他抓得很疼，但瓦西婭拒絕退卻。「我該怎麼幫你？」她在他耳邊呢喃。

「卡斯揚．路托維奇答應替我報仇，」坎斯坦丁低聲道：「只要我——但算了，我不需要他。妳在我手上，這就夠了。跟我走吧，讓我重拾完美。」

瓦西婭望著他的雙眼。「這我辦不到。」

說完她膝蓋一頂，位置恰到好處。

坎斯坦丁沒有尖叫，也沒有倒在地上喘氣。他袍子太厚了。但他悶哼一聲彎下腰去，對瓦西婭來說，這就夠了。

她跑過廊道，穿越前院，直奔黑夜而去。

23 北方的寶石

屍灰色的月亮剛剛攀到歐爾嘉的高塔頂上，狂歡不息的城市喧嘩在塞普柯夫王公的前院迴盪，但瓦西婭知道衛兵還在，坎斯坦丁很快就會大聲嚷嚷。她必須去警告大公。

瓦西婭正要奔向索拉維的圍場，忽然想起他不會在那裡。

但她身旁砰的一聲，接著傳來馬蹄踩雪的聲響。

瓦西婭如釋重負，轉頭張開雙臂就想抱住公馬的脖子。

不是索拉維。這馬是白色的，而且馬上有人。

莫羅茲科從母馬背上下來。女孩與霜魔在病懨懨的月光下四目相望。「瓦西婭。」他說。

瓦西婭的皮膚上還沾著澡堂的臭味與血腥味。「所以你之前才會要我今晚逃跑是吧？」她恨恨問道：「免得我看到姊姊過世？」

霜魔沒有開口，但兩人之間閃出一道火焰，和夏日天空一樣藍。雖然沒有柴薪，那火的熱卻將寒夜推開，包住了她顫抖的皮膚。瓦西婭拒絕感謝。「回答我！」她咬牙猛踏火焰，那火瞬間就滅了，和點燃時一樣突然。

「我知道母親或孩子得死，」莫羅茲科後退一步說：「我是想讓妳避開沒錯，但現在——」

「歐爾嘉把我趕出來了。」

「老實講，」霜魔冷冷把話說完：「這件事由不得妳。」

他這話有如重拳一般，讓瓦西婭腸胃翻騰，喉嚨打結。乾掉的淚水讓她臉黏答答的。

「我是來救妳的，瓦西婭，」莫羅茲科說：「因為——」

悲傷的結打開了，話語衝口而出。「我才不管什麼因為。我不知道你說的是真是假，我為什麼要聽？你把我當成獵犬一樣使喚，要我去這裡去那裡，卻什麼也不跟我說。所以，你早就知道歐爾嘉今晚會死嗎？還有——你早就知道我父親會死？死在熊的地盤？你難道不能警告我嗎？還有——」她從上衣裡抓出藍寶石舉到他面前。「這是什麼？卡斯揚說它讓我變成你的奴隸，他在說謊嗎，莫羅茲科？」

霜魔沒有說話。

瓦西婭湊到他面前低聲道：「你要是在乎自己曾在夜裡親吻的可憐蟲，一絲絲也好，就會告訴我全部的事實。我今晚已經受不了再聽到謊言了。」

兩人四目相對，在透著銀光的黑夜裡臉色鐵青。「瓦西婭，」他在陰影裡低聲道：「現在不是時候。快走吧，孩子。」

「不要，」她喘息道：「**現在**就是時候。難道我真的那麼**幼稚**，你必須對我說謊？」

見他依然閉口不答，瓦西婭聲音微微沙啞：「求求你。」

莫羅茲科臉頰微微抽搐。「彼得．弗拉迪米洛維奇死去的前一晚，」他語氣平平道：「他醒著躺在被火燒成灰燼的村莊旁。月落時，我來到他身邊，跟他說謝爾特們變淡了、那位神父散播恐懼，還有熊快掙脫的事。我告訴彼得犧牲自己性命可以解救他的人民。他願意，心甘情願。熊被關住那一天，我帶著你父親穿越森林，讓他及時來到空地，而後喪命。但我沒有殺死他，而是給了他選擇。死亡是他選的。我不能妄取人性命，瓦西婭。」

「所以你對我說了謊，」瓦西婭說：「你跟我說我父親**碰巧**去了熊的地盤。你還說了哪些謊，莫羅茲科？」

霜魔再次沉默。

「這是什麼？」她舉起藍寶石低聲問道。

他的目光銳利如劍，從藍寶石轉到她臉上。「這是我做的，」他說：「用冰親手做成的。」

「敦婭——」

「她是從妳父親那邊代替妳拿的，我在妳小時候給了彼得。」

瓦西婭一把扯下項鍊抓在手中，斷掉的鍊子左右搖晃。「為什麼？」

她以為他不會回答，沒想到他卻開了口：「很久以前，人們想像我有生命，便給了寒冷和黑暗一張臉，讓我統治他們。」他目光飄向遠處。「可是——時光荏苒，修士帶著羊皮紙和墨水、頌歌與聖像而來，我就消失了。如今，我只活在講給壞孩子聽的童話故事裡。」他看著藍寶石接著說：「我不會死，但我會消逝，會遺忘和被遺忘。可是——我還沒準備好遺忘，所以會找一個家族擁有法力的人類女孩和她連結，她的力量會讓我再次強壯。」他淺白眼眸裡閃過一道藍光。「我選了妳，瓦西婭。」

瓦西婭感覺恍如隔世。所以這個才是他們之間的連結，不是共同經歷的冒險、莫名的情愫甚至他在她體內燃起的火熱，而是這個——**東西**。這個寶石，這個不神奇之物。她想起謝爾特們的模糊身影，在鐘聲隨處可聞的人類世界逐漸消散，想到自己的手、話語和禮物可以讓他們短暫再次真實起來。

「所以你才會帶我到你森林裡的屋子去？」瓦西婭低聲道：「才會對抗我的夢魇，給我禮物？

才會在——在夜裡吻我？因為你要我成為你的崇拜者？你——你的奴隸？這一切全是你讓自己強大的計畫？」

「妳不是奴隸，瓦西莉莎．彼得洛夫納。」他怒斥道。

見她沒有開口，霜魔語氣轉柔：「我受夠那些了。我需要妳給我的是感受——感覺。」

「是崇拜，」瓦西婭反唇相譏：「可憐的霜魔，你的可憐信徒統統投靠別的神去了，害你只能勾引無知蠢女孩的心。所以你這麼常出現，又這麼常消失。所以你才要我戴著這個寶石，要我記得你。」

「我救了妳的命，」霜魔口氣凶了起來。「兩次。妳戴著這個寶石，用妳的力量維繫我。難道這樣的交換不公平嗎？」

瓦西婭氣得無言，幾乎沒在聽他講話。他利用了她。她成了族人的厄運，害家人分崩離析——還有她的心。

「找別人吧，」她說，冷靜得連自己都嚇了一跳。「找別人戴你的寶石，我沒辦法。」

「瓦西婭——別這樣，妳要聽我——」

「**我才不要！**」瓦西婭吼道：「我不要你任何東西，也不要任何人。天地遼闊，你肯定找得到別人。說不定這回她根本不需要你瞞她。」

「妳如果現在離開我，」他語氣漠然。「就會有大危險，那個魔法師會找到妳。」

「那就幫助我，」她說：「告訴我卡斯揚打算做什麼。」

「我看不見。他用魔法設了防護，將我阻擋在外。妳最好離開，瓦西婭。」

瓦西婭搖搖頭。「也許我會死在這裡，和其他人一樣，但我不要做你的玩物而死。」

瞬間風起，瓦西婭感覺他們忽然來到雪地上，城市的臭味與輪廓消失無蹤，只有她和霜魔佇立在月光下。風聲淒厲，在他們四周胡言咆哮，她的辮子卻紋風不動。

「讓我走，」她說：「我不是你的奴隸。」

她鬆開手掌，藍寶石往下掉，被他一手接住。寶石在他手裡融化，再也不是寶石，而是一小灘冰冷的清水。

風突然停了，四周變成踩爛的雪與高聳的宮殿。

瓦西婭轉身離開霜魔。塞普柯夫王公的前院感覺無比巨大，積雪無比之深。瓦西婭沒有回頭。

第四部

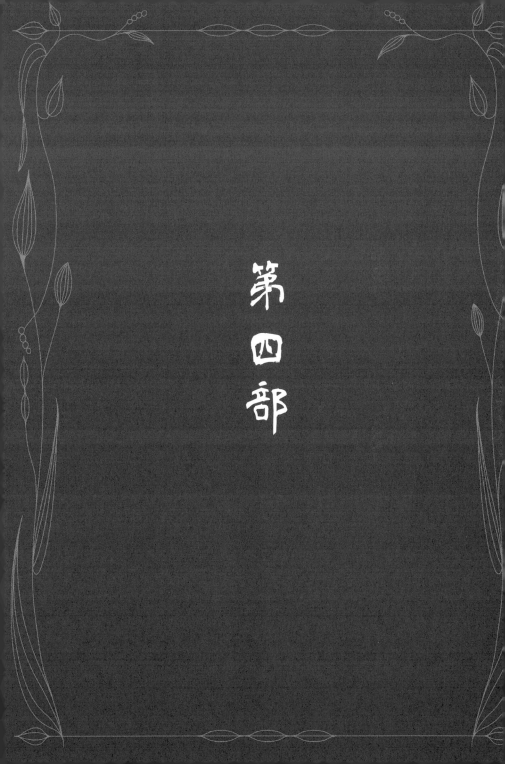

24 女巫

賽馬之後，狄米崔派了六名侍衛將沙夏押到天使長修道院，將他關在小房間裡，讓他一人躊躇反思。他主要想著自己的妹妹，想到瓦西婭被扒下衣服，在全莫斯科人面前蒙羞，卻依然勇氣十足，心裡只在乎他的安危。

「你會被送到主教那裡，」那天夜裡晚餐送來時，安德烈對他說，接著鬱鬱補了一句：「然後接受審判。就算你沒有死於半夜，狄米崔也可能會親自過來砍了你的腦袋。他就是這麼生氣。換成他祖父一定會把你殺了。我會盡力幫你，但能做的有限。」

「神父，萬一我死了，」門關上之前，沙夏伸手道：「請您務必照顧我的妹妹，還有我姊姊。歐爾嘉做這些不是出於自願，而瓦西婭——」

「我不想知道，」安德烈尖刻打斷他說：「你的瓦西婭是什麼。你若不是屬神的人，早就因為替那個女巫扯謊而喪命了。」

「至少替我傳話給謝爾蓋神父，」沙夏說：「他很愛我。」

「這我能做到。」安德烈話沒說完便匆匆離開了。

❄

修道院外鐘聲響起，腳步聲來來去去，傳言四竄。沙夏禱告斷斷續續，前後不一，說到一半就無以為繼，聲不成聲。暮靄由紅轉黑，初昇的月光照亮了沉醉歡快的莫斯科，這時修道院迴廊忽然響起跫音，沙夏的房門一陣窸窣。

沙夏起身退到牆邊，心裡做了最壞打算。門輕輕開了，安德烈肥胖焦慮的臉龐再次出現，鬍鬚直豎。在他身旁立著一位頭戴兜帽、身材健碩的年輕人。

沙夏不可置信怔了半秒，隨即大步上前。「羅迪昂！你怎麼來了？」由於安德烈一手焦慮舉著火把，沙夏這才看見他朋友面色憔悴，鼻子也被寒霜凍傷。

安德烈一臉憤怒、焦躁與害怕。「羅迪昂修士光著腳從三一修道院趕來，」他說：「他手上有莫斯科大公的消息。」頓了一下又說：「還有你朋友卡斯揚．路托維奇的事。」

「我去了巴許亞科斯泰，」羅迪昂插嘴道。他不安看著站在寒冷狹小房間裡的朋友說：「我騎死了兩匹馬才把消息帶回來。」

沙夏從來沒看過羅迪昂臉上這般神色。「進來說吧。」

雖然他沒資格命令他們，但安德烈和羅迪昂還是不發一語走進房間，將門關上。

羅迪昂開始娓娓道來，說了一段關於塵土、骨骸與驚恐的經歷。講完之後，他說：「那裡地如其名，真的是巴許亞科斯泰，骨頭塔。我不知道卡斯揚．路托維奇為人如何，但他的房子不是活人住的地方。更糟的是，卡斯揚他——」

「收買哲留孛假扮成特使，把人馬帶進莫斯科，」沙夏接話道，同時想起瓦西婭，不由得心裡一痛。「我知道。羅迪亞——你必須立刻離開，別告訴任何人你來見過我。去找大公，告訴他——」

「什麼特使？卡斯揚收買盜匪焚燒村莊，」羅迪昂打斷沙夏說：「我在朱多莫鎮找到了他們的中間人，替盜匪買刀買馬的傢伙。」

羅迪昂還真忙。「收買盜匪放火燒自己的村莊？」沙夏厲聲問道：「賣女孩賺錢？」

「應該是。」羅迪昂說，凍傷的臉上神情嚴肅。

安德烈默默站在門邊。

「卡斯揚可能藉由放火引大公出城，方便假特使混進莫斯科。」沙夏緩緩說道。

羅迪昂看了看沙夏，又看看安德烈。「我是不是來遲了？我感覺邪惡已經找上你了。」

「是我太自大，」沙夏說道，話裡帶著一絲自嘲。「我錯看了妹妹和卡斯揚・路托維奇。但我不會再犯了。去吧，我在這裡沒事，快去警告——」

忽然一陣嘈雜打斷了他。只見外頭火把亮光閃閃，大門有人高聲叫喊，還聽見快跑的腳步聲和用力關門的聲響。

「怎麼回事？」安德烈喃喃道：「失火了？還是小偷？這裡可是屬神的地方。」

嘈雜聲愈來愈響，叫嚷和應答聲此起彼落。

安德烈口中唸唸有詞，費力走出房間準備拴門，卻在門口遲疑了。他回頭瞪了沙夏一眼，目光不是全然冷酷。「看在主的份上，別趁機逃跑。」說完他便匆忙離開，沒有把門鎖上。

羅迪昂和沙夏面面相覷。擾攘雜沓的黑暗，不時閃現的火光，在他們倆剃度的頭頂上留下光影斑駁。「你得去警告大公，」沙夏道：「然後去找我姊姊，塞普柯夫王妃，告訴她——」

羅迪昂說：「妳姊姊快生產了，已經去澡堂。」

沙夏身體一僵。「你怎麼知道？」

羅迪昂垂頭道：「那個叫坎斯坦丁．尼可諾維奇的神父，就是在雷斯納亞辛里亞認識你父親的那位，有人到修道院找他，請他去祝禱，我出發時聽到的。」

沙夏忽然轉身，低頭望著手上白天打鬥時留下的瘀傷。待產的婦人不會找神父，除非她的性命有危險。那人——那個冷酷的傢伙——竟然陪在我垂死的姊姊身邊……「不論死生，願主都能保守她。」沙夏說道，但他目光灼灼，謹慎怕事的安德烈看到肯定會拚命跑回來，用三道門鎖上門。

外頭依然紛紛擾擾，忽然一個嘹亮突出的聲音蓋過了所有嘈雜。沙夏認得那聲音。他肩膀一沉頂開羅迪昂，動作恰到好處，隨即衝到修道院迴廊上。羅迪昂緊緊追出去。

❄

瓦西婭穿著骯髒的斗篷站在修道院大門內的院子裡。她雙手抱胸，臉色蒼白，感覺不像夜裡會在修道院出現的人物。「我一定要見我哥哥！」她怒吼道，清脆的聲音和包圍著她的憤慨叫囂形成強烈的對比。

狄米崔的侍衛說是監視沙夏，其實都在貪戀安德烈的美味啤酒，這會兒醉醺醺地手忙腳亂找著武器。幾名修士拿著火炬，所有人都一臉憤怒。瓦西婭被他們團團包圍，人愈聚愈多。

「她一定是翻牆溜進來的，」其中一名侍衛在胸前劃了十字，吞吞吐吐辯駁道：「這個見鬼的婆娘，莫名其妙就出現了。」

修道院圍牆維護修士聖潔的成分多，抵擋一心闖入者的成分少，但高度還是夠的。沙夏打起精神走進火炬照亮的人群中。

驚詫的怒吼一擁而上，一名侍衛舉劍刺向沙夏的咽喉，但他幾乎瞧也不瞧，張手一扭就將對方的武器拿下，變成他手上有劍。修士們紛紛後退，侍衛慌忙掏劍，但沙夏幾乎視而不見，眼裡只有妹妹手上的血。

「妳怎麼會來這裡？」他追問道：「出了什麼事？歐莉亞怎麼了嗎？」

「她失去她的寶寶了。」瓦西婭穩住聲音說。

沙夏抓住她的手臂說：「她還活著嗎？」

瓦西婭不由自主唉了一聲，沙夏這才想起卡斯揚曾經抓過同樣的位置，便緩緩將手放開，強自鎮定說：「告訴我經過。」

「對，」瓦西婭激動地說：「沒錯，她還活著，她會活下去。」

沙夏吁了口氣，他妹妹眼裡閃過強烈的痛苦。

安德烈擠過人群。「你們都安靜，」神父說：「孩子——」

「巴圖席卡，您一定要先聽我說，」瓦西婭插話道。

「才不要！」安德烈氣憤回答，但沙夏說：「聽妳說什麼，瓦西婭？」

「就是今晚，」她說：「就是今晚，節慶最高潮、全莫斯科人都喝醉了的時候，卡斯揚會刺殺大公，讓莫斯科陷入混亂，自己登上大位。狄米崔沒有子嗣，弗拉基米爾在塞普柯夫，你一定要相信我。」她忽然轉頭看著站在修士們後方的羅迪昂。「羅迪昂修士，」她用那嘹亮的嗓音說道：「你趕來莫斯科，這樣匆忙是為什麼？你相信我嗎，修士？」

「我相信，」羅迪昂說：「我剛從巴許亞科斯泰回來。一週前我可能會嘲笑妳，但現在？事情可能真的如妳所說的那樣。」

「她在說謊，」安德烈說：「女孩子經常撒謊。」

「不對，」羅迪昂緩緩說道：「不是這樣，我不認為她在說謊。」

沙夏問道：「妳拋下歐莉亞來找我？姊姊現在應該很需要妳。」

「我被她趕出來了，」瓦西婭說道，眼睛依然望著哥哥，只是聲音卡在話裡：「我們得去警告狄米崔．伊凡諾維奇。」

「我不能放你走，艾列克桑德修士，」安德烈急忙插嘴道：「我的地位和老命都掛在上頭。」

「**他**絕對不能放人。」一名侍衛口齒不清道。

修士們面面相覷。

沙夏和羅迪昂這兩位沙場老將看了看神父，又看了看彼此，再看了看喝醉的侍衛。瓦西婭側頭等待，彷彿可以聽見他們聽不見的聲音。

「我們會逃的，」沙夏聲音又輕又柔，對安德烈說：「我是危險分子。把門拴好，神父，然後派人看著。」

安德烈久久望著年輕修士的臉龐，眼神異常嚴肅。「我從來不曾懷疑你的判斷，直到今天。」他喃喃道，聲音變得更輕：「孩子們，願主與你同在。」他停頓片刻，接著勉強道：「孩子，妳也是。」

瓦西婭朝他微笑，神父立刻閉上嘴巴。他看著沙夏。「帶他們回去，」神父大聲道：「將艾列克桑德修士——」

但沙夏已經舉起武器，三個砍劈就讓喝醉的侍衛手無寸鐵。他擠過人群，羅迪昂用斧柄開路，瓦西婭機靈跟在他倆身後。三人殺出重圍，穿越修道院跑到後門，朝莫斯科奔去。

❄

瓦西婭那一踹讓坎斯坦丁眼前一黑，只能抱著下半身縮在臭烘烘的澡堂裡，眼冒金星。他聽見開門關門的聲音，接著便是一片沉寂，只有內房傳來的嗚咽啜泣。

他睜開眼睛，只覺得噁心想吐。

瓦西婭不見了，一個輕煙般的人影正凝望著他，臉上寫滿了好奇。

坎斯坦丁猛地直起身子，眼前再度一黑。

「你被獨眼神摸過，」班尼克告訴神父：「就是那個食人者，所以才看得見我們。我已經很久沒遇過你這種人了。」班尼克一屁股坐回他肥胖裸裎的蛙腿上說：「你想聽預言嗎？」

坎斯坦丁冷汗直流，搖搖晃晃挺直腰桿。「退開，惡魔，離我遠一點！」

班尼克動也不動。「你是人中之傑，」他一臉惡毒告訴神父：「但那只會令你厭惡萬分。」

坎斯坦丁汗濕的手重重抓著門閂。「人中之傑？」

班尼克低哼一聲，舀了一勺滾燙的熱水潑了過來。「滾吧，餓肚子的可憐蟲。快出去，讓死者安息。」他說完又開始潑水。

坎斯坦丁大聲哀號，拖著燙傷的身子滴著水跌跌撞撞衝出澡堂。瓦西婭——瓦西婭去哪裡了？她可以解除這個詛咒，可以告訴他——

但瓦西婭走了。他蹣跚繞著前院找了半晌，始終不見她的蹤影，更別說腳印了。她當然走了。她不是女巫嗎？不是和魔鬼同路嗎？

卡斯揚．路托維奇答應幫他復仇，只要他完成一個小小任務。「討厭小女巫嗎？」卡斯揚這樣對他說：「唔，你的瓦西婭可不是莫斯科唯一的女巫。替我完成這件事，我就會幫你——」

承諾，空洞的承諾。卡斯揚．路托維奇說什麼重要嗎？屬神的人不會復仇。可是……

這不是報仇，坎斯坦丁心裡想，是對抗邪惡，這在神眼中是一件好事。再說，萬一卡斯揚說的全是真的——那他可能真的會成為主教。只是首先——

坎斯坦丁．尼可諾維奇靈魂懷著悲痛，匆匆朝特倫高塔走去。塔裡幾乎人去樓空，爐灶裡火焰飄搖，歐爾嘉的侍女們都陪在王妃身旁，在他身後的澡堂。

但不是完全沒人。一個黑眼女孩正在特倫裡沉睡，鬼魂在她天真的眼中遊蕩。在這個狂歡之夜守護她的是一個親切的老保母，不可能質疑他這樣一位有威嚴的神父。

❄

沙夏、羅迪昂和瓦西婭在修道院牆邊暗處喘息片刻，牆內嘈雜有如春天的湍流，狄米崔的侍衛遲早會氣急敗壞開始追趕他們。「快點。」瓦西婭說。

狂歡開始消退，喝醉的人們顛顛倒倒走回家去。隔天是寬恕日，瓦西婭三人偷偷往山丘上跑，一路躲在暗處，沒有人察覺。沙夏拿著搶來的劍，羅迪昂手裡有斧頭。

大公的王宮聳立在山丘頂上，有如堅不可摧的巨石，木頭大門點著火炬，兩名衛兵瑟縮著站在兩側，鬍子上冰晶點點，完全看不出大難臨頭的徵兆。

「現在怎麼辦？」三人鬼鬼祟祟走在牆邊暗處，羅迪昂低聲問道。

「我們非進去不可，」瓦西婭不耐煩道：「把大公叫醒，警告他。」

「妳要怎樣——」羅迪昂開口道。

「王宮有兩個小門，」沙夏插嘴道：「就在大門邊，但門閂在門裡面。」

「那我們必須翻牆進去。」瓦西婭明快說道。

沙夏看著自己的妹妹。他從來不覺得她很女孩，但此刻她連最後一絲溫柔也不復見。反應快，四肢敏捷還是沒變，甚至更加明顯，執拗地隱藏在她笨重的華服底下。她從來不曾如此女性，卻又一點也不女人。

女巫。他心裡閃過這兩個字。我們這樣稱呼她們，只因為找不到其他形容。

瓦西婭似乎看出他的心思，困惑又明白地點了點頭，接著說道：「我個子比你們小，只要你們幫我，我就能翻牆過去，替你們開門。」她目光再次掃過積雪的寂靜街道。「記得留意敵人的動靜。」

「怎麼是妳發號施令？」羅迪昂擠出一句。「妳又是從哪裡知道這些的？」

「妳要用什麼方法，」沙夏不耐插話道：「替我們開門？」

瓦西婭以笑代答，樂呵呵的模樣看得兩個男人一臉狐疑。「等著瞧。」她說。

沙夏和羅迪昂互看一眼。他們在戰場上看過這種表情，通常沒有好下場。

瓦西婭幽靈似的飄向莫斯科大公的王宮高牆，沙夏跟在後頭，妹妹臉上閃著一道光，讓他感覺很不安。「抬我上去。」她說。

「瓦西婭——」

「沒時間了，哥哥。」

「老天。」沙夏喃喃道，隨即彎身讓妹妹上來。瓦西婭踩在他背上，感覺跟鳥一樣輕。他直起身子，瓦西婭站到他肩上。雖然還是搆不到牆頂，但她忽然縱身一躍，害他往後倒。只見沒戴手套的瓦西婭手指前段牢牢扣住牆頂，靠著蠻力身體上挺，接著抬起一隻腳，靴子搆到牆上，就這樣跨了上去。她近乎隱形在牆上蹲伏片刻，隨即一個翻身落在牆內的雪裡。

沙夏起身拍掉衣服上的雪，羅迪昂搖著頭走過來。「我在雷斯納亞辛里亞遇到她時，我在雨裡迷路，」他說：「她在採蘑菇，身體濕得跟水妖精一樣，騎著沒套馬鞍的馬。我那時就知道她不是當修女的料，只是——」

「這就是她，」沙夏道：「是禍也是福，只有神能論斷她。但這件事我願意相信她。我們必須留意敵人，耐心等待。」

❄

瓦西婭翻牆落在雪坡上，毫髮無傷站起身來。繞著狄米崔．伊凡諾維奇王宮的那場蠢比賽已經恍如隔世，這下卻別有用處，讓她對宮裡很有方向感。那裡是馬廄，這裡是釀酒房、燻肉室、鞣皮廠和鍛鐵房，還有宮殿本身。

更重要的，瓦西婭想要她的馬。她想要他的力量、溫暖的呼息與單純的情感。少了他，瓦西婭只是穿著華服的迷惘少女，在他背上，她就所向無敵。

不過，那場比賽還有另一個用處，她必須先利用。

瓦西婭伸出凍僵的手指，扳開腰上之前讓女鬼吸血的傷口，滴了三滴血到雪裡。

多爾尼克是院子精靈，不是多莫佛伊，比較少人認得，有時很邪惡。這回這個多爾尼克從星光和泥土裡輕輕冒了出來，有如一團髒雪，跟莫斯科所有謝爾特一樣淡。

瓦西婭很高興見到他。

「又是妳，」多爾尼克齜牙咧嘴道：「妳闖到我院子裡了。」

「為了救你主人。」瓦西婭答道。

多爾尼克面露微笑。「說不定我想換主人。紅髮魔法師會喚醒沉睡者，讓鐘不響，或許到時候人們又會給我禮物了。」

沉睡者……瓦西婭猛力搖頭。「這由不得你選，」她對他說：「不論好壞，你永遠要和你的人在一起，在他們有需要時出手相助。我沒有惡意。你願意幫我嗎？」她試探地伸出手，將沾血的手指摁在多爾尼克冰冷殘缺的臉上。

「妳要我做什麼？」多爾尼克提防問道。他聞著血，身軀更像肉體而不是雪了。

瓦西婭朝他冷冷一笑。「我要你弄點聲音，」她說：「把整個該死的宮殿給叫醒，偷雞摸狗的時間過了。」

❄

大公王宮瀰漫著爛醉如泥的死寂，而在殿外，城市也已經悄無聲息。但不是安寧的靜謐，不是連日大啖糕餅與美酒後的寧靜，而是懸著一絲緊張，令瓦西婭毛骨悚然。多爾尼克瞇著眼聽她把話說完，接著便消失了。

瓦西婭從小就擅長躡腳行走，但這會兒她跟盜賊一樣小心翼翼躲在陰影裡匍匐前進，幾乎不敢呼吸，一路走在牆右側。小門在哪裡？她避開火炬閃爍照亮的地方，留意門，留意衛兵，不停豎耳傾聽，傾聽……

忽然間，院子對面傳來一聲尖叫，彷彿一千隻貓同時被踩到尾巴似的。籠子裡的狗開始狂吠。

上方長廊有人舉著火炬跑過，接著一盞燈亮起，然後是第二、第三盞。院子裡聲音愈來愈大，還有女人尖叫。瓦西婭差點笑出聲來。這下誰也別想偷偷摸摸了。

瓦西婭心裡才這麼想，腳下就絆到某人的腿，整個人仆倒在雪裡。她心臟狂跳，掙扎著站起來轉身一看，只見小門就在她右邊，半埋在雪裡，一名衛兵坐在門前隻身看門，腦袋垂在胸前，瓦西婭絆到的腿就是他的。

瓦西婭伏身靠近，衛兵紋風不動。她伸出手指湊近他的臉，沒有呼吸。她搖了搖他肩膀，那人腦袋貼到脖子上，原來是被人割喉了，口子非常深。地上的黑影不是雪，而是血。

院子裡聲音愈來愈大，突然一群身影——四名，不，六名壯漢輕悄悄從她對面陰暗處衝出來，朝王宮臺階奔去。是卡斯揚趁狂歡時放他們進來的，瓦西婭心想，我來遲了。她鼓起力氣張開凍僵的雙手插到衛兵腋下將他拖開，喃喃祝他靈魂安息，不小心在雪上滑了一下。

她一打開小門，沙夏就衝進院子裡。

「羅迪昂呢？」她問。

但她哥哥只是搖搖頭，目光已經往上飄向鑽動的人影、扭打的身軀、火光與黑暗，以及新出現的肯定是打鬥的聲響。一名男子摔了下來，撞破保護臺階的隔板，尖叫著跌到院子地上。狗群還在籠裡咆哮。瓦西婭覺得自己好像看見卡斯揚神情緊繃站在王宮大門前，紅髮在黑暗中慘然發黑。

這時，擾攘中忽然響起高亢的喊殺聲，雖然嘹亮得令人放心，卻帶著驚訝與焦急造成的沙啞。那是莫斯科大公的聲音。

「米崔亞。」沙夏喘息道。在這個狄米崔十六歲登基後就沒有人當面對他喊過的童年小名裡，迴盪著他們倆一起度過的青春歲月。瓦西婭驀地心想，這就是哥哥沒回家的原因。就算他再愛我們，也比不上他對大公的愛，而狄米崔需要他。

「瓦西婭，妳待在這裡，」沙夏說：「記得躲好，把門拴上。」說完他便拔腿狂奔，衝入混戰之中，手裡的劍映著上方灑下的火光。衛兵從四面八方跑進院子裡，接著大門傳來木頭斷裂的撞擊聲。衛兵腳下猶豫，不知該面對後方的威脅還是前方，但沙夏毫無遲疑。他已經趕到南側臺階前，隨即一躍而上殺入黑暗。

瓦西婭遵照哥哥指示把門拴上，接著在陰暗處踟躕了起來，目光從被撞的大門掃向一臉困惑的衛兵，再飄向王宮長窗裡狂亂晃動的光影。

她聽見哥哥咆哮，揮劍霍霍。瓦西婭低聲禱告他能平安，便朝馬廄走去。如果她想為大公做的不只是高聲警告，就得靠她的馬幫忙。

她溜到狹長低矮的馬廄前，再次鑽進陰暗處。

一名衛兵被牆外飛來的利箭射中，哀號倒地。院子裡叫聲四起，人們滿頭霧水跑來跑去，其中許多還酒氣沖天。更多箭射來，更多人倒地。嘈雜聲中，瓦西婭再次聽見狄米崔的叫嚷，這回聲音充滿焦急。瓦西婭暗自禱告，沙夏能及時救駕。

大門的撞擊聲更大了。她得趕快找到索拉維。他在馬廄裡嗎？還是被殺了、被帶到其他地方，或是受了傷？……

瓦西婭抿嘴呼哨一聲。

回應立刻就來了。熟悉的憤怒嘶鳴讓她瞬間如釋重負。她聽見砰的一聲，彷彿索拉維想把馬廄踹倒似的。其他馬也開始尖叫，整間馬廄很快便亂成一團。這時又出現另一個聲音，吹哨般的哀號，跟瓦西婭聽過的馬鳴都不一樣。

瓦西婭聽了一會兒還帶著睡意的馬夫們的咆哮，接著算準時間衝進去。

她看見馬廄裡一片騷亂，跟外頭的院子不相上下。驚惶的馬群在圍欄裡左衝右撞，馬夫們不知該安撫馬，還是去外頭看個究竟。他們都是奴隸，沒有武器，所以怕得要命。院子裡現在颼颼颯颯，箭聲清楚可聞，尖叫聲此起彼落。

「把該做的事做完，妳就走吧，」一個小小的聲音說：「敵人接近了，我們被你們嚇壞了。」瓦西婭抬頭朝秣草棚望去，發現一張小臉皺著眉張著一雙小眼瞪著她。瓦西婭舉手致意。

謝爾特們變淡了，她心想，但沒有消失。想到這裡讓她心頭一振，但隨即皺起眉頭，因為馬廄忽然被一道詭異的光芒給照亮了。

她沿著圍欄往內跑，小心避開行色匆匆的馬夫的視線。光芒更強了，讓躡手躡腳的她不禁放慢腳步。

卡斯揚的金牝馬在發光，鬃毛和尾巴彷彿飄著光做成的碎片。她依然套著金籠頭，包括馬勒和韁繩等等。她朝瓦西婭歪歪耳朵，輕輕哼了一聲，呼出的淺白鼻息模糊了她的光芒。

母馬再往內三個圍欄就關著索拉維，他正豎耳看她。騷亂之中，只有這兩匹馬不為所動。他也套著籠頭，緊緊綁在圍欄門上，兩隻前腿被縛著。瓦西婭飛奔十步，張開雙臂抱住公馬的脖子。

我怕妳不會來了，索拉維說，我不知道去哪裡找妳。妳身上有血味。

瓦西婭鎮定下來，笨拙摸著絡頭的扣環，接著用力一扯將整個籠頭卸到地上。「我在這裡，」她低聲道：「我在這裡。卡斯揚的馬為什麼在發光？」

索拉維哼氣搖頭，高興終於鬆綁了。她是我們當中最厲害的，他說，最厲害也最危險。我起先沒認出她來——因為我沒想到她會被人屈服。

母馬豎著耳朵，眼帶提防炯炯盯著他們。替我鬆綁，她說。

馬通常用耳朵和身體說話，但瓦西婭聽見這話卻是發自骨頭裡。

「你們當中最厲害的？」瓦西婭低聲對索拉維說。

放我自由。

索拉維不安踏地。沒錯，放我們走，他說，放我們到森林去，這裡不是我們的地方。

「沒錯，」瓦西婭說：「這裡不是我們的地方，但我們得再待一會兒，還有債沒還。」她一邊說著，一邊將縛住公馬四肢的繩子解開。

放我自由，金牝馬又說了一次。瓦西婭緩緩起身，母馬瞪著熔金般的眼睛盯著他們，感覺力量在她體內洶湧翻騰，幾乎快爆發了。

瓦西婭，索拉維不安說道。

瓦西婭幾乎沒有在聽。她望著母馬有如火星的眼睛，接著上前一步、又一步。索拉維在她背後嘶鳴道，**瓦西婭！**

母馬咬著沾滿唾沫的金馬勒，直直望著瓦西婭。瓦西婭發現自己在害怕。她從小到大從來不曾怕過馬。

或許正是因為如此，出於對她不該有的恐懼的反感，瓦西婭伸手抓住金扣環，將籠頭從她頭上卸了下來。

母馬僵住了，瓦西婭僵住了，索拉維也僵住了，感覺全世界都靜止不動。「妳是誰？」瓦西婭對母馬說。

母馬低下頭，緩緩地，很慢很慢，碰了碰那堆扔在地上的金馬具，接著抬頭用鼻子輕觸瓦西婭的臉頰。

母馬皮膚滾燙，瓦西婭身體一縮，倒抽一口氣。她伸手摸臉，發現起了水泡。

接著世界再次轉動，索拉維在她背後仰起上身，**瓦西婭，回來！**

母馬倏地抬頭，瓦西婭往後退開。母馬仰起上身，瓦西婭望著她那可怕的美麗，覺得自己心跳就要停了。她感覺一股熱流撲面而來，呼吸卡在喉嚨裡。*我是生下來的*，索拉維曾經告訴她，*也可能是孵出來的*。瓦西婭不停後退，直到感覺索拉維在她背後吐氣，直到她笨拙地拉起圍欄的橫桿，但她眼睛始終離不開金色的母馬——母馬？

夜鶯，瓦西婭心想，索拉維是夜鶯的意思。難道只有他？不會有其他馬——這隻母馬……不對，不是母馬，完全不是。瓦西婭眼前這頭仰起上身的馬已經變成了金鳥。她從來沒見過這麼大的鳥，有著火焰翅膀，顏色有藍有橘又有紅。

「札爾普提薩。」瓦西婭說。這幾個字在她嘴裡流連，彷彿她從來不曾坐在敦婭腳邊聆聽她說火鳥的故事。

金鳥拍打翅膀，灼人熱風吹到瓦西婭臉上。翅膀邊緣就像火焰，咻咻冒煙。索拉維嘶鳴一聲，半是恐懼半是得意。其他的馬怕得嘶叫，四條腿猛踢猛踹。

灼熱在寒冷的空氣裡蒸騰發散，火鳥衝破圍欄橫桿，彷彿那只是樹枝，接著扶搖而上，朝屋頂飛去，火星閃閃飄落，如雨點一般。屋頂也攔不住她。火鳥破廄而出，留下一道火焰。她愈飛愈高，明亮有如太陽，將夜晚照成了白晝。瓦西婭聽見有人在院子裡氣得咆哮。

她張口結舌望著火鳥飛走，心裡充滿驚奇與恐懼。火鳥剛才留下的火焰讓秣草起了火，一小株火苗竄上乾燥的木樁，瓦西婭被燙傷的臉頰再次感到灼熱。

馬廄裡火焰開始蔓延，還有嗆鼻的濃煙，速度飛快。

瓦西婭驚呼一聲回過神來，開始將馬放出圍欄。恍惚間，她似乎見到身旁站著秣草顏色的馬廄小妖精，厲聲對她說：「妳這個蠢女孩，竟然放了火鳥！」接著他就走了，用比她更快的速度打開圍欄。

有些馬夫已經逃之夭夭，廄門大開，微風徐徐進來助長了火勢。其餘的馬夫雖然困惑，卻擔心事後究責，因此忙著救馬。煙霧中，所有的馬都成了難以分辨的影子。瓦西婭、索拉維、馬夫和小瓦奇拉將受驚的馬趕出馬廄。所有人都被濃煙嗆到，瓦西婭更是被踩到不止一次。

最後，瓦西婭終於找到齊瑪。她被帶到大公馬廄，這會兒在圍欄裡慌得不停抬腿。「快走。」瓦西婭厲聲對她說：「那邊，快跑！」這聲命令，加上腿上一拍，害怕的小母馬立刻朝廄門奔去。

索拉維出現在瓦西婭身後。火焰已經包圍他們，有如春天的舞者不停轉圈。熱氣灼燒她的臉。恍惚間，瓦西婭似乎見到了莫羅茲科，見到他一身漆黑。

索拉維側腹被燃燒的麥稈燙到，痛得嘶鳴一聲。*瓦西婭，我們該走了。*

不是所有的馬都順利脫逃。她可以聽見幾隻馬被火吞噬，發出淒厲的哀號。

「不行！牠們會——」但她反駁到一半就被打斷了。

院子裡傳來一聲熟悉的尖叫。

25 塔裡的女孩

瓦西婭翻身上馬，索拉維大步奔出馬廄，火舌有如豺狼緊跟在後。他們衝入白晝般明亮的火光之中，馬廄熊熊燃燒，照得院子有如煉獄。狄米崔王宮每個角落都竄出烈焰。

院子裡激戰方酣，高處吵嚷有如暴動。瓦西婭找不到她哥哥，但在惡火閃爍下，她幾乎分不出誰是敵人、誰是朋友。

大門已經出現長長的裂縫，眼看就快挺不住了。奴僕們提著水桶和濕毛毯四處滅火，半數衛兵也轉來幫忙。對這樣一個完全由木頭打造的城市，大火就和利箭一樣危險。

半熟悉的尖叫再次響起，馬廄的火光將院子變成忽明忽暗的浮雕。瓦西婭看見坎斯坦丁・尼可諾維奇鬼鬼祟祟沿著內牆走。

*他想做什麼？*瓦西婭心想。她起先只覺得詫異，隨即驚惶萬分，因為神父手裡揪著一個孩子。那女孩身上沒有斗篷，也沒有頭巾或靴子，身體抖得厲害。

「瓦西婭阿姨！」女孩尖叫道。瓦西婭認得那聲音。「瓦西婭阿姨！」她的叫喊在滾滾熱風裡格外清楚。「放開我！」

「馬莎！」瓦西婭喊道，不敢相信自己的眼睛。小孩？王公的女兒？在這裡？

她心裡還在好奇，就瞥見卡斯揚・路托維奇張嘴跑過院子，神情憤怒又得意。他跳上一隻逃出馬廄沒有上鞍的馬，完全不顧亂箭橫飛，讓馬掉頭沿牆狂奔。

瓦西婭一時不知他用意何在。

下一秒鐘，卡斯揚已經看準時機衝到坎斯坦丁身旁，一把將女孩抓上馬背，押她趴在汗涔涔的馬肩膀上。

「馬莎！」瓦西婭大吼。索拉維已經掉頭追趕卡斯揚，腳下揚起一道道泥雪。瓦西婭伏在公馬背上，完全忘了亂箭威脅，但他們得穿過整個院子，而卡斯揚已經平安無事上了特倫的臺階。他滑下馬背，馬雅在他脅下又踢又踹。他抬頭和瓦西婭四目交會。「這下子，」他兩眼灼灼，齜牙咧嘴朝她喊道：「妳可要為自己的驕傲後悔了。」

說完他便挾著馬雅匆匆奔進漆黑中。「你答應過的！」坎斯坦丁跌跌撞撞趕到臺階底下，躊躇望著有如黑暗甬道的臺階，在他身後大喊：「你說——」

一陣狂笑代替了回答，隨即沉默無聲。坎斯坦丁張口結舌望著黑暗。

索拉維和瓦西婭從院子那頭殺了過來，坎斯坦丁轉頭面向他們。公馬仰起上身，馬蹄離神父的腦袋不到半寸，嚇得坎斯坦丁差點往後摔倒。瓦西婭彎身向前，聲音和目光一樣冷酷。在他們後方，大門持續被人衝撞，上方刀劍鏗鏘。「你到底做了什麼？他想拿我甥女怎麼樣？」

「他答應讓我報仇，」坎斯坦丁全身顫抖喃喃說道：「他說我只要——」

「天哪！」瓦西婭從公馬背上下來，大聲喊道：「報**什麼仇**？我救過你一命。在你還是個人，沒有走樣之前，我救過你一命，你難道忘了嗎？**他打算對她做什麼？**」

剎那間，在那層層怨苦之下，她彷彿見到當年那位繪製聖像的神父。「他說我想得到妳，就得把她交給他，」坎斯坦丁低聲道：「他說我可以——」他語氣轉為尖銳。「我不想這樣，但誰叫妳拋下我！留下我一個人看見魔鬼。我還能怎樣？好了，現在妳來了，我只希望——」

「你又被騙了，」瓦西婭冷冷打斷他。「從我眼前滾開吧。你替我姊姊的孩子施洗，看在她的份上，我不會殺你。」

「瓦西婭，」神父說著朝她走近，索拉維露出發黃的牙齒，嚇得他縮手。「我是為妳做的，為了妳。我、我恨妳，因為妳──很美。」他說話的語氣，彷彿那是詛咒。「妳要是聽我的──」

「你只是被更邪惡的東西利用了，」瓦西婭回答道。「但我受夠了。下回再讓我見到你，坎斯坦丁．尼可諾維奇，我一定取你性命。」

坎斯坦丁往前一步，或許打算再次開口。但她已經沒時間了。她朝索拉維喝令一聲，公馬立刻仰起上身，迅疾有如蛇蠍。神父張口結舌踉蹌後退，躲開公馬的巨蹄，隨即落荒而逃。瓦西婭聽見他在哭泣。

但她沒有目送他離開。雖然院子被燃燒的馬廄照得通明，漆黑的臺階卻彷彿吐著恐怖。瓦西婭打起精神準備隻身上樓。「索拉維，」她一腳踩在第一級臺階上，轉頭說：「你一定要──」

但她沒往下說，因為上方和後面的打鬥聲變了。瓦西婭轉頭再看了院子一眼，只見馬廄的火焰已經高過樹木，發出詭異晦暗的紅光。

一群張著垂涎大口的黑影從發紅的陰暗處鑽了出來。

瓦西婭血液瞬間凝結，狄米崔的手下動作一怔，刀劍鬆手落地聲此起彼落，高處一名男子淒聲尖叫。

「索拉維，」瓦西婭低聲道：「到底怎麼──」

就在這時，大門發出最後的斷裂聲，接著就倒了。哲留孛策馬衝進火光之中發號施令，自信的臉上毫無懼色。弓箭手在他左右兩側，院子裡剎時萬箭齊飛。

狄米崔的部屬原本就已意志動搖，這會兒更開始潰散。瓦西婭感覺院子裡瀰漫著失敗、驚恐與倉皇。馬匹盲目奔逃，亂箭從牆外飛來，面無血色的獰笑鬼影從血紅的黑暗裡踉蹌湧出，個個伸著雙手，腐爛的臉上抹著笑容，後面跟著戰士騎著快馬不斷逼近，手裡劍光森然。

這是魔法嗎？難道卡斯揚能從地獄召喚魔鬼，讓它們聽他使喚？他把馬雅帶到高塔想做什麼？馬廄大火似乎浸滿鮮血，不斷有殭屍自暗處匍匐而出，將她的同胞逼到敵人刀下。

忽然一枝箭從她耳邊掃過，啪的射中她身旁的木樁。瓦西婭嚇得身體一縮。一個瞎眼殭屍咧嘴微笑，伸著爪子般的手朝她抓來。索拉維兩條前腿往前飛踹，那東西往後翻倒。

哲留孛再次用他的低沉嗓音高聲號令，箭雨變得更密了，狄米崔的手下再也無法對抗。他們是在和鬼打仗。羅斯人一個個倒下，眼看數目愈來愈少。

這時沙夏說話了，聲音嘹亮鎮定。「屬神的人哪，」他說：「不要懼怕。」

❄

沙夏告別妹妹之後，就跑上臺階衝進王宮的混戰之中，循著大公的聲音、尖叫與刀聲劍鳴一路往宮裡走。下方狗吠不斷，馬兒嘶鳴，王宮大門不斷有人衝撞，卡斯揚的手下和哲留孛的韃靼部屬大聲咆哮，連死人都會吵醒。攻擊者突襲的機會沒了，現在只能冀望動作迅速，散播混亂與恐懼來取勝。瓦西婭示警之前，到底有多少人從小門潛進來了？

舊熊皮的霉味讓沙夏心頭一懍，接著一道劍影就從近乎全黑的臺階上方朝他頭上砍來。他舉劍橫擋，兩劍相交火星四射，刺耳的聲響令人咬牙。是卡斯揚的手下。沙夏不想跟他纏鬥，因此只是閃過對方的第二劍，側身繞過他，將對方一腳踹下臺階，繼續往上跑。

前方一扇門開著，他衝進前室，房裡沒人，只有倒地斷氣的侍從與喉嚨被割的衛兵。

沙夏再往上走，感覺似乎聽見狄米崔的叫聲。院子裡的火光忽然照亮狹窗，沙夏一邊奔跑一邊窘促禱告。

他跑進接待室，裡頭一片靜寂，只有王座後方的門半開著，傳來刀劍聲和昏黃的火光。

沙夏跑了過去。狄米崔．伊凡諾維奇在裡頭，只有一名侍衛與他並肩作戰，對付四名拿著彎刀的壯漢。三名沒有武器的隨從和四名雖然有武器但還是落敗的侍衛陳屍地上。

沙夏一進後房，就看見大公的最後一名侍衛臉上中劍倒地身亡。狄米崔將凶手殺死，隨即往後退開，齜牙怒目不肯示弱。

大公和修士目光交會了千分之一秒。

沙夏揚劍一擲，一名身穿皮甲冑的侵入者從背後穿心而死。狄米崔擋住另一人的劍，隨即一個橫劈將對手的頭顱砍了下來。

沙夏箭步上前，取走死者手上的劍，後房裡隨即陷入激烈的二打二近身纏鬥，直到侵入者雙雙濺血倒地。

房裡忽然除了喘息只剩寧靜。這對表兄弟互望一眼。

「他們是誰？」狄米崔看了看屍體問。

「卡斯揚的手下。」沙夏說。

「我覺得我認得這傢伙，」狄米崔用劍面戳了戳其中一具屍體說。他鼻子和指關節都沾了血，壯碩的胸膛起伏喘息。樓下的侍衛房傳來尖叫，院子裡吼叫聲更大，接著是東西倒塌的聲響。

「狄米崔．伊凡諾維奇，」沙夏說：「求你原諒我。」

他心想大公會不會在這裡趁暗殺了他。

「你為什麼要對我說謊？」狄米崔問。

「起先為了我妹妹的名節，」沙夏說：「後來是為了她的勇敢。」

狄米崔大手握著血淋淋的蛇首劍。「你還會對我說謊嗎？」他問。

「不會了，」沙夏說：「我發誓。」

狄米崔嘆了口氣，彷彿卸下了千斤苦軛。「那我就原諒你。」

院子再次傳來撞擊和尖叫聲，接著忽然火光大亮。「到底怎麼回事？」狄米崔問。

「卡斯揚．路托維奇打算自己當大公。」沙夏說。

狄米崔聽了緩緩一笑，笑容嚴厲猙獰。「那我只好殺了他，」他短短說道。「走吧，表弟。」

沙夏點點頭，兩人便下樓殺敵去了。

❄

瓦西婭猛地轉身，發現哥哥就站在臺階頂端的平臺上。臺階隔板已經撞破，平臺分別通往特倫和覲見室。接著莫斯科大公從暗處冒了出來，鼻子和指關節血淋淋的，手裡的劍也沾滿鮮血。他看了沙夏一眼，臉上滿是愛意與未曾忘卻的憤怒，接著便和表弟比肩而立，扯開嗓子大喊：「奮戰吧，屬神的人！無所畏懼！」

混戰停頓片刻，彷彿全世界都靜下來聽他喊話。接著狄米崔和沙夏便像合體似的，一起吆喝著奔下臺階，從瓦西婭身邊跑過，直直衝向院子，絲毫沒有看她一眼。

他們倆的呼喊得到了回應。只見羅迪昂修士手裡拿著斧頭大步穿越倒塌的大門，而且不是孤身參戰，在他身旁和身後全是修士、市民與戰士——克里姆林的衛兵。

這群生力軍一跟羅迪昂進到院子就退縮了。殭屍們嘴裡胡言亂語，開始撲向新的威脅。哲留孛很有一套，將手下巧妙分成兩邊，一邊對付狄米崔和沙夏，一邊對付羅迪昂。雙方勢均力敵，戰況瞬息萬變，不是你死就是我亡。

沙夏依然和狄米崔並肩作戰，兩人眼裡燃著詭異的火苗，將灰色眼眸染成了紫色。

「不要懼怕！」沙夏又喊了一次。他刺死一名敵人，閃過另一名敵人的劍擊。「屬神的人民，不要懼怕！」

哲留孛此刻一臉怒容，氣沖沖發號施令，亂箭開始朝大公射來。羅斯士兵眨著眼睛，像是惡夢初醒一般。狄米崔揮劍斬斷卡斯揚一名手下的首級，再一腳將他踹開，接著高聲大喊：「信主的人，魔鬼算什麼？」

哲留孛一臉沉著拈弓搭弦，瞄準狄米崔就是一箭。但沙夏一把推開大公，自己胳膊中箭，痛得悶哼一聲。瓦西婭氣得大吼。

狄米崔扶住表弟。寬頭箭射穿了沙夏的胳膊，士兵百姓再次退卻。火光加劇，亂箭齊飛，大公的帽子也挨了一箭。但沙夏甩開狄米崔，臉色鐵青硬是忍痛站起身來，拔掉胳膊上的箭，換手拿劍高聲吶喊：「奮戰吧，屬神的人民！」

羅迪昂揮舞斧頭大聲喊殺，幾名男丁抓住脫韁的馬，上馬參戰，打鬥至此全面展開。

「索拉維，」瓦西婭說道：「我得到塔裡去追馬莎和卡斯揚。去吧——我求你幫我哥哥，保護沙夏，還有狄米崔·伊凡諾維奇。」

索拉維耳朵後貼。妳不能就這樣——

但瓦西婭伸手摸摸公馬的鼻子，隨即奔上臺階，衝入黑暗中。

❄

瓦西婭眼前是一道加了蓋的臺階，通往大公王宮頂層，精巧的隔板全被刀劍砍破砍斷了。她在沙夏剛才振臂高呼的平臺上停下來，回頭看了一眼，只見狄米崔騎著馬廄逃出來的馬，她哥哥則是騎在一臉勉強的索拉維背上。一個是屬神的人，一隻是古老異教世界的馬。

索拉維仰起上身，沙夏揮劍下砍。瓦西婭低聲替他們禱告，目光轉回臺階上方。左邊臺階通往前室，階上屍體橫陳，通往特倫的右邊臺階卻空空蕩蕩，漆黑得令人起疑。

瓦西婭轉身向右奔進黑暗之中，有如握著護身符一般將她哥哥和愛馬的影像放在心底。

十步、二十步，瓦西婭不停往上。

這臺階到底有多長？應該已經到頂了才對。

上方傳來窸窣的腳步聲，瓦西婭戛然止步。一個男人的身影茫然伸著雙手朝她走來，兩腿有如斷線的布偶扭扭歪歪。

那人走得更近，瓦西婭認出他來。

「爸爸，」瓦西婭下意識喊道：「是你嗎，爸爸？」那人影像她父親，卻又不是。臉是他的，但眼神空洞，身體殘缺不全，還留著那致命一擊的痕跡。

彼得朝她走近，張著一隻呆滯的眼珠炯炯望著她。

「爸爸，對不起——」瓦西婭伸手喊道。

但眼前根本沒有父親，只有充斥閃爍火光的黑暗。瓦西婭不再聽見下方的打鬥。她呆立原地，耳中心跳如雷。這臺階到底有多長？瓦西婭再次往上爬。她兩腿灼熱，呼吸愈來愈喘。

前方臺階啪噠一聲，接著又一響。是腳步聲。瓦西婭絆了一下，耳朵聽見自己的喘息。她哥哥艾洛許從上方黑暗裡走了出來，一雙灰色眼眸像極了他們的父親。但他沒有喉嚨，完全沒有，也沒有下巴，都被扯掉了。瓦西婭感覺自己看見他殘存的皮膚上留著齒痕。是烏皮爾的傑作，甚至更糟，而他已經死了……

那鬼影試著說話，瓦西婭看見他血淋淋的傷口在蛹動，但除了呼嚕聲和血肉殘渣，那鬼影什麼也吐不出來。可是那雙眼睛，那雙淒涼的灰色眼眸依然悲傷望著她。

瓦西婭哭著從他身邊跑過，繼續往上爬。

她看見前面出現一小群人。三個男人圍著一小團東西，臉上閃著紅光。

瓦西婭發現那一團東西是她妹妹伊莉娜，臉上瘀青，裙子血跡斑斑。她口齒不清嘶吼著朝他們撲去，但三個男人瞬間消失，只剩她死去的妹妹。接著伊莉娜也不見了，只剩油滑的黑暗。

瓦西婭再次忍住淚水，跌跌撞撞踏著臺階往上跑。前方出現一個龐然大物，垂著頭癱著腿倒在臺階上。瓦西婭跑近一看，發現那是索拉維。他側倒在地，一枝箭射穿了他睿智的黑色眼眸，深得只剩箭翎。

這是真的？假的？或者兩者都是？這一切何時才會結束？這臺階到底有多長？瓦西婭開始全速衝刺，將勇氣拋在腦後，眼前只剩臺階、她的驚惶與狂亂的心跳。瓦西婭只想逃，但臺階無止無盡，她可以永遠跑下去，望著自己最恐懼的一切出現在她眼前。

又一個人影出現，年老駝背還戴著面紗。它抬起黏糊的雙眼看著瓦西婭，瓦西婭認出那是自己的眼睛。

瓦西婭停下腳步，幾乎無法呼吸。這張臉是她最大的夢魘。她被關在高牆之內，直到自己靈魂凋萎，接受高牆的禁錮。她就像夢魘裡的瓦西莉莎被困在塔裡，再也無法離開，直到自己又老又殘，被瘋癲吞噬……

但這樣的念頭才剛浮現，就被瓦西婭壓下去。

「不，」她狠狠說道，只差沒有朝那幻影的臉吐口水。「我曾經選擇死在冬天的森林，也不要變成和妳一樣的臉。我會再做出同樣的選擇。妳什麼都不是，只是幻影，想嚇唬我。」

她試著繞過對方，但那女子沒有動也沒有消失。「慢點。」它低吼道。

瓦西婭停下來，又看了那憔悴的臉龐一眼，隨即恍然大悟。「妳是歐爾嘉塔裡那個鬼。」

那鬼點點頭。「我看見——神父帶走馬雅，」她喘息道。「我就跟著。我沒離開過塔裡，但我就跟著。我什麼都不能做，但就是跟著，為了那孩子，」她臉上是悲傷？還是怨恨？那鬼喉嚨吃力動著。「去吧——進去，」她說：「門在那裡。」她伸出顫抖的手放在看上去只是一面牆的地方。「去救她。」

「謝謝妳——對不起，」瓦西婭低聲說道，為了高塔、高牆和這女人的長久磨難而道歉，不論對方究竟是誰。「我會想辦法還妳自由。」

那鬼只是搖搖頭，接著便讓到一旁。瓦西婭發現她左邊有一道門，便開門踏了進去。

❄

瓦西婭來到一個金碧輝煌的房間，爐灶裡火焰微微，光線有如手掌撩撥著無數金銀綢緞。琳瑯滿目的好東西讓房間華奢過了頭，有如穿戴太多的王公。地板鋪著厚厚的黑色毛皮，牆上掛滿裝飾，到處都是靠墊、五斗櫃與黑木桌，桌面如絲緞般滑順。爐灶貼著磁磚，磚上繪著火焰、花朵、水果與翅膀鮮豔的飛鳥。馬雅坐在爐邊的長椅上大口吃著糕餅。她狼吞虎嚥，眼神卻很呆滯，胸前掛著卡斯揚之前想逼瓦西婭戴上的項鍊，被那重量壓得有點駝背。項鍊上的寶石發著耀眼的紅光。

不死者卡斯契坐在椅子上，頭髮映著火光襯著白皙的脖子顯得紅裡發黑。他身上全是錢能買到的上好衣服：繡著奇怪花朵的銀縷衣、絲綢、天鵝絨、織錦，還有些瓦西婭根本說不出名字。他面帶微笑，眼裡閃著得意的光芒，鬍髭下的嘴有如一道傷疤。

瓦西婭一陣噁心，靜靜將門關上。

「幸會，瓦西婭，」卡斯揚說道，嘴角彎出一抹冷笑。「等妳很久了。我派去的那些人有沒有讓妳很開心？」他看上去意外年輕，和她年齡相仿，皮膚光滑得有如吸足血的壁蝨。「哲留孛快來了，等我推翻狄米崔．伊凡諾維奇，妳想參加我的加冕大典嗎？」

「我是來找我甥女。」瓦西婭說。在這個金光閃閃的房間裡，什麼才是真實的？她感覺四周幻影幢幢。

馬雅茫然坐在爐灶旁，不停拿著糕餅往嘴裡塞。

「是嗎？」卡斯揚語帶嘲諷。「純粹為了這孩子，不是想見我？真令人傷心。告訴我為何不該立刻殺了妳，瓦西莉莎．彼得洛夫納？」

瓦西婭上前一步。「你真的希望我死嗎？」

卡斯揚嗤之以鼻，但目光再次掃過她的臉龐、頭髮與喉嚨。「妳想用自己代替這孩子？這實在太老套了。再說妳骨瘦如柴，被霜魔當奴隸，而且醜得沒辦法嫁人，而這小姑娘……」他伸手慵懶摸了摸馬雅的臉頰。「她壯得跟牛一樣。妳沒看到我派去院子和臺階上的幻影嗎？」

瓦西婭氣得無法呼吸，上前一大步說：「我把他的寶石砸了。我不是他的奴隸。放這孩子走，我來代替她。」

「是嗎？」卡斯揚道：「我不認為。」他微彎的厚唇顯露出飢渴，手裡紅光愈來愈亮，攫住瓦西婭的目光……接著一記重拳打在她肚子上，讓她喘息倒地。他瞬間靠近她，她完全沒有察覺。

瓦西婭雙手抱胸，痛得在地上縮成一團。

「妳以為妳能跟我談**條件**？」他唾沫四濺，對著她的臉吼道：「在妳叫那個鼠輩破壞了我手下的突襲計畫之後？在妳放了我的馬之後？妳這個醜婆娘，妳以為自己還有多少本錢？」

他說完朝她腹部就是一腳。瓦西婭肋骨碎裂，眼前一黑。他揚起一隻手，手裡的紅光變成血紅的火焰，繞著他手指四周。她聞到火的味道，馬雅在他身後發出一聲痛苦的低號。

卡斯揚彎下身子，冒火的手幾乎貼在她臉上。「跟**我**比起來，妳算什麼？」

「莫羅茲科沒說錯，」瓦西婭低聲說道，目光無法從那火焰移開。「你真的是魔法師，不死者卡斯契。」

卡斯揚笑而不答，彎起的嘴角透露著污穢的祕密、黑暗的歲月、飢荒、驚恐與沒有盡頭的磨人飢餓。他手裡的火光由紅轉藍，隨即消失。「我叫卡斯揚．路托維奇，」他說：「卡斯契只是愚蠢的小名。我小時候又瘦又小，所以他們叫我骨頭人，但我現在是莫斯科大公了。」他直起身子低頭看她，接著忽然哈哈大笑。「可憐的傢伙，」他說：「妳不該來的。妳不會成為我的妻子。我改變主意了，我要娶馬雅為妻，而妳可以做我的奴隸，我要慢慢折磨妳。」

瓦西婭沒有回答。剛才那一腳讓她依然痛得兩眼昏花。

卡斯揚彎身狠狠揪住她的頸後，另一手食指放在她帶淚的眼角，指尖如死亡般冰冷。「也許妳根本不需要視力，」他用長長的指甲點了點她的眼皮，低聲說道：「在我的骨頭塔當個瞎眼的苦役，這個我喜歡。」

瓦西婭的喘息有如嘶吼卡在喉嚨。馬雅不知何時放下糕餅，目光呆滯看著他們，神情一片木然。

這時卡斯揚忽然抬頭。「不要。」他說。

瓦西婭全身顫抖，斷掉的肋骨像著火一般，轉頭順著他的目光望去。

只見那女鬼——剛才在臺階上，她姊姊塔裡的那個女鬼——站在房裡，頭髮稀疏飛揚，鬆弛的嘴巴空洞張著。她彎著身子彷彿很疼，但依然開口說道：「別碰她。」

「塔瑪拉，」卡斯揚說，瓦西婭嚇得怔住了。「回外面去，到妳塔裡，那裡才是妳的地方。」

「我不要。」女鬼啞著嗓子說，同時上前一步。

卡斯揚身體一縮，眼睛盯著女鬼，額頭冒出冷汗。「別那樣看我，我不會傷害妳——不會的，絕不會。」

女鬼急急瞄了瓦西婭一眼，接著又朝卡斯揚靠近，吸住他的目光。

「你在害怕嗎？」她輕聲呢喃，語氣很親密，只是弄巧成拙。「你一直都在害怕。你怕我母親的馬，我只好替你逮一隻，將籠頭套在那頭母馬頭上，你還記得嗎？那時我很愛你，你說什麼我都照做。」

「閉嘴！」卡斯揚厲聲說道：「妳不該來這裡，不可能來，我把妳趕走了。」

女鬼和魔法師四目相對，眼裡混雜著憤怒、渴望與悲傷的失落。「不，」女鬼低聲道：「不是那樣。是你想留住我，而我逃走了，來到莫斯科進了伊凡的高塔，讓你沒辦法靠近。」她伸長枯瘦的手摸著喉嚨。「即使如此，我還是永遠無法擺脫你。但我女兒——她死的時候很自由，被人深愛著。這一點我至少贏了。」

塔瑪拉，瓦西婭心想。

外婆。

趁著女鬼低聲說話，瓦西婭悄悄溜到爐灶邊的馬雅身旁。馬雅依然低頭猛吃，骯髒的臉上爬滿淚痕。瓦西婭試著將她往門口拖，但馬雅只是一臉茫然僵硬坐著。瓦西婭一用力，斷掉的肋骨立刻像火燒一般。沉重的腳步聲和精油味讓她心頭一懍，但回頭已經太遲了。卡斯揚從背後抓住她，將她的胳臂往上扭，讓她痛得叫不出聲。他湊到她耳邊低吼道：「妳以為妳們能矇過我？就憑一個少女、一個女鬼和一個小孩？我才不管妳們是哪個女巫生出來的，我才是老大。」

「馬雅．弗拉基米洛夫納，」女鬼用那詭異含糊的聲音說：「**看著我**。」

馬雅緩緩抬頭，緩緩睜開眼睛。

她看見了女鬼。

她放聲尖叫，小孩嚇壞了的那種慘叫。卡斯揚目光一飄向女孩，瓦西婭立刻忍著肋骨的劇痛，伸手往後抓住卡斯揚掛在腰間的匕首——**她的**匕首，拔出它往卡斯揚身上刺。卡斯揚往後閃，瓦西婭沒有刺中，但他抓著她胳臂的手勁變弱了。

瓦西婭往前一撲，一個翻身拿著匕首站了起來。雖然她至少有武器了，而且站著，但呼吸痛得厲害，而卡斯揚就站在她和馬雅中間。

卡斯揚拔出劍來，齜牙咧嘴道：「我要殺了妳。」

訓練不全的女孩對上持劍的壯漢，瓦西婭不抱希望。卡斯揚揮劍下砍，瓦西婭勉強用匕首將劍擋開。馬莎呆坐著，有如夢遊前後搖擺。「馬莎！」瓦西婭慌張大喊：「快起來！去門那裡！快跑，孩子！」她將桌子踹向卡斯揚，自己則後退喘息。

卡斯揚揮劍橫劈，瓦西婭側身閃開。角落裡似乎有一個身穿黑斗篷的人影等著。*是我，瓦西婭心想，他來接我了，最後一次。*長劍颼颼揮來，想將她砍成兩半，瓦西婭往後跳開，只差一點就命喪劍下。

瓦西婭轉頭瞄了女鬼一眼，發現塔瑪拉在卡斯揚背後，一隻手抓著喉嚨，位置是瓦西婭之前掛著護身符的地方。那護身符將她和……這時，女鬼發狂的眼眸掃向馬雅，瓦西婭剎時恍然大悟。

她左閃右躲，不停躲開卡斯揚的劍。卡斯揚一劍比一劍靠近，逼得她幾乎無法呼吸。馬雅僵硬坐在一旁。就在最後一劍揮下之前，瓦西婭伸手探向馬雅，在她的短衫裡撈到一個又冷又沉的金紅物體。她一把將它扯下來，結果被寶石割了手，鮮血沾到女孩喉嚨。接著她猛地轉身，將寶石朝魔法師扔去。寶石砸在魔法師臉上迸出金紅光芒，接著碎在地上。

卡斯揚看了看寶石，又看著瓦西婭，眼神裡充滿驚詫。

接著他踉蹌後退，面孔開始改變。歲月似乎瞬間湧上他的臉，有如決堤一般。卡斯揚忽然變成踽僂老人，兩眼通紅，骨瘦如柴。房間不再是奇幻魔法師的老巢，而是莫斯科大公高塔裡的一間作坊，灰塵瀰漫，空空蕩蕩，飄著濕羊毛與女人的味道，內室門閂緊鎖。

「賤人！」卡斯揚憤怒咆哮：「**賤人！妳好大膽子！**」他再次逼近，但腳步開始搖晃，防備也跟著鬆懈。瓦西婭可沒忘記莫羅茲科在樹下教她的一切。她閃過他揮來的手臂，趁他防備不及舉起匕首刺進他的胸膛。

卡斯揚悶哼一聲，反而是女鬼尖叫了。那魔法師完全沒有流血，塔瑪拉胸口卻湧出血來，就在瓦西婭刺傷卡斯揚的部位。

女鬼彎身倒地，跌在了地上。

卡斯揚毫髮無傷，直起身子齜牙咧嘴再次進攻，感覺古老又刀槍不入。瓦西婭已經將馬雅拉了起來，這會兒正倒退著往門口走。馬雅顫抖跟著她，腳下重新有了力氣，只是沒有說話，眼神有如做了惡夢的小孩。瓦西婭每走一步，就感覺肋骨快戳出體外，但劍還在卡斯揚手上……

「妳無路可逃了，」卡斯揚低聲道：「妳殺不死我，而且城市已經起火了，妳這個殺人凶手。妳會困在這個塔裡，眼睜睜看著家人燒死。」他看見她的神情，忍不住哈哈大笑，嘴巴大得有如黑洞。「妳不曉得對吧？妳這個白癡，竟然不曉得放了火鳥會怎麼樣。」

瓦西婭這才聽見外頭巨大的悶響，有如世界末日般的聲音。她想起火鳥飛竄而逃，深夜裡橫過木造城市的上空。

我非殺了他不可，她心想，就算這是我生前做的最後一件事，我也要殺了他。卡斯揚再次舉劍逼近，瓦西婭將馬雅推開，閃過砍下的劍刃。

忽然間，她心裡莫名浮現敦婭說過的童話。不死者卡斯契將自己的性命放在針裡，放在蛋裡、鴨子裡、兔子裡——

但那只是童話，這裡又沒有針，也沒有蛋……

瓦西婭的思緒似乎瞬間凝結，只剩下她自己、她甥女，還有外婆。

女巫，瓦西婭心想，我們可以看見別人看不見的東西，讓消退的東西變得真實。

下一秒她明白了。

瓦西婭沒時間多想，立刻朝女鬼撲去，伸手抓向灰色鬼影的脖子，將那個她知道一定在那裡的東西拔下來。那是寶石，或者說曾經是寶石，握在手裡有點像馬雅的項鍊，但跟蛋殼一樣脆弱，彷彿歲月與悲傷已經吞噬了它的內核。

女鬼抽噎低咽，似乎既痛苦又如釋重負。

瓦西婭手裡握著項鍊，跪在地上面對魔法師。肋骨——她從來沒有這樣痛過，但硬是將它壓了下去。

「放開那個東西，」卡斯揚說。他聲音變了，變得又平又細。他用劍抵著馬雅的喉嚨，另一手揪住小女孩的頭髮。「放下，姑娘，不然這小鬼就得死。」

但女鬼在瓦西婭身後輕輕嘆息，聲若游絲。「可憐的不死者。」莫羅茲科說道。她從來沒聽過他說話這麼輕、這麼冷、這麼淡。瓦西婭長吁一聲，既是憤怒又如釋重負。她沒有看見他來，但這會兒他就站在女鬼身旁，只比影子稍濃一些，眼睛沒有看她。

「你以為我離你很遠嗎？」死神朝卡斯揚喃喃道：「我其實一直只在一個呼吸之外，只隔一個心跳。」

魔法師緊抓著劍和馬雅的頭髮，一臉驚恐看著莫羅茲科，卻又帶著一絲痛苦的渴望。「你以為我在乎你嗎，該死的舊夢魘，」他啐道：「你要是敢殺我，這孩子就先沒命。」

「你為什麼不跟他走？」瓦西婭柔聲問卡斯揚，目光始終盯著他的劍刃。髒掉的項鍊在她手裡溫溫熱熱，有如微小的心臟跳動著，感覺無比脆弱。「你把性命分給了塔瑪拉，所以你們兩個都無法好好死，只能腐爛。但一切都結束了。最好離開，安息去吧。」

「絕不要！」卡斯揚吼道，握著劍的手在顫抖。「塔瑪拉，」他狂熱說道：「塔瑪拉——」

紅光從窗外流洩進來，愈來愈亮，但不是日光。

塔瑪拉朝卡斯揚走去。「卡斯揚，」她說：「我曾經愛你。跟我走吧，一起安息。」

卡斯揚有如溺水般望著她，似乎沒有察覺手裡的劍鬆了，鬆了一點點……

瓦西婭使出最後力氣往前撲，一把抓住劍刃，隨即整個身體壓了上去。卡斯揚往後倒，瓦西婭趁機抓住馬雅，不顧肋骨和手的劇痛將她拉到懷裡。她雙掌都被劍刃劃開，感覺血在流淌。

魔法師似乎回過神來，齜牙咧嘴，臉上寫滿了憤怒——

「別看。」瓦西婭低聲對馬雅說，接著便握拳壓碎掌裡的寶石。卡斯揚發出慘叫，臉上盡是痛苦——還有解脫。「平安地去吧，」瓦西婭對他說：「願主與你同在。」

接著不死者卡斯契便倒地而死。

❄

女鬼徘徊不去，只是輪廓有如風中的燭火。一道黑影在她身旁等待。

「對不起，我不該看到妳就尖叫，」馬雅突然低聲對女鬼說，這是她被抓到塔裡之後頭一回開口。「我不是故意的。」

「妳女兒生了五個孩子——外婆，」瓦西婭說道：「這些孩子也生了孩子。妳救了我們，我們不會忘記妳的。安息吧，我們愛妳。」

塔瑪拉嘴唇抽搐，但瓦西婭在她猙獰的臉上看出了笑容。

死神伸出手來，女鬼顫抖著握住了他的手。

兩人就這樣化為烏有。但在他們消失之前，瓦西婭彷彿見到一個黑髮碧眼的美麗女孩，在莫羅茲科的懷裡閃閃發亮。

26 火

瓦西婭流著血跌跌撞撞拉著小女孩跑下臺階。馬雅跟著她，再次陷入沉默，不再落淚。臺階飄著嗆人的濃煙，馬雅開始咳嗽。人出現了，主要是僕役，幻影則不見蹤跡。瓦西婭聽見上方傳來女人的尖叫，彷彿卡斯揚不曾出現，不論是拳頭有火的魔法師或哀號的老人。

兩個女孩下到院子，王宮大門已經撞壞，院子裡到處是人，有些動也不動躺在滿是血跡與足印的雪裡，有些在喘息、叫喊與啜泣。亂箭四射的景象沒了，哲留孛也不知去向。大公臉上沾滿帶血的灰燼，正在發號施令。馬幾乎都被套上轡繩，拖往宮外躲避大火。火有多近？哪些房子成了火鳥落下的火花的犧牲者？馬廏的火已經小了，狄米崔的僕役們應該應付得了。但瓦西婭聽見更大的火發出的轟鳴，知道她們還沒脫險。風應該在火後方，因為她嘴裡嚐到煙味。大火就要來了，隨時會到，而她是罪魁禍首。

她看見沙夏還在索拉維背上，心裡鬆了口氣。他身旁站了個人，兩人正在說話。這時馬雅驚呼一聲，瓦西婭立刻轉頭。

是午夜惡魔。月髮星眼夜膚的她出現在臺階上，彷彿從火焰縫隙裡生出來似的。沒有馬，只有她自己。火光照得謝爾特臉頰泛紫，狀似悲傷的東西澆熄她眼裡的星光。「他們死了？」她問道。

瓦西婭還沉浸在剛才塔裡的激鬥中。「妳說誰？」

「塔瑪拉，」那謝爾特不耐嗆道：「塔瑪拉和卡斯揚，他們死了？」

瓦西婭回過神來。「我——對，沒錯。妳怎麼——」

但午夜只疲憊說了一句，在嘈雜聲中近乎喃喃自語：「她母親應該很高興。」

瓦西婭日後一直氣自己沒聽出這話的含意，但她當下完全無感。她全身瘀青、備受驚嚇又精疲力竭，而莫斯科陷入火海，一切都是因她而起。「他們死了，」她說：「但現在城市起火了，要怎樣才能拯救莫斯科？」

「我觀望世人的午夜，」午夜疲憊說道：「從不插手。」

瓦西婭抓住她的手臂。「插手吧。」

午夜惡魔一臉驚訝，甩手想要掙脫，但瓦西婭死抓著她，將血抹在她身上。有死之身讓瓦西婭強壯，而且不僅於此。午夜甩不開她。「我的血可以讓妳的族人強壯，」她冷冷說道：「或許也能讓你們變弱，要是我想的話。要試試看嗎？」

「不可能，」午夜低聲道，臉上開始有些不安。「沒辦法。」

瓦西婭猛搖那謝爾特，讓對方牙齒打顫。「一定有辦法！」她喊道。

「那是——」午夜喘息道：「很久以前了。冬王或許有辦法滅火。他是風雪之王。」她光滑的眼皮遮住了發亮的眼眸，目光浮現惡意。「但妳太勇敢了，把莫羅茲科趕走，親手粉碎了他的力量。」瓦西婭鬆開手。「粉碎——？」

波魯諾什妮絲塔似笑非笑，牙齒映著火光紅通通的。「粉碎，」她說：「就像妳說的，聰明的女孩，妳的力量是好也是壞。」

瓦西婭沉默不語。午夜彎身向前低聲說道：「要我告訴妳一個祕密嗎？他用那個藍寶石把妳的力量傳給他，但那份魔力有他意料之外的效果，雖然讓他強大，卻也讓他愈來愈像有死之身，比人更渴望生命，只是不如魔鬼。」波魯諾什妮絲塔望著瓦西婭，頓了一下接著用冷酷的語氣喃喃道：「所以他愛上了妳，不曉得該如何是好。」

「他是冬王，沒辦法愛。」

「現在當然不行了，」波魯諾什妮絲塔說道：「因為就像我說的，他的力量已經毀在妳手裡，妳的話把他放逐了。從今以後，莫斯科只有死人看得到他。所以，出城去吧，瓦西莉莎・彼得洛夫納，將這城市交給命運，妳愛莫能助了。」

午夜說完氣憤一扭，從瓦西婭手裡掙脫，接著便消失在籠罩著城市的煙霧之中。

❄

瓦西婭隨即聽見索拉維高聲嘶鳴，沙夏唰的下馬踩著半融的雪走來，一把將她和馬雅緊緊拖入懷中，索拉維則是開心地用鼻子磨蹭他們。沙夏身上飄著血和灰燼的味道，瓦西婭抱著哥哥，一手輕撫索拉維的鼻子，隨即搖搖晃晃推開他們兩個。她知道自己要是現在軟弱，就再也堅強不起來了，而她心裡瘋狂想著……

沙夏抱起馬雅，將她放在索拉維背上，接著轉頭看著瓦西婭。

「妹妹，」他說：「莫斯科一片火海，我們得走了。」

狄米崔策馬過來，低頭看了瓦西婭一眼，見到她的長辮子和受傷的臉，臉色瞬間一沉，但只是對沙夏說：「沒時間了，沙夏，帶她們出去。」

瓦西婭還不坐到索拉維背上。「歐莉亞呢？」

「我會去找她，」沙夏說：「妳一定要上馬，帶馬雅出城。大火就要來了，沒時間了。」

雖然王宮內院一片擾攘，瓦西婭依然聽見城裡的喧嘩從牆外傳來。百姓收拾細軟，倉皇而逃。

「要她上馬，」狄米崔說：「讓她們出城去。」說完便騎馬離開，繼續發號施令去了。

瓦西婭對著陰影低聲說道：「莫羅茲科，你聽得見我嗎？」

沒有回應。

王宮牆外，強風有如河川繞著城市助長了火勢。她想起莫羅茲科的聲音。只要妳快死了，他曾這麼說，我就非得出現在妳身邊。我是死亡，所有人斷氣之時，我都會在。

瓦西婭想也不想，更沒說服自己別這樣做，就脫下斗篷伸手披在馬雅頹垮的肩上。

「瓦西婭，」沙夏說：「瓦西婭，妳在做什——」

瓦西婭沒有聽見。「索拉維，」她對馬說：「保護他們。」

公馬垂頭說，讓我跟妳去，瓦西婭，但她只是用臉貼著他的鼻子。

接著她便奔出撞壞的大門，朝火海奔去。

❄

街上擠滿了人，大多和她反方向，但瓦西婭在雪上腳步輕盈，又沒有斗篷拖累，因此一路狂奔下山，動作飛快。

有兩次路人告訴她逃錯方向了，還有一個男的抓著她胳膊大吼，想讓她清醒過來。

瓦西婭掙脫那人的手跑開了。

煙更濃了，街上的人愈來愈慌亂。大火在他們頭上飛竄，感覺吞噬了全世界。

瓦西婭開始咳嗽。她腦袋昏沉，喉嚨腫脹，嘴巴像塞滿灰塵一樣乾。最後她總算到了歐爾嘉的宮殿。宮殿矗立在發紅的黑暗之中。大火熊熊——在一條街外？還是兩條？瓦西婭看不出來。宮殿大門開著，有人在裡頭大聲號令，不斷有人逃出宮外。姊姊已經被帶走了嗎？瓦西婭低聲為姊姊禱告，接著便告別宮殿朝煉獄奔去。

煙。她吸的是煙，整個世界也是煙。街道已經空無一人，熱得無法消受。她想繼續跑，但發現自己跪在地上咳個不停，吸不到足夠的空氣。**起來！**她蹣跚前進，臉上起了水泡。她到底在做什麼？她肋骨好痛。

她再也跑不動了，就這樣跌在半融的雪裡，眼前開始發黑……

莫斯科消失了。她在夜晚的森林裡，星星、樹林、灰濛與苦寒的黑暗。

死亡站在她身旁。

「我找到你了。」她勉強動著麻痺的嘴唇說道。她跪在雪上，在生命之外的森林裡，發現自己站不起來。

莫羅茲科嘴角抽動。「妳快死了，」他的步伐沒有在雪上留下痕跡，寒冷的微風也沒有吹動他的頭髮。「妳真蠢，瓦西莉莎．彼得洛夫納。」他又說。

「莫斯科起火了，」她低聲道，嘴唇和舌頭幾乎不聽使喚。「是我的錯，是我放了火鳥。可是午夜——午夜說你可以讓火熄滅。」

「沒辦法了。我放了太多自己在那寶石裡，而它已經毀了。」他說得毫無感情，卻還是硬將她拉了起來。她隱約感覺火在四周，知道自己起了水泡，差點被煙嗆死。

「瓦西婭，」他說。那語氣裡是絕望嗎？「這樣做真蠢，我什麼也做不了。妳必須回去，不能待在這裡。回去，快跑，活下去。」

她幾乎聽不見他說什麼。「我不要一個人回去，」她勉強擠出聲音：「假如我回去，你也跟我回去，回去把火滅了。」

「不可能。」她感覺他這樣說。

但她沒聽進去。她快沒力了，高熱和焚燒的城市也快消失了。她明白自己就要死了。

她之前是怎麼將歐爾嘉從這裡拖回人世的？愛、憤怒、決心。

她將血淋淋的虛弱雙手裹在他長袍裡。她聞到了冷水與松香，還有無瑕月光下的自由。她想起自己沒能救回的父親，想起自己還能救的家人。「午夜——」她張口道，每說一個字都得大口喘息。「午夜說你愛我。」

「愛？」莫羅茲科反問道：「怎麼愛？我是魔鬼，是夢魘，每年春天都會死上一回，同時永遠活著。」

瓦西婭沒有說話。

「但沒錯，」他疲憊地說：「就我所及，我愛妳。現在妳願意回去了嗎？活下去。」

「我也愛你，」瓦西婭說：「很幼稚的那種，就像小女孩喜歡黑夜英雄那樣愛你。所以，跟我回去吧，結束這一切。」她抓住他的手，用盡最後一絲力氣和全部的激情、憤怒與愛拉著他，將他們倆一起拉回煉獄般的莫斯科。

兩人身體交纏落在變燙的融雪裡，幾乎就要被火吞噬。莫羅茲科一動不動望著紅光，眼睛不停眨著，臉上盡是不可置信。

「喚雪來吧，」轟隆聲中，瓦西婭在他耳邊大喊：「你在這裡，莫斯科起火了，喚雪來吧。」

莫羅茲科似乎沒聽見。他抬頭環顧四方，神情充滿驚奇與一絲恐懼。他雙手靜靜摁著她的手，比任何活人的手還要冰。

瓦西婭很想尖叫，心裡既恐懼又焦急。她狠狠摑了他一巴掌。「聽著！你是冬王，叫雪來！」說完便伸手攬住他的頭吻了他，咬破他的嘴唇，將自己的血抹在他臉上，希望他能變得真實、有生命，強大得擁有法力。

「如果他們真是你的子民，」她在他耳邊輕聲說道：「那就拯救他們吧。」

莫羅茲科和她四目交會，似乎稍稍回過神來。他緩緩起身，動作慢得如在水裡一般。他緊握著她的手。瓦西婭感覺這是唯一讓他留在這裡的事物。

大火眼看就要吞噬一切，空氣滾燙，只留下劇毒。瓦西婭無法呼吸。「求求你。」她低聲道。

莫羅茲科猛吸一口氣，彷彿也被煙傷到了。但他一呼氣，風就來了。水一般的風，寒冬的風，大力吹在她背上，讓她差點站立不穩。莫羅茲科抓住她，沒讓她跌倒。

風愈來愈大，將火從他們身旁吹開，吹回火那裡。

「閉上眼睛，」他在她耳邊說：「跟我走。」

瓦西婭照做了。忽然間，她見到了他見到的。她是風，是煙霧瀰漫天空中聚集的雲，是寒冬的厚雪。她什麼都不是，她是一切。

力量在他們兩人之間聚積，在她斷斷續續的意識之間凝聚。世上沒有魔法，東西有就有，沒有就沒有。她不再渴望任何東西，不再在乎自己是生是死。一切只剩感覺：欲來的暴風雪、風的呼吸，還有莫羅茲科在她身邊。

這是雪花嗎？那也是嗎？她分不清雪和灰燼，但火的聲音變了。是了，這是雪。天上忽然降下大雪，跟嚴冬暴風雪一樣。雪愈下愈急，最後她眼前、頭上和四周望去全是雪白。雪花冰涼了她起水泡的臉，熄滅了火焰。她睜開眼睛，發現自己回到身體裡。

莫羅茲科鬆開摟著她的手。大雪模糊了他的面孔，但她感覺他看上去——很躊躇，臉上充滿了令人害怕的驚嘆。

她不知道能說什麼。

於是她默默靠著他，注視大雪飄落。她灼傷的喉嚨隱隱作痛。他沒有說話，但身體動也不動，彷彿都明白。

兩人佇立良久，大雪不停下著。瓦西婭望著風雪和漸熄的大火，注視那瘋狂的美麗。莫羅茲科和她一樣靜靜站著，似乎在等待什麼。

「對不起。」瓦西婭開口說道，雖然心裡不大清楚自己為了什麼道歉。

「為什麼？」他身體動了動，指尖輕觸她喉嚨之前掛著護身符的地方。「何必道歉？寶石毀了才好。霜魔們本來就不該擁有生命，我的力量也要告終了。」

雪小了。瓦西婭回頭看，發現可以很清楚看見他。「你做出那個寶石，用意跟卡斯契一樣，」她問：「是想將你自己的生命放到我生命裡嗎？」

「是。」他說。

「而你希望我愛你，」她又問：「好讓我的愛能讓你活著？」

「對，」霜魔說：「少女愛怪物，那樣的愛不會隨時間消逝。」他一臉疲憊。「但其餘的——我沒辦法寄望。」

「寄望什麼？」

那雙淺色眼眸望著她，神情莫測高深。「我想妳知道。」

兩人謹慎默默審視對方，最後瓦西婭說：「你對卡斯揚和塔瑪拉知道多少？」

莫羅茲科輕嘆一聲。「卡斯揚是遠方國度的王公，能看見別人看不到的東西，想將世界打造成自己想要的模樣，只是有些東西連他也無法掌控。他愛上一個女人。當她死去時，他求我讓她復生。」莫羅茲科停頓片刻，兩人之間飄蕩著冰冷的沉默。瓦西婭知道卡斯揚做了什麼，心裡不由得感到同情。

「那是很久以前了，」莫羅茲科接著說：「我不曉得那時發生了什麼，但他找到方法讓自己的生命跟肉身分離，讓我碰不了他，後來更忘了他會死，所以沒去碰他。塔瑪拉跟她母親同住，據說卡斯揚有一天到她家買馬，兩人隨即陷入熱戀，就一起私奔了。後來兩人不知所蹤，直到塔瑪拉一個人出現在莫斯科。」

「塔瑪拉來自哪裡？」瓦西婭追問道：「她是誰？」

他想回答，瓦西婭從他神情看得出來。她事後常想，要是他回答了，她的人生道路會不會就此不同。但就在這時，修道院的鐘聲響了。

鐘聲有如拳頭打在莫羅茲科身上，彷彿要將他打成雪花隨風飄散。他搖搖頭，不再回答。

「怎麼了？」瓦西婭問。

護身符毀了，他或許想這麼告訴她，霜魔不該愛人。但他沒說出口。「破曉了，」他勉強擠出一句：「只要過了仲冬，我在莫斯科就無法待到日出之後，待到鐘聲響起。瓦西婭，塔瑪拉她——」

鐘聲再次響起，他閉上嘴巴。

「不行，你不能變淡。你有不死之身，」瓦西婭伸手上前抓住他的肩膀，接著一時衝動掂起腳吻了他。「活下去，」她說：「你剛才說你愛我，活下去。」

她嚇了他一跳。他望著她的眼眸，眼神蒼老如冬、年輕如雪，接著忽然低頭回吻她。他臉頰上出現血色，眼眸漸漸變深，直到和正午的天空一樣湛藍。「我沒辦法活著，」他在她耳邊喃喃說道：「活著和不死無法並存。但當寒風吹起，當風雪沉沉壓著天空，當人行將斷氣，我就會出現，這就夠了。」

「不夠。」瓦西婭說。

莫羅茲科沒有說話。他不再是人，只是一團寒雨、黑木與藍霜，在她懷裡愈來愈淡。但他再次低頭吻了她，彷彿吻的甜蜜激起了某個早已晦暗的東西的火花。然而即使吻著她，他還是愈來愈淡。

瓦西婭試著喊他回來，但天亮了，一道陽光破雲而出，照亮了半燒成焦黑、飄著煙味的城市。

瓦西婭獨自站著。

27 寬恕日

起風時，沙夏簡直不敢相信。他看著大火不斷退卻，雪不知從何處出現，開始落下。狄米崔的院子裡，感激涕零的聲響此起彼落。

馬雅坐在索拉維的鬐甲上，雙拳緊緊握著公馬的鬃毛。索拉維哼哧一聲，甩了甩頭。

馬雅回頭看了舅舅一眼。天空閃著深黃，大火逐漸被雪熄滅。

「暴風雪是瓦西婭弄的嗎？」她輕聲問沙夏。

沙夏正想開口，忽然發現自己不曉得，便沒有回答。「走吧，馬莎，」他只說了一句：「我帶妳回家。」

甥舅倆騎馬返回歐爾嘉的宮殿。他們經過空空蕩蕩的街道，之前民眾奔逃踩得稀爛的泥土緩緩覆上了急急落下的新雪。馬雅伸出舌頭嚐了嚐雪花，驚喜得笑了。他們幾乎看不見自己的手。沙夏憑著記憶在巷弄穿梭，見到宮殿大門讓他喜出望外。大門半垮大開著，許多奴僕都跑了。沙夏策馬通過大門來到半棄置的院子，總算稍稍有了庇護。

院子裡不見人影，但沙夏隱約聽見教堂內傳來頌歌聲，可能在為得救而謝恩。沙夏正想下馬，索拉維卻突然仰頭踏了踏融雪。

大門歪歪斜斜，衛兵大火前就跑了。一個纖細的人影搖搖晃晃走了進來。

索拉維發出低沉嘹亮的嘶鳴，不停跳上跳下。「瓦西婭阿姨！」馬雅喊道：「瓦西婭阿姨！」

公馬小心翼翼用鼻子摩挲瓦西婭飄著火味的頭髮，馬雅滑下馬背一股腦撲進阿姨懷裡。

瓦西婭接住馬雅，只是痛得臉色慘白。她將女孩放到地上。「妳沒事，」她緊緊抱著女孩低聲說道，馬莎激動啜泣。「妳沒事。」

沙夏也從索拉維背上下來，細細打量瓦西婭，發現她辮尾焦了，臉燒傷了，睫毛也沒了，兩眼充滿血絲，只是硬撐著。「出了什麼事，瓦西婭？」

「冬天結束了，」她說：「而我們都活著。」

她朝哥哥微微一笑，隨即換她開始哭泣。

❄

瓦西婭不想進宮殿，不想和索拉維分開。「歐爾嘉要我走，她做得很對，」她說：「她不會想再見到我的。」

於是沙夏只好將妹妹留在院子裡，帶著馬雅去找她母親。歐爾嘉沒有逃走，也不在床上，而是在教堂裡，跟瓦伐拉和留下來的侍女一起禱告。她們聚在一起，顫抖著跪在聖幛前。

但馬雅一跨過門檻，歐爾嘉便抬起頭來，面色死灰。瓦伐拉抱住她，扶她搖搖晃晃起身站直。

歐爾嘉低聲喊道：「馬莎！」

「媽媽！」馬雅高呼一聲，隨即衝進教堂朝母親奔去。歐爾嘉一把抱住女兒，雖然那動作讓她痛得嘴唇發白，還是緊緊摟住她。幸好有瓦伐拉攙著，歐爾嘉才沒跌倒。

「妳應該在床上休息才對，歐莉亞。」沙夏說。瓦伐拉雖然沒有開口，卻一臉贊同。

「我來禱告，」歐爾嘉答道，疲憊讓她臉色發灰。「不然我什麼也不能做……出了什麼事？」

她急切撫摸女兒的頭髮，將她抱得更近一點。「大火讓一半奴僕跑了，剩下的一半被我差去找馬雅。我以為她一定沒命了。我讓他們把丹尼爾平安帶走，卻沒能——」歐爾嘉沒有哭，依然鎮定自持，但眼角濕了。她不停撫摸女兒的頭。「我們從澡堂回來，」她臉色蒼白把話說完，呼吸又短又急。「馬雅就不見了。保母跑了，侍衛也幾乎跑光了。整座城市一片火海。」

「是瓦西婭找到她的，」沙夏說：「而且救了她。這不是馬雅的錯，她是在床上被人抱走的。神救了這座城，因為起風了，還下了雪。」

「瓦西婭呢？」歐爾嘉低聲道。

「她在外面，」沙夏語氣疲憊。「和她的馬一起。她不肯進來，認為自己不受歡迎。」

「帶我去見她。」歐爾嘉說。

「歐莉亞，妳身體不行，快回床上歇著，我去帶——」

「我說帶我去找她！」

❄

瓦西婭站在院子裡，精疲力竭靠著索拉維。她不曉得該做什麼，不知道何去何從，感覺就像在深水裡思考。她衣服破了，身體被燙傷，傷口在流血，辮子散了，幾綹頭髮垂在臉頰、喉嚨和身上，髮尾燒焦蜷曲。

索拉維先豎起耳朵，瓦西婭才跟著抬頭。只見她哥哥、姊姊和甥女朝她走來。

她身體一僵。歐爾嘉沉沉倚著沙夏的胳膊，另一手牽著馬雅，瓦伐拉皺眉跟著。莫斯科上空天剛破曉，冬天的愁雲散了，徐徐清風將殘留的煙味吹了回來。柔和的晨光讓歐爾嘉看上去年輕不少。她抬頭面向微風，臉上稍稍恢復一些血色。

「有春天的味道。」她喃喃道。

瓦西婭鼓起勇氣迎上前去。索拉維鼻子靠著她肩膀，和她走在一起。

瓦西婭在離姊姊一大步的地方停了下來，鞠躬行禮。

歐爾嘉沒有說話。瓦西婭抬起頭，索拉維伸長鼻子小心翼翼靠近她姊姊。

歐爾嘉瞪大眼睛望著公馬。「這是——妳的馬？」她問道。

瓦西婭完全沒想到她會這樣問，讓她差點笑了出來。索拉維輕輕咬著歐爾嘉的頭飾，神情已是一派輕鬆。瓦伐拉一臉很想叫他退開的樣子，但不敢那麼做。

「對，」瓦西婭說：「他叫索拉維。」

歐爾嘉伸出戴著珠寶的手，摸了摸公馬的鼻子。

索拉維哼哧一聲，歐爾嘉垂下手，再次看著自己的妹妹。

「進來吧，」她說：「你們都進來。瓦西婭，妳要把一切交代給我聽。」

❄

瓦西婭從神父來到雷斯納亞辛里亞說起，講到霜魔召喚大雪告終。她沒有撒謊，也沒有隱瞞。等她說完，陽光已經從高塔窗裡探進頭來。

瓦伐拉送來燉肉，並且將閒雜人等擋在外頭。馬雅在爐灶旁裹著毯子睡著了。那孩子不肯回房上床，而她母親、舅舅和阿姨也不想讓她離開他們的視線。

瓦西婭交代完畢靠回椅子，累得兩眼迷濛。

房裡短暫沉默，接著歐爾嘉說：「要是我說不相信妳呢，瓦西婭？」

瓦西婭答道：「我可以給妳兩個證據，首先是索拉維聽得懂人話。」

「沒錯，」沙夏突然開口道。之前瓦西婭講話時，這位修士一直默默坐著。「我騎著他在王宮內院打仗，他救了我的命。」

「還有，」瓦西婭說：「這把匕首是冬王做給我的。」

她拔出匕首，將藍柄白刃的短刀握在手中。那匕首又冷又美，只是——只是她仔細一瞧，發現一小滴水珠從刃上滑落，有如遇上春天開始融化的冰柱……

「將那個不敬之物拿開！」歐爾嘉吼道。

瓦西婭將匕首收回鞘中。「姊姊，」她說：「我沒有說謊，這次沒有。我今天就會走——再也不會打擾妳。我只是求妳——求妳原諒我。」

歐爾嘉咬著下唇。她看看熟睡的馬雅，看看沙夏，目光又回到瓦西婭臉上，久久沒有開口。

「馬莎跟妳一樣？」她突然問：「她也看得見——東西？看得到謝爾特？」

「對，」瓦西婭說：「她看得到。」

「所以卡斯揚想占有她？」

瓦西婭點點頭。

歐爾嘉再次沉默。

沙夏和瓦西婭等著。

歐爾嘉緩緩開口道：「那她得有人保護，免得被魔法師的邪惡或人的殘忍傷害。可是我不曉得該怎麼做。」

她又靜默良久，接著抬起頭望著自己的弟弟和妹妹說：「至少我有你們幫我。」

瓦西婭和沙夏都怔住了。

接著——「沒問題。」瓦西婭輕聲說道。晨曦照在她燙傷的手背上，也替歐爾嘉慘白的手添了幾分顏色。瓦西婭感覺心底有一個地方燃起了光。

「要罵人之後還有時間，」歐爾嘉說：「但我們有未來要計畫。還有——我愛你們兩個。一直都愛，永遠不變。」

「這就夠了。」瓦西婭說。

歐爾嘉伸出雙手，沙夏和瓦西婭握著姊姊的手，三人默默坐著，窗外的朝陽更加明亮，將冬天驅向遠方。

後記

就童話而言，冰冷土氣的中世紀莫斯科並非理所當然的選擇。那段時期那個地方是殘酷、複雜又迷人的，有著萬千種灰影，但童話這種以惡棍和公主為主體的故事形式，有時實在無法公允呈現其全貌。

那是一個少有紀錄卻又無比精彩的時代，想要完整而鮮明地描繪其中的戰爭、瞬息萬變的敵友關係、野心、修士、神父、商人、農民、公主、修女與信仰，光憑《少女與魔馬》遠遠不夠，需要更長、更有企圖心的小說才能做到。

在本書裡，我力求正確，遇到無法深入之處，竭盡所能暗示其中包含更複雜深刻的人物與政治關係。作為我創作來源的童話故事，我也力保忠實，不失去我所鍾愛的這個時期這個地方的質感。

我盡了全力，對於書中所有訛誤及缺失之處，我在此先向讀者致歉。

想更了解這個時期的史實，坊間有許多參考書。我個人推薦珍奈特·馬丁（Janet Martin）的《中世紀俄羅斯：西元980-1584年》（劍橋大學出版社，二〇〇七年），這本書既豐富又精彩；此外，琳達·伊凡尼茲（Linda Ivanits）的《俄羅斯民間信仰》（羅德里奇出版社，二〇一五年，二版）也讓我獲益良多。最後，我還大量參考了《治家格言》，這是舊俄時期一本持家指南，大約成書於恐怖伊凡時期，比本書描述的時代略晚一些。對於渴望更多歷史細節的讀者，上述三本書都大有幫助。最後，再次感謝你閱讀這本小說。

致謝

我曾經說，寫第一本小說就像對抗風車，心底暗自期望那是巨人。呃，寫第二本小說就像對抗巨人，而且知道它是巨人，一邊盡力前進一邊心想：我上回是怎麼辦到的？

因此，我要感謝所有願意與我同行的人，你們讓我備感榮幸。

媽，謝謝妳告訴我這本書很棒，雖然並非如此。爸，謝謝你告訴我這本書一點也不好，直到你真的覺得它好。貝絲，謝謝妳給了我好多好多的擁抱。阿傑．艾德勒，謝謝你老是隨口亂唱，擁有全佛蒙特最好的房子，並且是世上最好、最好的朋友。蓋瑞特．威爾森，謝謝你讓我即使因為整天寫作而兩眼瘋狂，依然能跟人類正常對話。卡爾．席柏，謝謝你耐心處理無止無盡的網頁編輯。塔提安娜．斯莫洛定斯卡亞，謝謝妳閱讀初稿，沒完沒了的初稿，並解決我的俄文問題，給我信心，當然還有教會我所知道的一切。莎夏．梅林科娃，謝謝妳確認童話的內容。貝森妮．普廉德蓋斯特，謝謝妳是如此出色的朋友，天分十足的製片人。畢裘、金姆、維琪、大衛、艾莉莎、梅芮爾、妲娜和喬爾，謝謝你們，你們真是棒透了。喬安娜．尼可斯，謝謝妳敞開心房與家門（尤其是沙發）給一個有時穿著睡衣工作的瘋女人。瑪姬．羅傑森和希瑟兒．佛塞特，謝謝你們對抗自己的巨人，並一路鼓勵我。珍妮佛．詹森，謝謝妳，表姊妹永遠團結在一起。彼得．強森、卡蘿．安．強森和葛蕾希，謝謝你們提供美味的餐點、親切的心和不斷的鼓勵。卡羅．道森，謝謝妳在我明白自己辦得到之前就知道這件事。

謝謝石葉茶坊和卡蘿飢渴之心咖啡館的夥伴們，我總是一次好幾個月天天報到，謝謝你們的耐心。

伊凡・強森，謝謝你做的一切。

感謝巴蘭汀出版社／德瑞出版社（美國區）的崔夏・納瓦尼、麥克・布拉夫、凱斯・克雷頓、大衛・門齊、傑斯・波奈特和安恩・史培爾。你們真的是最棒的，沒話說。

謝謝珍妮佛・赫許，妳對這本書的付出不下於我，每回我覺得自己已經做到最好了，妳總是讓我明白自己還能做得更棒。

感謝埃伯瑞出版社的艾蜜莉・姚、泰絲・亨德森、史黛芬妮・諾斯和吉利安・葛林，你們打從第一天就為了這套系列小說付出太多太多，我衷心感謝你們所做的一切。

謝謝詹克洛與內史彼特作者經紀公司的布雷納・英格利許－羅伯、蘇珊娜・班特利和傑瑞德・拜倫，你們又一次如此出色。

最後謝謝我的經紀人保羅・路卡斯，是他讓這本書成真。

俄羅斯人名說明

俄羅斯人名與稱呼的規矩雖然不如其子音串複雜，但和英語系國家相距甚遠，因此有必要略作說明。現代俄羅斯人名分成三部分，本名、父名（patronymic）和姓氏，但中世紀羅斯人通常只有本名，貴族才有本名和父名。

本名和小名

俄文人名的暱稱非常豐富，每個本名都能產生許多小名，例如葉卡特琳娜（Yekaterina）就可簡稱卡特琳娜（Katerina）、卡特婭（Katya）、卡特婭莎（Katyusha）或卡騰卡（Katenka）等等。這些小名通常可以互換使用，指稱同一個人，依說話者跟對方的親疏遠近而定，也可以隨興發揮。

艾列克桑德：沙夏（Aleksandr—Sasha）。

狄米崔：米崔亞（Dmitrii—Mitya）。

瓦西莉莎：瓦西婭、瓦西席卡（Vasilisa—Vasya, Vasochka）。

羅迪昂：羅迪亞（Rodion—Rodya）。

葉卡特琳娜：卡特婭、卡特婭莎。

父名

俄羅斯人的父名取自父親的名，然後再分陽性與陰性。例如瓦西莉莎的父親叫彼得，所以她的父名就是彼得洛夫納，而她哥哥艾雷克塞則用陽性：彼得洛維奇。

俄文和英文不同，不用「先生」或「女士」為尊稱，而是同時稱呼本名和父名，因此某人初次見到瓦西莉莎時，會稱她為瓦西莉莎．彼得洛夫納，而她喬裝成少年時，則自稱瓦西里．彼得洛維奇。

中世紀羅斯名門閨女出嫁後，如果有父名，就會改成丈夫本名的變體。因此，歐爾嘉少女時期叫做歐爾嘉．彼得洛夫納，出嫁後就成為歐爾嘉．弗拉基米洛娃，而她和弗拉基米爾生的女兒則叫馬雅．弗拉基米洛夫納。

藍小說288

少女與魔馬

作　者—凱瑟琳・艾登
譯　者—穆卓芸
編　輯—張瑋庭
企劃經理—何靜婷
封面插畫—Aitch
封面構成—蕭旭芳
內頁排版—極翔企業有限公司
副總編輯—嘉世強
董 事 長—趙政岷
出 版 者—時報文化出版企業股份有限公司
10803台北市和平西路三段二四〇號三樓
發行專線—（〇二）二三〇六—六八四二
讀者服務專線—〇八〇〇—二三一—七〇五
（〇二）二三〇四—七一〇三
讀者服務傳真—（〇二）二三〇四—六八五八
郵撥—一九三四四七二四時報文化出版公司
信箱—台北郵政七九～九九信箱
時報悅讀網—http://www.readingtimes.com.tw
電子郵件信箱—liter@readingtimes.com.tw
法律顧問—理律法律事務所　陳長文律師、李念祖律師
印　刷—勁達印刷有限公司
初版一刷—二〇一九年七月二十六日
定　價—新臺幣三八〇元
（缺頁或破損的書，請寄回更換）

時報文化出版公司成立於一九七五年，
並於一九九九年股票上櫃公開發行，於二〇〇八年脫離中時集團非屬旺中，
以「尊重智慧與創意的文化事業」為信念。

少女與魔馬 / 凱瑟琳・艾登（Katherine Arden）著；穆卓芸譯 . – 初版 . – 臺北市：時報文化, 2019.07
面；　公分 . –（藍小說；288）
譯自：The Girl in the Tower
ISBN 978-957-13-7892-3

874.57　　108011477

ISBN 978-957-13-7892-3
Printed in Taiwan